新装版

白い濁流

小薮浩二郎

笑がお書房

二〇一一年夏　北野製薬研究所
火災現場から煙や蒸気がなくなり、次第に実験室内の悲惨な状況が明らかになってきた。床、壁、実験台にいたるまで、全て真っ白い化学消火剤で覆われている。

実験台は破壊され、実験に使用していたビーカーやフラスコは粉々に破損し原型を留めていない。化学消火剤で覆われた真っ白い床にはロータリーエバポレーターが空しく転がっている。くの字形に曲がった松本の身体は全身を真っ白い化学消火剤で覆われ微動だにせず横を向いたままである。

その真っ白い身体から蛇が通った軌跡を描くように二筋の真っ赤な血が流れ出している。

一樹《かずき》は予想外の展開に怯え、ただ呆然と松本の姿を眺めている。蒼白で無表情な顔は底知れぬ恐怖と不安で引きつっている。足は小刻みに震えている。

一　運命の出会い

二〇〇四年夏
逆さ箒の欅並木に太陽が強烈に照りつけている。歩道の傍の大通りにはバスや車、自転車が喧騒の中を忙しく往来している。
かなり疲れた歩道のアスファルトは溶かされまいと必死に抵抗しているようである。
京都特有の情緒、人情といった有機質的な情景は真夏の灼熱で昇華し、古都は無味な無機質の街と化している。

そこには自己以外の存在を認識するような雰囲気は全く漂っていない。

京都総合大学は東京大学と並ぶ名門の国立大学である。

京都総合大学薬学部前のバス停で降りた好並一樹《よしなみかずき》は薄いベージュの綿パンにブランド品でない白のポロシャツ姿で黒いナップサックを肩にかけ、額から幾筋もの汗を流しながらこの歩道を歩いている。

好並一樹は現在この大学の薬学部の三年に在籍している。

背丈は百七十五センチほどで、色白で鼻筋が通り、二重瞼の涼しげな目、ほりは深くないが歯は白く、唇は薄い。全身から清潔感と知性が匂い立つような若者である。

その端整な容姿と凛とした風貌に加え、気品のある立ち振る舞いから女子学生はもとより男子学生からも非常に好感を持たれている。成績は常にトップである。

一樹は汗をぬぐいながら大股で古めかしい歴史を感じさせる赤レンガの門を入っていった。そこへ同級生で紺のジーパンに黒っぽいポロシャツ姿の柏木が小走りで駆け寄ってきた。

「おーい好並、暑いなあ！」

服装には無頓着な男である。柏木は一樹が大学に入学した頃からの親友である。

一樹より少し背は高く、ほりの深いよく日焼けした野生的な顔には精悍さが漂っている。

「柏木、今日の講義はエアコンの効きが悪い階段教室だね」

二人は額から吹き出る汗を無造作に手で拭いながら並んで校舎の入口の方へ歩いている。

「ああそうだ。二十分もすれば睡魔の襲撃に完敗しそうだ。そういえば好並は最近おいしいバイトを見つけたらしいじゃないか」

一樹の実家が豊かでないことをよく知っている柏木は安堵の表情を浮かべながら言った。

「ああ、あの家庭教師の件かい。クラス担任の山本教授の紹介なんだ。製薬会社の社長の息子でね、うちの大学の薬学部か理学部の化学科へ是非入れて欲しいと頼まれているんだ」

一樹は日頃から経済的に恵まれていない自分のことを心から心配してくれている柏木を安心させるように言った。二人は一緒に物理化学の講義を受けるために六十人も入れば満席となる古ぼけた階段教室に入っていった。

薬学部は他の大学でもそうであるように理工系学部の中では女子学生が多い。教室の学生の半分はホットパンツやミニスカートの女学生である。

講義は微分方程式を使った化学反応の速度に関するものでかなり難解なものである。

定年が近そうな白衣姿の痩せた教授は学生の表情や反応などには無関心なのか、ただ黙々と黒板に難解な数式を無秩序に書いている。

一樹の周辺では机に伏して熟睡している者、こっそり携帯でメールを打っている者がかなりいる。一樹はそんな連中を横目で見ながら必死で講義を聴き、ノートを取っている。

講義のあと一樹は法学部のキャンパスにある喫茶店へ向かった。白い内装に天井から床までガラス張りで明るいこの喫茶店を一樹と河原智子は気に入っている。窓際の白い円形のテーブルに座った。店内は学生や教職員でかなり賑やかである。すぐに智子がブルーのジーパンにピンクの半袖ブラウス姿で少し微笑みながら入ってきた。一樹は右手を軽く上げて智子を迎えた。

智子はピンクのふちどりがある白い靴の両足をきちんと揃えて椅子に座った。足首付近はとても清潔感があり、また可愛らしい上品さがある。一樹はそれとなく智子の足首付近を見るのが好きであった。

智子は京都総合大学の法学部の三年生である。一樹と智子は岡山の田舎の高校で同級であった。高校では学年で常に一樹がダントツのトップで智子がその次であった。

智子は中肉中背の健康的な女子学生である。色白の卵形に近い丸顔で、きれいな二重瞼がとても魅力的な美人である。言葉使い、歩く、座るといった全てのしぐさ、立ち振る舞いには気品漂うものがある。身に着けているものは決して高価なものではないのであるが、清潔感と共に優雅さがある。

一樹はそんな智子に高校三年で同じクラスになった時から好意を寄せていた。智子は雰囲気の良い女性で、一緒にいるだけで一樹は心が弾み、楽しい時間を過ごせるのである。

智子の実家は建築金物などを扱う商店を経営しているが、決して裕福ではない。智子の気品の良さ、優雅さは家庭に由来するものではなく、彼女が生まれつき身につけていたものかもしれない。

「暑いですねー。今日は何の講義に出たの?」

ホットコーヒーが入ったカップを置きながら一樹は智子に訊ねた。

一樹と智子はコーヒーが大好きで真夏でもホットコーヒーを飲んでいた。

「債権法と刑事訴訟法。講義を聞くより本を読んだほうが分かりやすく効率的なんだけど」しばらく取りとめのない雑談をした後、智子は一樹に告げた。

「悪いけどこれからバイトなの。レストランの」

「そうそう、ぼくの携帯の番号を教えておくから」

一樹は智子に携帯の番号を書いたメモを手渡した。一樹は経済的理由で今まで携帯を持っていなかったのである。智子はメモを大事そうに手提げカバンにしまいながら微かな笑みを浮かべ席を立った。喫茶店を出ると、そこは蒸し暑いアスファルトの歩道であった。

一週間前のことである。一樹が山本教授の有機反応論の講義を受講し教室を出ようとしていた時、白衣姿の教授が小脇に講義用ノートや本をかかえて小走りで一樹に近づいて来て話しかけた。

「好並君、四時頃私の部屋へ来てくれないか」

山本教授といえば有機合成化学の権威で、その分野では世界的にも有名な人物である。以前からノーベル賞候補といわれながら、いまだに受賞していない。五十を少し過ぎた恰幅のよい人物である。

相手を威圧するような浅黒い厳つい脂ぎった顔、額には横に二筋のほりの深い溝が目立つ。がっちりとした体格に似合わず温厚な紳士である。

一樹は以前から山本教授に私淑している。何かよくないことを言われるのではないかと一沫の不安が生じていた。

一樹が恐る恐る教授室のドアを軽くノックした。

「どーぞ」ドアの中からゆったりとした温かみのある声がした。

「好並ですが、お邪魔致します」

一樹は震える小声で応えるのが精一杯であった。恐る恐る教授室のドアをゆっくり開け中に入るとエアコンがよく効いていた。二十畳程の教授室は古ぼけて薄暗く感じられた。部屋には古めかしい木製の両袖机、専門書などが詰まった書棚がある。

教授はにこやかな表情で、「どーぞ」と部屋の真ん中にある応接セットの古ぼけた黒いソファーを指さした。一樹は軽く一礼してソファーに座った。

「好並君、コーヒーでも飲むかい。私も今コーヒーブレイクにしようかと思っているんだ。講義に力を入れすぎて疲れてね」

「頂戴いたします」

一樹は緊張で頭の頂上から足のつま先までこちこちに固まっている。背筋を意識的にピンと伸ばし膝の上に両手をきちんとそろえピクリとも動かすことはなかった。教授は両手をテーブルの上に置き時折一樹のほうを見やりながら気さくな態度で一樹に接している。

「実は君に頼みがあってね。私の大学時代からの友人で北野という奴がいるんだ。彼は法学部だったんだが山岳部で一緒だったんだ。今は製薬会社を経営してる。彼に現在、高校三年生の息子がいてね、うちの大学の薬学部か、理学部の化学科へ入れたいらしんだ。京都洛東高校に通っているんだがね」

京都洛東高校は京都総合大学に毎年百名前後の合格者を出している京都府きっての名門私立高校である。教授はコーヒーを一口飲み話を続けた。

「どうもあと一歩らしい。そこで優秀な家庭教師を紹介しろと頼まれてね。君の高校時代の成績など調べさせてもらったんだが、君はきわめて優秀な成績だね。うちの大学にもトップの成績で合格している。君の家庭の事情も少しは分かっているつもりだ。まあ、これでも一応、君のクラスの担任だからね。君の家庭の事情も北野に話したら、君が他のバイトをしなくても経済的に十分やっていけるだけの謝礼をすると約束してくれている。この話引き受けてくれまいか」

一樹は驚いた。世界的に有名な山本教授が自分のことを少しでも心配してくれていることが非常に嬉しかった。

相手が大金持ちのボンボンであることに不安を感じたが、金銭面では非常に魅力的に思えた。一樹は緊張してまともに教授の顔を見ることができず下を向いたまま小声で返事をした。

「私のような者でよいのでしたら是非お願い致します」

「そーか。ホッとした。実は誰でも、というわけにはいかないんでね。成績がきわめて優秀であり、真面目で、責任感がある人物でないとダメなんでね」

山本教授はにこやかな表情でコーヒーカップを口に運び二口ほど飲んでから話を続けた。

「うわさでは、君は高校三年の時、全国摸試で数学、物理、化学、英語でトップだったそうじゃないか。君の高校は田舎だから有名予備校などないし。それでよく全国模試でトップになれたね。君の成績なら東京大学の理科Ⅲ（医学部進学コース）にもトップレベルの成績で入れたんではないかね？」

教授は下を向いたままの一樹の顔を見つめながら話している。

「恐れ入ります。田舎の高校でしたから、遊ぶ所がなかっただけです。別に予備校へ行かなくても参考書と問題集があれば勉強できますから。東京大学でしたら、仮に入学できても、東京での生活には京都以上にお金がかかりますし、岡山に帰省するにもかなりのお金がかかります。うちの家庭の経済では無理だと考えたのです」

少し緊張がほぐれてきた一樹は少し顔を上げて答えた。

「そうか、そうだったのか。うちの大学で十分勉強できるし、研究のレベルでは決して東京大学に負けてはいない。君の選択は正しかったと思う。来年、君は四年生になる。君のことだから留年はないだろうしね」

教授は笑みを浮かべながら冗談半分に言った。

「僕には留年するだけの経済的ゆとりはありませんから」

「四年生になったら君も承知のとおり研究室を決めて卒業研究が始まる。どーだね、私の所に来ないか」

「大変ご高名な山本先生からそのようなお言葉をかけて頂けるとは大変感激です。有機合成化学を勉強して、何か世の中の役に立つ物質を作りたい、というのが僕の高校時代からの夢でした。理論だけでなく形のある物質を作りたい。そのために薬学部にきたのです」

「そうか、楽しみにしているぞ」

教授は上機嫌であった。

「好並君、君の携帯の番号を教えてもらえないか」

「すいません。僕は携帯を持っていないんです」

この日の山本教授との出会いが自分の一生を左右することになるとはこの時、知る由もなかった。

次の日の夕方、薄いベージュのチノパン、白の半袖のカッターシャツ姿で名勝嵐山の高級住宅街にある北野製薬の社長、北野隆二宅に向かった。

北野社長宅は白亜の豪邸であった。一樹の背丈をはるかに超える大きな鋳物製の門の前に立つと足が震えた。二回深呼吸をしてから思い切ってインターホンのボタンを押した。

「どちらさまでしょうか?」

全く緊張感のない女性の声がした。一樹はその声を聞いて少し緊張がほぐれた。

「京都総合大学の好並一樹という者ですが」

門が開いて中年の家政婦里子が白いエプロン姿で現れた。

一樹は彼女の案内で応接間に通された。二十坪はありそうな応接間は天井、壁、床が全て白色である。天井からは豪華なシャンデリアが吊り下げられ非常に明るいゴウジャスな空間である。座り心地の良さそうな白いソファーに腰を下ろした。

そこは一樹が今までに見たことがない別世界である。

すぐに綿パンにベージュのジャケットを着込んだ恰幅のよい温厚そうな五十ぐらいの中肉中背の紳士と高そうな和服を着た上品な感じの中年の女性が現れゆっくりソファーに腰を下ろした。社長と婦人の北野芳子である。

社長のオールバックの頭には白いものが目立つ。

「やあどうも。ご苦労さん。北野です。これは家内です」

ふと見るとテーブルの上に携帯電話が置かれていた。一樹は少し緊張がほどけてきた。

「なあ、母さん。なかなか立派な青年ではないか」

社長はゆっくり脚を組み直しながら隣の芳子を見やる。

「見るからに誠実そうな方ですね。隆彦を呼びましょうか?」

社長はダイニングルームのほうを向いて少し大きな声で里子に頼んだ。

「ああそうしよう。そうしよう。里子さーん。隆彦を呼んでくれ」

隆彦は二階の自室に待機していたのかすぐに、真っ白いポロシャツ姿で爽やかな笑顔を浮かべながら階段を下りてきた。隆彦は色白で目鼻立ちがすっきりした青年であった。その全身から貴公子の雰囲気が漂っていた。

一樹に向かって丁重にお辞儀をしてから、ゆっくり一樹の前に腰を下ろした。

「お前の勉強の面倒をみてくれる好並一樹君だ。岡山の田舎の高校から現役で京都総合大学に入った人だ。それもトップで。勉強以外にも学ぶ点がたくさんある人だと思う。人物は山本教授のお墨付だ」

隆彦は膝の上に両手をきちんとそろえて、時折は並びのよい真っ白な歯を見せながら一樹に遠慮気味に質問した。

「先生はどんな科目が得意ですか？」

「数学、物理、化学が得意です。次に英語かな。国語、社会は弱いですが」

「よかった、ぼくは数学、物理、化学が弱いもんですから」

しばらく一樹と隆彦は勉強のことや趣味などについて話した。社長は二人の話が一段落したのを見計らって隆彦に聞いた。

「どうだ、隆彦。お前の先生を頼む人だ。気が合いそうか」

隆彦は目を輝かせ爽やかな笑顔で答えた。

「とてもいい人だと感じています。是非お願いして下さい」

「そーか。話は決まった。好並君、あさってからでも、お願いできまいか。何分にもあと半年しか時間がないもんで」

「分かりました。できる限りのことはさせて頂きます」

「隆彦、お前は上へ上がっていなさい」

「よろしくお願いします」

隆彦は丁寧にお辞儀をしてから軽快な足音を響かせながら二階の自室に戻っていった。

《なかなか、礼儀正しい、いい奴だ》と一樹は思った。

金持ちの高慢なボンボンかも知れないと覚悟していただけに一樹はホッとした。

「私は君の先輩ではあるが、法学部の出でね。化学や薬品のことがサッパリ分からない。この業界は新製品の研究開発競争が激しい。次の経営者となる息子には是非、薬学部か理学部の化学科に入ってもらいたい。研究、技術に明るい経営者になってもらいたいと考えているんだ。もし京都総合大学が無理なら他の大学でもよいと考えている。隆彦もそのことは承知している」

社長と婦人は一樹の容姿、礼儀正さ、誠実さが大変気に入ったようであった。

「母さん、話は決まったね。今日は本当にいい日だった。これは今日の交通費だ」

社長はジャケットの内ポケットから茶色の封筒を取り出し一樹に渡した。

「そうそう好並君、この携帯を使ってくれ」

社長はテーブルの上の真新しい携帯と説明書などが入っている紙製の箱を一樹に渡した。

「うちへの連絡や、こちらからも連絡することもあるし、ぜひ持っていてくれないか。名義は俺にしてある。費用は全て、うちで持つから心配せんでいいよ。友達同士の井戸端会議などにどんどん使ってくれていいんだよ」

「ありがとうございます。大変助かります」

一樹は丁重に礼を言って北野邸を後にした。

一樹は社長夫妻や、これから教える隆彦が気さくで好感の持てる人物であることが分かり安堵した。特に社長の温かい人間味溢れる人柄、細かい心遣いが嬉しかった。携帯は山本教授が話してくれたんだと思った。生まれて初めて温かい人情に触れたように感じた。

帰りの阪急電車の中で、さっきから気になっていた社長から渡された茶色の封筒を開けてみた。中には新札で五十万円とメモが入っていた。

「契約金というように考えてくれたらよい。隆彦のことをくれぐれも頼む」

一樹は交通費ぐらいは貰えるかなと思ってはいたが、あまりにも高額なので驚いた。

それと同時に大きな責任を感じた。必ず社長の期待に応えなければならないと強く自覚した。

この頃から、図書館の自習室で専門書を読み耽る一樹の姿を友人たちはよく見かけるようになった。一樹は北野社長から貰ったお金で、専門書をたくさん買い込んだ。今までアルバイトに追われて勉強できなかった分を取り返すように必死であった。

柏木は図書館で一樹の姿を見つけても、分厚い専門書を傍らに積み上げ必死で勉強している気迫に圧倒され、声をかけるのを躊躇せざるをえなかった。

その月の末、一樹はいつものように社長宅を訪れた。

隆彦の部屋で微分を教えているとドアが軽くノックされた。隆彦の妹である葉子が肩まで垂らした、つややかな黒髪を揺らせながらにこやかな表情で入ってきた。

「お邪魔しまーす。お茶を持ってきました」

葉子は、パッチリとした瞳に整った鼻筋、ややふっくらとした色白の、人形のように可愛い少女である。私立の名門、京都東女子高の二年である。

隆彦はチラッと葉子を見やった。

「葉子も今から勉強しておかないと来年大変だぞ」

「今はお琴のお免状を取るのに必死なの」

葉子は可愛い顔に笑窪をうかべながら一樹に軽く会釈をして出ていった。

「葉子さんは、お琴をやっておられるのですか」

「少しは勉強すればいいのに。おやじもおふくろも葉子には甘いんですよ」

隆彦は控え目に言ったが、その言葉には勉強をしない葉子に対する不満が込められていた。

勉強が終わった後、応接間に顔を出し、芳子に挨拶した。

「終わりましたので失礼致します」

すると芳子は優しそうな笑みを浮かべながら白い封筒を渡した。

「ハイ、今月のお月謝」

「ありがとうございます」

一樹はその封筒を両手で受け取り軽く頭を下げた。

「先生のおかげで馬鹿息子が少し勉強するようになりました。主人も喜んでおりますのよ」

初めての月謝である。一樹は帰りの電車に乗ると早速封筒を開けてみた。

新札で三十万円入っていた。一樹は十万円ぐらいあればと予測していたのでびっくりした。それと同時に責任の重さをひしひしと感じた。一樹は毎月これだけの月謝が入るのなら安心して暮らせると思った。一樹は大学に入って初めてお金の心配から開放されたのである。

岡山駅から鳥取県の米子方面へ行く伯備線《はくびせん》の各駅停車に乗ると、約一時間で備中高梁《びっちゅうたかはし》駅に着く。高梁の街は周囲を急峻な山に囲まれた盆地で、落ち着いた城下町である。盆地の真ん中を清流高梁川がゆっくり流れている。西の小京都とも言われている情緒豊かな街である。

備中高梁駅から備北バスに乗り東へ約四十分行くと有漢町《うかんちょう》という寂れた田舎町に着く。さらに十分程バスに乗っていると終点の金倉《かなくら》に着く。

有漢町金倉である。高梁駅から金倉行きのバスは一日に一往復しかない。金倉で乗り降りする客はほとんどいない。この豊かでない集落になぜ「金倉」という名前がついているのか一樹は幼い頃から不思議であった。

有漢町は典型的な過疎の町である。常山《つねやま》公園の「石の風車」が少し有名なぐらいで特に有名な名所旧跡や名物があるわけではない。石の風車は、あまり上等ではない御影石の柱に、御影石の分厚い風車が取り付けられたものである。

この風車が芝生で覆われた斜面の両側に三基ずつ立っている。不思議なことに少しの風でもこの御影石の風車は回転するのである。奇抜なアイデアであるが、観光客で賑わっている場面を一樹は今までに一度も見たことがない。

一樹はこの金倉で高校卒業まで過ごした。有漢中学で一樹の学年は四十人であった。主要科目は全て常にダントツで一位であった。

一樹はいつも両親の農作業をよく手伝った。近所ではよく勉強のできる孝行息子と評判であった。中学を卒業すると高梁市街にある県立高梁松山高校に進学した。高校でも抜群の成績であった。

高校二年の終わり頃、担任の増田先生に生徒指導室に来るように言われた。

増田先生は三十過ぎの数学の教師で、日頃から何かと一樹のことを気にかけてくれていた。彼の熱意に満ちた授業、深い教養に裏打ちされた健康的な精神は、可塑性を有する感受性豊かな生徒達に受け入れられていた。一樹はそんな増田先生を尊敬していた。

「君はどこの大学へ進学するか、ぼつぼつ考えないと」

「地元の国立大学を考えていますが」

「君の能力なら勉強次第で東京大学の理科Ⅲ類（医学部進学コース）だって決して夢ではない」

一樹は医師になるつもりはなかった。

「しかし家庭の事情がありますから」

「大学は奨学金、アルバイトで何とかなるかもしれないよ。ぼくはそうして大学を出たんだが」

「両親とも相談してみます」

「実は、もう一人ずば抜けてよくできるのがいてね。君も知っているだろう。河原智子君だ。彼女も素晴しい才能を持っている。わが校としては是非二人とも東京大学か京都総合大学に入ってもらいたいと考えている」

しかし一樹はこのことを両親に言うべきかどうか判断しかねた。一樹には兄弟がなく一人息子であった。もし自分が東京の大学へ行くとなると両親はきっと寂しがるだろう。

しかし、自分が有名大学を卒業し、たくさん給料がもらえる仕事に就くと、いくらか両親を楽にさせてあげられるとも考えた。両親は年老いていく。今のように農業を続けていくことは不可能である。いずれ自分が両親の面倒を見なければならない。

一樹は増田先生が、頑張れば東京大学に入れる能力があると言ってくれたことが大きな励みになった。増田先生との出会いと指導がなかったら一樹の人生は大きく変わっていたであろう。

どちらがよかったかは誰も評価することはできないのであるが。

四月の初め制服である紺色のブレザーを着て一樹は小さな川沿いのゆるやかな登り坂を高校の方角へゆっくり歩いていた。

その日は始業式であった。その坂道には古ぼけた家並みが続いている。川沿いには今を盛りとばかりに満開の桜並木が続いている。

その時、横の小道から茶色のブレザー服姿の女子高生がゆっくりではあるが軽やかな足取りで歩いてきた。二人はT字型の小さな交差点でばったり出会った。

一樹は彼女が河原智子であることにすぐ気がついた。真っ白のブラウスが満開のピンクの桜と春らしい清らかなコントラストをなしていた。智子は色白のふっくらとした丸顔の可愛らしい少女である。そのみずみずしい顔は清楚さと麗しさに溢れている。

一樹は智子が自分のほうを向いて軽く会釈をしたように感じた。実は智子は会釈をしていなかったのかもしれない。一樹は彼女の会釈に応えるように軽く会釈した。

一樹の胸は激しくドキドキしていたが、深呼吸し猛勇を奮い起こして明るい表情で話しかけた。

「おはよう」

一樹は自分の口から湧き出た言葉に少しとまどった。今まで女子に自分から声をかけたことはあまりなかった。それに最近智子のことを意識していたから声を掛けるのに相当の勇気を要した。

「お早うございます。好並君ね」

智子は一樹のほうに少し近づきながら、澄んだ声で応えた。

一樹は胸の鼓動が高まっているのを感じた。智子に掛ける言葉は次々に胸から沸きあがってきたが声となって出ていくことはなかった。

二人は少し距離をおいて、しかし離れることなく校門まで一緒に歩き校門の前でどちらからともなく「じゃあ、また」と言って別れた。

自分の席に着いてからふと前方を見ると智子が席に着いていた。彼女は隣の友達と軽い会話を交わしていた。

しばらくしてから智子は後ろのほうを向き教室全体を見渡した。

その時、智子は一樹に気づいて軽く会釈をした。一樹も軽く会釈で応えた。《同じクラスか》一樹は嬉しくなり浮き浮きした気持ちになった。しばらく友人達と再会を喜んだり、あいつはどこのクラスへ行ったんだ、などと雑談で賑やかであった。

一樹のクラスは全員大学への進学を希望する生徒であった。田舎の刺激が少ない高校である。一流大学を目指すいわゆる進学高ではない。

始業式の後、早速三年生の物理の授業が始まった。一樹は既に春休みに参考書で勉強していたから授業の内容はよく理解していた。したがって授業を聞いてもつまらなかった。そこで物理の問題集のコピーをノートの上に置いて目立たないように内職を始めた。

この日は始業式ということで授業は二時頃終わった。一樹は帰りのバスまで約三時間あったので一人教室に残り問題集で勉強していた。するとそこへ智子が忘れ物を取りに戻ってきた。一樹を見つけると智子は一樹の所へ近づいて来た。一樹は激しい胸の高まりを覚えた。

「好並君はまだ帰らないの?」

「ああ、バスの時間までまだ大分あるから。河原さんはどこから来てるの?」

「私はここから歩いて十五分ぐらいのとこなの」

「そう、家が近くていいですね。ぼくは有漢からだから」

「好並君は東京大学を受けるんですか」

智子は涼しい顔をしてずばりと聞いてきた。

「いやまだ決めていないんです。しかし東京へ行くことはまずないと思います」

「河原さんは東京ですか?」

「まだ決めてないの。でも私には東京は無理かも。地元でもいいかなとも考えているんです。好並君は数学の天才だと増田先生がおっしゃってました。時々数学の問題を持ってきてもいいですか?」

智子は下を向いて、はにかみながら小声で言った。

「増田先生の買い被りですよ。でもぼくでよかったらいつでもいいですよ」

「好並君の勉強の邪魔になってはいけませんから帰ります。頑張ってね」

智子との会話は大変楽しかった。一樹はもう少し智子と話を続けたい衝動に駆られていた。それは智子の美しさだけでなく気品のある爽やかな声も関係していたのかもしれない。

一樹は智子の明るく健康的で溌剌とした姿が眩しかった。智子が教室を去った後には彼女のほのかな香りと爽やかな余韻が残されていた。一樹にはそれが大変心地よく感じられた。

こうして二人の爽やかで清らかな交際が始まったのである。川沿いの桜並木を一緒に登校する二人の姿がよく見られるようになった。そのうち、一樹と智子の交際はクラス全体に知られるようになった。

教室で友達からよく冷やかされた。

「好並、お前、河原とラブラブなんだって」

「普通の付き合いだよ」

一樹は涼しい顔で軽く受け流した。級友たちは冷やかしたりはするが、おおむね二人の交際に温かいまなざしを向けていた。


二学期が始まって少したった頃、模擬試験の結果が高校を通して一樹に渡された。

一樹は恐る恐る成績表をみた。東京大学理科Ⅲ類（医学部進学コース）および京都総合大学薬学部への合格可能性はいずれもA判定であった。この成績を保てば合格は間違いないという判定であった。

一樹は自分の成績が良いことにびっくりした。何かの間違いではとの不安が頭を掠めた。級友たちは一樹を取り囲むように机に腰をすえ両足をブラブラさせながら、

「好並、なかなかやるのー。お前の脳みそを半分、俺に生体脳移植してくれんか」

「おれ今日、家に帰れないよー。親父に、どずかれそー」

などと言いながら級友たちははしゃいでいる。智子は時折一樹のほうを見やりながら多くの女子と雑談している。田舎のせいか級友たちは素朴で素直である。

圧倒的に成績に差があるためかうらやむ者はいたが妬む者はいなかった。一樹は智子の成績が気になっていた。それはライバル心からではなかった。

一樹の心の底には、智子が自分と同じ大学に進学できるかどうかの不安があった。

放課後いつものように帰りのバスの時間まで教室で勉強していると智子が近づいてきた。

「ちょっとお邪魔しまーす」

「ぼくも少し河原さんと話したかったんです。で、どうでした？」

智子はカバンから模擬試験の成績表を取り出して下向き加減で一樹に渡した。

東京大学文科1類、京都総合大学法学部は共にA判定であった。智子の成績が極めて良かったので一樹は自分の成績表を智子に見せた。

「まあ、素晴しい成績！　やはり先生方が言っておられたとおり天才だわ」

智子は心の底からの喜びを隠すことなく顔に表している。

その頃から、級友たちは高梁川の川原で一樹と智子が並んで座り、静かに語り合っている風景をたびたび目にするようになった。清流高梁川の水は限りなく澄んでいて、川底の石に当たって波打ちながら静かに流れている。川原からは山頂の松山城が望めた。一樹は智子といつまでも静かに語り合いたかった。清流の音を聞き、松山城を眺めながら、夕陽が夕焼け雲の向こうに沈むまで。

この世に神や仏が実在するのであれば、二人の淡い、高梁川を流れる清冽な水のごとき恋は、いずれ成就し幸せな結末へ昇華していったであろう。

あくる年の三月、一樹と智子はそれぞれ京都総合大学薬学部と法学部に合格した。

一樹が家を出て京都に向かう時、両親は金倉のバス停まで見送ってくれた。家からバス停まで三人はほとんど話をしなかった。バスに乗る客は一樹以外にいなかった。バスが出発する時、父も母も笑顔で手を振っていたが、その表情は大変寂しそうであった。

こうして一樹は両親のことを気にかけつつも、これから進む未知の世界に漠然とした大きな希望と夢を抱いて、生まれてから十八年間過ごした故郷金倉を後にしたのである。

この日が心優しい一樹が良心も正義感もかなぐり捨てなければ生きていけない過酷な修羅の巷をさまよう人生を歩む出発点となったのである。


十月の終わり頃、一樹はいつものように家庭教師に出かけた。

嵐山の駅を降りると、川の両岸は紅葉で見事に燃え上がっている。北野邸に到る道の樹々も思い思いに紅葉している。

その日は隆彦に化学を教えていた。途中で妹の葉子がいつものように陽気に、

「お邪魔しまーす」

と言ってコーヒーとケーキを欅のお盆に載せて入ってきた。二人の前にコーヒーとケーキを置いた後、葉子は二人の会話を聞いている。

「先生に教えてもらうようになってから、数学や物理、化学がよく分かるようになりました。微

分と積分は学校の授業ではよく分からなかったんですが、先生のおかげで今は京都総合大学の過去問も楽に解けるようになりました。物理や化学も先生が書いてくれる図による説明で、よく分かるようになりました」

隆彦はいつものように膝に両手をそろえて、ややはにかみながらも礼儀正しく感謝の気持ちを表した。隆彦は一樹が非常に秀才であることを実感し、大変尊敬するようになっていた。隆彦は心の中で一樹を兄のように慕うようになっていたのである。

一樹もそのような隆彦の気持ちを感じていた。それだからこそどうしても隆彦を京都総合大学へ合格させてやりたかった。そのために教え方に色々工夫を重ねていたのである。

葉子は一樹と話をしたくてウズウズしている。

「先生、うちの兄のような出来の悪い生徒に教えるのってイライラするでしょう？　うちの学校の先生は問題をやっている時、出来の悪い子の所へ行ってイライラしながら、まだ出来んのかって、よく怒っていますよ」

「兄さんは大変頭の良い人です。少し勉強の仕方が間違っていただけですよ」

かつて、高校の増田先生が一樹のことを非常に頭が良い生徒だと言ってくれた。その言葉が、自分はやれば出来るんだという大きな自信となったことを思い出していた。

隆彦にも、自分は頭が良いのだから一生懸命頑張れば京都総合大学に必ず合格できる、という自信を持たせたかった。一樹は葉子のほうを見ながら話している。

「かなり自信がついて来たんじゃないかな。今はその自信がバネになって加速度的に成績が伸びているように感じている。教えていても確かな手ごたえを感じているよ。多分このまま頑張れば相当優秀な成績で入れると思っています」

葉子は欅のお盆を両手で持ったまま真剣に一樹の話を聞いている。

「うちの兄はそんなに出来るようになったんですか。兄が京都総合大学に入ると、私少し鼻を高くしてクラスメイトに自慢しようかな」

葉子はその整った顔に、笑窪を作り茶目っ気たっぷりの口調で話しながら部屋を出ていった。葉子はもう少し一樹とおしゃべりしたかったのだが、勉強の邪魔をしてはいけないという自制心が働いていたのである。

葉子の高校は女子高であるため若い男性と接する機会がなかった。葉子は次第に一樹が訪れるのを心待ちするようになっていた。


年が明けた三月はじめ、京都総合大学で入学試験の合格発表が行われた。その日はとても寒く赤レンガの正門の上には雪が積もっていた。大学キャンパスは雪が風にあおられて乱舞していた。

合格発表がある掲示板の前は、オーバーやコートを着た人でいっぱいであった。みんな無口で、イライラしながら今か今かと係官が出てきそうな方角を見ながら待っていた。一樹、隆彦、葉子、社長夫妻は誰も口を開かず時折係官がやってきそうな方角に目をやっていた。

しばらくして、若い二人の係官が白い模造紙を抱えてやって来た。周囲はとたんに静かになり緊張した雰囲気になった。衆目は若い二人の係官に集中した。隆彦は受験票を握り締めている。

「あった！　あった！」

隆彦と一樹は同時に叫んだ。二人は手を取り合い小躍りしながら喜んだ。その時社長も隆彦の番号を確認した。

「あった！」

叫んでいる社長の顔は緊張と興奮で引きつっていた。対照的に芳子と葉子は静かに満面の笑みを浮かべている。しばらく社長は放心状態であった。芳子が社長に促した。

「お父さん、隆彦、隆彦におめでとうは。先生にお礼は」

「隆彦おめでとう。こんな嬉しいことは何十年ぶりや。先生ほんまにありがとう。先生のお陰や。何とお礼を言ったらいいのか分からへん。これで明日は胸を張って会社に行けるぞ。もし落ちとってみィ、しょんぼりやで。社員の手前格好がつかんとこやった」

「今日は我が家にとって記念すべき日になりましたね」

「今日は我が家で、内輪だけの祝賀会をしよう。先生には是非出席して欲しい」

そう言って一樹の肩を軽く叩いた。

「うちの主人はこの頃、好並さんのことを隆彦の実の兄と思い込んでるようですわ。参加して下さるわね」

「ありがとうございます。ぜひ参加させて頂きます」

その夜、北野邸では有名なホテルから運ばれた豪華な食事を囲んで、祝宴が開かれた。

帰り際に社長は赤い水引のついた「ご祝儀」を一樹に手渡した。

「大変世話になった。これで我が家との縁が切れたわけではない。君には迷惑かもしれんが、うちの家族はみんな君のことを家族の一員だと思っている。また今度電話する。だから携帯は持っていてくれ」

社長は寂しそうな表情を浮かべて言った。

「先生、何か困ったことがあったら必ず相談して下さいね」

芳子は慈悲に溢れた表情で優しく諭すように言った。

「ありがとうございます。短い間でしたが、言葉には表せないほどお世話になりました。ご恩は生涯決して忘れません」

一樹が門から去っていくのを葉子はしょんぼりと見送っていた。

一樹は自室に戻るとすぐご祝儀を開けた。中には帯封のついた札束が二つとメモが入っていた。メモには《非常に感謝している。何か困ったことがあったら、私か家内に必ず相談してほしい》と書いてあった。それは一樹が卒業までに必要な生活費には十分な金額であった。一樹は社長がそのことを考えてこのような大金を包んでくれたのだと思った。


四月の半ば、一樹は山本教授の研究室に配属となり卒業研究を始めている。親友の柏木は薬理学教室に入っていた。

ある日、一樹は教授から呼ばれた。教授室に入るとソファーにはグレーのスーツ姿の北野社長が座っていた。一樹は驚いたが平静を装い丁重にお礼を述べた。

「この間はたいそうご馳走になりました」

「元気そうで安心した。今日は格別美味しいコーヒーが手に入ったので、山本先生に届けようと思ってね。好並君、山本先生の所でよく鍛えてもらうんだね」

一樹は社長がわざわざコーヒーだけを届けに来たとは思えなかった。

「ぼくは今、試薬の調製を院生の方に教えて頂いている最中ですから、失礼させて頂いてよろしいでしょうか」

と気をきかせて教授に伺いを立てた。

「ああそうか、もう行っていいよ。頑張れよ。我が研究室の期待の星だからな」

一樹が退席した後で教授は、

「コーヒーだけを届けに来るほど君も暇ではないだろう。まさか好並を来年、北野製薬にくれって話ではないだろうな。好並だけはダメだ。彼は稀にみる逸材だ。我が研究室を継がせ世界的な学者に育てたいと思っている」

とやんわり釘をさした。

「いやあ、それは残念だ。だが、今日来たのは会社の新製品のことだ。うちで今売っている食品添加物のソルボン酸があるだろう。保存料の。ソルボン酸は酵母、カビ、細菌に効果がありよく売れているんだが、あと六年で特許が切れてしまう。特許が切れると他社が真似して作ってどんどん売るようになるから、激しく値崩れする。そうなると、我社の利益の大半が吹き飛んでしまう。我社は確実に大ピンチに陥る」

社長は眉間にしわを寄せ憂鬱そうに言った。その表情は真剣であった。

「それは大変だ。対策を考えなければならんなあ」

教授は心配そうに言った。

「特許が切れるまでに次の新しい抗菌物質を見つけ食品用の保存料として開発しなければならない。うちの研究所の合成化学部門で次の保存料となるような物質を色々合成しては抗菌力の試験をしているんだが、いまだにいい物質が見つからない」

「それは大変だぞ。よい物質が見つかっても、すぐに売るわけにはいかんからな」

教授は心の底から心配しているようであった。

「そうなんだ、抗菌力が優れた物質が見つかっても、そこから食品での有用性、安全性の研究をしなければならない。安全性の研究には少なくとも三年以上かかる。さらに厚生労働省に申請し審査してもらうのに最低でも二年ぐらいはかかる。だから一刻も早く有望な候補物質を見つけなければならない」

社長は教授に必死で訴えるように説明した。

「要するに、うちの研究室でも食品の保存料の候補になりそうな抗菌物質を研究してくれということですか」

教授は心配そうに社長の顔を見ながら応対している。

「どう、お願いできないかな」

社長はすがるように頼んでいる。

「現在いる大学院生や研究生はそれぞれ研究テーマが決まっている。そうだな、好並君にやらしてみるか。彼は世の中の役に立つ物質を作りたいと希望しているし、卒業研究のテーマとしてやらしてみるか」

「彼は優秀なんだろう。ぜひ彼にやらせてみてくれないか」

「しかし、あまり期待しないでくれよ。いくら彼が優秀だといってもまだ学部生だ。それに新しい化合物をいくらたくさん合成してみても実用化できるような物質となると、そんなに簡単なことではない。それは社長も十分知っているだろう。合成するには色々な試薬や器具が必要なんだ。研究費がいくらあっても足りない」

教授は社長の腹の付近を見ながら遠慮気味に言った。

「分かっている。研究費の件は。正式に大学の会計課に入れる。そうすると、この研究室で自由に使えるんだったな」

「ああそうだ。おれの仕事の大半は研究費集めなんだ。イヤになる時があるよ。好並君が合成した物質は君の研究所へ回すから、抗菌活性を調べてみてくれ」

「そうしてくれれば助かるよ。抗菌活性を調べる検体が多いほど抗菌物質が見つかる確率が高まるからな。今さき渡したコーヒーは、おれが帰った後すぐ君が自分で味見してくれ」

そう言い残して北野社長は教授室を後にした。

山本教授は社長が最後に言った言葉の意味を理解していたから、すぐにコーヒーの包装を開けた。中には最高級のコーヒーと白い封筒が入っていた。

封筒には百万円の束が一つとメモが入っていた。《税務署に申告する必要はないから》山本教授は札束に拝むような仕草をしてすぐロッカーに吊るしてある背広の内ポケットに入れた。

京都総合大学は国立大学である。したがって、山本教授は公務員であるからこの百万円は明らかに賄賂に当たる。北野社長は贈賄罪、山本教授は収賄罪の構成要件に該当することは明らかである。

＊保存料・・・防腐剤のことである。食品中で微生物が増殖するのを防ぐ作用を持っている物質である。食品で問題になる微生物には真菌（カビと酵母のこと）、細菌（英語で

バクテリア）がある。

保存料の研究開発は次の順序で行われる。
①数多くの化学物質を合成し抗菌力を調べる。この段階で抗菌力の強さも大体分かる。大学と提携すれば合成に従事する人の人件費が省けるから、研究費を払っても会社のほうは大きなメリットがある。
②変異原性試験を行う。変異原性試験とは、DNAに悪い影響を与えないかどうか調べる試験である。
③急性毒性試験を行う。ネズミの一種であるラットかマウスに口から強制的に一回だけ飲ませる。（経口投与という）
④亜急性毒性を行う。ラットなどに一ヶ月、または三ヵ月毎日食べさせる。色々な臓器について異常がないかどうか調べる。
⑤慢性毒性試験を行う。④の結果を参考にして抗菌物質を餌に混ぜてラットに約二年間食べさせる。解剖して臓器を調べる。
⑥抗菌力がタンパク質やデンプンなど食品の成分の影響で低下するかどうか調べる。この試験で抗菌力が大きく低下するようだと食品用の保存料としての開発は難しくなる。
⑦色々な食品に添加し微生物が増殖するかどうかを調べる。
⑧候補となっている物質の分析方法などを確立する。
⑨データをまとめ厚生労働省に食品添加物として使用する許可【指定】をもらうために申請する。

申請から使用許可が出るまでに数年かかる。
⑩特許の出願を行う。どの段階で行うかは会社によって異なる。特許が取得できれば独占的に製造販売できるから値崩れがなく十分な利益が確保できる。
⑥、⑦、⑧は③、④、⑤の前に行う場合もある。

一樹は教授室のソファーに山本教授と向かい合わせに座り、卒業研究のテーマについて話し合っている。一樹はメモ用のノートとシャープペンシルをテーブルの上に置いて教授の話を聞いている。

「好並君、君には新しい抗菌物質の合成をやってもらいたい。抗菌力は北野製薬の研究所で調べさせる。実用化できるほどの物質はなかなか見つからないよ」

一樹は先日、北野社長が山本教授を訪ねてきた目的が分かった。自分の希望にかなった研究テーマである。一樹は目を輝かせながら真剣な眼差しを教授に向けた。

「分かりました。頑張ってやります」

「そうか、このテーマには北野製薬の研究費がついているから、試薬など遠慮せず購入できるぞ。おおいに頑張ってくれ。期待してるぞ」

教授は柔和な声で激励した。教授は長年の経験から一樹が卒業までにそのような物質を作り出す可能性は、ほとんどないと思っている。

一樹は薄汚れた白衣を着て研究室の古ぼけたスチール製の机で抗菌性物質に関する文献を読み

漁っている。文献を参考にいくつかの抗菌物質について分子設計を綿密に行った。次に自分が設計した分子の合成方法（作り方）について日本語や英語の文献を徹底的に調べ検討した。それをまとめてパソコンで研究計画を作成し、教授室で山本教授に手渡した。

教授はそれに目を通すと、それまでのにこやかな表情を一変させた。

「好並君、このような研究計画書を提出したのは君が初めてだ」

「出来が悪すぎますか？」

一樹は不安そうに訊ねた。

「とんでもない。非常によく出来ている。大学院生でもこのような研究計画書はなかなか作れないよ。まして君はまだ学部生だ。よく専門的な文献が読みこなせたね。さすがだ」

教授はソファーの背もたれから身を起こし驚嘆の眼差しを一樹に向けた。もしかしたら一樹は実用化できる抗菌物質の合成に成功するのではないかと思った。それぐらい一樹の研究計画書はよく出来ていた。

その頃から、毎日朝から深夜まで、研究室で実験に没頭している一樹の姿があった。

かなり古びた研究室には黒色の天板の実験台がずらりと並び大小のビーカー、フラスコ、メスシリンダー、三角フラスコなどのガラス器具が無造作に置かれている。グレーの床は方々薬品で褐色に変色している。アルコールやエーテルなどの有機溶媒を、水圧を利用して減圧状態下で除去するロータリーエバポレーター、合成反応を行う三口コルベンなどが所狭しと置いてある。

また研究室の一角には、合成した物質を分析するために使用する、赤外線スペクトル（ＩＲスペクトル）、核磁気共鳴装置（ＮＭＲ）、高速液体クロマトグラフ（ＨＰＬＣ）、分光光度計など高価な分析機器が設置してある。一樹はさすが山本教授だと思った。よくこれだけの機器を集めたものだと感心した。一樹が研究するのに十分な器具、設備、装置が整っていた。

北野製薬は京都市の郊外である山科にある。広大な土地に工場、研究所、本社事務所を構えている。工場と事務所は同じ敷地にあるが、道路を挟んで工場正門の前の別の敷地に四階建ての白亜の研究所が建っている。

北野製薬は病院や薬局向けの医薬品は製造していない。食品用の薬品である食品添加物と化学工業向けの工業薬品を製造している。収益のほとんどは食品添加物によるものである。工業薬品は生産量、販売額は大きいのであるが、利益率が低く会社の利益にはほとんど貢献していない。

研究所は合成化学部門、工業薬品部門、食品添加物部門、安全性研究部門、庶務課より構成されている。

北野社長が山本教授を訪問してから一ケ月ほど経った頃、北野製薬本社会議室で経営会議が行われていた。

白色の壁の明るい会議室には白色の会議用テーブルが向かい合わせに並んでいる。真っ赤な布張りの椅子がアクセントとなって会議室に華やかな雰囲気を演出している。

社長、専務取締役研究所長の清原、常務取締役営業部長の森山を始め、常務取締役生産部長の岡田、経理部長、工場長の秋山、東京支店長、などが神妙な面持ちで座っている。

北野社長が全員を見渡しながら穏やかな口調で話している。しかし笑みはなかった。

「今期の我社の業績は順調でありました。社員みんなの努力の結果であります。しかしみなさんも十分ご承知のことと思いますが、我社の大黒柱であるソルボン酸の特許が後六年で切れる。そうなるとよその会社がソルボン酸を作り始めるから我社のソルボン酸は大きく値崩れしてしまう。そのために研究所でソルボン酸に代わる保存料の研究をだいぶ前からやっている。営業部長、もし六年後にソルボン酸に代わる保存料の開発が出来ていなかったらどうなるのかね」

四十を過ぎた大柄で少しでっぷりとした森山は、研究所長の方をチラッと見てから視線を社長に向けた。

「工業用薬品の伸びは期待できません。この傾向は六年後も変わらないと思われます。我社の利益はどうしても食品添加物に頼るしかありません。ソルボン酸に代わる保存料が開発できていなければ営業がいくら頑張っても我社の利益は大幅に減少します」

いつも温厚な社長は軽く頷いてから、研究所長の清原のほうに不満そうな顔を向けた。

「研究所長、ソルボン酸の代わりの保存料の研究は進んでいるのかね。我社の将来は君の肩に掛かっている。私の所へはなかなか研究所の情報が入ってこない。社内で研究所は緊張感に欠けているんじゃないかという意見が出ているが」

唯一白衣姿の清原はやや下を向き不機嫌そうな表情で反論した。

「研究所はみんな頑張っています。ソルボン酸の代わりとなる保存料についても合成化学部門を挙げて新規化合物の合成に取り組んでいます。合成した化合物はどんどん抗菌力を調べさせています。研究所が緊張感に欠けているということはありません」

清原は研究のことが分からない社長や他の連中は口出しするなと内心で思っている。

「で、抗菌力のある物質は見つかったのかね。安全性を調べたり食品での有用性を調べたり、厚生労働省への申請やらを考えるとあまり時間がないことは君も十分承知だと思うが」

清原は不満そうな表情を隠すことなく反論した。

「そのようなことは十分承知しております。現在のところ有望な物質はまだ見つかっておりません。鋭意検討中です。どのような化合物を合成すればよいか分からないから色々合成して抗菌力を調べているんです。研究とはそのようなものではないでしょうか？」

社長は自分が化学や研究のことが分からないことを十分承知で清原が答えているように感じて苦々しく思った。

社長と研究所長が険悪な雰囲気になっていることを感じ取った生産部長が手を挙げて提案した。

「社長、今我社はかなりの利益を上げています。研究員を増やせる余裕があると思います。合成化学部門の研究員を増員してどんどん化合物を合成させてみたらどうでしょうか？」

「生産部長の提案はいかがでしょう」

営業部長は社長のほうに顔を向けトーンを下げた声で生産部長の意見に賛成するように促した。

だが社長はただちに毅然とした態度で一段と声を張り上げて反論した。

そんな社長の声を誰も今まで聞いたことはなかった。

「ダメだ。今の状態で研究所にいくら人や金を投入してもドブに金を捨てるようなものだ。この十年間、多くの研究員と莫大な研究費を投入してやって来た。それで何の成果もない。仮に今の二倍の研究員を投入しても成功の確率はきわめて低い。ほぼゼロだろう。この際はっきり言っておきたい。研究員の資質の問題がある‼　研究員の熱意の問題がある‼」

社長はそう言って全員を見渡した。

社長は今まで心の中に抑え込んでいた研究所に対する不満を一気に吐き出した。今まで社長からこのようなきつい言葉を聞いたことはなかったから全員が凍りついた。

全員下を向いてしまった。清原は苦い薬を飲んだような表情でソッポを向いている。そんな清原に社長は大きな声で追い討ちをかけた。

「合成化学部門の研究員は全員、一週間以内にソルボン酸に代わる物質について研究計画書を提出してくれ。清原君、君もだ‼　研究計画書は私の所へ持って来てくれ」

研究計画書を社長が見ても理解不能なことは誰もが知っていた。社長の本心をはかりかねた。

一週間後に社長の指示どおりに研究計画書が提出された。

社長室は南側が全面ガラス張りで非常に明るい。床に灰色のカーペットが敷かれた落着いた雰囲気の部屋である。社長は頭まで背もたれがある黒革の椅子に座ったまま机に積み上げられた研究計画書を眺めている。しばらくしておもむろに受話器を取った。

「好並君か、今ちょっといいかい。実は君に見てもらいたい書類があるんだが。おれの家庭教師を頼みたいんだ。今夜、うちに来てもらえないだろうか」

一樹はビーカーに薬品を溶かしガラス棒で混ぜている最中である。

「分かりました。ぼくで分かることでしたら」

一樹はその書類が何であるのか、また何を社長に教えるのか不審に思ったが快く引き受けた。

その日の夜、一樹は北野邸を訪れた。玄関で芳子が珍しく真剣な顔で一樹に頼んだ。

「主人が応接で待っています。面倒でしょうがちょっと話を聞いてやって下さい」

一樹が応接間に入りソファーに腰を落ち着けるとすぐに
「やあ、研究で忙がしいんだろう。すまんな。実は今日は面倒な頼みがあってね」

そう言いながらテーブルの上の分厚い茶色封筒を一樹のほうに向けた。封筒には《極秘》の朱印が押されていた。

「これはうちの研究所で作ったソルボン酸に代わる新しい抗菌物質についての研究計画書だ。極秘文書だが、君はうちの家族みたいなものだから。君が山本教授にこの件に関する立派な研究計画書を提出したというのを聞いて真似したんだがね。この研究計画書をよく検討してみてくれないか」

その口調は父親が息子に頼みごとをするような穏やかなものであった。

一樹は北野製薬の研究員のレベルを知らなかったので、自分に分かるだろうかという不安が頭をよぎった。

「ちょっと失礼します」

一樹は封筒のなかの書類の一部を取り出して目を通した。数分間ピンと張りつめた緊張した雰囲気が漂った。

芳子は研究経歴が長いベテラン研究員達が作成した研究計画書の内容が、果たして一樹に理解できるのだろうかと不安な面持ちである。社長も同じ気持ちである。

一樹は二、三の研究計画書を読んだ後、静かにテーブルに置いた。

「分かりました。何とか分かりそうです。一週間ほど時間を頂けないでしょうか」

「一週間でいいのかい。君は実験で忙しいだろう」

「ぼくは抗菌物質について少し勉強しましたから、一週間あれば大丈夫です。それに、この件は一日でも早く研究を進めなくてはならないのでしょう」

社長は隣に心配そうな表情で座っている芳子に話しかけた。

「母さん、今の言葉聞いたか。うちのベテラン研究員が作った研究計画書をまだ学生の好並君が実験をやりながら読むというんだよ。たいしたもんだ。人を滅多に褒めない山本教授が好並君のことは大層褒めていたからな」

「私には難しい研究のことは分かりませんが好並さん、主人の家庭教師のほうも時々お願いしますよ。かなり老けた生徒ですけど」

「学生でありながら実社会の研究に触れることが出来、ぼくにとっても良い勉強になります。社会で実際に使われる物質を作るのがぼくの夢ですから」

「君の今の言葉をうちの研究所の連中に聞かせてやりたいよ。私は君に出会えたことを神の引き合わせと思っている。君のアドバイスがあれば大変心強い」

そこへ葉子が二階の自室からニコニコしながら降りてきて一樹の傍に立っている。

「先生、とうとう、父の家庭教師を引き受けさせられたの。大変ねえ。でも先生が父の力になって下されば、私も母も安心だわ」

やや大人びた表情で言いながらテーブルのお菓子を口に放りこんだ。

一樹には研究所と社長の関係が上手くいっていないこと、社長が研究員、研究所長を信頼していないことは容易に推測できた。もしかして社長は山本教授も信用していないのではないかと感じた。山本教授を信用していれば、自分のような学生にではなく経験も学識も十分な山本教授にまず相談するだろうから。

会社の運命が懸かっている重要な研究なのである。一樹は責任の重さを感じていた。


その週の日曜日、一樹は早朝から自室で社長から預かった研究計画書と首っ引きであった。どの研究計画書にも抗菌力と分子構造との関係を裏付ける文献的、理論的検討がなされていなかった。また、もし抗菌力を有するとしても、その物質を実際に工場で作るとなると、一キログラム当たり二百万円のコストがかかり、医薬品にするのならともかく、食品添加物である保存料としては開発できないものもあった。

これらのことをパソコンでレポートにまとめたのは時計が午前二時を回った頃であった。

「できた」一人叫んだ。

このレポートを社長はどのように使うのだろうかと気にかかった。研究員や研究所長にとっては致命的な内容だからである。一樹はレポートを早く社長に届けたかったが、極秘文書である上に自分が作成したことが会社に知れることはよくないと思った。

次の日、一樹は研究室の自分の机から隆彦に携帯をかけた。

「昼ご飯でも一緒にどうですか?」

「いいですよ。教養部の食堂でいいですか。ぼくは昼から基礎分析化学の実験があるから近くで済ませたいんですが」

教養部の食堂は五百人ぐらい収容できる広々としたものである。メラミン樹脂製の六人がけの長いテーブルがたくさん並んでいる。昼食時であったためかかなり混んでいる。

隆彦は真新しい白衣を着ている。ボタンを外した白衣の下に真新しいライトブルーのポロシャツが見えている。その胸ポケットには一流ブランドのマークがあった。

色白の端正な顔立ちとスタイルの良さがあいまって気品と清々しさが漂っている。

一樹は隆彦と一緒にカレーを食べた。隆彦は時折一樹のほうを見やりながら、具のほとんど入っていないカレーを口に運んでいた。

「結構、講義や実験できついですね。実験ではガラス器具で手を切らないようにするのが精一杯です」

「専門に入るとまだ忙しくなりますよ。でも面白くなりますから。この書類を社長に渡して欲しいんです。非常に重要な書類ですから」

そう言いながら一樹はA4サイズの茶封筒を隆彦の前に置いた。

隆彦は少し驚いた様子でカレーを口に運ぶのをやめ一樹の顔を見た。

「えっ、先生もう出来たんですか。父が先生に無理なお願いをして申し訳ありません。でも父は先生をとても頼りにしてますから。父はいくら先生が優秀でも一週間では無理だろうと言ってましたが。まだ四日しか経っていないんですよ」

隆彦は今でも一樹のことを先生と呼んでいる。

「これは会社にとって、一日でも早いほうがいいんだ。隆彦さんもよく勉強して早くお父さんを助けてあげて下さい」

隆彦は白い歯を見せながら軽く頷いた。

北野製薬の研究所の会議室に社長、研究所長、合成化学部門長、合成化学部門の研究員が集まっている。全員実験用の白衣を着ている。

社長は座ったまま堂々と自信に満ちた態度でゆっくり全員を見渡した。

「研究計画書は全部読ませてもらった。どれもダメだ！」と大声でため息混じりに言った。

するとすぐに合成化学部門長の岡島が座ったまま手を上げ、

「どの点がダメなのか具体的に示して頂かないと」

と気色ばんで反論した。研究所長の清原は座ったまま社長のほうを見やりながら不満そうに、

「誰の計画書がダメなのでしょうか。合成方法に問題があるのでしょうか」

と訊ねた。明らかに社長が合成化学や研究のことなど分からない、ということを前提にしていた。

社長は静かに一樹が作成したレポートを清原に渡した。清原はそれを全員に配った。

そのレポートは一樹が書いたものを社長が自分の手で書き写したものである。誰もが、どうせ素人が書いたもの、たいしたものではないだろうと見くびっていた。社長は少しニヤニヤしながら全員の表情を観察している。しかしすぐに全員の顔に緊張が走った。ページをめくる手が震えている者もいる。見慣れた社長の直筆である。社長が自分で書いたことは間違いないのである。仮に誰かの意見を参考にしたとしても、

「誰の意見ですか」

と聞くわけにはいかない。

社長は自信満々であった。ゆっくりと全員を見渡しながら語気強く自分の見解を開陳した。その

態度には余裕すら感じられた。

「どうかね。確かに色々合成して抗菌力を調べていかなければ、この研究は成功しないことはよく分かっている。君たちの計画書の中身は、闇夜に矢を放っておればいつかは当たるかもしれない、というものばかりだ。こうすれば矢が当たる確率が高まるという理論的考察が全くない。また、仮に抗菌力のある物質が出来たとしても、一キログラム当たり二百万円もするようなものをよく計画書に書けたもんだね。気は確かかね。よくもこんな恥ずかしい研究計画書を出せたもんだ‼」

社長の言葉を聞いてみんな呆然とした。

どのようにして社長がこのレポートを書いたのか不思議でならなかった。しかし、レポートは反論の余地がないぐらい鋭くポイントを突いている。

思いがけない社長からの鋭い反論に全員意気消沈した。その様子を見て社長は、一樹の能力のすごさが自分の予想をはるかに超えていることに内心驚いていた。

「このレポートで指摘された点を参考にさせて頂き、研究にとりかかります」

清原の声は震えていた。社長は意気揚々としていた。

「会社と社員の運命がかかっている研究であることをよく自覚し、仕事に励んで頂きたい。以上だ」

二　事故死

六月半ば京都が梅雨に入った頃の日曜日。一樹は洗濯機を回していたが、一段落し机に座っていると無性に智子に逢いたくなった。椅子にかけたまま静かに携帯を手にした。

「河原さん、きょう夕方まで時間がある？」

「急にどうしたの。夕方までならいいわよ」

二人は新京極にある和風喫茶で逢うことにした。一樹が和風喫茶に入っていくと智子が両足をきちんと揃えて静かに座っている。

和風喫茶らしく店内は赤いじゅうたんが敷かれ、琴の演奏が流れている。床から天井まで張られたガラスの向こうには孟宗竹が植えられている坪庭がある。

隅のほうには愛嬌にあふれた信楽焼きのタヌキが座っている。店員はかすりの着物に赤い帯姿で接客している。二人は落ち着いた雰囲気が気に入っていた。

「好並君は最近忙しそうね」

「卒業研究の実験が大変なんだ。益々忙しくなる。でも日曜日はいつも時間があるから。河原さんは学校で何してるの？」

「私は刑法のゼミに入ったの。結構大変なのよ。判例や学説を調べたりしなくはいけないから図書館にこもりっきりなの」

「就職のほうはどうしてるの？」

「ゼミの先生の紹介で近畿新聞社に、ほぼ内定したわ。本社は大阪なんですけど、京都支社に配属してもらえそうなの。好並君は就職するの？」

「就職が決まってよかったじゃない。おめでとう。ゼミは刑法だし事件記者になるんだね。華々しい活躍を期待してるよ。ぼくは大学院に行きたい気もしている。しかし、家庭の事情もあるし」

智子は一樹の話を真剣に聞いている。

「就職するにしても、京都近辺にするつもりだよ」

一樹は自分が京都から離れるつもりがないことを智子に伝え安心させたかったのである。


次の日曜日の夕方、一樹は北野社長宅を訪ねた。

里子の案内で応接室間に入ると社長は綿パンにベージュのブレザー姿でにこやかな表情を浮かべて座っている。

すぐに芳子が落着いた和服姿でやって来て一樹に軽く挨拶してから社長の隣に座った。

「元気そうだね。この間は無理なことを頼んですまなかったな。君が作ってくれたレポートのおかげで研究所の連中に喝を入れることが出来たよ。これで少しは研究所もよくなることだろう。研究所長や他の研究員もあのレポートを見て顔色を変えてたぞ」

たいそう上機嫌である。

「山本教授から電話があってな。君は何十年に一人の逸材だと言ってた。ぜひ大学院に進学させたいと言ってた。君は卒業後どうしようと考えているんだね」

「まだ何も考えてはいないんです。でもそろそろ決めなくてはと思っています」

「私が君の将来のことに口を挟むのもなんだが、もし、大学院に進学したいのであれば、北野製薬が奨学金を用意させてもらう。もちろん返済やうちの会社へ入社することなどの義務はない」

すると芳子が遠慮気味に口を挟んだ。

「好並さんが薬学博士の学位を取られて、うちの会社に入っていただけたら、本当に嬉しいわ。

もし好並さんにうちの会社に入っていただけるのなら、将来研究所を任せたいなんて言ってますのよ。隆彦も心強いでしょうし。そうなれば主人も安心して引退できそうですわ」

芳子は穏やかな優しい口調であるがその表情は真剣であった。

「おいおい、そこまで言うと好並君が困るじゃないか。あくまでも好並君の人生は好並君が決めるんだ。私にできるのは奨学金を出すということだけだ。これだけの人物だ。世界的に有名な大物学者になれる可能性だって十分ある。ノーベル賞も狙える人物だ」

「実は、ぼくは大学院進学を考えているんです。今やっている研究は結構面白いんです。大学院に進んで続けてやりたいんです。世の中の役に立つ新しい物質を作るのがぼくの夢なんです。科学は人の役に立たなければなりません。いくら立派な研究でも実際に人の役に立たなければ社会的価値はないと思います。ぼくが研究した物質が何処かの会社で製造され人々に利用されなければ、その物質だけでなく、ぼく自身も社会的に無価値な人間ということになります。論文を書くだけの学者になるつもりはないんです」

「嬉しいね。民間企業の経営者の中には君の考えに賛同する者がかなりいると思う」

「お父さん、好並さんに他にも頼むことがあったんじゃないの」

と芳子が催促した。

「そうそう、実はな君に菓子の家庭教師を頼めないかと思ってな。府立西京大学を考えているようなんだ。農学部へ行って食品の勉強をしたいらしい。うちの会社は食品添加物を作っているだろう。それで食品のことに興味を持っているらしんだ。今まで勉強せず琴に明け暮れていたんだ。あそこは結構難しい。なんとか引き受けてもらえないだろうか」

「好並さん何とか力を貸して下さらない。あまり変な大学では世間体も悪いし。西京大学か同志社大学ぐらいには入ってもらいたいの」

芳子は必死で一樹に懇願した。一樹は実験に忙しかったが断ることは出来ないと思った。それに社長の家族とまた付き合えるのが嬉しかった。もちろん月謝にも魅力があった。

「分かりました。ぼくでよろしかったら」

七月初めの夕方のことである。空には所々入道雲が湧き出ていたが、澄んだ青空から降り注ぐ太陽が眩しかった。隆彦は大学からの帰りに時間があったので、少しドライブしようと思い真新しいワインレッドのスカイラインクーペで嵐山高雄パークウェイに向かった。

愛車の軽快なエンジン音がとても心地よかった。峠に差し掛かった頃、天候は急変し、天空の川の底が抜けたかのような猛烈な豪雨となった。ワイパーを回しても前方の視界は確保できない状態となった。前方から対向してきた乗用車の跳ねた水が隆彦の車のフロントガラスを直撃した。隆彦は一瞬前が見えなくなってセンターラインを超えてしまった。

その時である。前方から観光バスが現れた。隆彦は慌てて左にハンドルを切ったが、ガードレールを突破した。ガードレールの外側は急な斜面が谷底まで続いている。

その頃、社長は社長室のソファーに座り経理部長と向かい合っている。経理部長はデータを示しながら売り上げの報告をしている。少し前までは快晴であった空が急に厚い雲に覆われ土砂降りとなった。部長は窓の外を見ながらしゃべっている。

「社長この頃の天気予報はあてになりませんねえ。今日は一日中、快晴だと言ってたのに」

「まあいいじゃないか部長、うちの経理は快晴だから。経理が土砂降りだと大変だぞ。銀行に米搗きバッタのように頭を下げげんとならんからなあ。部長、当たらない天気予報のことをなんと言うか知ってるか．天気誤報というんだよ」

「恐れ入りました」

予「四」と誤「五」を引っ掛けたダジャレに二人は大声で笑い合っている。

傍の机では女性の秘書が二人の会話を聞きながらしきりに笑いをこらえている。その時電話が鳴った。秘書が電話の受話器を上げた。

「洛西警察署の熊田といいますが、北野さんはいらしゃいますか？」

秘書は怪訝そうな表情で、

「社長、警察からです」と言って電話を社長に切り変えた。

社長は自分の席にもどり少し不安そうな表情で受話器を上げた。

「北野ですが、何か？」

「北野さんですか。落ち着いて聞いて下さい。ご子息は隆彦さんですね。実は隆彦さんが交通事故に遭われました」

社長は気が動転した。

「人違いではないですか？」

社長の顔は急に険しくなった。

「ワインレッドのスカイラインクーペの新車ですが、どうでしょうか？」

社長はそれを聞いて観念し弱々しい声で、

「うちの隆彦と同じ車です。詳しいことを聞かせてもらえないだろうか」

社長は受話器を強く握りしめすがるように頼んだ。

受話器を持つ手は小刻みに震え、声は途切れ途切れになっていた。

「嵐山高雄パークウェイで事故を起されたようです。まだ詳しいことは分かりません。救急車で洛西総合病院の救急救命センターに搬送されました。今すぐ病院に行って頂けないでしょうか」

「隆彦の怪我の状態はどの程度なのですか」

「洛西総合病院の救急救命センターに搬送されたということ以外は私も分かりません。今連絡を受けたばかりですから」

熊田は隆彦が極めて危険な状態であるとの報告を受けていたが、そこまで言うと大概の人は冷静さを失い、取り乱すので言わなかったのである。

それより少しでも冷静な精神状態で、一刻も早く病院に行って欲しかったのである。

社長の顔から血の気が引くのを秘書と部長は見た。秘書も部長も憂色が漂う表情で社長を見つめている。社長はうつろな目で弱々しく部長に頼んだ。

「吉田にすぐ車を用意させてくれ。それから家内に洛西総合病院の救急救命センターにすぐ来るように言ってくれ」

それから秘書に「ここへ電話して、隆彦が洛西総合病院の救急救命センターに運ばれたので大至急タクシーで来るように伝えてくれ。タクシー代は病院で吉田が払うからと伝えてくれ」

そう言ってメモを渡し大急ぎで社長室から出ていった。

雨はすっかり上がっていた。天空には白いものが少し浮いてはいるが、さっきまでの雨が嘘のような晴天であった。

その頃、一樹は研究室でアルコールの入ったメスシリンダーを目の高さに持ち上げその目盛りを読んでいた。その時ポケットの携帯が鳴った。一樹は隆彦が事故に遭ったことを知り気が動転した。

山本教授に知らせたほうがよいのではないかと考え教授室を訪れた。

教授は論文を読んでいたが一樹の知らせに大変驚いた様子であった。

おろおろしている一樹の様子を見て大声で喝を入れた。

「こら、しっかりせんか!」

その声を聞いて一樹は我に帰った。

「よし、すぐ一緒に行こう」秘書の女性にタクシーを呼ぶように指示した。

タクシーの中で教授は悲痛な表情である。

「芳子も気が動転しているだろう。たいした怪我でなければよいが」

一樹は教授が社長婦人のことを「芳子」と呼び捨てにしたのが奇異に感じられた。

「先生は社長夫人とも懇意なのですか?」

教授は少し考えてから決心したように打ち明けた。

「芳子は私の妹なんだ。いずれ君には話すつもりだったんだが」

タクシーが病院の救急救命センターの入り口に着くと吉田が暗い表情でうなだれた様子で待っていた。吉田はタクシーの運転手に料金を払うと、二人を案内した。吉田はそれ以上何も話さなかったが、その表情から二人は隆彦が深刻な状態であることが分かった。

手術室の前に行くと社長、芳子、葉子が緑色のベンチにしょんぼり座っている。葉子は学校から直接駆けつけたためか、制服のブレザー姿である。

社長は二人に弱々しい声で礼を述べた。

「どうも、よく来てくれた」

「で、どうなんだ。芳子」

教授が隆彦の容体について聞くと、社長が婦人の代わりに

「今手術中なんだが、かなり深刻なようだ」

と絞り出すような声で答えた。

葉子は一樹に目で軽く挨拶した後、ずっと下を向いて座ったままである。目は真っ赤である。一樹は葉子が可哀そうでならなかった。そこにいるのは、いつもの明るいお茶目な葉子とは別の葉子であった。

一樹は葉子のそばに近づき、立ったまま慰めるようにそっと葉子の肩に手を置いた。葉子はその手をすがるように掴んだ。一樹は何か慰めの言葉を掛けなければと思ったが、適切な言葉が浮かばなかった。しばらく口を開く者もなく全員深い憂愁に閉ざされている。

《手術中》の赤い表示灯が消えた。みんなに緊張が走った。緑色の手術衣姿の中年の医師が手術室から出てきた。その顔はかなり厳しい表情である。

社長は結果を聞くのが怖かったが、恐る恐る訊ねた。

「先生、隆彦は大丈夫でしょうか?」

「我々スタッフは全員、全力を尽くしました。しかし肝臓、肺、腎臓、頭部に損傷があり厳しい

状態です。申し上げ難いのですが、今夜が山だと思います。これからも我々はできうる限り治療に全力を尽くします」

その言葉には、全力を尽くしたのに患者を助けることが出来なかった悔しい思いが滲み出ていた。医師の言葉を聞いてみんな愕然とした。医師は暗に、隆彦が助かる見込みはなく明日までには死亡する、と言ったのである。誰も口を開く者はいなかった。

しばらくして、人工呼吸器や幾本ものチューブが繋がれた隆彦が手術室から運ばれてきた。全員隆彦に駆け寄ったが隆彦は何の反応もしなかった。

「まだ麻酔が効いていますから」

女性の看護師がみんなを慰めるように優しい言葉で説明した。

特別病室に移された隆彦に全員が付き添っている。しばらくすると、隆彦が麻酔から覚めたのか少し目を開けた。そして何か言いたそうな素振りをした。看護師が人工呼吸器を少しずらし、しゃべれるようにしてくれた。隆彦は絞り出すような声で、

「お父さん、お母さんすいません。葉子がんばれよ」と言ってから

「先生は」と弱々しくかすかな声で訊ねた。一樹は隆彦の手を両手でしっかり握り締めて、

「ぼくだ、分かるか。しっかりしろよ」

と涙ながらに励ました。

「先生、今まで本当にありがとう。父と母を頼みます。葉子のことも。葉子の気持ちを考えてやって・・・」

ほとんど聞き取れない声で言って静かに目を閉じると同時に首を横にした。これが隆彦の最後の

言葉となった。この言葉はみんなの耳にもかすかに入ったが直接はっきりと聞いたのは一樹だけであった。

「分かった。約束する。安心して・・・」

一樹は涙ながらに小さい声で隆彦に囁いた。

看護師が慌ててナースコールを押した。かけつけた医師はライトで隆彦の瞳孔を慎重に見た後、脈を取りさらに聴診器を胸に当て残酷な宣告をした。

「ご臨終です」

社長夫妻は床に泣き崩れた。一樹と葉子は隆彦の遺体に泣き伏した。山本教授は目を真っ赤に泣き腫らし顔は涙で濡れ面相はすっかり変わっていた。

一樹は抽象的、観念的にではなく人の世の厳しい現実と無情を具体的に感じた。学校の成績が良いとか、有名大学に入るとか、経済的に恵まれているとか、いないとか、人格がどうのとか相対的な観念ではなく生か死かという人生の根源的、絶対的な問題に直面したのである。

この隆彦の死は一樹の人生を大きく変えることになるのである。

隆彦の葬儀は京都の名刹《めいさつ》で盛大に行われた。一樹は社長夫妻、葉子に付き添っていた。多数の参列者の中に山本教授夫妻の姿もあった。

山本教授は一樹の所へ近づいて来て、丁寧な口調で話しかけた。

「北野の家族の悲嘆ぶりに私も心を痛めている。どう慰めてよいものやら。私も北野の家族も当分絶望の淵から解放されることはないだろう。隆彦君が今わの際に、君に父、母や葉子のことを何か頼んでいただろう。隆彦が最後に言った言葉を聞き入れてやってもらえないだろうか。これは君の指導教官としてではなく、芳子の兄としての頼みだ」

一樹は合成化学の世界的権威としてではなく、市井の一市民としての山本教授を感じた。また山本教授の人間味に触れ、よりいっそう親しみを感じたのである。

「ぼくはまだ隆彦さんが亡くなったという実感がないんです。明日の昼頃に《一緒に大学の食堂でカレーを食べよう》と携帯をかけてくるような気がするんです。北野家の人たちは、ぼくみたいな貧しい家庭に育った人間を蔑むことなく受け入れてくれました。大変親切にして頂いております。隆彦さんは両親や葉子さんを残して死ぬことが無念だったと思います。隆彦さんが、ぼくに託した言葉は心に浸み込んでおります」

一樹の目には涙が溢れていた。一樹の言葉に教授はホッとした様子であった。

「私も相談に乗るから、よろしく頼む」

教授は両手で一樹の手を握り頭を下げた。一樹は隆彦の最後の言葉を思い出していた。

《葉子のことを頼む。葉子の気持ちを考えてやって・・・》の意味を量りかねていた。

一樹は葉子がしょんぼりしているのを見て葉子の傍に行った。

「お兄さんはもう、おうちに帰ってこない。お兄さんは、もう本当にいなくなってしまうの」

葉子はまだ兄の死を受け入れることができないようである。

貴公子然とした隆彦の肉体は数時間後には無機物と化し、この世から消え去るのである。

葉子も一樹もそのことを実感してはいなかった。一樹は遠慮気味に小さな声で葉子を慰めた。

「お兄さんは葉子さんの心の中で、ずっと、生き続けますよ。ぼくでよかったら、お兄さんの代わりに力になりますから」

一樹は隆彦の友人という立場で弔辞を述べた。社長から頼まれていたのである。

「二十歳を待たずして散っていった隆彦さん。これから色々やりたいことがいっぱいあったであろうと思うと可哀そうでなりません。この世に未練を残して逝った君のことを思うとぼくは胸が張り裂けそうだ。気が狂いそうだ。ぼくは君が最後にぼくに託した言葉を、ぼくが君の所へ行くまで絶対に忘れない。誠心誠意出来る限りのことはするつもりだからどうか安心して休んで下さい」

一樹は流れる涙を無造作に手で拭きながらも堂々とよく通る声で弔意を述べた。この弔辞を聞いて社長と芳子は顔を見合わせた。

三　天才の推理

函館市内に住んでいる四十過ぎの主婦は、スーパーで朝日食品のさつま揚げを一袋買った。

その主婦は頭のてっぺんが少し薄い四十過ぎの主人と二人で向かいあって夕食をとっている。さつま揚げに、しょう油をかけて、その主婦と主人は食べた。するとすぐに主人は顔をしかめて主婦に向かって言った。

「おい、お前、何か変な臭いがしないか」

「そういえば変な臭いがする。鶏の糞のようないやな臭いがする」

主婦はすぐに立ち上がり流し台に吐き出したが、主人は飲み込んでしまった。しばらくすると、主人が頭痛とめまいを起こし、激しく痙攣し始めた。主婦は慌てて一一九番に電話した。

主人は総合病院の救急センターに搬送された。診察した中年の男性医師は同伴してきた主婦に説明した。

「有機リン系の農薬による中毒かもしれません。検査してみましょう」

その医師は直ちに腕から採血し、点滴を開始した。しばらくすると、血液検査の結果がその医師に届いた。検査結果を見て、その医師は考え込んでしまった。

有機リン系の農薬によるものであれば、アセチルコリンエステラーゼという酵素の活性が下がっているはずなのに、酵素に異常が認められないのである。また有機リン系農薬も血液から検出されなかった。医師は携帯で他の医師に意見を求めたが、誰も分からなかった。

医師は主婦と主人に率直に詫びた。

「症状から有機リン系農薬による中毒と考えましたが、検査結果から農薬によるものではありませんでした。点滴で症状は収まってきていますが、一晩念のため入院して頂きます」

主婦は不安そうに医師に訊ねた。

「先生、何が原因なのでしょうか」

「他の医師にも相談してみたのですが、原因は分かりません。精神的なものかもしれません」

医師の説明に主婦は不満ではあったが、快方に向かっていることから医師の指示に従った。

幸いにも食べた量が少なかったためかあくる日、主人は回復し帰宅した。

医師は万能の神様ではないのである。その主人の発症原因は解明されることはなかった。

このような患者は各地で発生していたが、何ら問題になることはなく、この主人のように処理された。回復に一週間以上かかる人もいた。

函館は水産業の盛んな街である。大小の水産加工の工場が密集している。その一角にカマボコ、竹輪、さつま揚げなどの水産練り製品を作っている朝日食品の工場と本社がある。朝日食品は正社員百二十名、パート従業員二百名の会社である。

この種の会社としては大きいといえる。二階建て本社の一階に品質管理課がある。三十坪ほどの課内には黒い天板の実験台が幾つもあり、その上には水分測定器、分光光度計、滴定用ビュウレットなどが整然と置かれている。室内の隅にある白い四人がけのテーブルに白の作業着姿の工場長、製造責任者、実験用の白衣を着た若い男性の品質管理課員が集まっている。

五十過ぎの工場長と三十過ぎの製造責任者は蝋のように蒼ざめている。白色の食品用トレーに載せられたさつま揚げがテーブルに並べられている。そのさつま揚げを眺めながら三人は頭をひねっている。

「今日のさつま揚げはどうもいつもより褐色がひどいんです」

製造責任者が言うと、

「揚げ過ぎではないのですか。フライヤー（揚げ物を作る装置のこと）の温度か揚げ時間がおかしかったんではないのですか」

と品質管理課員が製造責任者に問いただした。

「製造記録を確認しましたが、全て異常ありません」

製造責任者は不思議がった。品質管理課員は、

「私が食べてみましょう」と言ってさつま揚げを口に入れたがすぐに、

「何じゃこりゃ」と言って慌ててゴミ箱に吐き出し水道で口をゆすいだ。

「どうしたんだ？」

工場長は不安そうにさつま揚げを口に入れたが、すぐにゴミ箱に吐き出した。

「鶏小屋のようなイヤな臭いがする。食べられたもんじゃない」

困惑したような表情で他の二人のほうに視線を向けた。

「これでは、とてもじゃあないが出荷できませんよ」

品質管理課員は自分の責任ではないから、涼しい表情をして工場長に言った。

工場長は手で額の脂をこすりながら元気のない声で品質管理員に訊ねた。

「三十五年もさつま揚げを作っているが、こんなことは初めてだ。何が原因なんだ」

品質管理課員は面倒なことを持ちかけられるのを警戒し工場長を突き放した。

「さっぱり分かりません。私も経験ありません。それに私たちは製品の品質管理が仕事ですから。製造に関しては工場長に考えて頂かないと」

工場長は高校出の叩き上げである。食品の科学的知識は皆目なかった。

「既に一部は出荷している。在庫の製品は出荷を止める。原因が分からなければ製造するわけにはいかない。えらいことだぞ。社長に報告せにゃいかんな」

工場長は他の二人の顔色を窺ってから気が重そうに受話器を取って社長に電話した。

直ちに本社の会議室で緊急会議が始まった。白い内装の会議室は白い長テーブルが向かい合わせに並べられ食品会社らしく非常に明るく清潔感に溢れている。

社長の朝日は五十過ぎの小柄で浅黒い精悍な感じの男である。工場長をにらみながら訊ねた。

「原材料で何か変更したものはないのか」

「いつもと変わったものはありません。原料のすり身はいつもと同じもの使っていますし、他の原料もいつもどおりです。調味料も保存料もいつも使っている北野製薬のものです」

工場長は肩を落とし社長の視線を避けるように下を向いて元気のない声で答えた。

四十過ぎの痩せて気の弱そうな営業部長が遠慮気味に誰にとはなく質問した。

「調味料や保存料は本当に大丈夫なんですか？」

この会社では唯一、大学で食品を勉強してきた三十代後半で色白のいかにもインテリ風の品質管理課長がはっきりした口調で答えた。

「北野製薬の調味料は他の製品にも使っていますが、今現場へ行って確かめたところ、他の製品では全く異常はありませんでした。保存料のソルボン酸は、カマボコと竹輪にはさつま揚げの一・五倍量使用していますが、何の問題もありませんでした。もし保存料に問題があるのでしたら、さつま揚げより使用量が多いカマボコ、竹輪に異常が発生するはずです」

社長の朝日が補足した。

「北野製薬の添加物は品質が良いことでこの業界では有名だ」

全員頷いた。朝日は全員を見渡しながら語気を強めて問いただした。

「なぜ、さつま揚げだけ変な臭いがするんだ」

全員下を向いて誰も答えなかった。しばらく重苦しい沈黙が続いた後
「製造の責任者である工場長はどうかね」

と朝日は工場長のほうを見やりながら厳しい表情で訊ねた。

「私には思い当たることがございません。こんなことは初めてでして」

その声は消え入るように小さかった。朝日は品質管理課長に厳しい視線を向けて訊ねた。

「君は北大の水産学部で少し食品の勉強をしてきたんだろう。原因について何か思い当たることはないのかね」

課長は、

「皆目見当がつかないんです。申し訳ありません」

そう言って下を向いてしまった。朝日は苛立って怒鳴りつけた。

「会社がピンチに陥るかもしれんという時に、どいつもこいつも肝腎なときに役に立たん奴ばかりだ。お前ら会社がどうなってもいいんか！　会社が潰れたら給料もボーナスもなくなるんだぞ！それでもいいんか‼」

社長の低いドスのきいた声は全員に胃が痛む思いをさせた。知恵がない者をいくら怒鳴りつけても良い考えが浮かぶわけがないと朝日は内心思ったが、このままではお得意さんであるスーパーにどう説明すればよいのか考えると苛立ちはなかなか収まらなかった。

営業部長が恐る恐る社長に提案した。

「出荷を止めるしかないですね。無理して出荷すればクレームが来ることは目に見えています。機械の調子が悪くて製造できないと連絡します。それでよろしいでしょうか、社長」

社長は怒りを沈め少し落ち着いた口調で答えた。

「それしかないだろう。しかしあまり待てんぞ。スーパーは棚をそんなに長く空けていてはくれんからな。うちの製品の棚が空くと、すぐにライバルの製品が並んでしまう。一度ライバルに取られた棚を取り戻すのは簡単なことではない」

工場長はこの異常があるさつま揚げの一部を既に函館市内のスーパーに出荷していたが、そのことは口にしなかった。

次の日、朝日はゴム長靴に白の作業着姿で工場長立会いの下、さつま揚げを作っていた。朝日は原材料の配合表を片手に持って原料や添加物を厳しくチェックした。次に大きな擂潰機《らいかいき》の中に手を入れ、ペースト状になっているすり身を取り出し、その粘り具合や色をチェックしていた。

それからフライヤーの所へ行き、デジタル式温度計を見ながらてんぷら油の温度を調べた後で工場長や周りの従業員に言った。

「どこも異常はないようだが」

しかし、フライヤーから出てきたさつま揚げは昨日と同じように色が黒っぽく、口に入れると鶏小屋のようないやな臭いがした。朝日が傍らでビクビクしている工場長に指示した。

「てんぷら油が悪いんでは。てんぷら油が古くなると、臭いが悪く褐色も濃くなるだろう。新しいてんぷら油に変えてみろ」

直ちにフライヤーの油を新しいものに取り替えて、さつま揚げを揚げた。しかし色は少し薄くなったが鶏小屋のような臭いは依然としてあった。

「やっぱりダメか」

朝日はため息をついた。

「原因が分からないことには当分さつま揚げは作れないな。えらいことになった」

力なく吐き捨てるように呟いた声は弱々しかった。他の者はどうしたらよいか分からず、社長の顔色を窺《うかが》いながら、ただ無意味にうろうろしているだけであった。

北野製薬の工場内にある品質管理部食品添加物課は、工場で生産される食品添加物の製品検査を担当する部署である。

課内には黒色の実験台が設置され、化学天秤、分光光度計などの分析機器が雑然と並んでいる。実験用の白衣を着た若い男女の課員達が忙しそうに添加物の分析を行っている。

検査は製品の色、水分、成分、微生物などを分析することによって行う。

中年の青白い神経質そうな課長は渋い顔をして事務机に座り若い男性の係員を見上げている。係員は課長の机の傍に立ったまま言い難そうに下を向いて報告している。

「最近生産したソルボン酸が変なんです。不純物としてアミノ系化合物が混入しているようです」

係員の報告に課長は問い返した。

「それでそのソルボン酸はどれ位在庫があるんだ?」

「生産されたのは約三十トンですが、そのうち約二十トンは既に製剤にして出荷しています。出荷していないのは十トンです」

添加物製剤というのは、食品会社が使いやすいように他の添加物や油脂、糖類などを混ぜたものである。ソルボン酸にソルボン酸以外の添加物として認められていないような化学物質が含まれていたとしても、製剤にしてしまえば色々な物質が混ざっているため、普通に行う製品検査では見つけることは極めて困難である。

食品会社が行う検査でバレることはまずない。

食品会社は添加物や添加物製剤の化学分析などの検査自体行わないのが普通だからである。

「なぜ混入している不純物がアミノ系のものであることが分かったんだね？」

課長は不思議がった。

「工場で合成されたソルボン酸がいつもと少し違うように思えたので、研究所の松本主席研究員に分析をお願いして判明したんです」

「松本主席の他に、このことを知っている者はいないのかね」

「多分いないと思います。松本主席には、内緒にしておいて欲しいとお願いしておきました」

課長は工場長の秋山に電話した。上下とも白色の作業着で白い作業用の帽子を被った秋山がすぐにやって来た。六十少し前の人のよさそうな男である。

課長はいきさつを話した。品質の悪いソルボン酸を製造した責任は工場長にある。品質管理部には何の責任もない。工場長は自分に責任があることは自覚したが、なるべく責任を取らずに済ませたかった。

この件が社内で公になると査定に響きボーナスは大幅に減額されてしまうであろうと思った。最悪の場合、降格処分も覚悟せねばならない。

秋山は、もう少しで定年になる常務取締役生産部長岡田の後釜を狙っていた。重役になると定年が延長されるのである。どうしても失点したくないのである。課長も、いずれは工場長のポストを手に入れたいと考えていた。係員も、ゆくゆく課長のポストを手に入れたいと考えていた。

社内で少しでも上のポストに就きたいと考えるのは、サラリーマンの本能的な性《さが》である。課長は自分が次に工場長のポストに就くには、秋山工場長の推薦があれば有利であることをよく知っていた。秋山は係員に訊ねた。

「ソルボン酸に、そんなアミノ系化合物が不純物として含まれることは、今までになかったではないか。なぜ今回そんなことになったんだ」

「多分、ソルボン酸を作る原料に問題があったのだと思いますが」

「どうするか考えなければ。生産部長に報告して指示を仰ぐか、社長に直接報告するか。それとも秋山さん、何かよいお考えがありますか?」

課長は暗にモミ消しを持ちかけた。課長も秋山も出来ることなら事実を隠蔽し穏便に処理したかった。

「アミノ系の物質が不純物として含まれていたとしても食品衛生法の《添加物の規格基準》に違反するものではない。《添加物の規格基準》には立派に合格しているのであるから、問題にしなくてもよいのではないか。食品関係の如何なる法令にも違反していない。で、あるから生産部長や社長にわざわざ報告するようなことではないだろう。それに社長は息子さんが亡くなられて今でもたいそう落ち込んでおられる。そんな時、追い鞭を打つように、かなりの損害が出る悪い話を持って行くのはどうかね」

秋山は課長の視線をはずしながらモミ消しを持ちかけた。

＊添加物の規格基準では、各添加物ごとに含量、性状などが定められている。
例えば合成着色料の食用赤色3号であれば、合成して作られた食用赤色3号百グラム中に食用

赤色3号が八十五％以上含まれていればよい。

言い換えると十五％は食用赤色3号以外の物質であってもよいのである。

この十五％は不純物である。この不純物が人の口に入った場合無害なのか、それとも有害で、どのような健康被害を　及ぼすのかは明らかではない。

課長は係員に、

「問題のソルボン酸と製剤の両方のサンプルを持って来てくれ」

と命じた。係員がサンプルを持ってきた。三人で色、臭い、味を調べた。

「変な臭いも味もしないし色も正常。問題ないね」

工場長は安心したかのように課長の方を見ながら呟いた。

「では残りの十トンも製剤にして早く出荷しよう。それでいいね」

三人とも素直に頷いた。彼らの頭にはアミノ系の不純物を人が食べた場合の毒性、有害性についての懸念は全く存在しなかった。

こうしてアミノ系の不純物を含むソルボン酸製剤はカマボコ、竹輪、さつま揚げなどの水産練り製品やハム、ソーセージ、お惣菜などの食品会社に順次出荷されていったのである。

一樹は葉子の家庭教師として北野邸を訪問していた。

葉子の勉強が済んだころを見計らって芳子がドアを軽くノックし部屋に顔をのぞかせた。

「先生、主人も帰ってきましたので、お食事にしましょうか」

社長は自分の横にすわるように手招きした。一樹は軽くお辞儀をして社長の隣に座った。向かいには花柄のワンピース姿の葉子が座っている。社長は隣の一樹のほうに目をやりながら話しかけた。

「西京大学へ受かる可能性は、少しぐらいありそうか？」

「そのことなんですが。葉子さんは実に素晴しい頭脳の持ち主です。素晴しい理解力、思考能力を持っておられます。今のままでも西京大学はまず大丈夫だと思います」

一樹の言葉を聞いて社長と芳子は顔を見合わせてにっこりとした。一樹は久しぶりに二人揃っての笑顔を見て、少し気持ちが軽くなった。一樹は社長と芳子を交互に見やりながら話を続けた。

「ぼくは志望校を京都総合大学農学部の食糧化学科に変えたらどうかと考えているんです。この頃の葉子さんには勢いがあります。葉子さんの優れた頭脳とこの勢いがあれば合格の可能性は十分あります。どうでしょうか？」

一樹の話を聞いて三人は驚いた。

「先生は私を買い被り過ぎていませんか。私は兄ほど頭が良くありません。私には京都総合大学なんてとても無理です」

葉子は真剣に一樹に訴えた。

「先生がそう言ってくれるのは嬉しいが、葉子は女の子だ。あまり勉強ばかりさせるのは可哀そうな気がするんだが。しかし、先生は隆彦の時、非常に的確な判断をしてくれた。で、葉子お前の本当の気持ちはどうなんだ。芳子お前はどう思う？」

芳子は急な話で判断に窮したようであった。

「先生が折角言って下さるのですから。葉子の考え次第でしょう」

社長も芳子も一樹の思わぬ提案に戸惑っていた。しかし二人ともできることなら京都総合大学に進学させたいと思うようになっていた。二人の頭の中には世間体、見栄があった。三人はしばらく沈黙し葉子が口を開くのを待った。

しばらくすると葉子は顔を上げ一樹を見つめて、はっきりとした声で決心を述べた。

「私やってみます。最初から先生に全てお任せしていたことですから。ダメでしたら同志社へ行きます。自分でも実力がついて来ていることが分かるんです。私は出来ればお兄さんが通った大学に行きたいです」

葉子は内心「先生と同じ大学に行きたい」と思っていたが、そのことは口にしなかった。

こうして葉子は名門京都総合大学を目指すことになったのである。

この時まだ社長も一樹も北野製薬が大変な状況になっていることを知らなかった。


北野製薬の営業部には、取引先の食品会社や代理店から問い合わせが入るようになった。問い合わせの内容は、さつま揚げの色が悪く鶏小屋のような臭いがするというものである。営業部長の森山は営業部員を集めて緊急会議を開いている。

森山は全員を見渡しながら相談するような口調で口を開いた。

「うちのソルボン酸製剤を使って、さつま揚げを作ると色が悪くなり、鶏小屋のような臭いがする、というクレームがいくつか来ている件についてですが。不思議なんです。クレームは、さつま揚げについてだけなんです。ソルボン酸はカマボコなどにもよく使われているんですが」森山は困惑した表情で説明を続けた。

「さつま揚げにソルボン酸を使っている所が全部クレームを言って来ているわけではないんです。大手の石山食品さんなど約半数の食品会社からはクレームが来ていません。どうも不思議なんです。ソルボン酸が使用されているさつま揚げが堂々と売られている。買って食べたら異常がないと不思議がっているんです。ソルボン酸は我社の特許がありますから、他社が売っているということはないわけですし」

森山は右手の人差し指と中指でこめかみを揉みながら部員達に、

「何がどうなっているのかサッパリ分からん。工場長に聞いてみる」

と言い残して部屋から出ていった。森山は工場長室に行き秋山にいきさつを説明した。秋山はアミノ系の不純物を含む不良品のソルボン酸のことが頭に浮かんだ。不良品のソルボン酸を製剤化して売ったことは森山には絶対に言えない。

「営業部長、なぜか私にも分かりません。万が一、うちのソルボン酸の品質に問題があるのであれば、うちのソルボン酸を使用した、さつま揚げ全てから鶏小屋のような異臭が認められるはずですよね。うちのソルボン酸が原因とは考えにくいように思いますが」

秋山は自分に責任が来るのを回避するのに必死である。

森山は研究所に清原所長を訪ね相談している。

「社長に一応報告しておいたほうがよいでしょうか」

と清原に相談した。清原は両肘椅子で腹筋を伸ばし、森山を見上げながら迷惑そうに応対している。

「微妙ですね。うちの製品が原因とは証明されていないわけだし。もし、うちの製品が原因であるということになれば、リコール（製品の回収）になりますよ。リコールはソルボン酸製剤だけでなく、ソルボン酸製剤を使用したさつま揚げにまで及びますよ。莫大な損害が発生します。その上、信用もなくなる。えらいことになりますよ。もし間違いでしたらあんたは責任が取れるんですか？」

清原は語気を強めて突き放すように言った。森山はどうしたらよいか判断できなかった。

営業部に戻ると若い営業部員が真剣な表情で森山に報告した。

「部長、気になる電話があったのです。浅間食品さんからなんですが、さつま揚げが嫌な臭いがするのでソルボン酸製剤を添加せずさつま揚げを作ったところ、いやな臭いは全くしなかったと言うんです。ソルボン酸製剤の品質に問題があるのではないか、と言っておりますが」

この報告を聞いて森山は社長に報告する決心をし、社長室に足を運んだ。森山は社長の前に立ったまま今までの経緯を説明している。

「原因がはっきりしない段階で社長にご報告するのは躊躇したのですが」

森山は社長の腹心の部下である。森山の報告を聞いて社長は眉宇に不安をみなぎらせた。

「いや、森山君、非常に重大なことかもしれない。よく隠さず報告してくれた。原因を解明するのは君の仕事ではない。工場長や研究所の仕事だ。工場長からも研究所長からも何の報告も来ていない。それに原因を解明しようともしていないではないか」

社長は以前から腹に蓄積していた工場長や研究所長に対する不信感をあらわにした。

社長は秘書に命じた。

「工場長と研究所長に社長室へ来るように言ってくれ」

すぐに工場長の秋山と研究所長の清原が神妙な面持ちで社長室にやって来て、社長の席の前に並んで立った。社長は二人を見上げながら聞いている。

「営業部長からソルボン酸のことを聞いたかね」

「はい聞きました」と二人は同時に答えた。

「で、君たちは何かしたか」

工場長がやや控え気味に、

「うちの製品が原因だと決まったわけではありません。うちのソルボン酸を使用しても何らクレームが来ていない所も相当あるようですから」

と答えた。研究所長も工場長と同じような答えをした。社長は現にクレームが寄せられているのに積極的に解決しようとする態度を見せない二人に苛立ちをおぼえ語気を強めた。

「現にいくつもクレームが来ているではないか‼　君たちには危機管理意識はないのかね。研究所長は、うちの製品が原因か、そうでないのか究明する責任があるのではないか。工場長も同じだ。直ちにうちの製品が原因かどうか調べろ。管理職が陣頭指揮しないでどうする」

社長は二人をしっかりと見ながら不満そうなきつい口調で命じた。二人は社長のただならぬ言葉に萎縮した。

「すぐに取り掛かりますので失礼致します」

内心、技術も研究のことも分からない社長が何を偉そうに言っているんだと、二人は思いながらも神妙な顔で深々と礼をしてその場を立ち去った。

清原は所長室に戻ると食品添加物部門長の秋葉を呼んだ。秋葉は九州総合大学大学院食品工学専攻出身で、農学博士の学位を有している食品の専門家である。中年を過ぎた秋葉は浅黒い角ばった顔にいつも不満そうな表情を浮かべている。おそらく秋葉の笑顔を見た人間はいない。清原はさつま揚げの件を秋葉に説明した。

「社長がえらいご立腹でなあ、大急ぎで頼む」

秋葉は無表情で応対している。

「分かりました。さつま揚げのレシピは、いくつもありますが取り敢えず原材料の配合の異なるものを五種類ほど作ってみます。浅間食品のさつま揚げのレシピは分かっています。以前、浅間食品から相談があって私がレシピを考えたんです。ですから浅間食品と同じさつま揚げも作れますから、多分それで見当がつくでしょう」

食品添加物部門には添加物開発室、食品分析室、食品試作室がある。食品試作室にはカマボコや、さつま揚げのような水産練り製品、ハムやソーセージなどの畜肉製品、パン、お菓子、お惣菜などを試作するための機器、装置、道具が完備していた。

その頃、工場長室で秋山は腕を組んで考え込んでいた。アミノ系の不純物を含むソルボン酸を使って作ったソルボン酸製剤を出荷したことがバレないか心配でならなかった。このことを知っているのは自分と品質管理部添加物課の課長とその係員だけである。三人は共犯だと思った。秋山は添加物課の課長を工場長室に呼んで経緯を話した。

「研究所で、さつま揚げを試作すると言っている。もしかしたら例のソルボン酸製剤のことがバレるかもしれん。秋葉はブスッとした男だが頭の切れる奴だ。しかし融通が利かない男だ。最近製造しているソルボン酸は例のアミノ系不純物を含んでいないだろう。もうすぐ秋葉がサンプルを取りに来るから、最近製造したアミノ系の不純物を含まない正常な製剤を渡したらどうかと思うんだが」

課長は渋い顔でしばらく考え込んでいる。

「しかたがないでしょうね、そうするしか。例のソルボン酸製剤を使用しても問題が起きていない所も相当あるようですから、研究所でテストして何も異常が認められなくても、秋葉は疑問に思わないでしょう。多分大丈夫ですよ」

と課長は秋山にというよりは自分自身に言い聞かせるように言った。

「そのうち、例の製剤は全部出荷してなくなる。そうすればこの件は落着する。課長もそれまで頑張ってくれ。一生恩に着るから」

秋山は課長の渋い顔を見ながら両手を合わせて拝むような仕草をした。

こうして秋葉がさつま揚げでテストするソルボン酸製剤のサンプルをすり変える協議はまとまったのである。

そんなことは露知らず、秋葉は食品添加物部門の研究員と、さつま揚げを試作した。試作が済むと秋葉は社長室に試作したさつま揚げを持参した。

社長室には社長、営業部長、工場長、研究所長、秋葉それにさつま揚げを試作した研究員が集まりテーブルに座っている。

研究員は原材料の配合が異なる五種類のさつま揚げを白い食品用のトレーに入れて全員の目の前に配った。全員さつま揚げの色を真剣に観察し、臭いを嗅いでから口に入れた。

営業部長の森山がどうも解せないという顔をして最初に口を開いた。

「全てのさつま揚げの色も臭いも全く正常です。異常のあるものは一つもない」

他の出席者は交互に顔を見合わせ、首をひねりながら同様の意見を述べた。秋山が、

「営業部長、何も異常は認められないじゃないですか。浅間食品と同じレシピのさつま揚げも全く問題がないじゃないですか」

と、この件を問題化した森山を責めるようなニュアンスで発言した。森山は答えに窮した。

「クレームが来ているのは事実なんだが」

と大きな身体を縮めるようにして苦しそうに小声で呟いた。

それまで沈黙して考えていた社長がゆっくり口を開いた。

「おかしいではないか。営業部長の言うとおりクレームが来ているのは歴然とした事実だ。言って来ているクレームが虚偽なのか。そんなことはないだろう。食品会社が、うちの会社に虚偽のクレームを言って来て何の得があるんだ。それにしても分からんことだらけだ。どうなっているんだ。研究所長、君の考えを聞きたい」

研究所長の清原はいくら考えても分からないので、社長から質問されるのを恐れていた。

「秋葉君が試作したさつま揚げの全てが正常であることから判断して、我社が販売したソルボン酸製剤に問題があるとは考えられません。しかし、一部のお得意さんからクレームが来ているのも事実です。私はなぜソルボン酸製剤を使用した一部のお得意さんからしかクレームが来ないのかという点について不思議に思っています。営業部長が言っていることは事実でしょう。研究所長という立場で申し上げるのはお恥ずかしい限りですが、サッパリ分からないとしかお答えできません」

清原は下を向いて力のない声で話した。社長は、

「君も人間だ。神様ではない。分からんこともあるだろう」

と少し慰めるように清原のほうを見やった。

「秋葉君、君はどうかね」

「実のところ、この五種類のさつま揚げを試作したら原因はすぐ判明すると、軽く考えていたんですが。私は最初から我社のソルボン酸製剤に問題があるのではないかと疑っておりました。特に浅間食品と同じレシピのさつま揚げにも異常が認められないという事実に驚いているのです。今回の試作結果から判断すると我社のソルボン酸製剤が原因であるとは思われません。しかしクレームが来ているのは厳然たる事実ですし」

力なくそれだけ言うと秋葉は下を向いてしまった。社長は積極的に原因を解明しようとしていないことに不満を感じていた。また研究陣の能力も不満であった。こんな連中とこれ以上会議を続けても無駄だと思った。社長は全員を見渡しながら投げやり的に淡々と告げた。

「秋葉君の言うことは信用しよう。みんなの意見を聞いて結論は出たではないか。我社の研究陣の能力では原因が解明できないというのが結論だ。しかし、何か重大な見落しがある。それが何かみんなよく考えてくれ。私にも少し考えがあるから」

結局会議は原因が解明されないまま終わった。工場長は内心ホッとした。しかし全員ことの重大さはよく分かっていた。社長が最後に言った《私にも少し考えがある》という言葉が不気味であった。みんな気になっていた。これだけみんなが考えても分からないことが、社長に分かるはずがないとみんな思った。もしかして、責任を取らされたりはしないか、などの不安が頭をよぎった。

社長はみんなが出ていった後、静かに受話器を取った。

一樹はその頃、研究室で三角フラスコに粉末の薬品を入れる作業をしていた。

「好並君、今忙しいだろうね。実は緊急に相談に乗ってもらいたいことがあるんだが」

一樹は薬品を入れ終え、軽く三角フラスコを左手で振りながら右手で携帯を持ち応対した。

「一時間ぐらい時間を頂ければと思いますが」

一樹は実験中で手が離せなかったが反射的にそう答えた。

「そうか、忙しいのに申し訳ないな。うちの吉田を迎えに行かすから」

一樹は会社で何か技術的な問題が発生したんだ、と思った。一樹は実験中の同級生に、

「ちょっと急用が出来たので帰りたいんだ。今度、美味い食事をおごるから実験の続きをやっておいてくれないか」

と頼んだ。同級生は薄汚れた白衣で手を拭きニヤニヤしながら快諾してくれた。

「うわさの美人とデートかい。実験の続きは任せとけ。お互い様だ。でも高くつくぞ。美味しい食事ってまさか学食のカレーのことではないだろうな」

一樹は薬品で方々が変色した実験用の白衣を着替えた。薬学部の門に行き少し待っていると、吉田がピカピカに磨き上げられた黒塗りのベンツでやって来た。吉田は車から降り一樹のほうに近づき軽く会釈した。

「お忙しいところ申し訳ありません。何やら社長が深刻な顔をしておられまして」

車が着いたのは京都国際ホテルであった。車がホテルの入口に着くと明るい褐色の制帽、制服で全身を固めた若いボーイがやって来て、

「北野社長様がお待ちです」

と言って一樹をホテル内の和食店に案内した。ダークグレーのスーツで身を固めた社長は椅子に座ったまま挨拶代わりに右手を挙げた。社長の全身から生気が消えていた。

「やあ、すまんなあ。無理して研究室を抜けてきたんだろう。この店は和食だがステーキぐらいは頼めるぞ。何にする?」

一樹は高級な店で食事をしたことがないので何を注文すればよいのか分からなかった。

「社長にお付き合い致します」

「そうか、では魚でいいかい」

社長は料理を頼むとすぐに本題に入った。

「実はな、会社で困ったことが起きているんだ」

社長はさつま揚げの件について説明した。秋葉の経歴についても話した。一樹は少し考えてから落ちついた口調で丁寧に説明を始めた。

「ぼくは食品のことはあまり勉強していません。しかし今お聞きした範囲で申し上げますと、さつま揚げに異常があったのはそのとおりではないでしょうか。営業部長の言っておられることは、そのとおりだと思います。ソルボン酸製剤と、さつま揚げの原料中の成分が油で揚げる時に化学反応を起したものと推定されます。最近出荷したソルボン酸製剤の品質に問題があったものと思われます。水の中ではなく、てんぷら油の中で高温で処理しますと脱水縮合反応が起こりやすいのです。ですから、さつま揚げだけで異常が起きたのでしょう」

社長はテーブルの上で両手を組み身を乗りだしてさらに質問した。

「その脱水何とかは私の理解できる範囲を超えているが、君の言うことは少し理解できたと思う。

しかし、それならなぜ、食品会社によって異常が発生したり、しなかったり、するんだろうか。また、うちの研究所でさつま揚げを試作した時なぜ異常が出なかったのだろうか、という疑問が残るんだが」

社長の身体に生気が戻ってきていた。

「その点が問題です。しかし高温で揚げる時、脱水縮合反応が起きるのが原因と思われますから、さつま揚げの原材料とソルボン酸製剤を詳しく調べれば見当がつくかもしれません」

「そうか、何とかなりそうか。この問題が相当難しいことはよく分かっているつもりだ。しかし、うちの研究員や工場長からは《見当がつくかもしれない》という言葉すら出なかった。少し明かりが見えてきたように思う。君が考えてもダメなら諦めがつく。知恵を貸してくれ。実は、君も分かっているだろうが我社にとっては一大事なんだ」

社長は両手をテーブルにつき頭を下げ必死に一樹に頼んだ。

「出来る限りの協力はさせて頂きます。しかし解決できないかもしれません。この件は考えるだけではダメです。実験して確認する必要があります。山本先生の研究室で出来るような実験ではありません。北野製薬の研究所でしか実験が出来ません。その点はいかが致しましょう？　ぼくが北野製薬の研究所で実験をしてもよいのでしょうか？」

一樹があっさり引き受けたので社長はホッとした。

「ああ、いいとも、全て君に任せる。うちの研究所でうちのスタッフ、設備を使って思う存分やってくれ。連中にも良い刺激になるだろう。だが、そのためには研究室を休まなければならないな。私から山本教授に話をしようか」

「山本先生には、ぼくから説明します。それより社長に頼んでおきたいことがあるのですが。さつま揚げの詳しいレシピを用意して頂きたいのです。少なくとも三種類ぐらいは欲しいのですが。それとソルボン酸の合成方法の詳細、ソルボン酸製剤の配合表を用意して頂きたいのです」

「分かった。明日、すぐに用意させる」

社長の目はいつもの柔和さを取り戻し、安堵の表情が浮かんでいる。

「いや、ことは急を要するんでしょう。今ここから電話して用意させて下さい。用意できたら、すぐにこのホテル宛にFAXで送らせて下さい。手分けしてやれば三十分もあれば出来るはずですよ」

社長は元気が出てきたのか少年のように目を輝かせながらしゃべった。

「分かった。君に尻を叩かれるとは思わなかったが嬉しいね。君のような積極的な社員が一人でも、うちにいたらなあ。隆彦に期待していたんだが。君と話していると隆彦に《親父、しっかりしろ》と尻を叩かれているように感じる」

社長はポケットから携帯を取り出し会社へ電話した。

「今のうちに食事を済ましておこう。少し元気が出てきたぞ」

二人は運ばれてきた会席料理に箸をつけた。

「とても美味しいですね。特にこの刺身は初めてなんですが、とても美味しいです」

「それは〝しまアジ〟だ。美味しいか。喜んでもらえてよかった。またご馳走するよ」

食事を終えた後、コーヒーを飲んでいるとボーイが、

「FAXが届きました」と言って封筒を社長に渡した。

「持って帰ってゆっくり検討してみてくれ」と言いながら社長は封筒を一樹に渡した。

「ここで拝見させて頂きます。社長はコーヒーを飲んでいて下さい」

一樹は真剣な眼差しで、送られてきたFAXに目を通した。

社長はコーヒーを飲みながら時々一樹のほうに目を向けたが、一樹の気迫溢れる真剣な様子に声をかけるのをためらっている。

「大体、分かりました」と言って一樹はボーイを呼んだ。

「済みませんが、メモ紙と何か書くものを貸して頂けないでしょうか」

ボーイが持ってきたメモ紙に一樹は次のように書いた。


さつま揚げの原材料、色々な砂糖、ソルボン酸製剤、ブドウ糖、果糖、ニンヒドリン溶液、フェーリング溶液、高速液体クロマトグラフをアミノ酸分析が出来るように準備しておくこと。明日の朝十時までに。秋葉部門長とアミノ酸分析が出来る研究員、さつま揚げを作るスタッフ、営業部長と営業部員二名を明日の朝十時に社長室に集合させること。　北野

一樹はメモを社長に示して、

「このメモを大至急、会社へFAXで送りたいのですがよろしいでしょうか」

と許可を求めた。社長は意気軒昂としている。

「ああ、そうしてくれ」

「ぼくは明日、九時に会社のほうに伺います。社長室へ直接お伺いしてよろしいでしょうか」

社長は溌剌とした様子で数枚のタクシーのチケットを一樹に渡した。

「タクシーチケットの残りはプライベートに使ってくれ。少し聞いておきたいのだが、なぜ営業部長や営業部員が立ち会う必要があるんだね」

「多分明日だけでは解決できないと思うんです。その場合色々と走り回ってもらう必要があるんです」


次の日、一樹はタクシーで北野製薬へ向かった。一樹が北野製薬を訪れるのは初めてである。北野製薬の正門に着くとすぐに紺の制服に駅長が被るような帽子を着用した守衛が駆けつけてきた。

「好並様ですね。社長がお待ちかねです」と言って一樹を社長室に案内した。

まだ九時前であったため社長室には秘書と社長しかいなかった。一樹は生まれて初めて見る社長室というものに興味津々であった。南側が前面ガラス張りの明るい室内をゆっくり見渡しながら、

「落ち着いた、いい部屋ですね」

と入口付近に立ったまま社長に話しかけた。

「明るい部屋だろう。まあ座ってくれ。約束より早く来てくれたんだね」

「みなさんが集まる前に研究所を見ておきたかったものですから」

それを聞いた若い女性秘書が気を利かせて、

「私がご案内いたします」と言うと社長が、

「いや私が案内する。君が連れて回ると、会社訪問の学生と間違われるからな。君は好並君の面倒をみてやってくれ。くれぐれも失礼のないように頼む」

と秘書に告げた。秘書は学生らしき好並が単なる客ではないことを感じ取っていた。

「何かありましたら私に遠慮なくお申し付け下さい」

「秘書があのように言っているぞ。何か頼むことはないか?」

「今は特にありませんが」

「それなら私が君の代わりに頼んでやろう。昼めしに特上のうな重を二つ」

秘書は社長が特上のうな重を出す客は大口の取引先の社長クラスしかないことを知っていたので驚いたが、

「承知致しました」と平静を装って答えた。

社長と一樹は研究所を見て回った。一樹は随所で研究員に質問した。社長が同行しているためか、質問された研究員は非常に丁寧に一樹に説明した。

十時少し前に昨日頼んでいたメンバーが社長室にやって来た。全員白い会議用テーブルに神妙な顔をして着席した。白衣を着ているのは研究所員である。みんな綿パンにノーネクタイの一樹を見て驚いた。この若いのは誰だ?

「ここにいるのは私の知り合いの好並君だ。見てのとおりまだ若い。いや若過ぎると言うべきかも知れない。今回のさつま揚げの件について、原因解明を私は彼に依頼した。彼の言うことは私の言うことだと思って、彼に全面的に協力してくれ」

一樹は立ち上がり一礼をしてから話し始めた。

「好並です。皆様のご協力を得て一刻も早く原因を解明したいと考えております。よろしくお願い致します。実は食品のことは、あまり分かりませんので見当違いのことを言うかもしれませんが、その時はぜひフォローして下さい」

出席者は《食品のことが分からんとは。こんな若い奴で大丈夫か》と内心思った。

秋葉が能面のような表情で早速切り出してきた。

「何から始めましょう」

秋葉は明らかに一樹を見くびっている。自分より随分若い一樹の指揮下に入ることを快く思っていない。

「食品添加物部門に行きましょうか。二人だけ、ついて来てくれませんか」

一樹は若い溌剌としたやや小柄な研究員二人と食品添加物部門の研究室に入っていった。研究室内には黒色の実験台があり、その上にはフラスコ、ビーカー、メスシリンダーなどが雑然と置かれていた。研究室に入るとすぐに二人は礼儀正しく、

「藤田です。よろしく。何でも協力します」

「吉富です。よろしくお願いします。研究所や会社のことで分からないことがあればなんでもおっしゃって下さい」

その態度は極めて協力的で誠意に溢れていた。一樹は非常に心強く感じた。

「ありがとうございます。会社のことや研究所のことがサッパリ分かりませんのでよろしくお願いします」

一樹は二人に深く頭を下げた。二人の研究員にソルボン酸と色々な砂糖について簡単な分析を頼んだ。一樹は二人に口止めした。二人は口をそろえて言った。

「会社の一大事ですから、私達二人は好並さんに全面的に協力します。信用して下さい」

「ありがとう。実は敵陣に一人で乗り込んできたような感じでね。四面楚歌という気がしているんですよ」

しばらくすると二人から分析結果の報告があった。一樹は分析結果に満足した。実験の片付けをして三人は社長室に戻って行った。社長は森山たちとすることがなく退屈そうに会議用テーブルにしょんぼりした様子で座っていた。一樹の姿を見ると社長はすぐに質問した。

「何か分かったか。好並君」

「分かりました。大変なことが分かりました。今日は原因を突き止めることが出来ませんでした。営業の方以外は引き取って頂いて構いません。明日の午後一時頃また集まって頂きたいのですが」

と一樹が告げると、みんなはもっと詳しく聞きたそうな表情であったが、口を開く者もなく不満そうな態度で社長室からゾロゾロと出ていった。

「研究陣を帰らして大丈夫か。営業部の人間は研究や技術のことは分らんぞ」

社長は心配そうに忠告した。

「営業の方の協力が是非必要なんです」

「我々に出来ることでしたら何でも言って下さい。ここにいる二人も使ってやって下さい」

営業部長の森山は二人の営業部員のほうを見やりながら一樹に言った。

森山は非常に協力的であった。

「今日テストしたソルボン酸製剤は問題ないと判断されます。営業の方は手分けして、お得意さんの食品会社に行って、ソルボン酸製剤を少しもらって来て頂きたいのです。営業部長にお伺いしたいのですが、研究所を持っている大手の得意先でクレームを言ってきていない所はありませんか」

するとと若い営業部員が遠慮ぎみに手を上げて、

「そういえば部長、石山食品さんは我社のソルボン酸製剤を使って、さつま揚げを作っているのに全くクレームを言ってきません。あそこは立派な研究所がありますよ」

と森山と一樹のほうを交互に見やりながら言った。

その口調、態度には早く解決しようという積極性が滲み出ていた。

「石山食品のさつま揚げはすぐ手に入りますか」

「全国で売っていますから。この近辺のスーパーでも手に入りますが」

「すぐ買ってきて欲しいのですが」

と一樹が言うと、

「ぼくが行ってきます」

と若い営業部員が勢いよく立ち上がった。

「いや、あなたにはすぐ石山食品に行ってもらいたいのです。そしてソルボン酸製剤と、さつま揚げに使用している砂糖を少しもらってきて欲しいのです」

その営業部員は少し驚いた様子であった。

「好並さん石山食品は新潟ですよ」

するとただちに森山はその営業部員に向かって言った。

「伊丹空港からすぐ飛べ！　社長、運転手の吉田さんを借りてもよろしいですか」

「構わん、吉田に伊丹まで送らせよう」

一樹はもう一人の若い営業部員に、

「浅間食品に行ってソルボン酸製剤と、クレーム品のさつま揚げとさつま揚げに使っている砂糖をもらってきて欲しいのです」と頼んだ。

「浅間食品は静岡県の清水市です。すぐ新幹線で発ちます」

その営業部員は若者らしく元気よく答えた。

二人はネクタイを締め直し社長、森山に軽く会釈し最後に一樹に丁重に頭を下げて元気よく社長室から出ていった。

「社長、今日はここまでです」

「早く終わったな。で、森山君に来てもらったのはなぜだい？」

「営業部の人を動かすには、部長の命令があったほうがいいのではないかと思ったのです。それに営業部長さんだけは信用できると考えたのです」

「ほう、君の言うとおり森山君は信用できる人物だ。一度も会ったことがないのになぜそう思うのかね。参考までに教えてくれないか」

「この件を会社内で問題にしたのが森山さんだったからです。森山さんは解決のため社内で色々努力されています。しかし、社長のお話から技術陣も研究陣も積極的に解決に努力しようとしていないように感じたのです。森山さんなら、きっと協力してもらえると考えたのです。ぼくみたいな若いのが、しかも社外の人間が入ってきて仕事をするとなると、必ずしもみなさんが協力的とは限りません。面従腹背は世の常ですから」

「ぼくを信頼してくれてありがとう。しかし若いのによく世の中のこと、人間のことが分かっておられる」

森山は大柄な体格に似合わず優しい態度で一樹に接している。

「好並君は超秀才だ。彼の家はあまり豊かではない。だから苦労もしている。その苦労が彼にとって無駄ではなかったということだ。この件を彼に託したのが分かってもらえるか」

「最初は、こんな若い人で大丈夫かなと思ったのですが。今は好並さんに頼るしかないと思っています。好並さんと、お話するのは初めてですが、以前お見かけしたような気がします。たしか隆彦さんのお葬式で弔辞を読まれていたように思いますが」

社長は少し戸惑いながら、

「昨日今日の知り合いと言うわけではないんだが」

とあいまいに答えた。社長は森山に一樹のことをあまり詮索されたくなかった。


次の日の午後一時少し前に、昨日のメンバーが社長室に集まった。

一樹は若い営業部員に、

「無理なお願いをして申し訳ありませんでした。お疲れのことでしょう」

とねぎらいの言葉をかけた。

次いで不満そうな表情で憮然として座っている秋葉に向かって言った。

「秋葉さんの所では、さつま揚げを作って下さい。それから、藤田さんと吉富さんは石山食品と浅間食品の砂糖について、昨日と同じ実験をして下さい。それと、石山食品と浅間食品から持ってきたソルボン酸製剤について、昨日と同じ実験をして下さい。お願いします。石山食品と浅間食品の、さつま揚げに含まれているソルボン酸を定量して下さい。では大急ぎで始めて下さい」

それぞれ自分の研究室に帰り一樹に指示された実験に取り掛かった。

しばらくすると藤田と吉富が一樹の所へやって来た。

「浅間食品と石山食品の砂糖は両方ともフェーリング溶液を還元しました。それから石山食品と浅間食品から貰ってきたソルボン酸製剤は、強いニンヒドリン反応を示しました」

「ありがとう。分かりました。お二人はHPLCで糖類の分析は出来ますか」

と一樹が聞くと藤田が快活な声で答えた。

「出来ます。すぐ準備します。吉富がソルボン酸の定量をします」

「そうお願いします。昨日、うちの砂糖でフェーリング溶液を還元した砂糖二つと、石山食品、浅間食品の砂糖について、ブドウ糖と果糖の含有量を大至急測定していただけませんか。お願いします。ブドウ糖と果糖の標準品は用意してあるはずですね。あなたがた二人は信頼しておりますから」

「なぜブドウ糖や果糖が必要なのか分かりませんでしたが、用意はしておきました。今、理由が分かってきました。さすがと言うほかありません。素晴しい推察力です。では、実験に掛かりますので失礼します」

二人は明るい表情で、足取りも軽く社長室から出ていった。一樹は社長室に残っていたアミノ酸分析を担当する合成化学部門の中川研究員に丁寧な口調で頼んだ。

「石山食品と浅間食品からもらってきたソルボン酸製剤についてアミノ酸分析をお願いします。お分かりと思いますが、標準の二十種類のアミノ酸のピークが出た後も、しばらく溶出を続けてみて下さい。この研究所のアミノ酸分析はポストカラム法で、ディテクションはニンヒドリン法ですね。それで十分です。すぐお願いします」

それまで一樹の能力、経験を疑い憮然としていた中川は急に姿勢を正し一樹に軽く一礼した。

「昨日見学に来られた時に、アミノ酸分析装置を見られたのですね。よく勉強しておられます。ソルボン酸製剤をアミノ酸分析装置で分析するのは我社では初めてです。たいした推察力です。アミノ酸分析装置はすぐ使えるようにしてあります。ぼくは合成屋なのですが、一度ゆっくりお話したいですね。直ちに分析に掛かりますので失礼します」

中川は今まで抱いていた一樹の能力に対する疑念が吹っ切れたため非常に溌剌としていた。社長室には社長、営業部長の森山、一樹の三人が残った。社長は一樹のほうを向いてにこやかな顔で言った。

「好並君のファンが三人出来たな。いいことだ」

三人とは藤田、吉富、中川のことだと一樹は思った。社長はよく観察しているなと感じた。

「いや、社長、六人ですよ。ぼくと営業の二人もファンになってますから」

森山が社長のほうを見ながら嬉しそうな口ぶりで言った。

「好並君の人徳だ。少しは仕事がやりやすいだろう。ところで今日は何かつかめそうか？　プレッシャーはかけたくないんだが、部長も口には出さんが、何でもいいから早く教えて欲しいという顔をしているぞ」

社長は口元にかすかな笑みを浮かべながら何でもよいから聞き出そうとしていた。

「さつま揚げが出来れば分かります。今日中には原因を解明できます。しかし、とんでもないことになっているようです。もう少しお待ち下さい」

一樹は涼しい表情で自信たっぷりに答えた。一樹の言葉に社長は驚いた。

「え、さつま揚げのクレームの原因が分かるのか。本当か？　森山君どうだね。私の目に狂いはないだろう。とにかく好並一樹という男はすごいよ」

社長は自慢そうに森山のほうに目を向けた。その顔にはゆとりと笑みがあった。

「分かります。数時間後にご報告できます」

一樹は秋葉のことが心配であった。自分の言った通りにさつま揚げを作っているだろうか。砂糖など自分が指示したものをキチンと使用するであろうか、と不安であった。

しかし、もし、いい加減なことをすれば、すぐ分かるから、自分が行って立ち合いのもとでやり直せばよい、一樹はそう思っていた。しかし、そうなると秋葉はこの会社にいられなくなる。まさかそんな馬鹿なことはしないだろうと思った。

一樹は遠慮気味に社長に言った。

「少し暇ができました。コーヒーを頂いてもいいですか」

「そうそう、色々考えていてすっかり忘れてた。コーヒー三つ頼む」

社長は秘書に向かって言った。しばらく雑談をしていると次々に研究員がやって来て立ったまま一樹に報告した。最後に秋葉がさつま揚げをステンレス製のバットに入れて持ってきた。

清潔な真っ白い白衣を着た二人の若い女性研究員補助員が白いトレーに色々なさつま揚げを入れ会議用テーブルに手際よく並べた。全員に緊張が走った。

言葉を発する者はいなかった。一樹も慎重に色を観察し、臭いを嗅いでから口に入れた。さつま揚げには黒褐色で鶏小屋のような臭いがするものと、正常なものとがあった。

「好並君、結論は出たかね。さつま揚げの異臭の原因は解明できそうか？」

社長は一樹のほうを向いて心配そうに訊ねた。

そんな社長の心配を吹き飛ばすように一樹はよく通る澄んだ大きな声で
「分かりました。みなさんのご協力で全て分かりました」と言い放った。

「そうか‼　よかった。では説明を頼む。私にも分かるように、お願いしたい」

社長は気分が非常に高揚しているためか顔面は紅潮していた。

一樹は立ち上がり軽く会釈してからおもむろに一同を見渡し口を開いた。

「では説明させて頂きます。結論から申し上げます。この度のさつま揚げの色と鶏小屋のような異臭の原因は北野製薬が販売したソルボン酸製剤が原因です。残念ながら、これは動かしがたい事実です」

一樹は自信たっぷりに答えた。森山は最も心配していた事実を告げられ残念そうな表情に変わった。森山が核心に迫る質問をした。

「ではなぜ異臭がする場合と、しない場合があるのか教えて頂けますか」

「さつま揚げに使う砂糖によって差が出るのです。砂糖には高純度のものと、純度が低くブドウ糖、果糖を数パーセント含むものがあります。ソルボン酸製剤とブドウ糖や果糖を含む砂糖を使用したさつま揚げにだけ鶏小屋のような臭いが生じ、色も悪くなるのです。果糖が原因です。さつま揚げを作る時、ソルボン酸製剤に不純物として含まれているアミノ系化合物と砂糖に含まれていた果糖が高温で揚げる時に、アミノカルボニル反応を起したのです。

アミノカルボニル反応は褐変物質を生成し、臭いの原因物質を作ります。普通は香ばしい匂いなのですが、アミノ系化合物と糖の組み合わせによっては異常に褐色になったり、強い異臭を放ったりします。例えばアミノ酸であるフェニルアラニンと果糖を百八十度で加熱しますと非常に嫌な刺激臭を発します。百八十度というのは、さつま揚げを作る時の温度ですよね」

一樹は藤田と吉富のほうに視線を向け確認を求めた。二人は軽く頷いた。

一樹はそれを確認して全員を見渡しながら説明を続けた。

「石山食品さんと浅間食品さんからもらってきたソルボン酸製剤を使ったさつま揚げのうち、石山食品と浅間食品からもらってきた砂糖を使用したさつま揚げだけ異臭が認められます。石山食品や浅間食品からもらってきたソルボン酸製剤を使ったさつま揚げでも異臭のしないのがありますね。それは果糖を含まない高純度の砂糖を使用しているからです。昨日、北野製薬にある砂糖の中から、ブドウ糖や果糖を含まない高純度の砂糖を選んでおいたのです。現に、石山食品と浅間食品からもらってきた砂糖からは二パーセントの果糖が検出されています。石山食品と浅間食品からもらってきたソルボン酸製剤からはかなりの量のアミノ系化合物が検出されています。このアミノ系化合物はアミノ酸ではありません。未知の物質です。ソルボン酸に含まれている不純物です」

と説明したところで一樹は質問を受けるために少し間を置いた。

すると秋葉がブスッとした態度で詰問するような口調で質問した。

「しかし、それでは石山食品が今現在売っているさつま揚げは果糖が含まれている砂糖を使っているのに異臭がしない点の説明ができないではないですか！」

一樹はそんな秋葉の態度に内心激しい不快感を覚えた。しかし決して表情には出さなかった。

「その点について、秋葉さんはどうのように考えられますか？」

と一樹は涼しい顔をして秋葉のほうを見やりながら少し意地の悪い質問をした。

「分からないから聞いているんじゃないですか！」

秋葉はふてぶてしい口調であった。一樹は凛とした態度で秋葉の疑問に答えた。

「そうですか。秋葉さんは食品の専門家で農学博士の学位を持っておられるとお聞きしていたので、全てお分かりのことかと思いまして。石山食品のさつま揚げについてソルボン酸を定量分析して頂いた結果、四百ｐｐｍのソルボン酸が検出されました。普通は千六百ｐｐｍぐらいさつま揚げに使うはずですね。四百ｐｐｍなら異臭がしても食べて感じないのではないですか。しかし、四百ｐｐｍでは保存効果がありません」

一樹は秋葉に視線を向け表情を観察した。秋葉は相変わらず口を硬く閉じ憮然としている。

一樹はそんな秋葉を時折り見やりながら説明を続けた。

「石山食品のさつま揚げの包装に記載されている原材料表示を見ての推測ですが、酢酸ナトリウムやトレハロースの組み合わせを検討して、ソルボン酸との相乗効果で保存性を図ったのではないでしょうか。それにしても短期間にソルボン酸を減らしても保存性を保つ方法を考えた石山食品の研究陣はすごいと思います。さすがプロの研究員と感心します。しかし、砂糖が原因であることには気付かなかったのですね。これはぼくの推測ですが、この技術を利用して他の会社がさつま揚げの異臭で困っている時、そのシェアを奪って売り上げを伸ばしたのではないでしょうか。だから、石山食品にはクレームを言って来ないのだと思います。これでご納得頂けたでしょうか」

一樹は秋葉のほうを見やった。秋葉は相変わらずブスッとしている。あまりにも見事な一樹の説明に圧倒され口を開く者はいなかった。その場の静寂を破るように社長が拍手すると、それにつられて大きな拍手が起きた。秋葉も渋々拍手していた。

アミノ酸分析を担当した中川研究員が興奮気味に、

「お見事です。お若いのによく勉強されておられる。また鋭い洞察力、推察力を持っておられる。原因解明の手順、我々に出された指示、命令も非常に的確でまことに見事なものでした。大変敬服しております。今度は新製品開発などで一緒に仕事をしたいですね。感激してつい社長より先に発言してしまいました。申し訳ありません」

と彼は考えつく最大限の賛辞を述べてから社長に向かって一礼した。

「好並君、ほんとうにありがとう。二日で解決するとはたいしたもんだ。私が言いたいことは中川が代わりに言ってくれた」

「お役に立てて嬉しいです。みなさんはよく協力してくれました」

森山が、

「そういえば石山食品はだいぶ景気がいいらしい。新しい工場を建設するという噂です」

とみんなのほうを向いて話した。

「あのう、まだ重大な問題があるのですが」

一樹は社長に向かってポツリと言った。

「以前に秋葉さんが、異臭の原因を突き止めようとされたようですが、その時は異臭がなかった件です。その時なぜ秋葉さんは疑問に思われなかったのでしょうか。現にクレームは来ているのですよ。積極的にもう一歩踏み込んで検討すべきだったと思います」

一樹は秋葉に厳しい視線を向けた。秋葉はブスッとしたまま一樹の視線を避けるためか下を向いている。

「今日、うちの工場のソルボン酸製剤と、果糖が含まれている砂糖で試作したさつま揚げは全く正常でした。昨日、私に渡されたこの工場のソルボン酸製剤はニンヒドリン反応が陰性でした。つまり正常なソルボン酸製剤だったのです。だから営業の人に頼んで石山食品や浅間食品に行ってソルボン酸製剤をもらってきたのです。昨日も今日も、我々が必死に原因を解明しようとしているのを知りながら、正常なソルボン酸製剤を渡した人がいるんです。その人はソルボン酸製剤に異常があったことを知られたくない人物です。許されないことです。ソルボン酸の合成方法から考えますと、合成に使用した原料の薬品に問題があったことは明らかです。それが原因です。そして不良品のソルボン酸が出来てしまったのを隠して製剤にし販売したのです。その時隠さず社長に報告しておけば、このようなことにはならなかったのです。工場長と品質管理をしている責任者の方はこの点に気がついていたはずです」

工場長の秋山と品質管理部添加物課長は蒼ざめた顔をして下を向いていた。

一樹は厳しい口調で二人を問い詰めた。

「なぜ昨日も、今日も、正常なソルボン酸製剤を我々に渡したのですか。異常なソルボン酸が工場で製造されたのは知っていたはずです。だから故意に二回とも正常なソルボン酸製剤を渡したのですね。正直に話して頂けませんか」

一樹の話を下をむいたまま聞いていた二人は観念した。

工場長の秋山が苦渋に満ちた表情で重い口を開いた。

「申し訳ありませんでした。少し前に製造したソルボン酸にアミノ系化合物が含まれていたのですが、簡単に除去する方法が分からなかったのです。それにアミノ系化合物が不純物として含まれていても、法令で定められているソルボン酸の規格基準には合格しており何ら違法性はありません。ですから製剤にしてしまったのです。まさか、さつま揚げに使用した時、鶏小屋のような異臭がするなんて全く考えてもみなかったのです。この点だけは信じて下さい。結果として、会社に大変なご迷惑を掛けることになり痛恨の極みです。責任は全て工場長の私にあります。他の人に責任はありません」

秋山は泣きださんばかりであった。

しかし添加物課長や研究所の松本主席研究員の名前は口にしなかった。

「工場で不純物がアミノ系化合物だとよく分かりましたね。誰かを庇《かば》っておられるのですね。しかしそこまで追求する気はありません。よく正直に話して下さいました。社長これで全部です」

社長は原因が分かり安堵の表情を浮かべていた。

「そうか、そんなことがあったのか。好並君、完璧だ。何とお礼を言ったらいいのか適当な言葉が浮かんでこない。最後に教えてもらいたいのだが、工場長の罪はどれぐらいかね」

一樹は予想していなかった社長の問いに戸惑い、しばらく考え込んだ。

「工場長の責任は極めて重大です。多分今日中に辞表を出されるでしょう。しかし、決して故意に会社に損害を与えようとしたわけではありません。私が工場長の立場であったらやはり同じことをしたかもしれません。田舎の両親のことを考えると失業するわけにはいきませんから。また工場長さんは何ら違法なことはしておりません。重大な過失もありません。不可抗力です。人間は神様ではありません。失敗もします。問題のソルボン酸製剤と異なる正常な製剤を渡したのは自分の責任を免れるためですが、普通の人間なら、そうするでしょう」

一樹は穏やかな表情で工場長に視線を投げかけた。

「工場長さんも家に帰ればお父さんです。家族を守りたかったのだと思います。自分の責任を部下に押し付けて、責任から逃れようとする人がよくいます。でも最後には自分だけが責任を取って同僚や部下を守ろうとした態度には心が痛みます。大変、立派だと思います。工場長さんには寛大な処分をお願いします。今後も工場長さんは誠心誠意会社のために働いてくれると思います」

懲戒免職を覚悟していた工場長は思いがけない一樹の非常に温かい言葉を聞いて、ハンカチでしきりに涙を拭っていたが滂沱《ぼうだ》として流れ落ちていた。

みんな一樹が厳しい処分を下すものとばかり思っていたから、一樹の温情溢れる言葉に心を打たれた。社長に工場長の処分について口を出せる者はいないのである。

「分かった。他ならぬ好並君の頼みだ。二か月間十%減給としよう。だから工場長、辞表を書く暇があったら工場の点検をしてくれ。森山君、昨日言っただろう。好並という男は苦労してきた人間だって。私に《工場長を処分するな》といえる人間が他にはいないことを知っていて、あえて好並君は私に言ったんだ。工場長どうか、いい製品をどんどん作ってくれ。これからも工場をしっかり頼むぞ」

工場長は止まらぬ涙を拭いながら社長のほうを向いて深々と頭を下げた。一樹にも同じようにした。

次の日から森山はソルボン酸製剤を納入している食品会社の訪問を始めていた。

この件について一樹は智子に相談し、法的なアドバイスを受け、それを森山に伝えていた。

森山は一樹のアドバイスどおりに事態の収拾にあたった。ことが重大なだけに若い営業部員に任すわけにはいかなかった。

まず静岡県清水市の浅間食品を訪問した。工場の事務所にある三坪ほどの応接室に入ると五十がらみの生産部長が白い作業着姿で六人がけのテーブルに一人で座っていた。作業用のネットが付いた白い帽子を白色の清潔そうなテーブルに置き手持ち無沙汰の様子であった。

森山は生産部長とは取引を通じて昵懇《じっこん》の間柄である。森山はドアを開け部長の姿を見るとすぐに大きな声で、

「部長、大変ご迷惑をおかけして申し訳ありません」と言って深々と頭を下げた。部長は森山に自分の向かい側の椅子を勧めた。森山は二回ほど丁寧に頭を下げ椅子に座った。部長はにこやかな表情であった。

「久しぶりだなあ。色々大変らしいね」

「さつま揚げのクレームの件ですが、原因が分かりました。解決策も見つかりました。これは何かの役に立てて下さい」

と言いながら五十万円が入った茶色の封筒を渡した。

「いつも済まんな」

生産部長はその封筒の中を確認することなく無造作にズボンのポケットに入れた。

「それで原因は何だったんだ?」

「実は製剤に使ったソルボン酸以外の原料に何かが入っていたようです。法令上の問題はありません。その成分と砂糖に含まれている果糖が、さつま揚げを揚げる工程でアミノカルボニル反応を起して異臭がするようになったことが分かりました。この会社に現在在庫としてあるソルボン酸製剤を使う場合に限り果糖を含まない高純度の砂糖、例えばグラニュー糖を使用して頂ければ解決します」

森山はソルボン酸自体が不良であったことは隠したのである。

高度の技術が売り物の北野製薬の評判が落ち、信用が失墜するのを恐れたからである。

「現在我社で生産しておりますソルボン酸製剤は全く正常です。何とかこの線で収めて頂くわけにはいかないでしょうか？」

森山はテーブルに両手をつき頭を下げた。

「私はそうしてもいいのだが、それでは社内が収まらないだろう。問題のソルボン酸製剤については半額に値引きしてもらえないだろうか。その線なら社内を説得出来るかもしれん。うちの会社としても北野製薬さんのソルボン酸製剤がないと困るからな。何しろ特許製品だから、よそから買うことができないし。社内も異論なく収まると思うがね」

「分かりました。そのようにさせて頂きます。本当にご迷惑をおかけしました」

森山は応接室を出ると破顔した。最悪の場合、不良品のさつま揚げについて損害賠償の話が持ち出されて来ることも覚悟していたが、不良品のソルボン酸製剤の値引きだけで済んだので胸をなでおろした。

《クスリ（袖の下として渡した五十万円）がよく効いた。それにしても特許があると強いな》

交渉の結果は携帯ですぐ社長に報告した。森山は浅間食品の場合と同じ手段で他の食品会社とも交渉した。全ての交渉は成功した。

こうしてソルボン酸の件は落着したのであるが、その陰でどれくらい多くの被害者が苦しんだのであろうか。そのことに思いを寄せる者は食品会社にも北野製薬にも皆無であった。

四　ナゾのサルモネラ

土曜日の夕方、一樹は葉子の部屋で化学を教えている。葉子はいつものように肩にかかるつやのある黒髪を時折手でなでながら問題と格闘している。勉強が終わる時間になった頃、葉子は机から顔を上げ一樹のほうを見ながら静かな口調で話しかけた。

「先生、この間は会社のほうに駆り出されて大変だったようですね。解決してくれてありがとう。私も嬉しいわ。先生って頼もしいわ」葉子はにこやかな表情で、はにかみながらではあるがしっかり一樹の目を見つめながら話した。一樹はそんな葉子の眩しい視線をそらしながら聞いている。

「この頃、苦手だった有機化学がだいぶ分かってきたね」

「私にとって化学は化我苦（かがく）だったの。でも分かりだすと面白いわ。この世の中の《物》は空気も土も、お家も全て化学物質なのね。お家の柱も紙もブドウ糖がいっぱい結びついたセルロースという同じ物質だなんて知らなかったわ。先生がこの世の中の物は化学が分かれば分かるとおっしゃっていた意味が分かりかけました。この間、全国模試を受けたでしょ。結果が戻ってきたの。

下へ行きましょうか。父が先生とお話したくて首を長くして待っています。あまり待たすと轆轤首《ろくろくび》になりますから」

と可愛い笑窪《えくぼ》にあかるい笑みを湛えながら、一樹のほうを見て軽いジョークを飛ばした。

一樹は葉子が隆彦の死の悲しみから徐々に解放されているように感じた。

応接間に入っていくと社長はソファーにドッシリと腰をすえ一樹を見上げるようにして「おお、大先生」とたいそうご機嫌であった。

そこへ和服姿の芳子が柔和な表情で入ってきてメロンをテーブルに置きながら

「先生も大変ね。葉子の先生と主人の先生の掛け持ちで。先生はわが家と北野製薬の守護神だと主人は申しておりますの。私からもお礼を言わせて頂きます。兄の山本も喜んでいました」

と一樹のほうを見やりながら話した。

「先生、君のお陰でわしは会社で顔が立った。社員に技術が分からん社長だとバカにされずに済んだ。会社の損害も君のお陰で少なくてすんだ。君が二日で解決してくれたお陰で損害の拡大を防げた。少なく見積もっても五十億は助かった。それにこれが一番大事なのだが、会社の信用が失われずに済んだ。お礼のしようがなくて困っているんだ。家内や葉子にも相談したんだが、よい案がなくてね。葉子が言うんだ、遠慮なく君に聞いてみたらどうかと」

「一つだけお願いがあるんです」

社長は《待ってました》とばかりに身を乗り出した。

「そうか、そうか、何でも言ってくれ。いい車か、それとも大きなマンションか」

「いいえ、今度、みなさんが隆彦さんのお墓に参られる時、私もご一緒させて頂きたいのです。

ぼくはまだ隆彦さんのお墓がどこにあるのか知らないのです」

「そうだ、今度の月命日にみんなと一緒に行こう。きっと隆彦も君が来てくれるのを待っているだろう。しかし、それではお礼にならん。今日でなくてもいい。君の実家を建て替えるといったことでもいいんだ。何でも相談してくれたら嬉しい」

「困ったことがあったら必ずご相談させて頂きます」

「実はこの間の全国模擬試験の結果が返ってきたんだが、見てびっくりした。何と京都総合大学農学部の食糧化学科にA判定が出たんだ。葉子も君が教えてくれるようになってから、苦手の数学や化学、物理が分かりだして面白くなったと言ってはいたが、ここまで成績が伸びるとはなあ」

社長はしきりに感心している。隆彦の死、会社の不良品問題と、暗い日々が続いた北野家に久しぶりに笑顔と笑いが戻った。北野家の人たちは隆彦の死をやっと受け入れることが出来るようになり、それを乗り越えかけていると一樹は思った。

一樹が帰るために玄関で靴を履いていると芳子が、

「主人の気持ちです」と言いながら一樹の手に白い封筒を握らせた。

北野邸を出ると、夜空には星が地上に舞い下りたそうに必死に輝いていた。

一樹は夜空を見上げ、両手をいっぱいに広げて澄んだ夜気を肺の奥底まで吸い込んだ。

電車の中に乗客はほとんどいなかった。

一樹は先ほど芳子から渡された白い封筒をそっと覗いてみた。帯封の掛かった札束が二つ見えた。メモがあり《会社の件本当に助かった。葉子のことをよろしく頼む。多謝》と書かれていた。

十二月になり、京都の街には身を切り裂かんばかりに木枯らしが吹き荒れ、木々の葉は天空高く舞い上がっていた。古都は荒寥とした砂漠と化していた。街を行く人はみんな無口である。山本教授室の窓にも木枯らしが無機質な金属音を立てながら吹き付けていた。

一樹は教授室で山本教授とコーヒーを飲みながら話している。

「今までに合成した化合物を北野製薬に持ち込んで抗菌力を調べてもらったらと思う。ぼつぼつ卒論を書かんといけないしね。で好並君はどうする。就職も決めていないようだが。大学院に進むか？」

「まだ決めかねているんです。家庭の事情もありますから。今、山本先生のご指導で進めている研究にとてもやりがいを感じています。ぼくが合成した物質が抗菌力を持つか持たないか、ドキドキしますが、どのような分子構造であれば抗菌力を示すのかを考えながら研究するのは大変面白いですね。自分の能力の限界に挑戦しているようで、緊張の連続ですが」

「大学院進学について社長に相談してみたらどうだ。悪いようにはせんだろう。何なら私から社長に話してみようか」

「それとなく話してみました。北野社長が奨学金の提供を考えてくれています。今の研究を大学院でも続けることが出来るのであれば、北野製薬の奨学金を受けてもいいかなと考えています。奨学金に返済や北野製薬への入社という条件はついていませんし」

「抗菌剤の研究はやりだしたら止められない面白さがある。食品保存料以外にも抗菌活性の強さによっては医薬品としての用途もある。君も知っているだろうが医療の現場ではあらゆる抗生物質が効かない多剤耐性菌の問題がある。エイズや肝炎ウイルスの問題もある。合成抗菌剤でこれらの問題を解決するのが私のライフワークだ。君のような有能な人間の力が是非必要だ。ノーベル賞の二つや三つは狙える大きなテーマだ。一緒にやろう。北野製薬の合成技術は非常に優れている。我々が良い物質を見つければ、北野製薬の技術と我々の知恵で実用化できる。まさに君がいつも言っている人の為になる物質を作ることが出来るんだ」

熱く話す教授はまるで夢を語る少年のようであった。一樹の心中は教授の夢に強く共鳴した。

「君の将来は君自身が決めなくてはならない。一つだけ言わせて貰えば、君は世界的な合成化学者になれる素質を備えている。将来のことは大学院に進んでからゆっくり考えてもいいと思うんだが」

一樹は教授の熱い説得に心を決めた。

「分かりました。大学院へ進学します。北野社長に奨学金のことを相談します。今後ともご指導よろしくお願い致します」

数日後、北野製薬の研究所では北野製薬の研究所や山本教授の研究室で合成された化合物について抗菌力を調べる実験が安全性研究部門の研究室で行われていた。

一樹は山本教授の勧めもあり、勉強のため抗菌力を調べる実験を見学することになった。

一樹が研究所に着くと顔見知りの研究員たちが驚いたような表情ではあったが、好意的な態度で挨拶をしてくれた。社長は出張中で不在であった。

研究室では若い研究員が上皿天秤《うわざらてんびん》で微生物を培養（増殖させること）するための培地（培養基ともいう）を量っている。

細菌用培地には細菌が増殖するのに必要な栄養分と粉末の寒天が、カビや酵母用の培地にはカビや酵母が増殖するのに必要な栄養分と粉末の寒天が含まれている。

細菌はグラム陽性菌とグラム陰性菌に分類される。グラムという人が考案した細菌の染色方法で染色される菌をグラム陽性菌、染色されない菌をグラム陰性菌という。

グラム陽性菌には、ご飯などの食品を腐敗させる枯草菌、食中毒や感染症の原因となる黄色ブドウ球菌などがある。グラム陰性菌には食中毒の原因となる大腸菌やサルモネラ菌などがある。

抗菌力は最小発育阻止濃度（ＭＩＣ、エムアイシーという）で示される。ＭＩＣの値が小さいほど抗菌力が強いのである。

二日後、一樹が研究室でマントルヒーターに三つ口コルベンをセットし、合成の準備をしていると、山本教授の秘書が一樹を呼びに来た。教授室に入ると厳しい顔をして「北野製薬からＦＡＸで抗菌力試験の結果が送られてきたぞ」と言いながらＦＡＸのデータを一樹に見せた。

「ダメだ。抗菌力がない。Ｓ-０５だけがわずかにグラム陽性菌と酵母に千ｐｐｍのＭＩＣを示しているだけだ」

Ｓ-０５は一樹が合成した五番目の化合物である。

「もう少し効くと思っていたんですが、がっかりする結果ですね。色々分子構造を検討して合成したのですが」

一樹はもう少し良い結果が出ると期待していたので激しく落胆した。

一樹は人生で初めて無力感、虚無感を味わい、全身から力が抜けていくのを感じていた。激しい挫折感に足が震え頭が真っ白になった。厳しい現実に初めて直面したのである。

両手を膝に置き、背筋をまっすぐに伸ばしていたが、その顔は下を向いたままであった。百戦練磨の教授にとってはこのようなことはよく経験していることなのである。

教授は一樹が挫折感から研究に対する意欲を喪失することを心配している。教授は両手をテーブルに置き、父親が息子を諭すような口調で話し始めた。

「好並君よ、こんなことはよくあることだ。私も思い出せないくらい経験してきたことだ。世の役に立つような物質は、そんなに簡単に作れるものではない。成功を信じて目標にしぶとく喰らいついていくことだ。色々な物質を合成して、そのうちの一つが弱いながらも抗菌力を示したんだ。これだけで立派な卒業論文が書ける。学部学生の卒業論文としては決して恥ずかしいことはない。君が研究している系統の物質は安全性の面から非常に期待が持てる。分子構造的にも今までにないものだ。卒業論文を書きながらどんどん研究を進めてくれ。大学院でもこの研究を続ければ成功する可能性は十分あると思う」

教授の慰めとも励ましとも取れる言葉を聞いて一樹は少し気力を取り戻した。

「分かりました。今回の結果を参考にして、どうすれば抗菌力を強く出来るか分子構造のデザインを練り直して見ます。細菌ではグラム陽性菌、真菌では酵母に抗菌力を示していますから、もっと研究すればグラム陰性菌などの全ての細菌、カビも含めて全ての菌に抗菌力を示すようになるかもしれません」

一樹の言葉を聞いて教授はホッとした。

「そう、いい点に気がついたね。細菌と真菌の両方に抗菌力を持つ物質が発明できる可能性がある。君の能力の限界に挑戦してみろ。Ｓ−０５は変異原性試験と急性毒性試験ではまったく問題なかった」

分子構造から判断して大丈夫と思っていたが、実験で確かめられたことで安全性に関する一樹の不安は吹き飛んだのである。このことは一樹の心を少し軽くした。

一樹は新たに四つ新物質が合成できたので北野製薬に抗菌力の試験を依頼した。しかし結果は、一つだけカビに対するＭＩＣが二千ｐｐｍ、グラム陽性菌に対するＭＩＣが千ｐｐｍでその他の菌については無効というものであった。残り三つは全く抗菌力を示さなかった。一樹は再び挫折感に襲われた。

自分の能力で果たして良い抗菌物質が創り出せるのだろうかという不安が頭をよぎった。


日曜日、一樹と智子はいつもの四条河原町に近い新京極にある和風喫茶で抹茶と和菓子を前にして向かい合っている。店内に流れている琴の音が心地よかった。

智子は薄っすら化粧をしていたが、清楚さと気品は変わらなかった。

一樹は大学院に進学することを智子に話した。

「よかったわ。私も近畿新聞に決まったの。大阪本社で研修を受けた後、京都支社に配属してもらえることになってるの。またこの喫茶店で好並さんとお茶ができるわね。学費や生活費は？　アルバイトと奨学金の目処はついてるの？」

智子は一樹の経済状態を心配して、一樹の顔を見つめながら訊ねた。今まで智子は生活やお金のことを口にすることはなかったので一樹は意外な気がした。智子も実社会に出ていくんだなあと感じた。

「北野製薬の奨学金を受けることになっているんだ。返還や入社の義務はない。今、北野製薬と協同研究をしているので、それを続けることになっている。生活費の心配はないので研究に没頭できそう」

一樹は研究に行き詰まり先が見えず毎日暗い気持ちであったが、智子の前では明るくふるまった。智子に心配をかけたくなかったからである。

智子は急に真剣な眼差しを一樹に向けた。

ソルボン酸の事件に関して一樹は智子に法的面についてアドバイスを受けていた。

「近い将来、薬学博士・好並一樹が誕生するのね。羨ましいわ。北野製薬のことで気になるの。この間の件。結局、私のアドバイスどおりにして解決できたでしょ。でもあの方法は社会的正義、公平の観点から問題があると思うの。私はソルボン酸の特許のことを知らなかったの。特許が損害賠償の交渉で武器になることを知っていたら絶対にあのようなアドバイスはしなかったと思うの。特許を武器に北野製薬は食品会社に対し優越的立場に立っていたのよね。分かりやすくいうと結局、弱いものいじめということなの。そのために食品会社は本来貰うべき賠償が少なくなったのよ。本当は相当因果関係に立つ全損害について賠償してもらえたのに。それに変な不純物が入っていた添加物を食品衛生関係法令に違反しないからといってリコールもせず、食品に使用して消費者に食べさせたわけですね。許されることではないと思うの」

智子は途中から一樹の視線を意識的にそらしながら自説を理路整然と展開した。

智子の顔に笑みはなく無表情である。さらに智子は続けた。

「別に好並君のしたことを非難してるわけではないのよ。特許のことなど知らずにアドバイスした私にも責任があることですから。でもあの会社には気をつけたほうがいいような気がするわ。隠蔽体質が浸み込んでいるように感じるの。好並君が濁流に呑み込まれないか心配なの。そのことを言っておきたかったの。もし何かあって好並君の経歴に傷がつくと悲しいでしょ。何かあったら是非、私に相談して頂きたいわ。少しは法律を勉強していますから」

一樹は今までとは違う智子と話しているように思っていた。

智子が少女から大人の女性に脱皮したように感じ寂しい気がした。智子にはいつまでも清楚な知的な少女であって欲しかった。しかしこれも現実なのだと思った。

智子が自分のことを心の底から心配してくれていることは嬉しかった。

「ありがとう。よく話してくれました。ぼくもあの件で会社に行き、色々な人間関係、会社というものの片隅を垣間見た気がしています。これも経験だと思っている。法律的なことは河原さんに必ず相談します」

三月、京都総合大学の入学試験の日が来た。一樹は芳子と共に葉子の受験に付き添った。葉子の試験会場は教養部であった。

京都の街には小雪が舞い、かなり強い風が吹き荒れていた。葉子のベージュのコートの裾は不規則に激しく乱舞していた。長い黒髪と少女らしい明るさは容姿の美しさとあいまって大変魅力的であった。肩にかかる綺麗な黒髪が冷たい風にあおられ葉子の顔に流れていた。

葉子の凛とした姿を見て一樹は葉子がとてもしっかりした女性に見えた。いつもの少しお茶目で甘えん坊の葉子の姿ではなかった。

一樹は葉子を受験会場に案内した。葉子が極端に緊張しているように感じ不安を覚えた。

「試験問題が配られたら、三回ゆっくり大きく深呼吸をするんだよ。そうすると落ち着くから。葉子さんが分からない問題は、ほとんどの人が分からないはず。百点でなくていいんだから、分かる問題から解いていくんだよ」

「よいアドバイスありがとう。先生が付き添ってくれて大変心強いです。最後までいて下さる？」

と葉子は甘えるような声で言った。

「ああ、そのつもりだよ。ずっといるから」

そんな二人の様子を芳子はほほえましそうに眺めている。葉子が試験場に消えた後、一樹は芳子を大学の食堂に案内した。食堂は予備校や塾の関係者、父兄でかなり混んでいた。

一樹は窓際の丸いテーブルに夫人を案内した。

「奥様の口に合うかどうか。でもここでよく隆彦さんとカレーを食べたり、コーヒーを飲んだりして話をしていたんですよ。今、奥様が座っていらっしゃる席が隆彦さんの指定席でした。ぼくは今でもよくこの席に来るんですよ。ここに座ってぼんやりしていると隆彦さんが《遅れてすいません》と頭を掻きながらやって来るような気がして・・・」

そう言いながら一樹は滲み出る涙を手で無造作に拭った。それを見て芳子がそっとハンカチを差し出した。芳子の目も涙で溢れていた。芳子の涙は一樹に対するものであった。

芳子は一樹の涙を見て、一樹が心の底から隆彦を愛していてくれたことを確信した。ここで隆彦がやって来るかも知れないと想いながらぼんやりと座って待っている一樹の姿を想像し、そんな一樹が哀れでならなかったのである。

合格発表の日は珍しく快晴であった。

社長、芳子、葉子、一樹は合格発表を見に行った。大学の周辺は人と車でごった返していた。渋滞のため大学に着いた時には合格者名簿が張り出されていた。模造紙に葉子の受験番号が無味乾燥な字で書いてあった。

四人は手を取り合って歓喜した。葉子は手袋を脱ぎ一樹に手を差し出した。一樹は慌てて手袋を脱ぎ葉子の右手を両手でしっかり握り締めた。

葉子の白い手は暖かく柔らかかった。葉子は一樹に右手を預けたまま小躍りしている。その様子を社長と芳子は互いに顔を見合わせながらほほえましそうに見守っていた。

「葉子さん、おめでとう。おめでとう。よく頑張ったね」

「先生、本当にありがとう。先生が私を見捨てないで最後まで丁寧に教えてくれたから・・・」

と葉子は嬉し涙で声を詰まらせながら一樹に心から感謝の言葉を述べた。

「先生、ありがとう。葉子をここまで導いてくれたのは先生だ。久しぶりに腹の底から笑える」

社長の目は真っ赤であった。芳子もしきりに目をハンカチで拭っていた。

「安心したら腹が減った。何処かへ行って美味いものでも食べよう」

「あなた、今日はこの大学の食堂で食べましょう」

芳子の以外な言葉に社長は驚いた。

「え、大学の食堂でか？　それではいくらなんでも、先生に失礼ではないか？」

「いえ、ぼくは奥様の意見に賛成です」

社長は不満顔であったが婦人の言うことに従った。

「私、大学の食堂で食べてみたい。どんなお料理があるのか知っておきたいもの」

と葉子は屈託がなかった。

四人は葉子の受験の時、芳子と一樹がカレーを食べた席に座った。芳子は隆彦がよく座っていた席を指差し社長を座らせた。芳子は、ここで隆彦と一樹が時折り昼食を共にしていたこと、今でも一樹が時々隆彦をここでぼんやりと待っていることを話した。話している芳子の声は途切れ途切れになっていた。社長と葉子から嗚咽の声が漏れていた。

「そうか、そういうことか。隆彦は先生を実の兄のよう慕っていたからな。先生も隆彦のことを実の弟のように思っていてくれていたしなあ。先生は私達と同じぐらいの悲しみを感じておられたんだ。今日は良い所へ連れて来てくれた」

四人はしばらく神妙な顔でカレーを見つめてから、ゆっくり一口ずつ味わうように食べ始めた。

「結構おいしいわ。私、毎日でもこの食堂でお昼をいただけそう。安心したわ」

葉子は努めて明るく振舞っている。そんな葉子を一樹はいじらしく、また愛おしく感じた。

カレーを食べ終わった後、隆彦が飲んでいたコーヒーを注文した。香りもコクもないコーヒーであったが、社長も芳子も静かに一口一口味わって飲んでいる。

「私が合格してしまったから、先生はもうわが家においでにならなくなってしまうのね」

芳子は笑顔を葉子に向けた。

「何言ってるの。先生と同じ大学へ毎日通うのよ。お昼を一緒にしたらいいじゃないの」

葉子は一樹の顔を覗き込みながら、

「あ！　そうね。先生ご迷惑かしら？」と言って一樹からよい返事を引き出そうとした。

「いいえ、そんなことはありませんよ。それに、お父さんの家庭教師で時々おうちにいらっしゃいますよ」

一樹は智子のことが頭に浮かんだ。その頃は智子はもうこの大学にはいない。しかし級友達が智子と一樹のことを知っているのが心配であった。

葉子は智子と違い陽気で少しお茶目な少女であるが、立ち振る舞いにも、話す言葉にも智子に劣らない気品がある。容姿も美しく、笑窪を浮かべた笑顔はとても魅力的である。

一樹は自分の心に漣《さざなみ》が立っていることに気がついた。


その週の土曜日、北野邸で四人だけの合格祝賀会が催された。

豪華なシャンデリアの下にある大きなテーブルには色々な料理が並べられていた。芳子は向かいに座っている一樹に、にこやかに話しかけた。

「先生、今日は先生がいらっしゃるので、葉子が料理をしたの。少しだけ我慢して食べてやって下さい」葉子は少し笑みを浮かべながら恥ずかしそうにしている。

内心自分の作った料理を一樹にほめてもらえるか不安に思っていた。

「今日は先生が主賓だ。葉子の料理はどうかな？」

と社長は上機嫌で隣に座っている一樹に料理を勧めた。社長は意気揚々としていた。

「先生のお陰で胸を張って会社にいける。女の子で京都総合大学というのは少ないからな」

「葉子さんの料理とても美味しいですね。お母様に習われたのですか」

葉子はホッとしたのか可愛い笑顔に笑窪ができている。

「先生、お世辞でも嬉しいわ。これから腕を磨きますから時々食べに来て下さいね」

葉子の作った料理は本当に美味しかった。盛り付けもよく出来ていた。刺身の盛り合わせには黒松の絵付けがなされた高価な京焼の皿が使われている。

和やかな雰囲気で会話が弾んでいる最中に社長は真剣な表情で一樹に訊ねた。

「ところでちょっと教えてもらいたいんだが、サルモネラって何かね？」

「サルモネラ菌のことですね」

「そうそう、それだ」

「細菌の一種です。サルモネラ菌にも色々ありますが、悪いことをする場合が多いですよ。動物の腸などにいるんですが、食中毒の原因になったりします」

「そうか悪いことをする菌か」

そう言って社長は顔を曇らせた。

一樹は不吉な予感がしたが祝いの席であるからそれ以上は敢えて聞かなかった。

帰りに玄関の外で社長が「ほんの気持ちだ」と言いながら封筒を一樹のコートのポケットに入れた。一樹は封筒の厚さから百万円の束が二つだと分かった。葉子が合格した成功報酬である。

二週間ほど前のことである。

和歌山市のあるマンション。サラリーマン家庭の専業主婦である和田は五歳の長男が、

「おなか痛いよ」と言いながら泣き止まないのに気づいた。

そのうち時折嘔吐を繰り返し激しい下痢を始めた。和田がトイレで便を見るとかなりの血が混ざっていた。それを見て和田の顔から血の気がなくなった。

長男はぐったりしており和田は長男が死ぬのではないかという強い恐怖感に襲われた。

慌てて近所の掛かりつけの小児科医院に長男を連れて行った。初老のやさしそうな医師が訊ねた。

「生(なま)か、それに近い肉類を食べさせませんでしたか?」

「いいえわが家でこの二、三日誰も肉類は食べていません」

「他に何か加熱しないものを食べさせましたか?」

「いいえ子供には必ず火を通したものしか食べさせていません。ポテトチップスは食べていたようですが」

「そうですか。ポテトチップスは高温でフライにした食品ですから食中毒は起きません。それならサルモネラ菌による食中毒ではなさそうですね。念のためお薬を出しておきますから、これで様子を見て下さい。何かあったらまた来て下さい」

症状はしだいに治まり、子供は回復した。

このような食中毒は和歌山市をはじめ方々で起きていたが原因は分からなかった。サルモネラ菌による食中毒は未加熱の肉類によることが多い。野菜によることもネズミによることもある。サルモネラ菌は煮たり焼いたりすると簡単に死滅する。

和歌山市にある総合病院で若い男性の小児科医は子供の患者を診察しながら考え込んでいた。血便、下痢、腹痛、嘔吐、発熱などの症状を訴える子供の患者が昨日から十人目である。中には重症の患者もいる。

食中毒のシーズンでもないのにおかしいなと思った。ほとんどの患者が未加熱のものは食べていなかった。しかし症状はサルモネラ菌による食中毒を疑わせるものである。

ポテトチップスを食べたという患者もいたが、ポテトチップスがサルモネラ菌による食中毒を起すことはないので気に留めなかった。

全ての患者に腸内環境を整える薬を処方した。同じ患者が再び受診に来ることはなかったので、回復したものと判断した。

和田は自宅マンションの台所で考え込んでいる。

子供は治ったが食中毒の原因を知りたかった。今後また起こるかもしれないからである。

しばらくして意を決し、静かに電話の子機を取りポテトチップスの製造元である井上食品のお客様相談室に電話した。

井上食品の本社は和歌山市にある。

「うちの五歳の子がポテトチップスを食べて十五時間ぐらいしてから腹痛や血便、嘔吐をしたんです。ポテトチップス以外に加熱していないものは食べさせていないんですが」

お客様相談室の若い女性係員は非常に丁寧にソフトな口調で応対した。

「弊社の商品をお買い上げいただきありがとうございます。ポテトチップスは高温で揚げていいます。全ての菌は死滅しています。ですからそのような症状を起すことは考えられません」

しかしこのようなクレームの問い合わせが昨日から数件来ていることに女性係員は不安を覚えた。会社の製造責任者や品質管理課長に聞いてみたが、

「ポテトチップスでそのような食中毒を起すことは絶対にない。適当にあしらっておきなさい」

という答えばかりであった。

和田は井上食品の説明に納得がいかなかったので保健所に相談に行った。相談窓口のカウンターで白衣を着た中年の男性係員は、

「今お伺いした範囲で考えますと食中毒ではないようです」と迷惑そうに説明した。

「でも症状は食中毒に極めて似ているんですよ」と必死に食い下がった。

「どうしてもと言われるのなら検査してみます。食べ残しの食品を持ってきて下さい。ただ、うちも忙しいですから結果がいつになるか分かりませんよ」

「食べ残しといってもポテトチップスが少し残っているぐらいです」

「ポテトチップスなんか持ってこられても検査しませんよ。そんなもので食中毒が起きるわけがないでしょう」

その係員はめんどくさそうに和田を突き放した。和田は保健所にそれ以上相談することを諦めた。それでも納得がいかないので民間の検査機関である食品衛生検査センターに足を運んだ。役所である保健所がだめでも、民間なら検査して貰えると考えたのである。

民間だけあって応対は丁寧であった。受付カウンターに座っている白衣姿の若い女性はにこやかな表情で非常に感じがよかった。

「分かりました。お引き受けしましょう。四週間後に最終報告が出来ます。残っている食品はポテトチップスだけですね。でしたら、そのポテトチップスと、お子さんや家族全員の便を持参してもらえますか。家族の方に健康保菌者が、つまり症状は出ていないが体内に菌を持っている人のことですが、いないかどうか調べる必要があります。健康保菌者から感染した可能性も考えられるからです。場合によっては、お子さんの遊び友達なども検査しなければなりません。その場合血清学的検討と遺伝子分析が必要になります」

和田は不安そうに訊ねた。

「費用はどれくらいかかりますか?」

「成り行きによりますが二百万円ぐらいあればと思いますが、もう少し高くなるかもしれませんが。お急ぎの場合はさらに、特急料金が加算されます」

和田は金額を聞いて驚いた。とても支払える金額ではない。

「帰って主人と相談してみます」

「え! 検査されないのですか。よそに行っても同じぐらいかかりますよ」

和田は検査センターから逃げるように出ていった。

和田は万策尽きたのである。諦めるしかないと思った。個人的に食中毒の原因を調べようとすると超えられない高い壁があることを悟った。

＊ポテトチップスなどに後から振り掛けて味付けする調味料を業界ではシーズニングと呼んでいる。シーズニングには例えばわさび味、キムチ味、カレー味、チリ味など多種多様なものがある。

これらのシーズニングをポテトチップスに振り掛けることにより、ポテトチップスわさび味、キムチ味、カレー味、チリ味など色々な味のポテトチップスが簡単に作れるのである。これは何もポテトチップスに限定されるものではなく色々な加工食品で行われていることである。

井上食品はポテトチップスに北野製薬のキムチ味シーズニングを振り掛けて《ポテトチップス韓国風キムチ味》という商品名でスーパーやコンビニで売っている。ちょっぴり辛味が効いていて結構人気があり、井上食品のヒット商品である。

この商品の購入者から幼稚園児が食べたら下痢と嘔吐《おうと》を起したというクレームが井上食品に数件寄せられた。

井上食品には一般的な細菌の検査をする設備はあったが、微生物の専門家がいなかったためサルモネラ菌などの検査は実施していない。

ポテトチップスの場合、高温の食用油で揚げているから全ての微生物は死滅するため菌の心配はないのである。しかも水分が極めて少ないことから揚げた後で、菌に汚染されても食中毒を起こすほど菌が増殖することはない。

しかし同じようなクレームが続くことに、社長の井上は強い不安を感じた。

井上は社長室から電話で品質管理課長に命じた。

「一応、北野製薬に問い合わせてみてくれ」

北野製薬には井上食品と同じようなクレームが、キムチ味シーズニングを使用している食品会社から寄せられた。下痢などの症状を示したのは、ほとんどが幼児であった。幸い死者は出ていなかった。

営業部は電話の対応に追われていた。営業部長の森山は研究所に足を運び食品添加物部門長の秋葉と相談している。秋葉は白いカバーが付いた椅子に座り脚を組んで迷惑そうな顔をして森山を見ている。森山はそんな秋葉の態度を苦々しく思ったが、感情を表に出すことなく傍のソファーに座るやすぐに本論に入った。

「キムチ味シーズニングを使用したポテトチップスのクレームがかなり来ている。うちの製品が原因で食中毒が発生したということはないでしょうね?」

森山の口調は大柄な外見に似合わずいつもどおりソフトである。

「そもそも、ポテトチップスで食中毒ということ自体が考えられない。仮りに、原料のポテトに悪い菌が付着していたとしても、百八十度前後の油で揚げるんですよ。どんな菌でも死にますよ。仮にうちの作業員の手からシーズニングに菌が付着したとしても、その程度の少しの菌では食中毒は起きません。シーズニング中で増殖すれば別ですが。しかしシーズニングの水分は二%程度ですよ。あらゆる菌が増殖しませんよ。それくらいなことは営業部長なら知っておいて下さいよ!」

秋葉は森山の不勉強をなじりながら突き放した。

「ではうちのシーズニングが原因ではないと考えてよいのですね?」

「そのように考えるべきでしょうね。それが常識的判断です」

森山は腹の底に沸き立っている怒りを必死で消しながら食い下がった。

「しかし、現にクレームが来ているのですよ。クレームはキムチ味シーズニングを使用したポテトチップスに集中しているのですが」

「菌が原因とは考えられないと言っているんです」

秋葉は森山を睨み付けてから席を立ち出ていった。森山は立場上、お得意さんの食品会社に説明をしなければならないので困窮してしまった。森山は食品添加物部門の研究室に足を運び吉富に相談した。吉富はやや薄汚れた白衣を着て両手で分液ロートを上下に振りながら森山のほうを見て丁寧に応対している。

「秋葉さんがおっしゃられたことはそのとおりでしょう。しかし、クレームは現に来ているんですよね。何件も。症状は細菌性食中毒に似ています。しかし食中毒を起すほどの細菌がいたとは非常に考えにくいですね。でも一応は調べるべきだとは思いますがねぇ」

吉富の返事を聞いて森山はすがるように頼んだ。

「吉富君が調べてくれるか」

「ぼくでも出来ますが、秋葉さんがそのように言っている以上、ぼくが検査するというのは．．．秋葉さんに睨まれますから。出口さんでも検査は出来ます。彼の腕は確かですよ。彼はうちとは部門が違いますから。これから一緒に行きましょう」

出口は安全性研究部門の若手研究員である。一樹のサンプルの変異原性試験、抗菌力の試験も出口が担当している。短髪の浅黒い精悍な感じでサッパリした性格の男である。出口はグレーのスチール机で病理学の本を読んでいる。

吉富は出口にいきさつを説明した。

「分かりました。やりましょう。検査すれば菌が原因かどうかハッキリしますよ」

出口は簡単に引き受けた。研究室を出た時、森山は出口のことが心配になった。大柄な森山は優しい目で小柄な吉富を見下ろしながら聞いた。

「しかし出口君が検査したことが秋葉さんにバレたら、彼もしんどいと違うか」

「多分大丈夫です。皮肉の一つぐらいは言われるでしょうが。部門が違いますから」

出口は井上食品から送られてきたポテトチップスと、それに使用したキムチ味シーズニングについて症状から疑われる大腸菌、ウェルシュ菌、黄色ブドウ球菌、サルモネラ菌の検査を行うことにした。

食中毒を起こすような菌が検出されなければ、秋葉から何を言われるか分かったものではない。吉富は不安がよぎり少し憂鬱な気分になっていた。

三日後、サルモネラ菌検出用のシャーレを見て出口は驚いた。シャーレ上にサルモネラ菌の赤いコロニーがたくさん認められたのである。出口は慌てて吉富に電話した。吉富はシャーレを天井の蛍光灯のほうに向けて仰ぎ見ながら

「サルモネラ菌である可能性が高いですね。一応、顕微鏡で観察しておいたほうが無難でしょう」

と出口に助言した。出口は早速グラム染色し顕微鏡で観察した。出口は顕微鏡から目を上げ落着いて静かに言った。

「吉富さん、グラム陰性の桿菌です」

＊桿菌《かんきん》というのはウインナーソーセージのような形をした菌のこと。サルモネラ菌はグラム陰性の桿菌である。

「サルモネラ菌であると考えて間違いないでしょう。しかしポテトチップスやキムチ味シーズニングのような乾燥したものになぜサルモネラ菌がこんなにたくさんいたのでしょうね。不思議ですね。こんなに乾燥したシーズニングで菌が増殖することは絶対にありえないでしょう。ミステリーです。とにかく森山さんに報告しましょう」

吉富はこれで秋葉の鼻が明かせると思い会心の笑みを浮かべている。

出口の報告で北野製薬に激震が走った。社長室はあわただしくなっている。社長室に工場長、品質管理部長、品質管理部添加物課長、営業部長、秋葉、吉富、出口たちが集まって会議用テーブルを囲んで打ち合わせをしていた。みんな厳しい表情であった。

一樹が実験室で合成した物質を再結晶しグラスフィルターで吸引ろ過していると携帯が鳴った。

一樹は携帯の画面を見た。社長からである。

「忙しいかい。ちょっと面倒なことが起きてね。ぜひ相談に乗って欲しいんだが」

一樹は少し前に社長邸を訪問した時、社長からサルモネラ菌について訊ねられたことを思い出した。

「添加物からサルモネラ菌が検出されたんですね」

「そのとおりなんだ」

「分かりました。今日、自宅のほうにお伺い致します」

その日の夜、一樹は北野社長宅の応接間で社長と話し合っている。社長はグレーのスーツ姿であった。いつも一樹に見せる笑み、優しさはなく憔悴しきっている。

一樹はただならぬ事態だと感じた。社長は事件のあらましを話した。

「原因の解明には工場にゴキブリやネズミがいないか調べてみることです。ゴキブリやネズミは夜間、活発に動き回りますから。しかしそのシーズニングを早急に回収する必要がありますよ。それに食品会社に連絡して店からポテトチップスを回収する必要があります。これは大変な事態ですよ」

社長は考え込みながら訊ねた。

「でもな。ポテトチップスには窒素ガスや脱酸素剤が入っているから酸素がないだろう。サルモネラ菌は死ぬのではないかね?」

社長の言葉に力はなかった。

「サルモネラ菌は通性嫌気性菌といって酸素があってもなくても生きていける菌なんです。普通の生物と菌はこの点で大きく異なるんです」

「厄介な菌がいるもんだね。しかし回収となると我社も大変なことになる」

「品質管理課でサルモネラ菌の検査はしていなかったのですか?」

「食品ではないからしていなかった。したほうがよかったかな?」

「されたほうがいいと思います。ネズミやゴキブリのことがありますから」

一樹は社長を励ますようにハッキリした声で進言した。

「大至急原因の解明に当たって下さい。原因が解明されないと、工場で製造している他の添加物もサルモネラ菌による汚染が拡大する危険性があります。起きたことは仕方がないとしても、被害のさらなる拡大は防がねばなりません」

社長は一樹の説明をしきりに手帳にメモしていた。

「合成の知識だけでなく菌についても、よく勉強しているなあ。菌についてのことだから、君に相談しても無駄かと思っていたんだが。やはり相談してよかった。明日朝九時頃、会社へ来て貰うわけにはいかないだろうか。私が技術に疎いことをいいことにして、いい加減なことを言う輩《やから》がいる。君がいてくれると連中もいい加減なことは言えないからな」

社長は一樹の話を聞いて少し元気が出たようであった。一樹は微生物については自信がなかったが社長の頼みを断れないと思った。

「分かりました。そうさせて頂きます」

社長はダイニングのほうを向いて言った。

「葉子、お菓子でもないか」

すぐにフリルのついた白いエプロン姿の葉子がイチゴがトッピングしてあるケーキと紅茶を持って芳子と応接間に入ってきた。

「先生いらっしゃい」

「この頃どうされているんですか。大学に受かって入学までの間は自分の好きなことが出来るからいいですね」

「お琴の練習をしたり、お料理の勉強をしたりで結構忙しいのよ。大学では邦楽のクラブに入ってお琴の腕を磨きたいの」

葉子は可愛い笑窪を作ってくったくがなかった。

芳子が傍らから遠慮気味に口を挟んだ。

「会社が大変らしいの。先生がついていて下さるから心強いわ。よろしくお願いします」

一樹は社長と芳子を交互に見ながら力強い口調で二人を元気づけた。

「ぼくは隆彦さんが、今わの際に、ぼくに言った言葉を今でもはっきり覚えています。彼はみなさんのことを最後まで心配しておられたんです。ぼくに万一のことがあれば、田舎の両親を残して死ぬことが心配で死に切れないでしょう。だから隆彦さんの気持ちがよく分かるんです。隆彦さんは言ってました。一生懸命勉強して父を助けたいと。ぼくはあと五年間大学にいます。いつでも相談して下さい」

「ありがとう。隆彦が生きていても君ほど頼りになったかどうか・・・私も齢のせいか涙もろくなって・・・」

社長はお絞りで滲み出る涙を拭いている。


次の日の朝、八時三十分に一樹は社長室に入った。社長はまだ出勤していなかった。ソファーに腰を下ろし、マイセンのカップで香り高いコーヒーを飲みながら社長の出社を待っている。

九時前に社長室に続々人が集まり会議用テーブルに姿勢を正して着席している。

一樹を見て工場長が丁寧におじぎし声をかけた。

「お久しぶりです。またぜひお力を貸して下さい」

顔見知りの研究員達は一樹に代わる代わる挨拶をした。

そこへ社長が出勤して来た。

社長はスーツの上着を秘書に渡しながら話し始めた。

「では始めよう。今日は好並君に貴重な研究時間を割いて来て貰った。彼の実力はみんな知っているはずだ。私は好並君にこの件を全て託してある。では営業部長話してくれ」

「ソルボン酸の場合のように、キムチ味シーズニングを納めた食品会社に個々に当たって製品を回収するのが良いと思います。それが我社の損害を抑える最良の方法だと思います」

それを聞いて社長は一樹のほうに顔を向け意見を求めた。

「好並君は今の意見をどう思うかね」

一樹は反射的に立ち上がった。

「ダメです！　ソルボン酸の場合と事例が全く異なります。現にポテトチップスを食べて被害者が何人も出ているのです」

すると森山がすぐに立ち上がって食い下がってきたがその口調は穏やかであった。

「下痢、血便、腹痛を訴えているのは幼児ばかりです。大人の被害者は一人もいないのですよ。確かに、うちの製品であるキムチシーズニングからサルモネラ菌が検出されたようですが、ポテトチップスは大学生など大人も随分食べるでしょう。子供が下痢をしたのをポテトチップスのせいにしてクレームを言って来ている可能性が否定できません。お金目的でクレームを言って来ることは、よくあることですから」

一樹は感情的になることなく丁寧に説明した。

「それは全く違うと思います。サルモネラ菌による食中毒です。サルモネラ菌は大人ではかなりの菌量が口から入らないと発症しません。しかし、免疫機能が十分備わっていない幼児や高齢者は少ない菌量で発症します。幸い大人が発症するだけの大量の菌が無かっただけです。ポテトチップスにシーズニングを使用した量が三％ですとポテトチップスに含まれる菌の量はキムチ味シーズニングに含まれる菌の百分の三になります。仮にこのシーズニングそのものを食べたとしたら大人でも発症する可能性があります」

ソルボン酸の件で一樹に協力してくれた食品添加物部門の若い藤田研究員が立ち上がり遠慮ぎみに意見を述べた。

「ぼくも少し専門書を読んで勉強してみたのですが、好並さんのおっしゃられているとおりだと思います」

藤田は部長であり社長の信頼が厚い森山に逆らうような意見を述べることに、かなり躊躇したようであった。

しかし一樹や藤田の意見に賛同する者は一人もいなかった。

一樹はやや大きなよく通る声で全員を見渡しながら話した。

「幸い死者はまだ出ていないようですが、早急にポテトチップスを店頭から回収し、新聞広告を出さないと、そのうち死者が出る可能性があります。サルモネラ菌に汚染されていることを知りながら、回収せず、もし死者が出れば食品衛生法違反では済まなくなりますよ。〝未必の故意による殺人罪〟に問われますよ。立派な刑法上の犯罪になります。例え死者が出なくても食中毒患者が出れば刑法上の傷害罪が成立することになりますよ。この会社から何人も逮捕者が出ることだってあるんですよ。そうなれば北野製薬は致命的打撃を受けます。社長を刑務所に送ってもいいんですか！それでよろしいんですか！」

一樹は語気を強め念を押すように話した。

殺人罪とか逮捕者が出ると言う一樹の言葉に出席者に緊張が走った。

「しかしポテトチップスは必ず窒素ガスか、脱酸素剤を封入してあるから菌は死んでいるハズではないですか」

森山はソフトな口調ではあるがしつこく食い下がってきた。

するとそれまで腕組みをして黙って聞いていた社長が口を開いた。

「部長。馬鹿なことを言うな。サルモネラ菌は酸素が無くても十分生きていける菌なんだ」

社長は一樹から教えてもらった知識を披露した。

出席者は全員社長の言葉に驚いた。すぐに一樹は社長の言葉を補った。

「社長のおっしゃられるとおりです。窒素ガスや脱酸素剤を封入しているのは、ポテトチップスがフライ製品だからですよ。フライ製品だから油が含まれています。この油が酸素により酸化されるのを防止するためです。菌の増殖を防止するためではないのです」

社長の言葉もあり森山はそれ以上意見を述べることはなかった。

「この件では腹をくくっている。被害が拡大し死者が出ると北野製薬は好並君が言ったとおり致命的な打撃を受ける。このような事態を起して回収も損害賠償もしないとなると、取引先の食品会社は今後、怖くてうちの会社との取引を止めるだろ。そうなれば会社の存続が危うくなる。大至急ポテトチップスとキムチ味シーズニングの回収を行う。該当する食品会社に至急連絡してくれ。全国紙に回収を知らせる広告を打つ。会社には相当の損害が出る」

「回収の広告は営業部と打ち合わせてすぐに手配いたします」

そう言って原田は社長とみんなに礼をして営業部長と出ていきかけた。

それを見て一樹は、

「ちょっと待って下さい」と二人を引き止めた。

「社長、少し二人だけで、お話したいのですが」

一樹と社長は隣の応接室へ入った。二十分ほどして二人は戻ってきた。

一樹は全員を見渡しながら提案した。

「ぼくは、大至急回収して下さいとお願いしただけです。被害の拡大を防ぐことは必要です。ですが、会社の被る損害、信用の失墜に伴う計り知れないマイナスなども考える必要があるのではないですか。社員の皆様の生活、人生設計を狂わすような事態も避けなければなりません。回収の理由として《製造工程でベルトコンベアがこすれて小さなゴム片が混入した恐れがあるため》というようなことにしてはいかがでしょうか。幸いなことに、お得意さんの食品会社はどこもサルモネラ菌については気がついておりません。食品会社に残っているキムチ味シーズニングと、お店に並んでいるこのシーズニングを使用したポテトチップスを大至急回収して焼却処分すればいいのではないでしょうか」

一樹の意外な提案に全員が驚いた様子である。

森山が心配そうに聞いた。

「バレないでしょうか？　サルモネラ菌のことが」

一樹は森山のほうに顔を向け少しゆっくりした口調で説明した。

「病院に行った人もあるようですが、医師は保健所に食中毒の届けを出しておりません。ポテトチップスが原因で食中毒が起きたとは考え難いからでしょう。ポテトチップスのような乾燥した食品で細菌性食虫毒が起こるとは、ぼくも半信半疑なんです。ただ時間の勝負です。一刻も早く回収してしまうことです。そして、この会社の工場から痕跡無きまでに、サルモネラ菌を駆逐することです。幸いこの会社には、ソルボン酸の件で秘密裏に回収した敏腕部長さんがおられます。部長さんの手腕に期待したいと思います」

そう言って一樹は森山に笑顔を送り少し顔を下げた。

一樹は北野製薬が被る損害額の大きさに驚き如何にして損害を少なくするか考えたのである。医師や食品会社の能力、動向を慎重に判断しサルモネラ菌のことを隠蔽し会社の利益を優先させたのである。

一樹は被害者のことも考えなかったわけではないのである。被害者は快方に向かっている。それより恩がある社長をピンチから救いたかったのである。

森山は一樹の提案であれば営業上の損失が少なくて済むためホッとした。

「非常に良い案だと思います。その線で頑張って見ましょう。サルモネラ菌とゴムのかけらのような異物とでは雲泥の差があります。営業部としては相手との交渉が大変やりやすくなります。この線で解決できれば、我社の信用失墜はほとんどないでしょう」

と自分自身を納得させるように言った。

「ここにおられる全員が絶対にこのことを漏らさないことが重要です」

一樹は緘口令《かんこうれい》を敷いた。さらに念を押した。

「もしこのことが公になったら、この中の誰かが漏らしたことになります。その場合徹底的に誰が漏らしたか調査することになります」

一樹は全員を見渡し、みんなが静かに頷くのを確認してから更に言葉を続けた。

「我々は原因の解明に取りかかりたいと思います。出口さん、あなたは抗菌力を測定したり、サルモネラ菌を使って変異原性試験を行っていますから、菌の取り扱いも実験テクニックも申し分ない人だと思います。菌の検査に力を貸してもらえませんか」

「分かりました。私達のグループで直ちに取りかかります」

出口は積極的であった。一樹は吉富と藤田に頼んだ。

「これから工場に行って工場の設備などを見て回り、拭き取り検査をしたいので協力をお願いします。一刻でも早く原因を解明しなければサルモネラ菌の汚染が拡大します」

二人はヤル気満々であった。工場に向かって歩きながら工場長の秋山は、穴があったら入りたさそうに身を小さくして一樹に話しかけた。

「好並さんまたまたご面倒をおかけします。何でも協力いたしますから」

「敵は目には見えないバクテリアです。これは会社全体の問題です。原因が分かれば対策も考えられます。人は万能の神様ではありません。それより早く原因を突き止めることが肝心ですよ」

一樹が工場の更衣室で作業着に着替えている時、藤田が質問した。

「好並さんはキムチ味シーズニングの原材料がサルモネラ菌で汚染されていたと考えておられるのですか?」

「原材料が汚染されていた可能性は極めて低いでしょう。いくら幼児でもサルモネラ菌による食中毒が発症するには、それなりの菌量が必要でしょう。原材料の一つがサルモネラ菌で汚染されていたとしても、乾燥した粉末ですから菌が増殖することはないでしょう。それに色々な原材料を混ぜてキムチ味シーズニングを作るわけですから薄まってしまいますね。それでは食中毒は起き難いでしょうね。一応念のため全ての原材料について調べてもらいますが、恐らくサルモネラ菌は検出されないでしょう」

「では出来上がったシーズニングが汚染されたということになりますね」

「それでもサルモネラ菌が付いている不潔な手で触れた程度の菌量で発症するとは考えにくいですね。シーズニング中で増殖したと考えるべきです」

すると吉富が控え目な口調で疑問を呈した。

「でもシーズニングの水分は二%以下です。サルモネラ菌も含めてあらゆる菌が増殖することはないと思いますが?」

「そこなんです。このミステリーを解く鍵は。普通に考えればそのとおりですね。それより現場を詳しく調べましょう」

一樹は現場での調査を急いだ。四人は工場用の作業服とヘルメット姿で工場に入っていった。化学合成の工場らしく空中や建物の間には色々なパイプラインが縦横に走り、またタンクや高い反応塔が林立している。

一樹は、刑場に向かう死刑囚のように蒼ざめている秋山に話しかけた。

「意外と薬品の匂いがしないですね」

秋山は時折一樹のほうに目をやりながら話した。

「苦労しているんですよ。臭いがすると、すぐにご近所からクレームが来ますから。臭いと騒音対策にはかなりお金をかけているんですよ。近所からのクレームには社長も敏感ですから」

秋山の説明を聞いて大きく頷いた。

社長もこんな点にまで気を使わなければならないとは大変だと一樹は思った。工場の巨大なプラントを眺めていると自分達の研究室の反応装置など、おもちゃ以下に思えた。四人はシーズニングのプラントに入っていった。一樹は天井から壁、床、混合機などを入念にチェックした。

「ネズミやゴキブリが入ることはなさそうですね。藤田さん念のため混合機、床のふき取り検査をお願いします」

藤田と吉富は慣れた手つきで指示された箇所の拭き取りを行った。

「ずいぶん慣れた手つきですね」

一樹は二人を褒めた。

「ぼく達は時々、うちの添加物を使ってくれている食品会社へ行って、拭き取り検査をしていますから。中小の食品会社は自社では出来ないですから。技術サービスですよ」

次に出来上がったシーズニングを包装するまで一時保管している倉庫へ行った。

「出来たシーズニングはここへ保管して、隣の包装室で二十キログラムずつ包装してダンボール箱に詰めて出荷するんです」

と秋山が説明した。出来上がった色々な粉末状のシーズニングがプラスチック製の箱に入れられ、埃《ほこり》が入らないようにブルーシートが掛けられていた。

「秋山さん、これでは製品のシーズニングにネズミが来ますよね」

「しかし、この倉庫はドアで締め切りますから」

「でもその木製のドアの下をよく見て下さい。少し壊れてますよね。ネズミは小さな穴があれば入ってきますよ。ネズミは夜活動するんです。ですから昼間は見当たりません。シーズニングはネズミにとっても美味しいものかもしれませんよ」

一樹の指摘に秋山の顔色は急速に蒼ざめた。

それを見て一樹は秋山を慰めた。

「心配なさらないで下さい。これだけ大きな工場です。小さな見落としはありますよ。秋山さんは仕事熱心で良く頑張っていらっしゃる。悪いようにはしませんから。それより原因解明ですよ。この倉庫の掃除はどうしているんですか」

「埃が立つと製品に入りますから、埃が出ない掃除機で掃除しています。水は使いません。湿気の原因になりますので。湿気が高くなると菌が増殖したり、シーズニング製品がケーキング（固まること）を起す原因になりますから」

「よく気をつけておられる。で、掃除機で集めてゴミはどうしているんですか？」

「外に置いてあるゴミ専用の容器に入れています。フタもきちんとしてあります」

「見せて下さい。きれいな大きいシートを用意して下さい。掃除機も持って来て下さい」

「藤田さんたちは拭き取り検査をして下さい。特にキムチ味シーズニングを置いてある付近は、出来るだけたくさんの場所について、拭き取りをお願いします」

秋山と一樹は外に置いてあるゴミ箱のゴミをシートの上に広げた。

掃除機の中に溜まっているゴミもシートに広げた。

一樹は膝を地面につけて、しきりにゴミを両手で広げながら、何かを探していた。

「ありました！　秋山さん」

「何があったんですか？」

一樹は安堵したように秋山に言った。

「ネズミの糞ですよ。ゴミ箱にあったんです。よかった。ゴミを処分してなくて」

そこへ藤田たちがやって来た。

「藤田さん、拭き取りをしたものと、この糞についてすぐ培養してみて下さい」

「承知しました。すぐ培養に取りかかります」

「サルモネラ菌の血清型の検査はここで出来ますか」

一樹は吉富に訊ねた。吉富は申し訳なさそうに答えた。

「いいえ、うちの研究所ではそこまでは出来ません」

＊血清型・・・サルモネラ菌には多くの種類の菌型がある。この菌型が血清型である。血清型が同じであればほぼ同じサルモネラ菌であるといえる。

藤田が一樹に質問した。

「このネズミの糞はかなり乾燥していますから、サルモネラ菌は死滅しているかもしれません。検出できるでしょうか？」

「大丈夫だと思います。サルモネラ菌は熱には弱いんですが、乾燥や冷凍では死滅しません。しぶとい菌ですよ」

二人は拭き取り検査の検体が入っている試験管立てを両手で大事そうに持って、急いで出口の実験室に向かった。秋山が心配そうに訊ねた。

「ネズミが原因ですか?」

「多分そうだと思いますが、培養結果を見なければ分かりません。秋山さん、今日はご苦労でした。心配なさらないで下さい。秋山さんはこの会社にとってぜひ必要な人です。それより秋山さんが中心となって、今後の改善策を検討して下さい」

一樹は報告のために社長室へ行った。

社長は腕組みをして心配そうに社長席に座っていた。一樹の姿を見ると中腰に立ち上がり訊ねた。

「どうだね、原因はつかめそうか?」

「多分原因は分かると思います。サルモネラ菌の結果が出るまでには三日かかります。それまで我慢して下さい」

社長は大きく頷いた。

「好並君に昼ご飯を出してやってくれ。昼ご飯が遅くなったな」

秘書は特上のお寿司を冷蔵庫から取り出し、お茶と一緒に一樹の所へ持って来た。

「頂きます」

一樹は遅い昼食を摂った。一樹が以前、しまアジが美味しい、と言ったのを社長が覚えていたのか、しまアジの握りがたくさんあった。お寿司を食べ終えた一樹はソファーから柏木に携帯をかけた。彼も大学院に進学が決まり、そのまま薬理学教室で毎日研究を続けている。

「昨日頼んだ件だが、やってもらえそうかい」

「DNAや血清型を調べることぐらいすぐ出来る。ただ、ぼくの独断では引き受けられない。山本教授からうちの教授に挨拶してもらえればスムーズにことが運ぶんだが。うちの教授と山本教授は懇意だから大丈夫だと思うよ。試薬代と血清代ぐらいは北野製薬に請求書を回すことになるが、よいか」

「分かった。山本先生を通すことにする。今度ご飯でもおごるよ」

一樹は次の日、山本教授室で経過を話した。山本教授は自ら入れたコーヒーを一樹の前に置きながら心配そうな表情であった。

「分かった。薬理学教室の市川教授とは懇意だから大丈夫だ。それより北野製薬の件は目処がついたんだね。よくやってくれた。北野製薬も大変なことになったなあ。君も良い勉強になっただろう」

「微生物の勉強が出来ました。会社の受ける損害はさほど多くないようです。信用の低下も最小限に抑えるように配慮しました」

一樹の話を聞いて教授の顔に安堵の表情が広がった。

「好並君よ、特許だ。今君がやっている研究が成功し、特許が取れると北野製薬にとって救世主になる。頑張ってやってくれ。それから芳子が大変喜んでいた。葉子がうちの大学に入れたのは奇跡だと言っていた。君が奇跡を起してくれたと子供のように喜んでいた。私からも改めて礼を言うよ。本当にありがとう」

教授は一樹の手を取り頭を下げた。そんな教授の動作に一樹は驚いた。

「礼を言わなければならないのは、ぼくのほうです。山本先生に北野社長を紹介して頂いたお陰で、随分経済的に助かりました。勉強や研究に打ち込むことが出来るようになりました。北野家の人たちは貧しい家で育ったぼくを蔑んだりせず、いつも温かく接してくれます。ぼくは山本先生と北野社長のご恩は生涯忘れません。この大学に来て良い先生とめぐり合い本当によかったと思っています」

「君に話してなかったが、芳子もぼくも決して裕福な家に育ったわけではないんだ。北野という男は人の育ちなんか全く気にしていない。貧しい私によく美味いものをおごってくれた。そのことを一度も恩着せがましく口にしたことはない。芳子と結婚する時、貧しいわが家へ来て、うちの両親に丁寧に両手をついて挨拶してくれてね」

教授は昔のことを思い出しながら懐かしそうに話した。

「そうだったんですか」

「あの社長は人物を見極める力はある男だ。私は、君が金持ちの家で育っていたら決して北野に紹介しなかっただろう。貧しい家に育った人間はお金の大切さがよく分かっている。だから一生懸命勉強して、少しでも良い大学を目指し、人よりはたくさんお金を稼ごうと努力する。お金を稼ぐことは決して卑しいことではない。当たり前のことではないか。その当たり前のことをしないで、怠惰な毎日を送る人間は蔑まれるべきだが」

「ぼくは年老いていく両親に少しでも楽な暮らしをさせたい、そのためには少しでもよい大学に入り、たくさん給料がもらえる仕事に就きたいと頑張ってきました」

「感心な心がけだ。今では親孝行という言葉すら死語になりつつある。貧しい環境で育った人間には人間味、責任感がある人物が多いとぼくは思っている。貧しい家に育ったことを卑下することはないんだよ。それによって培われたものは、何ものにも勝る財産だ。指導教官として、君に私の格言を贈っておこう。《貧困は人生における最良の栄養である》参考にしてくれ」

一樹は教授の言葉に強い心情的共感を覚えた。

「大変良い言葉を頂きました。元気が出ました。目からウロコです」

一樹は初めて山本教授と芳子が自分と似た境遇で育ったことを知った。

世界的に有名な山本教授が人間味溢れた人物であるのは、育ちによるものかと一樹は思った。一樹はより一層、山本教授に親しみを感じるようになった。

またより一層尊敬の念が深まった。芳子のあの上品さと優雅さを備えた気品は、お金持ちの家に育ったからだと思っていたのである。

そういえば智子もあまり裕福な家庭ではないのに会話や立ち振る舞いに気品と優雅さがある。一樹はふとそんなことを考えていた。

一樹は出口の実験室にいる。藤田、吉富も同席している。

出口は自信に満ちた態度で一樹の前に四枚のシャーレを置き報告した。

「好並さん、サルモネラ菌が検出されましたよ。かなりの菌数です。ネズミの糞やキムチ味シーズニングを置いていた場所からも検出されていますよ。好並さんの推測どおりです」

一樹はシャーレを天井の蛍光灯にかざして注意深く観察した。シャーレには米粒ほどの大きさの赤いコロニーが無数に出現していた。サルモネラ菌である。

一樹は大学に戻り、薬理学教室に市川教授を訪ねた。市川教授の薬理学の講義を受けたので顔はよく知っていたが、個人的に話をするのは初めてであった。

市川教授は六十少し前で痩身の温厚な人物である。教授は一樹に親切な態度で接している。

「山本研究室の好並です。このたびは面倒なことをお願いして恐縮です」

「君のことはよく知っているよ。依頼の件は柏木君がやる。彼なら慣れているし、絶対に大丈夫だ」


一樹は白い封筒をテーブルに置いた。

「北野社長から手紙を預かって参りました」

教授はお金が入っていることを察したのか封筒に手を伸ばさなかった。

「後でゆっくり読ませてもらうよ」

「必要な費用は遠慮なく請求して下さい」

一樹は教授室を出て、隣の実験室に入って行った。柏木はいつものように薄汚れて白衣といえないような白衣を着て安物のかなり古いスチール製の事務机で英文の文献を読んでいた。周辺には誰もいなかった。

「よう、来たか。待っていたぞ」

「検体を持ってきた。頼む。それからこれをうちの社長から預かってきた」

そう言って十万円が入っている白い封筒を渡した。柏木は不思議そうに封筒の中を覗いた。

「何だ、こりゃ？　こんなもの貰っていいんか」

「大丈夫だよ。ぼくのお金ではないから。市川教授には内緒にしてくれ。それから今度の件は絶対に口外しないで欲しい」

「すまんな。でも助かるよ。ありがとう。誰にも言わないよ。口止め料も貰ったしな」

柏木はその封筒を両手で額まで持ち上げ、拝む仕草をしてから無造作にズボンのポケットにしまい込んだ。

「まかしとけって、明日、会社へＦＡＸで結果を送るよ」


次の日、九時に一樹は社長室で社長のデスクの前にある応接セットのソファーに腰を下ろしていた。社長はまだ出勤していなかった。秘書が、

「好並さん、大学の柏木さんからＦＡＸが入っていますが」

と言いながら送られてきたデータとコーヒーを運んできた。

「ありがとうございます」

一樹は香り高いコクのあるコーヒーを飲みながらデータに目を通した。

「おお、もう来ていたのか。すまんな」と言いながら社長が入ってきた。

社長が上着を脱ぐとすぐに秘書がハンガーにかけロッカーにしまった。社長は自分の席に着きながら一樹に訊ねた。

「で、どうなった？」

「全部分かりました」

一樹は冷静に答えた。一樹の言葉ですっかり安心した社長はゆったりとした表情で秘書に命じ

た。

「そうか、みんなを呼んでくれ」

メンバーが会議用テーブルに着くとすぐに一樹は説明を始めた。全員神妙な顔をして一樹の説明を待っていた。静かに立ち上がった一樹はよく通る透明な声で説明を始めた。

その態度には自信が溢れていた。

「みなさんのご協力で汚染原因が解明できました。食品会社から回収したキムチ味シーズニングからは菌が検出されました。また混合して出来上がったシーズニングを一時保管してある倉庫のゴミから、ネズミの糞が見つかり、この糞から菌が検出されました。サルモネラ菌は乾燥に強い菌ですからゴミ箱の中で生き残っていたんですね。ネズミの糞から検出されたサルモネラ菌と回収したキムチ味シーズニングのサルモネラ菌は形態学的には同一のものでした。念のため京都総合大学薬理学教室の市川教授にDNAと血清型の鑑定を依頼しました。結果が今朝送られてきました。これです」

そう言いながら一樹はデータを全員に回覧した。

「市川教授の鑑定で、糞から検出されたサルモネラ菌と、食品会社から回収したキムチ味シーズニングより検出されたサルモネラ菌は完全に一致しました。倉庫に未包装で一時保管してある時、ネズミの糞に汚染されたのが原因です。これが結論です」

京都総合大学の市川教授と言えば感染症や細菌学の権威である。出席している研究員はみんなそのことをよく知っている。一樹はそのことを知って、ことさら市川教授の鑑定であることを強調したのである。

すると秋葉部門長が憮然とした表情で発言した。

「しかしそれでは納得がいかない！　糞の菌がシーズニングを汚染したとしても、包装する時汚染された部分が他の部分と混ざって薄まってしまう。また仮に糞による汚染があったとしても、シーズニングは乾燥した粉末だから菌は増殖しない。サルモネラ菌による食中毒の発症には、例え幼児であっても、かなりの菌量が必要でしょう。シーズニング中で菌が増えなければ食中毒は発症しないと考えるのが常識だと思うが。その点について説明願いたい」

秋葉は一樹に対する反感をむき出しにして反論した。その高圧的な態度としゃべり方に、さすがの一樹も気分を害した。出口と吉富、藤田は心配そうに一樹のほうを見ている。

「では、秋葉さんはこの件をどう考えているのですか！　お聞きしたいものですね」

秋葉は憮然とした態度で反論した。

「あなたの説明に納得がいかないと言っているだけだ！」

一樹は内心激しい怒りを覚えたが、平静を装いながらも激しい声で秋葉に切り返した。

「秋葉さんは食品添加物部門の部門長でしょう！　私より、はるかに経験を積まれているはずです。何が原因なのかあなたの卓見をぜひお聞かせ下さい。あなたは管理職でしょう。この件に関して、あなたは原因を解明する責任があるのではありませんか。みなさんが懸命に一刻でも早く原因を突き止め、対策を考えようとしている時に、傍観者でよいのですか!!」

秋葉は腕を組んで、より一層不機嫌そうな表情をして黙り込んでしまった。

場の雰囲気が険悪になったのを心配した出口が遠慮そうに質問した。

「実は、ぼくも秋葉さんと同じ疑問を持っているんです。菌がシーズニング中で増えなければ食中毒は起こらなかったと思うんですが」

一樹は笑顔に戻り説明を始めた。

「出口さん、菌がキムチ味シーズニング中で増えたんですよ。ネズミは糞とオシッコをしたのだと思います。ですから、その部分は水分が多くなり、サルモネラ菌が増殖したのだと思います。キムチ味シーズニングには色々なアミノ酸、タンパク質加水分解物、糖類が含まれていますね。これらはサルモネラ菌が増殖するための栄養素になりますね。栄養素と水分が揃ったので、サルモネラ菌はどんどん増殖したのです。これがぼくの結論です」

一樹は自信に満ちた表情でゆっくり全員を見渡し、最後に出口のほうにこれでどうだと視線を向けた。

「素晴しい推察力です。ネズミのオシッコの水分ですか。これで、ぼくの疑問は完全に解消しました。藤田さんや吉富さんたちと、糞だけでは食中毒の発症には菌量が少ないんではと言っていたんです。オシッコの水分があれば理論的には一晩で何千万倍にも増殖しますから食中毒が起きてもなんら不思議ではありません」

出口は納得し、すっきりした表情で一樹を称えた。出口と藤田が遠慮ぎみに拍手すると出席者から一斉に拍手が起こり、一樹は全員に深々と頭を下げた。

研究所長の清原がサッと手を挙げ珍しく一樹を褒めた。

「検証方法といい、推察力といい申し分がない。ありがとう」

「今度の件は私のミスです。社長や会社に対してお詫びのしようがありません。本当にすいませんでした」

秋山は詫びの言葉を述べて頭を下げたまま上げなかった。

「秋山さん頭を上げて下さい。これだけ大きな工場です。しかも色々なプラント(製造設備のこと)があって複雑です。誰が工場長であっても隅から隅まで、目が届きませんよ。北野製薬は世間の噂通り合成技術では非常に優れている会社だと思います。工場長さんは入社以来、化学合成一筋で頑張ってこられたようですね。食品添加物は食品に混ぜ込んだり、振りかけたりして使用するものです。つまり食品添加物を製造するということは、食品の一部分を製造するということです。その認識が会社全体で欠如していたのです。食品に関係するところまで、工場長さん一人に責任を被せるというのはいかがなものでしょうか。工場長さんは非常に優秀な方でありますが、万能の神様ではないのです」

一樹はここまで一気に話し全体を見渡しながら表情を観察し、さらに説明を続けた。

「添加物の製造や保管などについては、研究所の食品添加物部門からアドバイスがあってしかるべきでしょう。ぼくは今回の件の責任は、工場長さんには形式上の責任しかなかったと考えます。実質的責任は会社全体にあったと思います。添加物の管理システムの構築は食品添加物部門が中心になって行うべきだと思います。この会社には全社一丸となってことに当たるという雰囲気がありません」

一樹は工場長をかばい、返す刀で積極的に協力しようとしない、食品添加物部門の秋葉部門長に切りつけたのである。

すかさず営業部長の森山がスッと立ち上がり、待っていたかのように不満をぶつけた。

「好並さんのおっしゃるとおりではないですか。食品会社を回っていると添加物も、小麦粉などの食品も同じように気を遣って保管している。うちの会社は工業薬品も添加物も同じように保管している。好並さんが指摘されたように添加物は食品の一部だという認識がなかったと思います。研究所は研究所、工場は工場と完全に分かれていると思っているのは私だけではないでしょう。営業と研究所と工場は協力してことに当たるという体制がない。好並さんが指摘されたように会社としての一体感が欠如している。営業部がお得意さんからの要望やクレームを研究所に伝えても、のらりくらりとした返事ばかりで、工場へ言ってくれと言われ、工場に言うと研究所へ言ってくれと言われる。そのせいでビジネスチャンスを失ったことが度々あった」

ほとんどの出席者は頷いた。しかし、秋葉と清原は同調する素振りすら見せなかった、そんな二人の態度を一樹は見逃さなかった。

《清原さんの先ほどの言葉は何だったのか。やはり本心ではなかったのか》と一樹は考え込んだ。この二人は北野製薬のガンだと思った。

それまで沈黙を保っていた社長がおもむろに口を開いたが、しだいに舌鋒は鋭さを増していった。

「原因が早急に解明できたことは不幸中の幸いである。しかし早急に生産を開始しなければならない。営業と研究所、工場の関係は私も感じている。生産再開に向けてみんな積極的に工場長に協力してくれ。これは社長命令だ。従えない者は今すぐ、辞表を出せ！」

社長の迫力に圧倒され全員戦々恐々として顔を上げる者はいなかった。

数日前から営業部長の森山は黒のスーツで身を固め精力的に食品会社を回っていた。

井上食品の二坪ほどの商談室で生産部長と面談している。

商談室は食品会社らしく白を基調とした明るい清潔感が溢れる部屋である。四人がけのテーブルが一つある。森山は開口一番大きな声で謝りながら深々と頭を下げた。

「部長、今回は大変申しわけありませんでした」

森山は井上社長、生産部長とは売り込みやゴルフの接待などで日頃から懇意にしている。

森山は井上社長が経営学部の出身で食品や技術に疎く、技術面の実権は生産部長が握っていることを知っている。森山は、

「新製品の見積書です」

と言いながらテーブルの上に三十万円が入っている茶色の封筒を置いた。

生産部長は森山から何回も現金や商品券を受け取っていたので、その中身が何であるかすぐ分かった。

「いつもすまんなあ」

そう言いながら中身を見ることなく嬉しそうにズボンのポケットに押し込んだ。

「うちの研究所で食中毒に関係しそうな菌を調べましたが、何も検出されませんでした。常識的にもポテトチップスのような高温で揚げ、極めて水分の少ない食品で食中毒は考えられないでしょう」

生産部長も菌の汚染は認めたくないので森山の説明にホッとした様子であった。

「いやそうなんだ。俺も長い間ポテトチップスを作っているが、食中毒とか菌とかの心配をしたことはないし、聞いたこともない。たまに髪の毛が入っていたとか、ポテトチップスが割れていた

とかのクレームがあるくらいだ」

少し間をおいて森山は申し訳なさそうに話した。

「実は部長、少しまずいことがありまして。キムチ味シーズニングの菌の検査をしていたところ、異物が見つかりまして。ベルトコンベアーがこすれてゴムの小さい粉状のものがシーズニングに混入していることが分かったんです。ですから大至急回収したいのです。店に並んでいるポテトチップスは当然として、井上食品さんにある未出荷のポテトチップス、それにキムチ味シーズニングも回収させて頂きたいんです。かかる費用は北野製薬で全額負担させてもらいます」

森山の話を聞いて生産部長は少しけげんな顔をした。

「うちでも製品検査で異物は見ているが、そんな話は聞いていない。店のほうからもそんなクレームは来ていないが」

「たまたま今までは異物が検出されなかっただけでしょう。これから出るかもしれません。もし異物が混入した製品を出荷したら、長いお付き合いの井上食品さんにご迷惑をおかけすることになりますから」

前かがみで聞いていた生産部長は背筋を伸ばし、感心するように言った。

「北野製薬は良心的な会社だなあ。それに石橋を叩いて渡るほど慎重な会社だ。あまり石橋を叩き過ぎると石橋が壊れるぞ」

軽口を叩きながら森山の申し出を快諾した。

「北野製薬は信頼出来る会社だ。それに問題が起きた場合の対応が実によい。安心して取引が出来る会社だ。我社は北野製薬との取引を拡大していきたい。今度来る時はチリ味と、もんじゃ焼き味のシーズニングを持って来てくれないか。色々な味のポテトチップスを作り、売り上げを伸ばして行きたいと考えているところなんだ。社長のほうには俺から話しておくから。どうせ食品のことなど分かっていないから大丈夫だ」

生産部長は自信あり気に言って森山を安心させた。森山は丁重に礼を言って商談室を後にした。会社の門を出た所で森山は愁眉《しゅうび》を開いた。

森山は井上食品と同じような手法で次々と交渉をまとめていった。ほとんどの取引先は北野製薬の対応に大変満足した。

こうして一樹が提案したサルモネラ菌のことを隠蔽し、小さいゴム片の混入にすり変える作戦は見事に成功した。そればかりか、かえって北野製薬の信用を高め取引が拡大したのである。

あるスーパーで店員が忙しそうにポテトチップスの袋を棚からダンボール箱に移している。店頭からの回収である。ポテトチップスが取り除かれた棚は空空漠漠《くうくうばくばく》としている。

店員はそんな情景にいかなる感情も移入することなく、きわめて事務的にさっさとポテトチップスの袋でいっぱいになったダンボール箱を台車に載せて倉庫のほうへ行ってしまった。コンビニでも同じような光景が見られた。

回収したポテトチップスや、シーズニングを入れた段ボール箱は北野製薬の工場の一番奥の普段は使用されていない倉庫に運ばれ、無秩序に山積みにされた。

回収したものが全て焼却された後、倉庫は隅々まで厳重に消毒用のアルコールで完全に消毒された。こうして今回のサルモネラ菌による食中毒の証拠は完全に消し去られた。

この事件後、北野製薬は焼け太りで活況を呈していた。

一樹をはじめ北野製薬の関係者、市川教授、食品会社の関係者の誰一人としてサルモネラ菌による食中毒で苦しんだ被害者に思いを馳せる人間はいなかった。

こうして多くの被害者を出したサルモネラ食中毒事件は完全に隠ぺいされたのである。


一樹の卒業式の日を天の神も祝福してくれていた。

京都の街の空には雲ひとつなく、清々しい朝であった。一樹は芳子と葉子が見立てた黒のスーツを着込んで出席している。一樹は薬学部を代表して卒業証書を受け取った。

葉子は一樹に内緒で一樹の晴れ姿を見に来ていた。

一樹は級友たちと少し雑談をした後、法学部のキャンパスにある喫茶店に向かった。

式の終了後、式場の外でぼんやりとしていた葉子は、一樹が一人で歩いているのを見つけた。葉子は興味半分に一樹の後をついて行った。一樹が喫茶店に着き、いつもの窓際の席に座るとすぐに、智子がやって来て軽く頭を下げながら向かいの席に座った。

「すいません。お友達とおしゃべりしていて遅れました」

葉子は一樹が自分以外の若い女性と二人きりで話をすることなど今まで想像すらしたことがなかった。葉子の目は二人に釘ずけになり心は激しく動揺している。葉子は喫茶店の外で一樹に気づかれないように二人の様子を見ている。

智子はいつものカジュアルなベージュのシャツとジャケットに薄いブルーのジーンズ姿である。

「好並君のスーツ姿って、意外と似合ってるじゃないの。新入社員みたい」

少しはしゃぎながら一樹を見つめた。

女子学生のほとんどが華やかな着物姿で卒業式に臨んでいた。

智子が可哀そうに思えた。智子はいつものように両足をきちんと揃えていた。その足にはいつものピンクの縁取りがある靴が履かれていた。そしていつものように爽やかな清潔感があった。智子は左手をカップの底に添え、ゆっくり紅茶を口に運んでいる。一樹はコーヒーカップを前にして、両手を膝にそろえてにこやかに話している。

「ここで河原さんと、お茶をするのも今日が最後ですね。いつまでもここで一緒にお話していたいですね」

「私は就職しても京都にいますから、またここで一緒にお茶をしましょう。新聞社ですから、外へよく出かけます。ですから時々大学に寄るようにします。でも大学の四年間は早かったわ。研究のほう、頑張ってネ。成功を祈ってます」

一樹は清楚にして可憐な智子が就職することに強い違和感を覚えた。智子にはいつまでも今のままでいて欲しかった。

謝恩会の時間が迫ってきたので、お互いに後ろ髪を引かれる思いであったが席を立った。

二人が席を立つのを見て葉子は慌ててその場から立ち去った。葉子は帰宅途中、一樹が話していた女性のことが気になってしかたがなかった。葉子は両親にこのことを話さなかった。

五　倒産の危機

阪神銀行は大阪市に本店があり、日本全国に多くの支店を展開している。

阪神銀行和歌山支店の支店長代理で、融資担当の佐野は井上食品の社長室を訪れ、応接セットのソファーで社長と向かい合っている。四十過ぎの佐野は中肉中背の紳士で、銀行員らしく頭は七三に分け高級なグレーのスーツを着込んでいる。

井上食品の社長井上はブルーの作業着姿で応対している。

「工場の衛生化を進めたいと考えている。衛生化を進めれば大手のスーパーやエイト・テンなどの全国ネットのコンビニとも商談ができる。売り上げは必ず増える。二億ほど融資をお願いしたいんだが」

「お話の趣旨はよく分かりました。何か担保はありますか」

「ない。全て君の銀行の抵当に入っている。しかしこの辺は開発が進みマンションや住宅も増えてきた。それに伴い地価も上がってきた。この工場の土地の地価も抵当権設定当時より二倍になっている。担保の評価を上げてくれないか」

佐野はしばらく考えて返事をした。

「そうですね。そうできるかもしれません。帰って支店長と相談してみましょう。ところで、この間の回収の件は全部片付きましたか」

佐野は井上食品がポテトチップスを回収したことで、経営上の問題が生じていないか内心心配していた。

「ああ、あの件は片付いた。回収の費用は全部、北野製薬がかぶってくれた。うちは一円の損害も出なかった。北野製薬でさえゴム片が混入するような事故を起こした。うちの工場も異物混入が絶対に起こらないように、きちんとしなければと考えている。しかし今でも不思議に思うんだが、北野製薬のシーズニングには、何も異常はなかった」

それを聞いて佐野は不思議に思った。阪神銀行は北野製薬のメインバンクである。

佐野は支店長室で白髪の目立つ支店長に井上食品への融資の件を相談した。

その後で、

「ちょっと井上食品で小耳に挟んだんですが、北野製薬で何か製品の事故が起きていたようです。うちの支店の管轄ではありませんが、本店に報告しておいたほうがよいと思いますが」

と井上食品で聞いた内容を支店長に話した。

支店長は急がしそうに机の書類を片付けながら、ちらっと佐野のほうに目を向けて指示した。

「回収は井上食品だけではないだろうな。北野製薬は方々の食品会社に添加物を売っている。かなりの損害を受けている可能性がある。報告したほうがよい。メールで送っておいてくれないか」

函館市は烏賊《いか》をはじめ、色々な水産物が水揚げされる水産業の町である。水産物を加工する中小の会社がひしめき合っている。阪神銀行函館支店の融資担当者である村田は大学を出て三年目で髪は七三に分け、いかにも銀行員といった真面目そうな男である。

カマボコ、さつま揚げ、竹輪などの水産練り製品の中堅メーカーである函館食品の応接室で社長と融資や経営について話をしている。

社長は浅黒い脂ぎった初老の男である。話が一段落した後で村田は製造原価を下げる提案をした。

「よその食品会社で小耳に挟んだのですが、添加物は中国産や東南アジア製のものが、かなり出回っているんですね。値段も安いようですが。一度検討されてみてはいかがですか。外国産の添加物を使用しても、添加物の原産地は表示しなくていいんでしたね」

社長は自分より随分若い村田に丁寧な口調で説明した。

「実は今でも結構外国産の添加物を使わされている。それでも、出来るだけ国産のしかも、信用できる会社のものを使うようにしているんだ。ほとんどが北野製薬のものだがね。函館に支店もあるから便利だ。北野製薬といえば少し前になるんだが、わざわざ京都の本社から営業部長が訪ねてきたことがあったな。さつま揚げを食べたら変な臭いがする事があってな。北野製薬に相談したら、あそこから買っている保存料のソルボン酸に何やら変なものが混じっていたらしい。食品衛生法に引っかかることはないというんだ。変な臭いがするさつま揚げは全部、北野製薬が賠償してくれたしうちは全く損を出さなかったが、北野製薬はかなり痛手を受けたんじゃないか」

社長の話を時折適当に頷きながら聞いていた村田は、なぜあっさりと北野製薬は非を認めたのであろうかと、懐疑の念を抱いた。

村田は久しぶりに同じ函館にある朝日食品を訪ねた。

社長の朝日は工場にいた。小柄な浅黒い精悍な身を、清潔そうな白色の作業着で包み、長靴姿で忙しくしていた。

村田が挨拶すると水道で手を洗いながら、

「何しにきた」

と冗談ぽく言いながら村田を見た。

朝日食品と阪神銀行は深い付き合いではなかった。村田は業績の良い朝日食品との取引を拡大しようと、時折社長のご機嫌を伺いに来ていた。

村田は朝日社長にソルボン酸のことを聞いた。朝日は村田が函館食品で聞き込んだ内容と同じようなことを雑談交じりに話した。村田は丁寧に挨拶して朝日食品を後にした。

村田はソルボン酸の回収が広範囲に渡り行われていたと推測した。北野製薬はかなりの損害を受けていたのではないか。

村田は水産練り製品を作っている会社がたくさんある仙台支店や新潟支店に問い合わせた。仙台支店も新潟支店もソルボン酸のことは知っていた。村田は函館支店に来る前に、京都支店にいたから、阪神銀行が北野製薬のメインバンクであることをよく知っていた。北野製薬は大丈夫かと心配になり、村田はそのことを支店長に話した。支店長は本店に報告した。また仙台支店、新潟支店にも連絡し、北野製薬の件を本店に連絡するように忠告した。

阪神銀行本店の小さな会議室で融資部長の大石、京都支店の支店長である木田が話し込んでいる。木田は痩身で頬がこけた見るからに気が弱そうな四十過ぎの男である。

初老の大石は大柄な身を高級なグレーのスーツで包み威圧感が全身に溢れている。大きなギョロッとした目を木田に向けながら訊ねた。

「北野製薬で何やら事故が起きたらしいが京都支店は掴んでいないのか」

木田は大石に威圧感を感じながらもやんわりと抵抗した。

「特に何かあったという話は聞いておりませんが」

大石は木田に問いただした。

「北野製薬が売っている保存料のソルボン酸、調味料であるシーズニングに問題があって二度も回収したらしい。ソルボン酸はあそこのヒット商品だ。かなり痛手を受けているのではないか。なんだか経営のほうも怪しくなっているのではないか」

大石は北野製薬が何も阪神銀行に連絡しなかったことに強い不満と憤りを感じていたのである。

木田は元気のない声で呟くように返した。

「特に融資を増やしてくれ、とは言ってきていませんが」

大石は強い口調で主張した。

「事故の件をメインバンクのうちに何の連絡もしないとは、けしからんではないか。あそこには百五十億程融資している。優良企業ということで担保以上の融資をしている。それにバブル期に融資した分は、地価が下がり完全に担保割れを起こしている。万が一、北野製薬が潰れたら、うちの銀行はかなりの損害を受けることになる。最近は金融庁も五月蝿《うるさ》いから、今のうちに融資を回収しておいたほうがよい」

「〝貸し剥がし〟ですか。そんなことをしたら北野製薬は潰れてしまいますよ」

木田は戸惑いの表情を見せた。そんな木田におかまいなく大石は大きな目をギョロつかせ、苛立ちながら威圧するように大きな声で命じた。

「うちの銀行が被る損害は最小限にしなければならん！　木田君、早急に北野製薬に当たってくれないか」

木田はそれ以上、大石に逆らえず力なく答えた。

「そのように致します。ただ、北野製薬が倒産するかも知れないということだけは、お含みおき下さい」


数日後、木田は憂鬱な気分で北野製薬に重い足を運んだ。

木田は社長室に入ると社長に軽く挨拶した。応接セットのソファーで二人は向かい合って話している。社長は木田の表情がいつもになく厳しいことが気になっている。

「今日は厄介なお話をしに参りました」

下を向いて元気のない声で本店の意向を社長に伝えた。

木田の説明を聞いて社長の顔は蒼白になっている。社長は事の重大さを認識し会社の状況について必死に説明し始めた。

「木田さんが言われるような事件があったのは事実です。しかし、いずれも、阪神銀行さんにご相談しなければならないような深刻な問題ではありません。経営上の問題も生じておりません」

木田は視線を落としたまま遠慮がちに言った。

「しかし、リコールなどでかなり痛手を受けたのではありませんか」

「確かに、一時的に売り上げが落ちたが、今はあの事件当時より売り上げが増えている。あの事件の時、うちの会社は素早く回収し、全ての損害を無条件で賠償したからだ。それでかえって、うちの会社の信用が高まったんですよ。取引を増やしてくれたお得意さんがたくさんある。そのおかげで、売り上げ、利益共に順調に増えている。いわば焼け太りですが。今阪神銀行さんが融資を引き上げたら、うちの会社は立ち行かなくなってしまう。それを承知で、おっしゃられているのですか」

社長は木田の目を見つめながら必死である。

木田は視線を社長に向け率直に苦しい胸のうちを打ち明けた。

「私個人としては、北野製薬さんは優良企業だと、今でも思っていますよ。でも本店の意向には逆らえません。私も困っているんです。実は本店でも融資部長の大石さんの意向なんです。彼に逆らえませんから」

社長は大石という名前を聞いて驚き木田に訊ねた。

「大石進ですか?」

「そうですが。お知り合いですか?」

木田の返事を聞いて社長の心臓は激しく振動した。テーブルを挟んで向かい合っている二人の間に沈黙の時間が流れた。

しばらくして社長はおもむろに説明を始めた。

「大学の同期でな。ゼミも一緒だった男だ。嫌な男だ。陰で人の悪口は言うし、妬みの強い奴だった。犬猿の仲というか。大石は神戸中央銀行に入ったんだ。うっかりしていた」

阪神銀行は神戸中央銀行と京阪銀行が合併して出来た銀行である。

「阪神銀行は京阪地所にかなり融資しているだろう。知り合いの不動産会社の社長から聞いたんだが」

木田は肯定するように静かに、首を縦に二回振った。

「京阪地所はこの辺の不動産を買占めにかかろうとしているらしい。バブル期に融資を受けた会社の中には、困っている所もあるからなあ。買い叩いてマンションを作る計画らしい。うちの会社はＪＲの駅に近いから、マンションに最適だ。大石は今でも、私を妬んでいるんだ。しつこい嫌な奴だ」

テーブルに置いている社長の手は怒りでふるえている。

「そうでしたか。知りませんでした。北野製薬さんは研究開発力に優れた会社だと思っています。財務省か金融庁にお知り合いがいませんか。役所に顔が利く国会議員はおられませんか。もう一つ案があります。うちの銀行と縁を切るんです。別の銀行と取引を始めるんです」

「何処か、具体的に教えてもらえるか」

「東京に本店がある東京中央銀行です。この銀行は関西に支店網を作っています。大阪、京都圏での取引を拡大しようと躍起になっています。京都にも支店があるでしょう。ここから融資を受けて、うちからの融資を弁済してしまうのです。北野製薬さんの業績なら、話に乗ってくる可能性は高いと思いますよ。この辺の地価はバブル期に比べれば下がっていますが、マンション計画もあり最近地価は上昇傾向にありますから、担保割れは少ないと思いますよ。交渉次第では可能性はあると思いますが」

木田は自分の立場より、長い間可愛がってもらった北野製薬が危機を乗り切る方策を提案したのである。

「この辺を地盤としている衆議院の前田先生にでも頼んでみるか。それなら君にも迷惑がかからんしな。選挙のたびに、会社ぐるみで応援している。選挙資金も面倒見ている。それにもうすぐ選挙だ」

木田は安堵の胸をなでおろした。それまで深刻な表情をしていた木田の顔は笑顔に変わっている。

「民自党の前田先生なら最適だと思います。代議士になる前は財務省の局長でしたから。前田先生から頼まれれば、うちの頭取は嫌とは言えないでしょう。私もまた社長とお付き合いできますね」

「もし木田さんが銀行を首になるか、遠方に転勤になるようなことがあれば、うちへいらっしゃい。経理部長か総務部長でお迎えしますよ。君なら気心が知れているし私も安心だ。会社が危ないところだった。今日は良い助言をありがとう。君の好意は決して忘れないから」

実は木田も高圧的な融資部長の大石が嫌いだったのである。

土曜日の夜、社長は祇園の高級割烹で欅の座卓をはさんで前田議員と向かい合っている。前田議員は紺のスーツ姿で床の間を背にドッシリと座っていた。

六十を過ぎたぐらいの温厚そうな紳士である。髪が後退した広い額はつやつやしていた。白髪がないのは染めているからであろう。

社長は非常に丁寧に頭を下げ時間を取ってくれたことに感謝の意を表した。

「前田先生、お忙しいところお時間を割いて頂き恐縮です」

前田は選挙のたびに会社ぐるみで応援してくれる社長に気を遣った。

「北野さんにはいつも選挙でお世話になっております。ゆっくりお話してみたいと思っていたんですよ。会社のほうはどうですか」

社長は前田のグラスにビールを注ぎながら話している。

「おかげさまで、今のところ順調に行っています。美味しいお菓子が手に入りましたので、お口汚しにお持ちいたしました」

社長は紙袋に入ったままの菓子箱を前田議員の横にそっと置いた。

紙袋には菓子箱と紺の風呂敷に包んだ百万円の札束が五つ入れてあった。

「いつもすいません。お世話になりっぱなしで恐縮です。選挙も近いですから本当に助かります。で、今日は何か私に話がありそうですが。なんでもおっしゃって下さい。たまには恩返しをしないとバチが当たりますから」

前田はお絞りで手を拭きながら笑顔で応じている。

社長は阪神銀行がマンション開発のために、北野製薬に対し貸し剥がしにかかっていること、中心人物が大石であること、北野製薬は業績が良いこと、などを話した。

社長の話を聞いた前田議員は憤懣《ふんまん》やるかたないといった口調で応えた。

「実にけしからん話だ。京都の開発について、そんな計画があることは知らなかった。京都をどのように開発するかについては、私に相談があってしかるべき。業績が良い北野製薬を潰すなんてとんでもない話だ。産業育成による雇用の拡大という私の政治方針にも反する。懲らしめてやりましょう。その代わりというわけではないが、選挙が近いので、その時は応援をお願いしますよ」

前田は座卓に両手をついて社長に頭を下げた。

「我社が安泰である限り、全面的に応援させていただきます」

「頼まれた件は、二、三日中に解決できるでしょう。どうぞご安心下さい」

前田は自信に充ちた表情で憔悴気味の社長をいたわった。社長は心配から解放され、晴々とした気分で自宅に帰った。自宅の前で車から降りて大きく息を吸い込んだ。嵐山に満月が輝いていた。

次の日は日曜日であった。前田議員は阪神銀行の安田頭取の自宅に電話し、自宅に来るように言った。安田はなぜ前田議員に呼ばれたのか、理由が分からなかった。しかし金融界に睨みが利き、あなどれぬ底力を持っている金融族の議員であることはよく承知していた。

ゴルフに行く準備をしていた安田は、急遽スーツに着替えて、待たしていた車に乗り込んだ。

「京都へ行ってくれ」不機嫌な声で運転手に命じた。

安田は急なことだったため、手土産を忘れていた。いつもの日曜日と同じように京都へ向かう名神高速道路は渋滞していた。

「しまった、電車にすればよかった」

舌打ちしながらぼやいた。京都南インターで降り京都の中心へ向かう道路は、いつものように大渋滞であった。

途中で手土産の菓子を買い前田議員の自宅に着いたのは正午を過ぎていた。前田は着物姿で和室の応接間の中をイライラしながら、ただ無意味にうろうろと歩き回り今か今かと待っていた。

「大変遅くなって申し訳ありません。渋滞がひどくて」

安田は申し開きをしながらソファーに腰を下ろした。

「これはそこで買ってきたものですが」

そう言いながら和菓子の箱を差し出した。前田は菓子箱を手に取りそれとなく見ながら、

「京都のお菓子は京都にいながら、久しぶりだ。ありがとう」

とそっけなく礼を言った。菓子箱に札束が入っていないことを見抜いたのである。安田は遅れてしまったり、手土産の札束を用意しなかったり、大失態を演じたのである。前田はニコリともせず詰問調の声で話した。

「君の銀行は山科のほうで、土地を買いあさっているようだが。そのために業績の優良な会社まで、貸し剥がしをしているようだな。実にけしからんことだ。私の選挙区の会社を潰して、どうするつもりだ。失業者がたくさん出るのを喜んでいるのか。看過できることではない。国会の予算委員会で取り上げにゃならん！」

前田はあたかも義憤のあまり気色ばんでいるかのように強い態度に出ている。

安田は前田議員の剣幕に圧倒されていた。しきりに首筋を意味もなくハンカチでふきながら米搗きバッタのように幾度も頭を下げている。

「お言葉を返すようですが、初めて聞くことです。よろしければ、どの方面からの情報か教えて頂けませんか」

「頭取の君が知らんことはないだろう！　うちの秘書が聞き込んだ、としか言えない。君の所の大石君が絡んでいるらしいが」

前田の剣幕に安田はたじろいでいる。

「少しお待ち願えませんか」

安田は立ち上がり廊下に出て大石に携帯をかけた。

「日曜日なのにすまんな。京都の山科のほうで土地を買い集めようとしている、という話を聞いたんだが、え！　本当か！　なぜ私に報告しなかったんだ。そんな計画は絶対に認めんぞ！」

安田は迫力ある声で怒鳴りつけた。

「もう少ししてから、お話しようと思っていたところですが」

大石は苦しい言い訳をした。安田は怒って携帯を切った。

応接間に戻った安田は心を落ち着かせ前田に詫びた。

「本当に申しわけありません。前田先生の情報のとおりのようです。明日、銀行で会議を開き、私の責任で必ず中止させます。監督不行き届きで申し訳ありません。平にご容赦下さい」

安田は頭をテーブルに擦りつけるようにして謝った。

「銀行は産業を育成するという使命を忘れないようにして欲しい。今回の件は私もこれ以上問題にするつもりはない」

安田は額や首の冷や汗をしきりに拭っていた。

次の日、阪神銀行本店の会議室で会議が行われ、山科地域の開発計画は継続して行われることになったが、北野製薬に対する貸し剥がしは取り止めになった。それから約一週間後、大石は頭取室に呼び出されていた。大石は安田頭取の机の前で力なくうなだれている。

「君は島根県の松江支店に行って貰う。支店長で。山陰地方はうちの銀行が手薄なところだ。頑張って取り引を拡大してくれ」

安田は淡々と大石に告げた。明らかに左遷である。大石は力のない声で、

「分かりました」

と言って頭取室を出た。《再び本店に帰ってくることはないだろう》

六　幸運の女神は風に乗って

大学院に進学してから、一樹は益々研究に打ち込んでいた。身に纏っている実験用の白衣は薬品で褐色に汚れ、所々穴が空いていた。

実験室の窓の外には、栄華を極めた花が散り終えた桜の木が、来年の開花の準備をするかのように、緑色の葉をいっぱいつけ気持ちよさそうに風に吹かれている。

実験室の中も、窓の外も不思議なくらい静寂であった。一樹は古ぼけたスチール製の机に座っている。英文の文献を読む目を休め、ぼんやり外を眺めている。研究のほうは完全に行き詰まっている。いくら新しい物質を合成しても、思うような抗菌力を示す物質が得られないのである。

アイディアも尽き能力の限界を感じ始めていた。《少し安息の時間が欲しいな》《うん？　安息か、そうだ安息香酸《あんそくこうさん》を結合させたらどうだろう》そんな考えが閃いた。

《安息香酸はカビや酵母に対して弱い抗菌力を持っているが、細菌にはあまり効果がない。安息香酸と、芳香環《ほうこうかん》という点では共通しているサルファ剤はカビや酵母に効かないが細菌には強い抗菌力を持っている。安息香酸を結合させれば面白いかもしれない。それに安いから、食品添加物の原料としては最適ではないか》

そんな思案をしている時、唇に強烈な甘味を感じた。

何も甘いものは口にしていないのに、おかしいなと思った。唇を舐めてみるとやはり強烈な甘味がした。おかしいな、味覚異常を起こしているのかなと思いながら、ふと横に目をやると、ガラス製のシャーレに広げて乾燥させている昨日合成した物質が目に止まった。

建てつけの悪いサッシの隙間から吹き込んだ風が、そのシャーレの粉末を少し飛散させ一樹の唇に運んでいたのである。

一樹はその粉末を、恐る恐る少しだけ舐めてみた。強烈な甘味が一樹の口の中に広がった。甘味は砂糖に似ていた。一樹は飛び上がらんばかりに驚いた。

一樹は水道の水で口を何回もすすぎ、もう一度ほんの少しだけ舐めてみた。やはりその粉末は強烈な甘味を呈した。

一樹が大発明をした瞬間である。

なんということか！　幸運の女神は春の爽やかな風に乗って一樹の前に現れたのである。

大発明を前にして、今までに経験したことがない高揚感に包まれていた。一樹の精緻な頭脳の回路は完全に思考動作を停止していた。興奮のあまりその場に呆然と立ちつくしている。

ただ漠然と研究室の窓から、風にたなびく桜の木や、空の雲を眺めながら、そこからは決して見えるはずがない故郷、金倉の山々をぼんやり思い出していた。金倉を出てから四年、遂にやった！

再び一樹は興奮に包まれた。

《甘味料として有望ではないか。しかし当分の間、秘密にしておこう》　もちろん食品用の甘味料として使用するには、安全性試験などが必要であることは十分承知している。

一樹はその白い粉末を注意深く観察し《アモルファスか》と独り小さな声で呟いた。

＊アモルファス・・・結晶でない粉末状の物質のこと。

一樹はその粉末を親指ほどの大きさの褐色サンプル瓶に詰め、しっかりと念を押すようにフタを閉めた。しばらく、そのサンプル瓶をかざして眺め、それからゆっくりと自分のカバンにしまった。

一樹は急いで薬学部の図書館に向かった。図書館のパソコンから特許庁のホームページにアクセスして特許公報を調べた。次に内外の化学文献を調べた。いずれにも甘味を呈した物質は、ヒットしてこなかった。新規物質である。

《特許が取れる、しかも国際特許も取れる。これを山本教授に話せば教授の業績にされてしまう恐れがある。よくて協同研究だ》

一樹が図書館を出た時携帯が鳴った。葉子の明るいはずんだ声が心地よく耳に飛び込んできた。

「先生、お時間が取れますか」

「葉子さんお久しぶり。今ならいいですよ。何かご用ですか」

一樹は大発明をしたことで、独り笑壺《えつぼ》に入って喜色満面の表情であった。

「先生、ご機嫌よさそうですね。数学が分からないの。線形微分方程式が出てきてもうチンプンカンプン。数学の教授がいきなり高校とはレベルが違う講義を始めるものですから」

「分かりました。文学部の喫茶店でどうですか」

薬学部や教養部の喫茶店では、一樹や葉子の知り合いに会うかも知れないから、まずいと思ったのである。

文学部の喫茶店は改装され全体的に白い塗装がなされとても明るく清潔感に溢れていた。一樹が入ると葉子は既に窓際の白いテーブルに座っており、一樹の姿を見ると右手を挙げ手招きして呼び寄せた。葉子はピンクのブラウスに紺のジーパン姿である。どこから見ても普通の女子大生である。

肩にかかったつやのある黒髪がピンクのブラウスとくっきりとしたコントラストをなしている。

「先生、お久しぶり」

いつものように、少しお茶目な明るい声で一樹にペコリと頭を下げた。

葉子の存在は、飾り付けがない喫茶店のなかに、不思議な美しい花がパッと咲いているような華やかさを醸し出している。

「どうですか。大学生活に慣れましたか？」

「一般教養の数学と物理学が難しすぎて。高校のレベルから一気に飛んでしまっているんです。教授が丁寧に講義をしてくれませんから、サッパリ分かりませ〜ん」

葉子は口を尖らせふくれて見せた。

「あまり気にしなくてもよいと思いますよ。ほとんどの学生はそれでも進級していますから」

「線形微分方程式の解き方がわからないの」

そう言いながら、葉子はカバンから一枚のコピーを取り出した。一樹は五分程問題を見た後、葉子が差し出したシャープペンシルで問題の解き方を説明しながら解答を書いていった。分かりやすい解説も付け加えた。

「さすがに先生はすごいわね。少し分かったような気がします。家に帰ってもう一度考えてみます」

葉子は可愛い笑窪を浮かべながら問題をカバンに収めた。葉子は一樹がカバンを持っているのを見て、

「今日はもう帰られるんですか？」

と目を輝かせて一樹の顔を直視しながら訊ねた。

「ええ、今日は非常にいいことがあったので、浮き浮きしているんです。それで実験が手につかなくなって」

葉子は自分が一樹に電話したことかなと勘違いをしたのか、目を輝かして一樹の顔を覗き込んだ。その仕草はとても可愛らしくまた愛嬌があった。

「どんないいことがあったの、知りたいわ」

「予想していなかった、いい実験結果が得られてね。もう少し詰めは必要なんですが」

葉子は期待はずれであったが、内心を表情に微塵も出すことはなかった。

「よかったですね。それって大発見になるの？」

目を輝かせて弾んだ声で聞いた。一樹は興奮と高揚感を抑えながら答えた。

「もう少しデータが必要ですが、上手く行くと、かなりの発明になるでしょうね。これはしばらく秘密にしておいて下さい。ぼくも今すぐ発表するつもりはないんです」

「私と先生だけの秘密にしておきましょうね。話は変わりますが、私、車を買ったの」

「よく社長が許してくれましたね」

隆彦のことがあるので社長は葉子が車に乗ることに強く反対したであろう、と一樹は推測したのである。

「父も母も猛反対したわよ。兄のことがあるので当然ですけど。でもこれからの生活で車は必要でしょ。演奏会などでお琴を運ぶのにもぜひ必要です、と言って説得したの。先生これから琵琶湖にドライブに行きませんか。私一人では寂しくて」

葉子は甘えるような口ぶりでせがんだ。一樹は少し戸惑ったが、思いがけない実験結果が得られて、浮き浮きした気分であり、また葉子に恥をかかすわけにはいかないと思った。

「琵琶湖ですか。いいですね。運転のほうはだいぶ慣れましたか」

一樹は少し不安そうに葉子のほうを見た。葉子の横顔は生き生きとした初夏の若葉のように凛としていた。一樹は高校生の葉子ではなく、大人に近づいた葉子を見た。


自宅に帰った葉子は楽しそうに両親と食事をしている。芳子がにこやかな笑顔で話しかけた。

「葉子、何か良いことがあったの」

「うん、とても良いことがあったの」

葉子は一樹と琵琶湖へドライブに行ったことを話した。

「好並先生は怖がっていただろう。よく助手席に乗ってくれたなあ」

社長は目を細めて冷やかしている。

「先生は何かいいことがあったみたい。とてもご機嫌でした。あのように高揚感に溢れ浮き浮きしている先生を見たのは初めて」

社長は夕刊に目を通しながら葉子のほうを見た。

「葉子は先生に何があったのか聞いてみたのかい?」

「具体的には、おっしゃらなかったの。先生はやはりすごいわ。数学の線形微分方程式の問題が分からなくて教えてもらったの。すらすらと、とても分かりやすく教えてくれたの。友達に聞いても誰も解けなかったのよ。数学が専門ではないのに、すごいわ。明日みんなに教えてあげるの」

葉子は得意げであった。

一樹と二人だけでドライブに行ったことを話しても、両親が全く反対せず機嫌がよかったので、葉子は今が良いタイミングとばかりに両親に了解を求めた。

「ねえ時々、外で先生とお逢いしてもいいでしょう」

芳子は葉子を援護した。

「ねえ、あなた、いいでしょう」

「絶対にダメだと言いたいところだが、相手が好並君なら反対できんなあ。あの男なら責任感も常識もある。父親として安心できる。そうか、葉子もデートをする年頃になったんだ。母さん、我々もそろそろ子離れをせんとあかんな」

両親が全く反対しなかったので葉子はルンルン気分で二階の自分の部屋に引き上げた。

二人は食卓で緑茶を飲みながら真剣な表情で話し込んでいる。

「あなた、葉子は先生をだいぶ好きになっているみたいね」

「それは前から感じていた。相手が好並君であれば反対は出来ない。が、しかし、将来、葉子と結婚する相手は北野製薬を受け継いでくれる男でないと困る。ただその一点が引っかかるんだ。彼は学者の道を歩む可能性が高いだろう」

「でもあなた、好並さんも、それほど世間知らずではないでしょう。葉子と付き合うということの意味は分かっておられるのでは」

「そこなんだ。どちらかというと、葉子のほうが積極的になっているように感じるんだ。今日も葉子のほうから電話して誘っている。好並君としては、うちから大分金を受け取っているから断れんだろう」

「私の感じでは、少なくとも好並さんは葉子のことを嫌ってはいないように思いますよ」

「たとえそうであっても、学者の道を諦めて、うちの会社を継いでくれるかどうかが問題だ。それに彼は一人息子だ。彼が北野の姓を受け継げば、好並家は跡継ぎを失うということになる。ご両親が納得するだろうか」

「北野製薬の研究所で研究を続け、学者の道を歩むことは出来ないの？」

「でもな、俺が元気なうちは、それでもよい。しかし俺も次第に年を取っていく。社長も結構忙しいんだ。学者と社長の両立は難しいだろうな。この間のサルモネラ菌の時に、彼は卓越した能力を発揮してくれた。ソルボン酸の場合もそうだった。俺には決して出来ない判断だった。彼は経営者に向いている。彼には学者として成功する能力と経営者として成功する能力の両方がある。だから、うちのような研究開発型の企業は彼に向いているんだが。ただ、彼がうちの会社に入社するには彼の優秀さが邪魔になっているんだ」

「でも、葉子は決して好並さんを諦めないわよ。葉子にとって初恋の人だもの。葉子は一途なところがあるから。当分の間、様子を見ましょう。葉子との交際が深まれば、好並さんの考えも変わるかもしれないでしょ」

「そうするしかないね。とにかく、大きな障害は好並君が優秀過ぎる点と、一人息子である点の二つだ」

二人は一樹に高校時代から交際している河原智子という女性がいることなど知る由もなかった。

一樹は研究室の外で柏木に携帯をかけていた。

「久しぶりに一緒に昼飯でもどうだ」

「誘う相手を間違えているんじゃあないか。まあ、いいや、せっかくのお誘いだから」

薬学部の食堂でカレーを食べながら柏木のほうに目をやり話している。

「頼みがあるんだ。あるサンプルをラットに飲ましてみてくれないか。内緒で頼みたいんだが。どうにかならんか」

「今なら感染実験に使った残りのラットがいるから何とかなるが」

二人はスプーンを置いて話している。

「でもラットの数を調べられるだろう」

「大丈夫だ、どうせ処分するラットだから。何かいい物質が見つかったのか。まあいいや。何も聞かないことにする」

「一回投与で二週間観察して欲しいんだ。二週間後に何の異常もなければ、解剖して臓器などを調べてもらいたいんだが」

「要するに急性毒性試験をやればいいんだな。解剖して臓器は調べるが、臓器の顕微鏡観察までは内緒では出来ないが、それでよいのか」

「それで十分だ。礼は出来ないが君の友情は忘れないよ」

「出世払いでいいよ」

柏木は具がほとんどないカレーをスプーンで口に放り込みながら一樹の頼みを快諾した。

一樹は柏木に甘味物質が入っている褐色のサンプル瓶を渡した。

レジでの支払いは一樹がした。

「すまんな。もしこのサンプルが猛毒だったら、今日のカレー代は返すよ」

冗談を言いながら柏木は研究室に戻って行った。

一樹はその柏木の後ろ姿を《どうか、なにも毒性が出ませんように》と心の中で拝みながら見送った。

二週間後、一樹がマントルヒーターにセットした三口フラスコをモーターで回しながら合成実験をしているところへヨレヨレの白衣のボタンを外した柏木がやって来た。柏木は入口で右手の親指と人差し指で丸を作って、一樹に結果を知らせた。

一樹はホッとした。二人は一緒に実験室を出て喫茶店に行った。コーヒーカップを前にして柏木は真剣な表情で毒性試験の結果を説明した。

「オス五匹、メス五匹にゾンデで強制的に経口投与した。二週間、毎日観察したが何の異常もなかったよ。全例について解剖して調べたが、肉眼で見る限りなんの異常も認められなかった。肝臓などの臓器はメスで切って観察したが、何の異常もなかった。顕微鏡観察はしていないが、多分、顕微鏡で観ても何の異常も出ないと思う。もし、医薬品や食品添加物として開発したいのであれば、安全性の面からは第一関門は無事通過というところだ」

一樹は自然と目じり、口もとが緩むのを自覚した。左手でゆっくり胸をなで下ろす仕草をした。

「ありがとう。結果には満足している。柏木の友情に感謝、感謝」

柏木は一樹が画期的な物質の合成に成功したことをうすうす感じていた。

「何か画期的なものでも合成したんと違うか。大学院に入ったばかりだから、まさかそんなことはないだろうと思うが。しかしわが大学薬学部で十年に一人という呼び声が高い秀才のことだ。何があっても不思議ではないからな」

「絶対に口外しないで欲しい。出世払いの約束は忘れていないよ」

「俺達親友だろう。心配するな。例の彼女とは上手くいっている？　彼女は就職したんだろう。しょっちゅう会っていないと、誰かに取られてしまうぞ。あんな清楚な感じの美人は、そんなにいないからな。大事にしろよ」

柏木は笑顔で一樹の肩をポンと叩き研究室へ戻って行った。

一樹は自分の気持ちが葉子に少し傾くことがあることを認識していたので、柏木の冗談めいた忠告が鋭く心に突き刺さった。


一樹は柏木の実験結果について、非常に満足していた。新甘味料として実用化できる可能性が極めて高くなった。絶対に大学での研究成果にはしたくなかった。

特許を取得することが必要であることは、よく分かっている。しかし現状では、一樹の名前で特許を出願することなど、到底不可能なのである。大学における研究であるからである。研究費は大学の予算から出ている。

それに山本教授の指導下にあることから、特許の名義を一樹にすることは不可能であると考えたのである。どのようにしたらよいか分からなかった。ゆっくり考えてみようと、決断を先送りすることにした。

一樹は安息香酸のカルボキシル基にエステル結合させた化合物を、次々に合成した。十個の化合物が合成できた頃、北野製薬へ送り抗菌力の測定を依頼した。

数日後、抗菌力の測定結果が送られてきた。抗菌力は弱かった。一樹は激しく落胆した。

しばらくしてから一樹は冷静にデータを検討した。サンプルの一つであるS-95はカビ、酵母などの真菌から大腸菌、枯草菌のような細菌に弱いながらも抗菌力を示していた。

特に細菌では、大腸菌、サルモネラ菌のようなグラム陰性菌、枯草菌や黄色ブドウ球菌のようなグラム陽性菌に対して、幅広く抗菌力を示している点に一樹は注目した。

もう少し抗菌力を強くすることが出来れば、ソルボン酸より数段優れた食品用保存料が出来る。ソルボン酸は真菌には有効であるが細菌に対しては効力が弱いという欠点がある。またソルボン酸は酸性では有効であるが、中性からアルカリ性では抗菌力が減衰するという点も問題である。

《そうだ、安息香酸の部分に少し親水性を持たせてみてはどうか。きっと抗菌力は変わってくる》

など色々な構想を練った。

早速、次の日から文献調査と平行して合成実験に取りかかった。毎日、朝から夕方の五時頃まで実験し、夕食を食べてから再び夜十時頃まで実験に没頭した。日曜日は休むようにした。

夏が盛りを過ぎようとしていた頃、智子から電話があった。

「今度の日曜日は時間が取れませんか。私は久しぶりにお休みが頂けそうなの」

一樹も智子に逢いたいと思っていた。

「大丈夫だよ。新京極の例の和風喫茶でどうですか」

日曜日に、二人は赤いじゅうたんを敷き詰めた和風喫茶で向かい合っている。智子は見かけ上は何も変わっていなかった。

「河原さん、新聞記者になっても学生時代とあまり変わりませんね」

「新聞記者といってもまだ研修中でヒヨコ以下ですから。好並君のほうは研究が進んでいる？　学位は大学院修了時に取れそう？」

智子は菊の形をした和菓子を口に運びながら心配そうに訊ねた。

「研究はしていますが。ぼくのやっている研究はある時画期的なデータが得られることもあるし、いくらやっても成果が得られない場合もある。神のみぞ知るという世界ですよ」

「好並君ほどの頭脳の持ち主なら、研究は全て理論的に進めるんじゃないの」

と冷やかし半分に問いかけた。一樹は濃紺の皿の羊かんを少し食べながら智子のほうに涼しそうな笑顔を向けた。

「理論的に考えることには限界がある。世界には化学の研究をしている学者が何十万人もいる。考えて出来ることは既に誰かがやっている。ノーベル賞級の研究は偶然の発見が多いんですよ。もちろん高度の理論と知識は必要ですが、大発見には、幸運の女神が微笑んでくれることが必要です」

「少し分かるような気がするわ。で、その幸運の女神は、まだ好並君に微笑んでくれないの？　女神はソッポ向いているの？」

「幸運の女神は、ぼくの傍を通り過ぎようとしていたようですが、今ぼくの傍で立ち止まり、微笑もうか、どうしようか迷っているんじゃないでしょうか。そういう段階です」

「それって、何か素晴しい研究結果が得られかけている、という意味なのね。やはり好並君は素晴しいわ。大学院に入って半年もたたないうちに、女神が傍に来てくれるなんて。私も焦るわ。何かいい仕事をしないと」

智子は一樹の研究が良い方向に進んでいることを察し心から喜んでいる。

一樹はそれまでのにこやかな表情から真顔になっている。

「河原さんにはドロドロした、現実的なことを相談したくないんですが」

一樹は視線を智子のふっくらと小丘のように盛り上がった胸元に投げかけながら小声で言った。

智子は一樹のことが心配になり一樹の目を見つめながら自分に相談するように促した。

「何かあったの。私に分かることだったら、ぜひ相談して。私はもう学生ではないのよ。毎日、超現実の世界で生きているんですから」

智子に催促されて一樹は真剣な顔で言い難そうにゆっくり話し始めた。

「あくまでも一般論としてですが。例えば、ぼくが大学の研究室で何か発明した場合、特許権はどうなるのですか？」

少し間を置いて智子は一樹を見つめながら答えた。

「難しい問題だわ。私は特許などの知的財産権については詳しくないもの。大学の研究費を使って、教授の指導下で研究した成果でしょう。特許は、発明者と出願人の名前を書いて出願するの。発明者のほうは、好並君ということにはならないかも。指導教授が発明者になる可能性があるわね。または教授と好並君の両方が発明者になることも考えられるわ。よほどのことがない限り、好並君だけが発明者になることはないんじゃないの」

一樹は智子の答に不満であった。

「教授の指導と無関係に発見した場合でもですか」

「ええ、そうよ。例え好並君が自分だけの知恵で発明したことであっても、包括的に教授の指導があったとみなされ、好並君だけが発明者となることは極めて難しいと思うわ。教授との協同発明となるのが普通でしょうね」

「出願人のほうは、どうなるんですか」

「好並君の場合、京都総合大学という組織の中で行われた研究でしょう、出願人はその組織、つまり京都総合大学ということになると思うわ。会社で行われた場合でも大体同じですよ。しかし、会社の場合、理解のある会社であれば、好並君単独で発明者になることは十分ありえるでしょうね。会社内部における力関係もあるでしょうけど。しかし、その場合でも、出願人になることは出来ないでしょうね。その特許の権利を使う人、つまり会社の代表者が出願人になるんです。どう、がっかりした？」

智子は一樹の表情をうかがった。

「いえ、あくまでも一般論として、聞いてみただけですから」

一樹の声に力はなかった。一樹は智子の説明を聞いて自分がたまたま偶然発見したことでも、特許上の権利は極めて弱いということを知り意気消沈した。全身の力が抜けた。

しばらく一樹は沈黙していた。智子は一樹の落胆ぶりを見て心配になった。

「好並君の研究は、実用化されて世のためになる物質を作り出すことだったわね」

「そうですよ。そのために薬学部を選んだんですから。理論は世の役に立つためにあるべき。理論のための理論や、研究のための研究に社会的価値はありません。社会的価値とは経済的価値です。実際にどれぐらい売れたか、金額的に評価できるものでないと、研究に値しないのです。これがぼくの価値観です。例えばコレステロールが体の中で出来るのを防ぐ新薬をカビから作った人がいるんです。日本人ですが。数千億円の医薬品になっています。非常に人のため、世のためになっているんです。ノーベル賞二つぐらいに値する研究だとぼくは思うんです。ぼくは、その人を大変尊敬してるんです」

情熱的に熱く夢を語る一樹が智子は好きであった。

智子は、一樹が何か大きな発見、発明をしたことは分かっていた。一樹の悩みも大体推測できていた。そんな一樹のために、智子は力を貸したかった。智子は優しい姉が弟を諭すようにゆっくり話し始めた。

「あくまでも仮定の話として、聞いて頂きたいんですけど。大学で何か発明して、それが教授や他の人に全く知られていないのでしたら、何処かの研究所に話を持ち込むの。信頼できるところでないとダメよ。そこの研究所のスタッフに研究してもらうの。但し、あらかじめ、研究の成果、発明は好並一樹に属するという契約書を交わしておくの。そうすると特許における発明者は好並一樹だけになるわね。この場合でも特許の出願人はその会社ということになるけど。しかし、好並一樹の名誉は守れるでしょ。それにもしその発明が世の中で高い評価を受け、会社が利益を上げれば、かなりの報酬がもらえます。契約金プラス売り上げの五%を発明者に支払うというようなことを契約書に書いておくの」

智子は一樹が北野製薬の社長と親しいことを念頭にアドバイスした。

一樹は智子の話を聞いて、希望の光が見えてきた。表情も明るくなった。

「法律ってすごいな。法律を知らないと、この世では暮らしていけないような気がしてきた。ありがとう。大変参考になったよ。もしかしたら、幸運の女神がぼくと河原さんに微笑みかけてくれるかも知れないよ。がぜん、やる気が出てきた。ありがとう」

一樹は智子の顔を見ながら少年のように目を輝かせ感謝の言葉を述べた。

「でも気をつけないと。もし、教授にバレたら大学にいられなくなるかもしれないですよ」

智子は一樹が元気を取り戻し生き生きした様子を見て安堵した。

「今日はごめんね。研究の話ばかりして。何処か出かけませんか」

それから二人は丸山公園へ行き、園内を散歩しながらおしゃべりを楽しんだ。

公園のベンチに腰を掛け、アイスクリームを一緒に食べた。

「ちょっと」

と言いながら智子は一樹の口についたクリームをハンカチで拭いてくれた。

智子の優しい仕草が可愛かった。智子の女性らしい心のこもった優しい気遣いに一樹は心が和んだ。再び散歩を始めた。どちらからともなしに自然に二人は手を繋いで歩いていた。緑滴る夏の風が心地よく感じられた。葉子のことも研究のことも忘却の彼方にあった。

智子と別れると、夢のような世界からまた現実の世界に引き戻されるのである。智子と別れた後に、例えようのない空虚感、孤独感が全身を襲った。


一樹はそれまでに自分が合成した化合物のうちアミノ基を有するものに無水安息香酸を反応させ、次々に安息香酸がアミド結合した物質を合成していった。さほど難しい化学反応ではない。

そうして二十種類の新しい化合物が合成できた。一樹は北野製薬に送り、抗菌力の測定を依頼した。

京都の街に木枯らしが吹き始めた頃である。五日たった。一樹には五日間が非常に長く感じられた。

一樹が流しでビーカーやメスシリンダーを洗っていると携帯が鳴った。出口からである。いつもなら、抗菌力試験の結果はＦＡＸで送られて来ることから一樹は不思議に思った。携帯から出口の興奮した声が耳に飛び込んで来た。

「出口です。結果の報告が遅れて申し訳ありません。抗菌力試験の結果は大変よかったですよ。確認のために、再試験をしていましたので報告が遅れました。大変良い結果だったので藤田さんと吉富さんにだけは話しました。彼らも大変喜んでいますよ」

一樹は欣喜雀躍して叫んだ。

「効きましたか！　やっと効くのが出来ましたか!!」

「忘れてました。おめでとうと言うのを。彼らと相談して、まだこの結果を教授には報告しないほうがよいのでは、ということになりました。部門長、研究所長、社長にも話しておりません。好並さんからお預かりしているサンプルが少し残っていますから、予備的な変異原試験とネズミへの経口投与試験をしてみたいのです。その結果を見てから、社長や山本教授に話したほうが良いかと思いますが、いかがでしょうか。抗菌力はソルボン酸よりは十倍も優れています。十分実用化できるレベルです。ですが、慌てて報告して、突然変異を示したとか、毒性が強かったりしたらみんながっかりするでしょう。ＦＡＸですと教授の目に入るかも知れないと思い携帯に連絡させて頂きました」

一樹は興奮のあまり上ずった声で答えた。

「そうですか。効きましたか。少し気が楽になりました。出口さんの考えに全く異論はありません。いろいろお気遣いして頂いて感謝しています。よろしくお願いします」

携帯のスイッチを切ると一樹は大きく深呼吸した。

何はともあれ抗菌力試験で十分な効力を示したのは初めてであった。

《あと二週間、待つしかない。これからまた二週間か、長いなあ》と思いつつも顔には笑みがこぼれ、浮き浮きした気分になっていた。

一樹の研究は合成化学、有機反応論の見地からは画期的なものではなかった。

抗菌力を示さなければ、研究上の価値は低いものである。医薬品と異なり、あまり高度な化学反応を要するようでは、食品添加物としては値段が高すぎて実用化は難しいのである。一樹はそのことをよく認識していた。


二週間がたった頃、出口から一樹の携帯に電話があった。

「好並さん、喜んで下さい。突然変異原性も急性毒性のほうも大丈夫でした。どうしましょう。抗菌力試験の結果だけお送りしましょうか。それとも予備的ではありますが、突然変異原性試験と急性毒性試験の結果もつけたものをお送りしましょうか？」

出口の声は喜びに溢れ、大変弾んでいる。一樹は左手で大きく胸をなで下ろした。

「ホッとしました。実はぼくもどうしたら良いか分かりません。出口さんはどうしたら良いと思いますか？」

「もしこの物質を我社で開発するとなると、十億以上の研究開発資金を投入する大掛かりなものとなります。生産設備の建設を入れると数十億の資金が必要になるでしょう。ソルボン酸の特許切れが迫っていますから、ぜひ急いでやらなければなりません。どうでしょう、全部データを明らかにしては。ぼくの勘では安全性に問題はないと思いますが。上司の加藤も、安全性は高いのじゃあないかと言ってます。ただ工業的な合成方法の検討も必要になってきますから、好並さんに、うちの会社に度々来て頂いて、ご指導を仰ぐことになると思うんです。指導教授の許可が必要になります。それに、好並さんの研究の方向との関係もありますが」

「うちの教授なら大丈夫だと思います。北野社長とは大学時代からの友人で、今でも昵懇《じっこん》の間柄ですから」

一樹は社長と教授が親戚関係であることは口にしなかった。

「それなら安心です。うちの会社でもソルボン酸に変わる物質の合成はしていますが、十分な抗菌力を示す物質は現在のところありません」

「ぼくが北野製薬に行って色々討論するとなると、軋轢《あつれき》はあると思います。それは十分覚悟しています。しかし北野製薬はソルボン酸の特許が切れる前に新しい保存料を開発しなければなりません。そのことは全社員が分かっていると思いますが。安全性担当の出口さんたちも非常に忙しくなりますね。一緒に頑張りましょう」

一樹の声は弾んでいる。一樹は出口の報告を聞いて、踊りださんばかりに喜んでいる。頭蓋骨内の水分が沸騰しそうな高揚感に駆られていた。

これで立派な学位論文が書ける。山本教授や北野社長は大変喜んでくれるだろうと思った。

出口からＦＡＸが届いた。ＦＡＸは抗菌力に関するものと、安全性に関するものに分けてあった。

一樹はＦＡＸをゆっくり両手で広げた。その手は興奮でかすかに震えていた。

一樹が出口に依頼した二十サンプルのうち、Ｓ-１４６は、一樹が期待していた以上の強い抗菌力を示していた。一樹が一人で喜んでいると、上級の大学院生が、清潔感のない白衣のボタンをはずして、プラスチックのカップに入ったコーヒーを片手に近づいて来て冷やかした。

「好並、何をニヤニヤしてるんだ。美人の彼女でも見つけたのか」

「良い結果が出まして。これから教授に報告に行こうと思っているんです」

大学院生は非常に驚いた。

「何か抗菌力を示すものが見つかったのか？」

「ええ、まあそうなんですが」

「好並の研究テーマは食品添加物になるような抗菌物質だったな。毒性などは大丈夫か？」

「詳しいことはこれからですが、ネズミに一回だけ経口投与した結果と変異原性試験の結果では大丈夫です。これから長期投与の試験や食品に添加した場合などの有効性など、いくつも関門はありますが」

一樹は興奮を抑え控えめな態度で話した。

「たいしたもんだ。まだ大学院の一年だというのに、もう実用化出来そうな物を見つけたのか。噂には聞いていたが、噂以上のやつだ。まさに天才だな。俺なんか来春、大学院が終わるのにまだデータが不足していて、学位論文が書けないというのに。そこまでデータがあれば教授に早く報告したほうがいいよ。山本先生も喜ぶぞ。北野製薬からの研究費が大幅に増えるかもしれん。教授だけでなく、この研究室の連中はみんな喜こぶぞ。うちの研究室は試薬代が嵩《かさ》むからな」

その大学院生の言葉には羨ましさと研究費が増えるかもしれないという期待が相半ばしていたが妬みは全くなかった。

一樹は胸を張って姿勢を正し、薄汚れた白衣のボタンをきちっと留めてから教授室のドアをノックした。教授はパソコンに向かって論文を執筆していた。教授は画面から目を放し、

「おー、好並か、まあ座れ」

と言ってソファーを指差した。

「久しぶりだな。で、私の顔を見に来ただけではなさそうだな。何か浮き浮きしていないか」

一樹は出口から送られてきたFAXのうち、まず抗菌力に関するデータを教授に見せた。教授はやや老眼気味なためかデータを目からかなり離して食い入るように見た。それまでのにこやかな笑顔が消え、非常に真剣な表情で一樹のほうに目を向けた。

教授の目は輝やいている。

「このS-146はカビ、酵母のような真菌から大腸菌、サルモネラ菌のようなグラム陰性菌、枯草菌や黄色ブドウ球菌のようなグラム陽性菌にいたるまで、幅広く色々な微生物に対して抗菌力を示している。しかも百から二百ppmで。これはソルボン酸の十倍近い効力だぞ。極めて有望だ。安全性のデータがすぐ欲しいな」

「ほんの予備的なものならありますが」

一樹は変異原生試験とネズミに対する経口投与試験の結果を教授に渡した。

「全然毒性はないではないか。これはえらいことだぞ。これなら、実用化できる可能性が極めて高い。さすが好並君だ。指導教官の指導が良かったからだ」

教授は上機嫌で冗談を言いながら非常に喜んでいる。教授は一樹の手を取ってまるで百点を取った時に親から褒められた子供のように喜んだ。

「山本先生のご指導のお陰です」

「いやいや、私は何も具体的な指導はしていない。研究費の面倒をみているだけだ。これは君の優れた頭脳と努力の結晶だ。私も学内や学会で鼻が高くなる。北野社長も大変喜ぶぞ」

一樹は教授が非常に喜んでいるのを見て《これで少しは恩返しができたかな》と心の中で思っていた。

「これから詳しい安全性や食品への応用などの研究が必要だ。これが上手くいけば君の学位は確実だ。合成と抗菌力の研究で薬学博士、食品への応用研究で農学博士が取れる。博士号が二つ取れるということだよ。農学部の教授で懇意にしている人がいるから、私から頼めば農学博士の学位も取れる。その辺は私に任せてくれんか。それに学会賞も確実だろう。世の中の役に立つ物質を創製したいという君の夢が予想以上に早く実現するなあ」

教授は満面の笑みを浮かべている。

「頑張りますのでご指導のほうよろしくお願いします」

「ところで、S-146はどんな物なんだ?」

一樹は教授に少しだけ残していたS-146の粉末を見せた。

「こりゃ結晶ではないな。白いアモルファスか。見た目には小麦粉と同じだな」

「そうです。アモルファスなんです」

＊結晶はクリスタル、結晶にならないものをアモルファスと呼んでいる。

一樹は姿勢を正して教授に顔を向けた。

「先生にご相談しておきたいことがあるのですが、よろしいでしょうか」

「いいとも、なんでも遠慮なく言ってくれ」

教授は上機嫌である。

「今度のことで、度々北野製薬に出向くようになるかもしれません。毒性試験や食品への応用試験になると、かなりの量のサンプルが必要となります。そのサンプルを合成するには北野製薬の設備を使ったほうが便利だと思うのですが」

「その件ならオーケーだ。大量のサンプルを合成するには確かに北野製薬のほうが便利だろう。それに、あちらのスタッフを動員したほうが仕事を進めやすいだろう。産学協同だ。ここでの研究と北野製薬での研究は全て君の研究業績になる。それで立派な学位論文になる」

一樹は少し間を置いてから言いにくそうに話した。

「ありがとうございます。もう一つお願いがあるのですが。ぼくが北野製薬で抗菌剤以外の研究をすることを、お許し頂けますか。もちろん研究成果を論文にして発表する場合には先生のお名前を必ず記載いたします」

教授は即答した。

「普通ならノーだが、北野製薬は私の妹の会社だ。君の目指す研究は実用化が可能なものだろう。研究が上手くいけば北野製薬の利益になる。むしろ私から君に頼みたいくらいだ。大いにやってくれ。論文を発表する場合、君が筆頭で次に北野製薬のメンバーの名前、最後に私の名前を記載しておけばよい。そうすれば研究したのは君であることは明らかに出来るから。で、なにか具体的な良いアイデアがあるのか」

「いえ、具体的には。北野製薬の一部の研究員がぼくと一緒に色々研究したいと言っているものですから」

一樹は教授に甘味料のことは話さなかった。教授室を出た一樹は話が上手くいって、心の中に充満していた黒い煙が一気に放出されたようにすっきりした気分になった。

一樹はこれで甘味料の研究が北野製薬で出来ることになり安心した。甘味料のほうも毒性はなさそうだし、大学院を出るまでに保存料と甘味料の二つを発表することが出来る。これは日本中の大学や民間の研究者で誰もなし得ない偉業であろう。

北野社長に十分恩返しが出来る。北野製薬も安泰になり、さらに発展し大きくなるであろう。自分も学者としての道が開かれるだろう。また特許権などでかなりの収入が見込めるであろう。そうすれば岡山の両親の生活も楽にしてあげられる。一樹はそのようなことを考えていた。具体的に自分の将来がどうなるかは考えなかったが、自分の前に洋々たる未来が開けるだろうと思った。

一樹は土曜日に、北野邸を訪ねた。玄関を入ると可愛いフリルのついたエプロン姿の葉子が出迎えてくれた。

「先生いらっしゃい。今日は、来られるのが少しお早いですね。父はもう少ししたら帰ると今電話がありました」

芳子と一樹は応接間のソファーに腰を下ろした。

「今日は先生が来られるからと、葉子が張り切って料理をしているの。自分が全部作るって私には手伝いもさせないのよ」

芳子は自分の娘が一人前に料理できることを自慢そうに話した。

「先生、このたびは大変な発明をされたようですね。私からもお礼を言わせて頂きたいわ。兄の山本もうちの主人に鼻を高くしてるみたい。会社のほうは大変な騒ぎになってるらしいですよ。あ、主人が帰ってきたみたい」

芳子は社長を出迎えに行った。

「やあ、好並大先生。よく来てくれた」

黒いカシミヤのコートを芳子に渡しながら話しかけた。一樹は立ち上がり、

「ご無沙汰しております」

と丁寧に挨拶した。社長はソファーに座りながら待ちきれない様子でしゃべり始めた。

「山本教授から電話があってな。あんまり人を褒めん男なんだが、えらく君のことを褒めていた。一年ちょっとで百七十も新物質を合成したのは山本研究室始まって以来、君だけらしいな。それだけでも、すごい能力と実験テクニックだと舌をまいていたよ」

社長は誇らしげな表情で芳子を見やる。芳子も満面の笑みを浮かべている。

社長は一樹をしっかり見すえて再び話しを続けた。

「うちの研究所で聞いてみたんだが、みんな信じられないって。しかも百七十ぐらい合成して有

効な物質を見つけるとは、と全員恐れ入ってたぞ。普通なら運が良くても五千や一万は合成しないと有効な物質は見つからないらしいからね。私としたらソルボン酸の特許切れの問題があるから少しでも早くいい物質が欲しかったんだ」

「ご恩がある社長に喜んで頂けて大変嬉しいです。しかしこれから色々実験をしてみないと分かりません」

「それは承知している。現在うちが売っているソルボン酸より十倍も効力が強いらしいな。ソルボン酸はカビ、酵母には有効だが細菌には効力が弱い。君が合成したS-146はカビ、酵母だけでなく細菌にも良く効くらしい」

「確かに、効力はソルボン酸よりはだいぶ優れていると思います」

一樹は控えめに言った。

「これが開発できればソルボン酸の何倍もの売り上げが期待できる。外国へも輸出できる。当然利益も何倍にもなる。研究所の若い連中が、ぜひ君にうちの会社に来て指導して欲しいと私の所へ直談判にきた。上司を通さずにだ。本来なら上司を通さず、私の所へ来ても受け付けない。そんなことをしたら会社の秩序が保てないからな」

「それはそうだと思います。しかし研究所の中には無能な方、緊張感に欠けた方もおられるんじゃないですか」

「そうなんだ。よく見てるな。管理職がダメなんだ。管理職の中には君のことを快く思っていない者もいる。だから若い連中が私の所へ直談判にやって来たんだ。しかし彼らはやる気満々だ。経営者としてはやる気のある連中は大切にせにゃならん。そうだろう。私は彼らに、君を説得してみると約束した。どうだろう、うちに来てS-146の研究開発に協力してもらえないだろうか。週に二日とか、月に六日とかでもいいんだが。もちろん指導料という形でそれなりのことはさせてもらうつもりだ」

一樹はその点について山本教授の了解を得ていたので即答した。

「そのようにさせて頂きます。まず、かなりの量のS-146を合成する必要があります。大学の研究室では大量の合成は無理ですから」

社長は一樹の顔を見ながら心配そうに言った。

「あっさり引き受けて大丈夫か。山本教授に相談しなくてもよいのか」

「教授に相談して、了解を得てここに来ておりますから」

「それを聞いて安心した」

「話は変わりますが、ひとつお願いがあるのです。よろしいでしょうか」

一樹は甘味料の研究の件を切り出す良いタイミングだと思った。

「よろしいですよ。よろしいに決まっているではないか。君の頼みなら何でも、全部無条件で丸呑みだ」

社長は上機嫌であった。

「北野製薬の研究所の中に、ぼくの研究室を持たせて頂きたいのです。S-146以外の研究も少しやってみたいものですから。研究が成功すれば、北野製薬で実用化できます。保存料ではありませんから山本研究室ではやりにくいんです。教授の許可は得ております」

「研究室を持つ件は分かった。むしろそのようにこちらから頼みたいぐらいだ。何か合成してみたいということだね。どんなものかは聞くまい。自由にやってくれ」

「いえ、聞いて頂いても構いません。北野製薬の費用で行う研究ですから、社長が知っておかれるのは当然です。ぼくが計画しているのは甘味料です。日本人は砂糖の甘さに慣れています。砂糖と同じ質の甘さの甘味料が現在ありません。レトルトのように高い温度の加熱でも変化せず、砂糖と同じような甘さでありながら、砂糖の二百倍以上の甘さを示す甘味料が出来れば、十分売れるのではないでしょうか。現在この全ての条件を満たす甘味料は世界中にありませんから」

一樹は既に甘味料を見つけているから自信を持って具体的に言えたのである。

その言葉には熱いものがあった。しかし社長は一樹の話を全く信じなかった。

「まさに夢のような甘い話だね。もしそのような甘味料が出来れば理想だが。成功しなくても構わない。研究して成果が上がらないことには慣れている。自由にやってくれたらいい。大きな研究になるな。かなりのスタッフがいるだろう。何人ぐらい必要か言ってくれ。S-146の開発に人手を取られるからな。新規に採用してもいいぞ」

「有機合成が少し出来る女子の研究補助員を二名お願いできたらと思います。今年入社したぐらいの人で構いません」

「そんなので画期的な新甘味料の研究が出来るのかね?」

社長は不思議そうに訊ねた。

「合成方法など実験計画は全部ぼくが書いて渡します。ぼくの指示通りに実験してくれるだけでいいのです。そうすれば、ぼくが大学にいる時でも研究は進みますから。約一年を予定しています」

「えらい短いなあ。もっと人と時間をかけてはどうかな。遠慮することはないいんだよ。しかし天才の考えていることだ。思う存分やってくれ。途中で人が更に必要になったら言ってくれたらいい。研究成果はともかく、君がうちの研究所に研究室を持ってくれること自体が嬉しい、実に心強い限りだ。一年と言わず、せめて大学院を出るまでおってくれないか。時々君の研究室にコーヒーを飲みに行くぞ。もしかしたらうちの研究所も雰囲気が変わるかもしれんな」

社長は長年の経験からそんな画期的な甘味料の研究が成功するとは全く考えなかった。それより社長は一樹が研究所に研究室を持つことを大変喜んだ。

こうして一樹は大学と北野製薬の研究所との二足の草鞋を履く生活を始めたのである。

数日後、一樹は北野製薬に出向いた。研究所の会議室に研究所員全員と生産部長、工場長、営業部長、総務部長が集められていた。全員きちんと席に座り神妙な表情をしていた。

社長が静かに立ち上がり一樹を全員に紹介した。

「みんなも既にご存知のことと思いますが、京都総合大学薬学部の大学院生である好並君だ。彼が合成した開発番号S-146は非常に優れた抗菌力を有する物質である。今のところ毒性の問題はなさそうである。我社は全力を挙げてこの物質の開発に取り組みたいと考えている。S-146に関する我社での一連の研究は好並君を中心に行うつもりである。このなかの誰よりも好並君は若い。その好並君の指示で働くことに抵抗感を持つ者もいるだろう。しかしこれは社運をかけての研究だ。我社も多くの人数と年数、莫大な研究費をかけて研究してきたが、成功しなかった。好並君がS-146を発明してくれなかったらソルボン酸の特許切れと共に我社は大幅に利益を減らすところであった。彼は我社の救いの神である。そのことを肝に銘じておいて欲しい。好並君は我社で

S−146以外の研究もしたいと言ってくれている。食品添加物についての研究だ。どんな添加物かは、私は説明を受けているが今は言わないことにする。みんな好並君に協力し、是非S−146の研究を早急に成功させて頂きたい」

会議室を出ると研究所長の清原が一樹に近づいてきた。

「後でぼくの部屋に来て下さい」

一樹は廊下で出口、藤田、吉富たちと立ち話をした後、研究所長室に清原を訪ねた。

所長室には清原と真っ白な白衣を着た若い二人の女性が立っていた。

「紹介しておこう、芝崎君と坪井君だ。二人とも関西薬科大学の出だ。うちの研究所で、一年ほど合成の経験がある。実験テクニックは問題ない。研究所内で募集したら、希望者が殺到してね。男の研究員からも、ぜひ好並君に頼んでみてくれと言うのが何人もいてね。結局、君の希望に合う人材の中から抽選で決めたのがこの二人だ」

「好並です、よろしく」

一樹は二人に頭を下げて挨拶した。二人はおかっぱ頭で明るく健康そうで溌剌としている。

「よろしくお願いいたします」

二人は両手をお腹の辺で組んで非常に丁寧にお辞儀をした。

一樹は内心《これなら十分使えるだろう》と思った。

「何かあったらこの二人に言ってくれたらいい。芝崎君、早速だが好並君のサイズを聞いて、白衣を用意してあげて下さい」

その後で清原は三人を合成化学部門に隣接している研究室に案内した。

「ここが好並君の研究室となります」

合成化学部門の隣であることは、実験をする上で非常に好都合であった。

「ここなら十分です」

清原は無言のまま三人を置いて所長室へ帰っていった。各部門長への個別の挨拶に当然清原が同行するものと思っていた一樹は、清原の自分に対する冷たさを感じた。

一樹は一人で合成化学部門の部門長である岡島に挨拶に行った。少し白髪が混じる痩身の男である。岡島は一樹に名刺を渡した。名刺には工学博士の肩書きがあった。

「一緒に頑張りましょう。まず大量のサンプルを作らなければなりませんね。我々も協力しますから」

岡島は協力的な言葉を述べたが、笑顔はなくその態度は決して一樹を歓迎するものではなかった。岡島は自分たちより先に一樹が有望な抗菌物質の合成に成功したことが面白くなかったのである。一樹は岡島の気持ちが理解できなくはなかったが、かといって良い感じはしなかった。

岡島は合成化学部門の実験室を案内した。実験室は三角フラスコやビーカーといったガラス器具やロータリーエバポレーターなどが雑然と置かれていた。

二人が実験室内を歩いているとソルボン酸事件の時、一樹に協力してくれた若い研究員が「お久しぶりです」と言いながら近づいてきた。

彼は一樹に名刺を差し出した。その名刺には《工学修士　中川正》と書いてあった。中川は岡島を無視するかのように一樹に話しかけた。

「さすが好並さんです。一年ちょっとでしかも、一人で素晴しい抗菌物質を合成された。我々も抗菌物質の合成をしていたのですが、好並さんに完全に負けました。脱帽です。この研究所のことで分からないことは何でも聞いて下さい」

「ぼくも教えて頂きたいことがたくさんありますから。よろしくお願い致します」

中川の言葉に一樹は心強くなった。

次に秋葉に挨拶するために食品添加物部門の部門長室に行った。一樹は気が重かったが、この研究を成功させるためには色々な食品での有効性を確かめる実験が必要であることから、挨拶をしないわけにはいかないと思った。秋葉は椅子に座ったまま無表情で一樹をチラと見上げて軽く顎をしゃくった。

「秋葉さん、これからは、色々お世話になりますがよろしくお願いします」

一樹は我慢して丁重に頭を下げた。

「別に君に協力するわけではない。会社の仕事としてやるだけだ」

秋葉は座ったまま一樹を見上げ突慳貪《つっけんどん》な返事をした。一樹は秋葉が協力的でないことは覚悟していたが、あまりにも失礼な応対に内心、怒りがこみ上げていた。一樹が秋葉の部屋を出ると外で白衣を着た藤田と吉富が心配そうに待っていた。

二人は一樹を社員食堂に誘った。

社員食堂の入口の壁は高級な赤御影が、食堂内の壁には白い大理石が張られていた。非常に明るい高級感が漂う食堂であった。藤田はぎこちない手つきで三人分の飲み物を運んできた。

「ありがとう」

一樹は藤田に礼を言った。

「秋葉さんはどうでしたか。好並さん、不愉快な思いをされませんでしたか？」

「ええ、まあ」

一樹は否定しなかったが、あいまいな返事をした。

「ああいう人ですから、あまり気にしないで下さい。ぼく達が頑張って食品への応用研究はしますから。ぼく達以外にも、食品添加物部門には好並さんに協力したいと言っている若手はたくさんいますから安心して下さい。若手は新製品の研究開発に腕を振るいたくて、うずうずしているんです。合成化学部門でも、若手連中は好並さんに協力的です。はっきり言いますと、若手以外は非協力的です。今度、好並さんがうちの研究所に研究室を持つというので、合成化学部門の若手はほとんどが好並さんの研究室に移りたいと希望を出して、研究所内で問題になったんですよ。まあ中川さんが煽った面もありますが」

一樹は彼の説明で研究所内部の人間関係が把握できた。

「藤田さんや吉富さんには色々ご苦労をかけると思いますがよろしく頼みます。ぼくに非協力的な人がいることは十分承知しています。万が一、あなた達と秋葉さんとの間で、何かあったらぼくに相談して下さい。あなた達に悪いようにはしませんから」

一樹は安全性研究部門の部門長である加藤に挨拶に行った。

以前、出口から、加藤は一樹に協力的であると聞いていたから、加藤に会うのは気分的に楽であった。加藤は頭に少し白いものが見える中年を過ぎた小柄で気さくな男であった。

名刺を渡しながら旧知の間柄のように一樹に話しかけた。

「好並さん、ようこそ。こちらからご挨拶に伺おうと思っていたところなんです」

加藤の名刺には《獣医師》の肩書きがついていた。

「獣医さんですか」

「ええ、出口も獣医ですよ。獣医といっても、動物を助けるんではなく、サンプルを飲ませては殺し解剖するわけですから。動物達の敵ですよ」

「つまり、加藤獣医の所へ運ばれてきた動物は、絶対に助からないわけですね」

そう言って二人は爆笑した。一樹は加藤が非常に協力的であることが分かり心強く思った。

「ぼくも、出口も化学のことはサッパリ分かりません。ネズミのことなら少しは分かります。一緒に頑張ってS−146を必ずものにしましょう」

その時、出口がやって来た。加藤は話を続けた。

「出口から聞いたと思いますが、安全性については心配ないと思います。もちろん、これから本格的な安全性の研究に取りかかります。ご存知だと思いますが、厚生労働省に食品添加物としての許可申請するには外部の研究機関で行ったデータが必要です。その前にうちで三ヵ月の亜急性毒性試験はやっておきたいのです。もちろんうちでも外部の研究機関と平行して全ての安全性試験は行います。好並さんも大変ですよ。サンプルがキログラム単位で必要になりますから。ですが、合成化学部門の中川さんたちが積極的に協力してくれますから大丈夫ですよ」

加藤は非常に乗り気で協力的であった。

一樹は心が非常に軽くなり身体中から闘志が湧き上がってきた。
＊亜急性毒性試験というのはS−146を混ぜたエサを三ヶ月間ネズミに食べさせ体重の変化や

死亡率を調べ、死亡したネズミ並びに三ヵ月生存したネズミを解剖して内蔵などの状態を検査する試験である。臓器はパラフィン（ろうそくのようなもの）で固めて薄く切り顕微鏡で観察する。

二週間後、一樹は北野製薬を訪れた。

研究室の入口の上部には黒い字で《好並研究室》と書かれた白色のプレートが掲げられている。若い研究補助員の芝崎と坪井の二人が出迎えてくれた。二十坪ほどの研究室の床は淡いグリーンのリノリウムが敷き詰められ、壁は白いクロスが張られている。南側に大きな窓があり非常に明るい。真新しいスチール製の事務机が三つ、お茶をしながらミーティングが出来るようにガラス製の円形のテーブル、真っ赤な布張りの椅子が置かれていた。黒い天板の実験台が四台設置されていた。

三人がコーヒーを飲み始めていると中川が、

「良い香りがしてますね」

と言いながら三人の若い研究員を連れて入ってきた。続いて出口、加藤、藤田、吉富たちがぞろぞろ入ってきた。

坪井が慌てて隣の合成化学部門にコーヒーカップを借りに出て行った。

吉富がやや緊張気味な口調で大きな声を上げた。

「各部門のはみ出し者が集まって、開発チームが出来ました。我々若手の力を見せ付けようではありませんか!!」

すかさず湧き上がるように拍手が起きた。すると加藤が申し訳なさそうに頭を掻きながら言った。

「若くないのが一人紛れ込んでいてどうもすいません」

一樹は加藤に対し歓迎の意を表した。

「年齢ではなく気分が若い人と吉富さんは言っているんですよ。ぼくも含めて若い者ばかりだと暴走するかもしれません。その時には加藤さんがブレーキを踏んで下さい。それにこの開発は安全性試験の結果を見ながら進めることになりますから、加藤さんが加わってくれたことは大変意義深いことです」

再び大きな拍手が起きた。

こうして一樹が合成したS-146の開発チームが自然発生的に編成されたのである。一樹は人生経験豊かな加藤が加わってくれたことを心から歓迎している。

「では早速ですが、少し打ち合わせをしておきましょうか。藤田さんと加藤さんにお聞きしたいのですが、当面S-146のサンプルはどれ位必要ですか」

「S-146は抗菌力が強いですから、食品への添加実験には当面は二百グラムもあればいいかと思います」

「安全性の研究ですが急性毒性試験に百グラム必要です。予備的な急性毒性試験の結果からこの物質は毒性が極めて低いと考えています。ということはネズミに与える量は多くなります。亜急性毒性試験を含めて必要量はキログラム単位になります」

一樹は大学の研究室で合成したS-146は数グラムにすぎないことからキログラム単位という量を聞かされ、急にそんな量が作れるのか不安になった。

ここは中川の力量にすがるしかないと、中川の顔色をうかがいながら遠慮気味に訊ねた。

「かなりの量になりますが、中川さんどうでしょうか。出来るでしょうか？」

そんな一樹の不安を吹き飛ばすように中川は一樹に向かって力強く言い放った。

「好並さん、出来る、出来ない、ではなくやるんです!! 二週間あれば何とか合成できると思います。出来なければ徹夜してでも、日曜日でもやります。ここにきている三人も合成化学部門のはみ出し連中ですが、腕は確かです。やる気満々です」

中川の力強い言葉に一樹はホッとした。

藤田が檄《げき》を飛ばした。

「いよいよ《チーム好並》が走り始めた。我社の最強チームだ。頑張ろうぜ!!」

研究室は血気盛んな若手研究員のエネルギーで盛り上がっている。

一樹は「ちょっと失礼します」と言って外に出た。一樹は社長に携帯で経過を報告した。すぐに社長が研究室に入ってきた。

社長は立ったままゆっくりと全員を見渡している。

「各部門の血の気の多そうなのが集まっているな。おやおや、加藤も加わったのか。これはもう青年将校によるクーデターだな。本来なら上司を無視して勝手な行動をしたのだから処罰ものだ。しかし今我社にとって大事なのは、やる気だ、積極性だ。私の本音を言わせて貰う。涙が出そうなぐらい嬉しい。諸君の真の愛社精神と情熱に感激している。良い社員に囲まれて大変幸せな気分だ。失敗を恐れず思う存分やってくれ。上手くいったら諸君の手柄だ。もし失敗したら責任は私が取る。この開発が成功したら必ず君たちの働きに報いたい。特別昇給も考えるし、特別ボーナスも約束しよう。ポストも考えよう。本当にありがとう」

社長は高揚感に溢れ、顔面は紅潮している。

これが我々の返事だと言わんばかりに全員が大きな拍手を社長に送った。社長の思わぬ激励に全員の士気はよりいっそう高まった。心の底につかえていたものが取れたのである。

研究所長や各部門長に反旗を翻すようにして集まっていたので、内心厳しい処分を受けることを心配していたのである。


中川ら三人は次の日から早速、S-146の大量合成に取りかかった。

数日後、中川が百グラムのサンプルが出来たことを出口に伝えると、早速サンプルを取りにやって来た。出口は表彰状を受け取るように両手で恭しくサンプルを中川から受け取った。いよいよ、S-146の本格的な開発研究が始まった瞬間である。

出口は全員に伝えた。

「正式な急性毒性試験をやります。平行して変異原性試験と染色体異常試験を行います。それとデンプン、タンパク質存在下での抗菌力試験を行います」

＊染色体異常試験というのは培養液に化学物質を加えて動物の細胞を培養し、増殖した細胞を顕微鏡で観察し、染色体に異常が発生しているかどうかを調べる試験である。染色体に異常を発生させる化学物質は発ガン性や奇形児が誕生する可能性が高い。染色体に異常を発生させる結果が出ると、食品添加物としての開発はその時点で打ち切りとなる。

＊抗菌力はデンプンやタンパク質が共存すると低下することがある。その場合使用出来る食品が限定されるため商品としての価値が低下する。

中川は出口の言葉が気になって一樹に質問した。

「変異原性試験、染色体異常試験、デンプンやタンパク質の影響は大丈夫でしょうか？」

「簡単な変異原性試験をすでに出口さんが行っています。その結果では大丈夫でした。変異原性が認められない物質であれば、染色体に異常を示すことはまずありません。デンプンやタンパク質の抗菌力に与える影響はまずないと思います。その点を十分考慮して分子構造を考えましたから。ぼくは自信を持っています」

一樹の答に中川は大きく頷いた。

「そこまで考えて分子構造をデザインされたのですか。さすがですね。うちの部門長の岡島からは、そんな指導は全くありませんでした。まあ、彼にそんな能力はないんですけど。単に思いつきであれを合成しろ、これを合成してみろというだけです。まるで闇夜に矢を射るようなもの。当然の結果として全部〝はずれ〟でしたが」

中川はしきりに感心していた。

「なぜ、ぼく達が好並さんに従っているか分かりますか？」

「愛社精神でしょう。良いものを開発して、会社が更に発展することを望んでいるからでしょう」

一樹はなぜか分からなかったので無難な答えを返した。

「まあそれもありますが。無能な上司に飽き飽きしているからですよ。織田信長には彼より年配の武将が積極的に従ったでしょう。信長の力についていったのですね。我々も同じですよ。それに、好並さんがいい所のお坊ちゃんでないことを知り、みんな親しみを感じているからですよ」

一樹はそういうことかと思った。しかし、いずれ研究所長や秋葉、岡島との確執が表面化することは避けられないかもしれないと思った。

一週間後、出口が加藤と一緒に一樹の研究室にやって来た。

「いい結果ですよ。変異原性は全く認められませんでした。染色体異常試験の結果も大丈夫でした。またデンプンやタンパク質で抗菌力が低下することもありませんでした。S-146は想像以上に有望ですよ」

一樹は加藤、出口と喜びの握手をした。

「芝崎さん、中川さんや吉富さん達を呼んで下さい」

すぐに《チーム好並》のメンバーが揃った。出口は安全性試験の結果をメンバーに説明した。

全員が拍手して喜んだ。藤田は高揚した口調でややはしゃぎながら報告した。

「デンプンやタンパク質で抗菌力が低下しないことは食品に使用する場合非常に大きな利点だ。腐りやすい食品、全部に使えることになる。えらいことになった。かまぼこやハム、ソーセージからパン、うどん、お惣菜まで応用範囲が広い。ジュースについても試験せにゃならん。試験をするのが大変だ」

中川は藤田の肩を叩きながら上機嫌で言った。

「藤田さんのほうもサンプルが足らなくなるだろう。早めに言ってくれよ。合成も大変なんだから」

頃合いを見て加藤が一樹に勧めた。

「社長に一応報告しておいたほうがよいのでは」

一樹が社長室に電話すると社長は在室していた。全員で社長室に押しかけた。

社長は報告を聞いて席から立ち上がるとみんなのほうに歩み寄り全員に握手を求めた。

「しかし、えらいことになったなあ。S-146の研究開発には十億を予定しているが、それとは別にS-146の合成工場を建設しなければならん。隣の会社が売りに出ているから買い取って、工場を建設することも考えているんだが、五十億の投資になる。君達も大変だろうが私も大変だ」

そう言いながらもやる気満々であった。

メンバーが社長室を出ようとした時、「これを持っていきや」と言ってもらい物と思われる未開封の上等そうな和菓子の箱を一樹に渡した。

社長室を出た所で中川が誰に言うともなく呟いた。

「社長って意外といい人だったんですね。今まで直に話したことがなかったから。よく気がつく人だったんですね」

加藤は三ヶ月間、毎日S-146をエサに混ぜてラット（実験用のネズミの一種。白い色をしている）に投与する実験にかかった。亜急性毒性試験である。

エサは円柱状の固形である。これからエサを作ったり、ラットを発注したりするので実際にラットに投与するのは正月明けになる。

藤田たちはS-146をカマボコに添加し、カマボコの「足」に対する影響や、味などを検討した。

＊カマボコの「足」というのはカマボコの弾力のことである。

一樹はブルーの作業衣にマスクを着用し、白い長靴姿で研究所内の食品製造室で行われるカマボコの製造に立ち会った。スケソウタラの冷凍すり身と調味料、食塩、氷、S-146を加えて、スクリュー状の刃が回転するカッターで混合した後、擂潰機《らいかいき》で更によく混ぜると白い粘りのあるペースト状のものが出来た。作業衣にマスク、白い長靴姿の藤田と吉富は器用にカマボコ板にそのペースト状のすり身をカマボコ状に盛っていた。

藤田が勧めるので、一樹もカマボコ板にすり身を盛ってみたが、とてもカマボコといえそうな形にはならなかった。それを見ていた吉富と藤田は愉快そうに笑った。

「天才の好並さんでも、出来ないことがあるんですね。実はぼく達も最初は上手にできなかったんですよ。大分、練習しましたからね。でもまだカマボコ屋さんの職人さんには到底及びませんが」

それから大きな蒸し器で三十分ほど蒸すと、かまぼこが出来上がった。

吉富は一樹にまだ熱く湯気が立っているカマボコを勧めた。

「好並さん食べてみませんか」

「出来立てのカマボコを食べるなんて生まれて初めてですよ」

一樹は興味深そうに熱々のカマボコを口に運んだ。

「結構美味しいじゃありませんか。弾力もありますし」

一緒に食べていた藤田と吉富もお互いに顔を見合わせながら満足げである。

「味や足に異常はないようですね、いいんじゃないの」

「このカマボコをどうするんですか」一樹は質問した。

「味、風味、足などについて官能検査をします。統計学的な処理をしてデータを出します。それと保存試験をします。保存試験中は、定期的に菌数、味、風味、足、色などを調べます。S-146は胞子にも有効なんです。これは大きな利点ですよ。これからが本番ですよ」

「藤田さんたちは大変ですね。職人芸から食品化学までですから。「食」プラス「人」の食人ですね。正に食業人ですね」

「好並さん、うまいことをおっしゃる。食業人ですか。よい言葉ですね」

三人は心の底から愉快そうに笑った。

＊胞子というのは普通の植物にたとえるならば、種に相当するもののこと。カビやある種の細菌は植物の種に相当する胞子を作る。胞子は加熱に強く、カマボコを作る時の蒸す程度の熱では死滅しない性質がある。空気中にいっぱい浮遊している。

吉富たちは水産練り製品に続いてソーセージ、ハムの実験を行った。

製菓の実験室では女子研究員がS-146を添加したパン、ケーキ、カステラなどを作っていた。

その隣の実験室では、うどんやお惣菜の実験が行われている。まさに食品添加物部門を挙げての大仕事である。

秋葉はあまり姿を見せなかった。藤田と吉富が全てを取り仕切っていた。一樹は藤田と吉富の実務能力の高さを初めて知った。女子研究員、研究補助員の使い方にも慣れていた。

二人は想像していた以上に仕事が出来る人物であることが分かり一樹は心強く思った。そんなある日、一樹はミーティング用のテーブルで朝のコーヒーを飲みながら芝崎と坪井に話かけた。

「ボツボツ次の研究にかかりましょうか」

そして二人に化学構造式と合成方法を書いた実験計画書を渡した。

「ゆっくりでいいですよ。急ぐことはないから。のんびりやってくれたらいいんですよ」

一樹が渡した実験計画書の内容はたいしたものではなかった。いくつかの無駄な物質を合成させてから、頃合いをみて一樹が既に見つけてある甘味物質を合成させる作戦である。

だからのんびりやってくれてもよいのである。二人はそんなことは知らないので一樹の、《のんびりやってくれたらいい》という言葉を聞いて不思議に思った。

二人は一樹が天才的な頭脳の持ち主であることを知っており、研究には当然厳しい態度で臨むことを覚悟していたのである。

芝崎は実験計画書に目を通した後、コーヒーカップをテーブルに置いて遠慮気味に訊ねた。

「どんな作用があるものを目標にしておられるのですか」

「甘味料ですよ。砂糖と同じような甘味を持ち、加熱に強く、水によく溶ける新甘味料です。砂糖の二百から三百倍ぐらい甘い物質です。安全性の高い物質でなければなりませんが」

二人はいくら一樹が優秀であっても、そんな夢みたいな物質が二人や三人で出来るとは全く思わなかった。しかし、そんなことを口にはしなかった。

「ただこのことは社長にしか話していませんので、絶対に口外しないで下さい。お二人は実際に、合成するわけですから目的が分からなくては、やる気も出ないと思いお話したわけです。社長にも口止めしてあります。大体一年を予定しているんですが」

「甘味料ですか」

二人は驚いた。

「そうですよ。保存料と思っていたのですか。この会社に当分、保存料は必要ないでしょう。甘味料については、これからじっくり考えますが、案がないわけではありません」

「分かりました。うちの会社には甘味料がありません。今売っている甘味料は全部よその会社から仕入れたものばかりです。それに砂糖と同じような甘さの甘味料が開発できたら画期的でしょうね。現在ありませんから。そんな画期的な研究に、かかわれるなんてラッキー」

二人は一樹が良い案を持っていることを知り安心したのか高揚した口調である。

「やはり好並室長は研究所長や部門長の岡島さんとは全然違うわ。指導者が大切ね。夢を抱きながら、仕事をさせてもらえるのは初めてだもの。どうしたら好並さんのようになれるのかしら?」

二人はあこがれのスターを見るように一樹を見つめた。

「貧乏な家庭に育ったからですよ。それだけです」

一樹は淡々と答えた。

「年内に必要な器具や試薬をそろえて、実際の合成は正月明けからにしましょうか」

二人はメチャメチャ忙しいことを覚悟していたので、《ゆっくり、のんびりやればよい》という一樹の言葉で随分気が楽になった。

しかし、かえって心の中では闘志が燃え上がっていた。

会社が年末年始の休暇に入る前の日に、一樹は加藤の研究室を訪ねた。

「年が明けてからでいいのですが皮膚刺激性試験、粘膜刺激性試験をお願いできないでしょうか」

「分かりました。ラットとウサギでやりましょう。粘膜に対する影響は心配することはないと思いますが。理由を聞かせてもらってもいいですか?」

「S-146を化粧品の防腐剤にも応用してはどうかと考えているんですが」

「それはいい考えだと思いますよ。食品に使用するものを化粧品に使用すれば消費者も安心しますね。やりましょう」

加藤は快諾した。

正月が明けると一樹は、S-146の工業的合成方法の研究を開始した。工場で大量にしかも安く合成するには色々検討する必要がある。一樹は中川を研究室に招き打ち合わせをしている。

「S-146の工業的合成方法に関する研究をお願いできないでしょうか。ぼくの方法は、あくまでも小さなフラスコ内で合成する方法に過ぎません。工学部出身でこの会社で色々な物質を工業的に合成する研究をされてきた中川さんに ぜひお願いしたいのですが。いくつかの合成方法が見つかれば特許を出しましょう。そして、学術論文にして海外の一流の学会誌に発表しましょう。もちろん中川さんを論文の筆頭者にして発表するんですよ。上手くいけば博士論文にもなりますから」

中川は当然のことと緊張感なく聞いていたが、一樹の最後の言葉には敏感に反応した。

「え！　ぼくの名前で発表できるんですか。好並さんは、ぼくに博士号を取らせてくれるんですか。でも英文で論文を書くとなると・・・」

中川は驚いたようであった。

中川はかねてより工学博士の学位を取得することを望んでいたが、なかなかよい研究テーマに恵まれなかった。民間企業の場合、大学と異なり実用化できる研究しか行えないのが実情である。実用化できる研究は滅多にない上、チームで研究することが多いから、個人の業績になりにくく、学位論文に結びつかないことが多い。

中川は俄然《がぜん》元気が出てきたのか、褒美を貰う時の子供のように喜んでいる。

「やります。いや、ぜひやらせて下さい。実はS-146のサンプルを作るのが済んだら、ぼく達はどうなるんだろうかと心配していたんです」

「工業的合成方法の研究は中川さんも十分ご存知のように、無限に広がる大海で少しでも大きな魚を捕まえるようなものです。延々と終わりなき研究になります」

「よかった。もう岡島さんの下には戻りたくありませんから」

「論文のほうは日本語で書いてくれれば、ぼくが英文に翻訳しますよ。それぐらいのお手伝いはさせて下さい」

「好並さんにくっついてよかった。清原さんや岡島さんとは全く違う。やる気を出させてくれる。夢を与えてくれる。夢があれば、ぼく達は霞を食べながらでも頑張れるんです」

中川は目を輝かせ、まるで中学生のように喜んでいる。

三月の初め頃、加藤からS-146の皮膚刺激性試験と粘膜刺激性試験の報告があった。いずれも問題なかった。次の日の朝、一樹は研究室で坪井が入れてくれたコーヒーを三人で飲みながら二人に話を持ちかけた。

「S-146を化粧品の防腐剤にも使いたいと考えている。そのためには色々な化粧品を試作してS-146を加えて保存効果を調べる必要があります。二人でやってもらえませんか。今やっている合成は一時ストップしても構いません」

「化粧品など作ったことがありませんが」

二人は少し戸惑っている。

「ぼくも化粧品を作ったことはないんですが、簡単に作れそうですよ」

そう言いながら二人に化粧品の作り方を書いてある本を渡した。二人はその本を見ながら、快く引き受けた。

「ホモゲナイザーさえ買えば、簡単に作れそうですね。やって見ましょうか」

二人は自分達が毎日使用している関係から化粧品に興味を抱いた。

「お二人は薬科大学の出身ですから、菌についての基礎知識はあると思うんです。実際の菌の扱い方などは、出口さんに教えてもらって下さい」

S-146は色々な化粧品に対し、十分満足できる保存効果を示した。一樹は二人を連れてそのことを社長に報告に行った。化粧品への応用について社長は全く考えていなかった。

S-146の予想外の利用方法を知り社長は大喜びである。

「化粧品か。いい点に気がついたな。良い仕事をしてくれた。大きな業績だ。ありがとう。これでまた売り上げ予測が狂った」

「この二人が頑張ってくれましたから出来たんです。この二人は非常に有能です。色々なことをやってくれます。責任感が強くとても信頼できます。仕事もきっちりしています」

一樹は二人を社長の前で褒め称えた。

二人は緊張した面持ちで微動だにせず社長の前に立っている。

「そうか、研究補助員から研究員に昇格してもらおうか。普通ならまだだめなんだが。やる気のある有能な人物で会社の利益になる業績を上げたんだ。前例にこだわることはない」

「そうして頂ければ二人とも、益々やる気が出るでしょう。ぜひお願いします」

社長室を出た所で二人は手を取り合って跳び上がりながら喜こんでいる。

「室長ありがとう。研究員に昇格するとお給料が上がるの。それに研究員手当てがつくの。それ以上に私たちのことを認めてもらえたのが嬉しいわ。室長が社長にお願いしてくれていたんですか?」

「実はそうなんです。お二人は色々な実験ができる非常に有能な方です。社長に進言しておいたんです。他の人達に喝を入れる意味も少しありますが」

一樹が研究室で特許出願の原稿をパソコンに向かって作成している時、加藤と出口が沈んだ表情で入ってきた。一樹は瞬間的に動物実験で何かよくない事態が起きたと感じた。

一樹は三角フラスコで薬品を混ぜている坪井と芝崎に席をはずすように言って、加藤と出口に椅子を勧めた。椅子に座っても加藤が話しにくそうにしているのを感じ加藤が話しやすいように水を向けた。

「何かよくないことが起きたのですね」

加藤は重たい口を開いた。

「実は想定外のことが起きまして。S-146を毎日ラットに食べさせていると二週間ぐらい経過したら、ラットの足が麻痺してくるんです。歩行困難なラットも出てきています」

「神経症状ですか?」

「そうだと思います」

一樹は脳天を打ち砕かれたような衝撃を受けた。目の前が真っ暗になった。S-146の開発は中止になってしまう!! 出口はことの重大さから下を向いたままで一言も発しなかった。

一樹はそんなことはないだろう。何かの間違いではないかと思った。今ここで自分がうろたえていてはいけない。しっかりせねばと自分に言い聞かせた。

一樹は芝崎たちを呼んだ。

「亜急性毒性試験用に渡したサンプルのデータを見せてもらえませんか」

一樹はS-146の赤外線吸収スペクトルを慎重に見た。赤外線吸収スペクトルは確かにS-146そのものである。一樹はさらに、そのスペクトルを食い入るように見つめている。四人は一口も発せず心配そうに一樹を見つめている。

「芝崎さん、このスペクトルをよく見て下さい」

そう言いながら芝崎と坪井に赤外線吸収スペクトルの図を見せた。

「いつものと変わりはありませんが？」

二人は不思議がった。

「いや違います。よく見て下さい。スペクトルの線がスムーズでない所が何箇所もあるでしょう。ショルダー（肩のような形）になっている所があるでしょう」

「ええ、そういわれてみればそうですが。それが何か？」

二人は一樹が言っている意味が理解できなかった。

「インピュリティー（不純物）です！」

「え！　不純物が含まれているんですか！」

「そうです。この赤外線吸収スペクトルのサンプルは不純物を含んでいますね。それもかなりの量です。高純度のサンプルではこのようなショルダーは出来ません。スペクトルを描く線はスムーズです」

「そうなんですか。全然知りませんでした」

「加藤さんもう一度、チャンスを頂けませんか。亜急性毒性試験用に渡したサンプルはかなりの不純物を含んでいるようです。急いで不純物を含まない高純度のサンプルを作りますから、それで試験をやり直して頂けませんか」

加藤と出口の顔から暗さが消えた。

「安心しました。S-146の開発が終わりになるんではないかと、とても心配していたんです。ラットの異常の原因が不純物だったらいいですね。そう願っていますよ」

加藤はホッとした様子であった。

「このことは口外しないで頂けますか」

一樹は加藤が出ていった後、すぐに芝崎たちにHPLC（高速液体クロマト）の準備を頼んだ。

一樹は自分でHPLCを操作し加藤に渡したサンプルについて分析した。HPLCのチャート（図のこと）は単一のピークを示していた。ピークが単一であるということは物質が一つしか存在していないことを意味するのである。つまり不純物は含まれていないことを意味する。一樹はそのチャートを拡大して見た。すると、かすかにチャートのピークを描く線がスムーズでないことに気がついた。ピークにショルダーが認められたのである。不純物を含まないサンプルであれば、ピークはスムーズな曲線を描くのである。

それを見て芝崎が言った。

「あら不純物かしら？　いつもはスムーズなピークだったのに。拡大まではして見なかったけれど」

二人は責任を感じて相当落ち込んでいる。そんな二人の様子を見て一樹は責任を自分に転嫁した。

「いや、その都度ぼくがしっかりデータを見ておけばよかったんだ」

一樹はHPLCに流す溶媒を変えて分析した。その結果、二つのピークが出現した。明らかに不純部が含まれていたことが証明されたのである。

「正確にはいえませんが、不純物は約十％ぐらいでしょうね。これからはこの方法で分析して下さい」

「さすがですね。室長。普通ならS-146は終わっていたでしょうね。機器分析にも詳しいですね。分析にもよく慣れていらっしゃる」

二人はしきりに感心している。

「アモルファスは怖いですね。結晶化しませんから。再結晶法で精製できないですからね。アモルファスの弱点ですね。クリスタル（結晶）ならこんな問題はなかったでしょう」

と一樹は二人に話した。一樹は二人に頼んだ。

「このことは内緒にしておいて欲しい」

問題の不純物は合成のたびごとに、出来ることも出来ないこともあった。不純物が出来た場合には、エチルアルコールとノルマルヘキサンの混合溶媒で洗浄すると除去することが分かった。

一樹はとにかく、S-146について色々なデータを集め特許を申請し、さらに厚生労働省に食品添加物としての許可を得るべく申請することを急いでいたのである。それは、何が何でもソルボン酸の特許が切れる前に、S-146を開発し売り出す必要があったからである。

一樹は不純物について真剣に考えなかった。それより不純物を含まない高純度のサンプルを使用した場合の亜急性毒性試験の結果が気がかりであった。このことが後で悲惨な結果を招くことになるとは想像すら出来なかった。いや想像するゆとりがなかったというのが正しいかもしれない。

再試験を始めてから一樹は落ち着かなかった。毎日ラットが無事でいてくれることを願った。もし高純度のサンプルでもラットに異常が出ればこの研究は終わりである。二週間過ぎた日、加藤がニコニコしながら一樹の研究室にやって来た。その表情を見て一樹はホッと胸をなでおろした。

「今回は大丈夫のようですよ。一匹たりとも異常は示していませんから。安心して下さって構いません」

「ありがとう。ホッとしました。加藤さんには手間を取らせました」

二人をねぎらい一樹は自分でコーヒーを入れ加藤と出口に勧めた。

「今日のコーヒーは格別美味いですね」

出口も喜んでいた。

「室長よかったですね」

芝崎と坪井は全身で喜びを表しながらはしゃいでいる。

「もし好並室長でなかったらS-146はお陀仏になっていましたね。ピンチを見事に切り抜けられました。感心しました。出口からすごい人だとは聞いていましたが、実際にすごさを見させてもらいました」

加藤はにこやかな表情で心の底から一樹を褒め称えた。その様子は年が離れた兄が弟を優しく見守っているようであった。

「いやあ、再試験を快く引き受けてくれた加藤さんのおかげですよ。本当にありがとうございました。出口さんにも大変お手数をおかけしました」

一樹は心配がすっかり消え去り、晴れ晴れとした気分をゆっくり味わった。

加藤は三ヵ月の投与が終わったラットを全て解剖し、肝臓、肺、心臓、膀胱など全ての臓器について病理標本を作り、顕微鏡で観察した。その結果を一樹に報告しに来た。

「三ヵ月間投与した結果、体重の増加、エサの食べ方、ラットの外見的観察において全く異常はありませんでした。また全てのラットの臓器について病理組織学的検討を行いましたが、異常は全く認められませんでした。あの時はS-146はダメだと思いました。でもこれからが本番です。

急いで慢性毒性試験に取りかからなければなりません。更に催奇形性試験なども必要です。厚生労働省に申請するには、外部の研究機関に依頼して試験をする必要があります。もちろん我社でも並行して行いますが。これから莫大な研究費がかかるんですよ。多量のサンプルが必要になりますよ。しかも高純度のサンプルが。中川さんたちは大変ですよ」

「どれくらいかかるんですか」

「毒性試験だけで十億円近くかかります。ですからこの結果は早急に社長に報告しなければなりません。社長も、今か今かと首を長くして待っておられると思いますから。おそらく社長は《すぐに慢性毒性試験にかかれ》と言いますよ」

一樹は毒性試験にかかる費用の多さに驚いた。

山本教授の研究室の年間研究費は五千万円ぐらいである。

「そんなにかかるんですか」

一樹は責任の重さを痛感した。

＊慢性毒性試験（長期毒性試験ともいう）とはラットなどに、被験物質（ここではS-146）を混ぜたエサを二年間食べさせる試験のことである。

＊催奇形成試験というのは妊娠しているラットなどに被験物質（ここではS-146）を混ぜたエサを食べさせ、その動物の器官の状態や奇形児が誕生するか否かを調べる試験のことである。添加物はこのようにして色々と安全性を調べるのである。

しかしながら医薬品と異なり人体での検討は不要なのである。

三人は社長室に報告に行った。

「そうか。一安心だ。加藤君、慢性毒性のほうは大丈夫だろうね」

「絶対とまでは言えませんが、私の経験から九分九厘大丈夫です」

「金のほうは清水の舞台から飛び降りる覚悟で何とかする。いやこれは冗談だ。いまの北野製薬にとっては経営に影響するような金額ではない。それより急いでくれ。何がなんでも、ソルボン酸の特許が切れるまでには売り出したい。そのことが重要だ」

「では早急に外部に毒性試験を依頼します」

「ああそうしてくれ」

後は、外部機関の研究結果を待つだけであった。全ての結果が出揃うのは早くても三年ぐらい先のことである。

特許出願に当たって一樹は、S-146が安息香酸誘導体であることから、S-146を「アロマチン」と命名した。安息香酸を英語でアロマチック・アシドということに因んだのである。

一樹は芝崎たちに二十種類の新規物質の合成を頼んだ。その中には既に一樹が甘味を有することを発見している物質が含まれている。

山本教授の勧めもあり、一樹は東京の大学を会場に開催されている全国食品工業学会で研究の一部を口頭発表した。

講演要旨集を読んでアロマチンに関心を示した食品会社の研究員、開発担当者、添加物メーカーの研究員、大学の研究者などで、階段状に座席が並んでいるうす暗い会場は満員状態あった。会場内は熱気でむんむんしていた。

一樹は大きなスクリーンに映し出されたデータをレーザーポインターで指しながらよく通る声で講演した。

一樹の発表は大きな反響を呼んだ。特に安全性についてはかなりの質問が出た。大手ハム会社の研究員が穏やかな口調で質問した。

「安全性はどこまで調べられているのですか？」

「変異原性、染色体異常、亜急性毒性試験では異常は認められていません」

一樹はよく通る声ではっきり答弁した。

ある大手食品会社の研究所長から質問された。

「我社の製品で有効性についてテストをしてみたいのですが、いつ頃発売になるのでしょうか？」

さすがの一樹も一瞬答弁に窮した。

その研究所長は、

「北野製薬さんの経営トップの判断もあるでしょうから、無理に答えて頂かなくても結構ですよ」

と優しく助け舟を出してくれた。一樹はホッとした。

一樹の発表が終わるとかなりの人が出ていってしまい、会場の熱気は消えてしまった。

一樹が会場から出ると食品会社の開発担当者が何人も一樹に近づいて来て名刺を渡しながら頼み込んできた。

「うちの食品で効果を検討してみたいので、サンプルを少し頂けないでしょうか？」

「ぼくはまだ大学に席がある身ですから即答は致しかねます。帰って会社の幹部の方に相談してからご返事いたします。なるべくご希望に添えるように頑張ってみます」

そう言いながら一樹は深々と頭を下げた。これらの会社はアロマチンが発売された時、お得意さんになってくれることが期待されるからである。

一樹には反響の大きさで興奮した余韻がまだ残っていた。

一樹は単なる研究と異なり、実用化される研究の面白さを実感したのである。

七　甘い話

大学院二回生の夏に一樹は既に薬学博士と農学博士の学位を取得するために必要な論文が書けるだけの十分なデータを得ていた。後はこれらのデータを元に学会誌に何本かの論文を投稿し、その後に二つの学位論文を作成すればよいだけになっていた。

いくら急いでも、学位は大学院修了（五回生で修了）の時にしか取得できないので学位論文はあと三年ぐらいかけてのんびり書けばよいのである。

一樹は大学の研究室で学会誌に投稿する論文の作成に取りかかった。時間は十分ありかなり暇であったが、一樹は次の研究には着手しなかった。そのうち芝崎たちに合成させている化合物の中から新甘味料が発見されることが分かっているからである。

久し振りに薬学部の芝生の上をのんびり散歩してみた。

一樹は初めてゆとりの時間を味わっていた。考えてみれば常に何かに追いかけられているような人生であった。何もする必要がない時間を過ごすことが一樹には非常に贅沢にもまた優雅にも感じられた。

大学のキャンパスの緑が目に浸み込んだ。久しぶりに太陽を見た。真夏の太陽はとても眩しかったが心地よく感じられた。それまで忙しくて天空に太陽が存在していることを意識したことがなかった。

次の日、一樹が北野製薬の自分の研究室に入ると、チーム好並のメンバーがテーブルを囲んでコーヒーを飲んでいる。

一樹の姿を見ると全員が立ち上がって大きな拍手で出迎えてくれた。

加藤が「室長もコーヒーをどうぞ」と言って一樹にコーヒーを勧めた。一樹は自分より、かなり年上の加藤が危なっかしい手つきでコーヒーを運んできてくれたので、「恐縮です。もったいなくて喉が腫れそうです」と冗談を言いながらコーヒーを口にした。他のメンバーは一樹がコーヒーを飲むのをニヤニヤしながら見つめている。

一樹は不思議に思い怪訝そうに訊ねた。

「ぼくの顔に何かついていますか?」

藤田がニヤニヤしながら訊ねた。

「今日のコーヒーの味はどうですか?」

「加藤さんが入れてくれたのですよ。美味しいとしか言えないでしょう。正直なところ普通ですが」

「そう、普通でしょう。普通でいいんですよ。いや普通であることが素晴しいんです。きょうのコーヒーには新しい甘味料が入っているんですよ。砂糖と全く変わらないでしょう」

一樹は新甘味料が合成されたことを知った。

「そうだったんですか。全然分かりませんでした」

一樹はそろそろ新甘味料が合成される頃だと予測していたがとぼけている。

「昨日、ここへ来たら坪井さんたちが狐につままれたような顔をしているので、しつこく聞いてみたら、とんでもない発見をしたのではないかと言うので、メンバーに味見してもらったんです。とんでもない発見でした」

「実は芝崎さんたちには新しい甘味料の合成をしてもらっていたんです。ちょっと閃《ひらめ》いたことがあったもんですから」

吉富が興奮状態で訊ねた。

「社長は知っておられるんですか？」

「甘味料の研究は、大学での研究テーマとは異質なものです。新甘味料の研究をするために社長に頼んでこの研究室を作って頂いたんです。ですから社長はここで、新しい甘味料の合成を行っていることは知っておられます」

「ではこの結果を社長に報告したらどうでしょう」

「もう少し後にしましょう。まずは甘味の質、甘味倍数を調べ、変異原性試験、急性毒性試験を行ってからにしましょう。みなさん協力して下さい。中川さん百グラムほどサンプルを合成して頂けませんか」

そう言いながら中川のほうを見やった。中川は目を輝かせながら快くサンプルの合成を引き受けてくれた。

「実に素晴しいことです。やはり好並さんは天才ですね。いや天才を超えています。もしぼくが百名の研究員でチームを作って研究したとしても定年までに完成しないかもしれません。チーム好並は最強のチームです。サンプルの合成は任せて下さい。徹夜してでも必ず作りますから。もしこの甘味料の開発に成功したら、アロマチンと両方でこの会社は大発展する。全て偉大な指揮官のおかげだ」中川は興奮気味である。中川はさらに言葉を続けた。

「新甘味料を拝ませてもらいました。一グラムほどでしたが真っ白なアモルファスでした。アモルファス第二弾の誕生ですね。見た感じではアロマチンと同じでした。おめでたいことです」

全員が退室した後で、芝崎は両手を前で組み、姿勢を正してしきりに感心しながら一樹に話しかけた。

「私達のような人間がこのような画期的な新甘味料を合成するなんて。今でも信じられない気持ちです。二人で言っていましたの。このチームに入れて本当によかったと。でもよく甘味料の分子構造のデザインを考えられましたね。私達は室長から甘味料の研究を命じられた時、室長は簡単そうに言われましたけれど、二人では定年まで研究しても成功しないんではと思っていました。好並室長は自信があったんですね。さすがです」

一樹は二人の貢献に心から感謝している。

「もし一年以内に新甘味料が見つからなかったら、ぼくはこの会社を辞める覚悟でした。この甘味料については、たまたま閃きがあったのですよ。自信もありました。ですから、あなた達にがむしゃらに必死でやって下さい、とは言わなかったはずですが。あなた達に期待していたのは正確で間違いのない実験です。お二人は期待していたとおり大変良い仕事をしてくれました。お二人が努力してくれたから成功したのです。大変感謝しています」

芝崎は少し下を向いて呟くように言った。

「ここの研究員は全員旧帝大系大学の大学院出身者ばかりですから、私たち私立の出身者は肩身が狭い思いをしていました」

「ちょっと、ここは民間会社の研究所ですよ。出身大学なんて関係ないじゃありませんか。実際に役立つ研究をしたかどうかが重要なんではないですか。今までそうしなかったから、この研究所はダメになったんじゃあないですか」

一樹は二人の目を見ながら力を込めて言った。

「たしかにそう言われると」

二人は納得した。

「私達、益々やる気が出てきたわ。私達の指揮官に感謝しています」

「甘味料の赤外線スペクトルを見せてくれませんか」

一樹は赤外線スペクトルを真剣に調べた。各ピークの帰属から一樹が考えていた物質に間違いはなかった。また不純物はなく高純度であった。

「物は間違いなく予定していた物質です。それに純度も高そうですね。ですが一応HPLC（高速液体クロマトグラフ）で単一ピークかどうか調べて下さい。その後でNMR（核磁気共鳴）も取っておいて下さい。元素分析もお願いします」

赤外線吸収スペクトルは分子からの手紙である。物質の各部分の作り方が読み取れるのであるが、かなりの経験と読み取るための知識が必要である。

数日後、一樹はチーム好並のメンバーを集めた。

好並研究室には椅子が少なく、座ることが出来ないメンバーは事務机や実験台の間に立ったままであった。

加藤は数枚のデータを配り、新甘味材の安全性には問題がないことを報告した。

「今アロマチンの長期毒性試験をしている真っ最中。えらいことになった。毒性試験を二本も抱え込むなんて、ぼくの人生で初めての経験です」

次に藤田が時折メモに目をやりながら噛み締めるようにゆっくりとした口調で報告した。

「甘味倍数は砂糖の五百倍です。甘味の質は砂糖と全く同じです。みなさんもよくご存知と思いますが、人間は砂糖の甘味が一番良いと感じるんです。現在売られている甘味料と比較して、質的に最も優れていると断言できます。加熱にも極めて安定です。かまぼこに添加した実験を行いましたが、着色などの現象はありませんでした。素晴しい新甘味料だと思います。世界中で最も優れた甘味料だと断言できます。秋葉部門長は、蛇に睨まれたガマガエルみたいにブスッとして苦そうな顔をしていましたが」

そういって藤田はニヤリとした。それを聞いてメンバーは大笑いをしている。

中川がニヤニヤしながら茶化した。

「おいおい、一言多かったな。しかし、とうとう、藤田さんの本音が出たな」

加藤が一樹にアドバイスした。

「ここまで安全性、食品での有効性が分かったのですから、そろそろ社長に報告したほうがよろしいでしょう」

一樹は軽く頷き社長に電話した。

「好並ですが。コーヒーを入れさせて頂きますから、ご足労願えますか」

社長は研究室に入るとにこやかな表情でメンバーを見渡した。

「おお、元気のいいのが集まっているな」

加藤が立ち上がり、自分が座っていた椅子を社長に勧めた。社長が座るとすぐに一樹は社長の前にコーヒーを置いた。中川が真顔で社長に話した。

「社長とんでもないことが起きまして」

「各部門をはみ出した青年将校がクーデターでも起こして、失敗したとでも言うのか」

社長はメンバーが全員笑顔で楽しそうな表情をしていることから良い話であることは十分察知していた。一樹は新甘味料について説明した。社長の顔が急に真剣になった。

「ちょっと信じられんことを聞いた。新しい甘味料が出来たということか。この間、研究を始めたばかりではないか。本当か？」

社長はキツネに騙されたような表情で一樹のほうを見た。一樹が訊ねた。

「社長、今飲まれているコーヒーの味はいかがですか」

「好並君が入れてくれたんだろう。不味いとは言えないだろう。でも正直なところ普通だが」

「そのコーヒーには砂糖の代わりに、新甘味料が入っているんです。安心して下さい。安全性は加藤さんのほうで確認済みですから」

「そうか、そういうことか。これを飲ますために私を呼んだのか」

社長はさらにコーヒーを飲み一呼吸して誰とも指定せずに頼んだ。

「この新甘味料を水に溶かしたものを用意してくれないか」

すぐに坪井が、

「用意できています。どうぞ」

と言って二つのグラスを社長の前に置いた。

「砂糖水と新甘味料です」

坪井はどのグラスに何が入っているかは言わなかった。社長は二つのグラスの味を比べた。何回も二つを比較してからみんなのほうを向いて言った。

「どちらが砂糖で、どちらが新甘味料か私には分からん」

吉富が社長に説明した。

「社長、世の中では砂糖に近い甘味料が求められているんです。こんな素晴しい甘味料は私も知りません。ここにいるメンバーで区別できた人はいないんです」

「そうか、それを聞いて安心した。年のせいで私の味覚が鈍ったということではないんだね。好並君、実に素晴しい研究成果だ。この素晴しい新甘味料をぜひ開発して、新製品として売り出したい。それにしてもまた莫大な研究費が要るなあ。製造プラントはどうするんだ。これはえらいことになった」

社長はわざとおおげさにぼやいているふりをしながら上機嫌であった。

一樹はメンバーのほうに顔を向け提案した。

「新甘味料はアミン系の化合物です。味は砂糖と全く同じです。砂糖はみなさんもご存知のとおりシュークロースですね。そこでこの新甘味料を《シュークラミン》と命名しようと思うのですがどうでしょうか。みなさんで良い名前があれば提案して下さい」

みんなはしばらく考え、隣同士で相談しながら、

「シュークラミンでいいんじゃないですか。砂糖のイメージがあり、覚えやすい名前だと思います」

と賛成した。社長も賛成した。

「いい名前だ。そのまま商品名にもなるんではないか」

こうして新甘味料《シュークラミン》が産声を上げたのである。この時から本格的に色々な安全性試験、食品での試験、工業的な合成方法の研究などがスタートした。

シュークラミンがアミン系物質であることが大変悲惨な結果を招くことなど、この時は誰も想像すらしなかったのである。


社長が帰った後、一樹は二人に言った。

「加藤さん、出口さん少しお話があるので残って頂けませんか」

三人はテーブルに着いている。

「シュークラミンを開発していく上での、最大の関門は色々な毒性試験です。食品への添加試験は色々やるでしょうが、あまり問題はないと考えています。毒性試験の関門がクリアできれば、加

藤さんと出口さんで研究論文を出されたらどうでしょうか。学位論文も書けますよ。どうですか」

一樹は二人の意向を打診した。もちろん二人が反対するはずなどないことは分かっていた。

加藤と出口は非常に驚いた様子であった。加藤は少し白いものがある頭をかきながら訊ねた。

「ぼく達、博士号を取らせてもらえるんですか？」

「実用化できる研究というのは社会的価値があるということです。十分、博士号に値すると思いますが」

一樹の言葉に加藤は恐縮した。

「お気遣い下さりありがとうございます。ぼく達の仕事はどちらかというと裏方的なものでしたから。ぼくのような年配者がこのチームに入れてもらえただけでも、嬉しかったんですが。好並さんは若いのによく気配りをして下さる」

加藤は大変感激している。出口も目を輝かせ非常に喜んでいる。

「ぼくまで博士号とは感激です。両親も喜びます」

「実はこのチームの男性研究員の方には全員博士号を取ってもらうつもりなんですよ。全員良い仕事をしているではありませんか。しかも猛烈にやる気がある。ぼくはいつまでこの会社にいるか分かりませんが、このチームのメンバーの方に会社と研究所を引っ張っていって欲しいと思っているんです。ぼくがこの会社を去るときには社長にぼくのほうからみなさんのことを強く頼んでおきます」

一樹は淡々と事務的に言った。

「好並さんは辞められるんですか。大学院修了と同時にこの会社に入社されるものと、みんな期待していいるんですが。ぼく達だけでなく工場長、営業部長も好並さんに期待しているんですよ。いや、口には出しませんが一番期待しているのは社長ですよ。好並さんに辞められたら、このチームはバラバラになりますよ。この会社は給料も悪くありません。ぜひ辞めないで頂けませんか。それに社長も大変悲しみますよ」

加藤は懇願した。

「ぼくの将来についてはまだ何も考えていないんです。全くの白紙です。しかし教授の考えもありますから。もう少し考えさせて下さい」

一樹は自分の気持ちを率直に伝えた。あくる日一樹は、藤田と吉富を呼び、シュークラミンの食品への応用研究を論文にして博士号を取るように勧めた。二人とも非常に驚き喜んだ。

一樹は自分に快く協力してくれた人達に博士号を取らせることで報いたかったのである。それは一樹の純粋な気持ちであった。意図していたわけではないが、結果的に北野製薬において、一樹は強固な人脈と地盤を築いたのである。

四ヶ月後、一樹が研究室でデータの整理をしていると加藤がやって来た。加藤のにこやかな表情から、シュークラミンの亜急性毒性試験で良い結果が得られたことを察知した。

「亜急性毒性試験で、何も問題はありませんでした。外部の研究機関に依頼して、厚生労働省に申請するための安全性研究を始めようかと考えています」

「そうですか。安心しました。これで北野製薬は当分、安泰ですね」

「少しお話したいことがあるんですが、よろしいですか」

「いいですよ。今暇ですから」

加藤は研究室の外に出てすぐに四十過ぎの黒縁メガネをかけた男を伴って入ってきて「工業薬品部門の部門長である宮辺さんです」と一樹に紹介した。

宮辺はスラッとした長身で見るからに誠実そうである。宮辺は遠慮そうに入口付近に立ったままである。一樹は宮辺が自分の軍門に下るために来たことを察知した。

一樹は丁重に挨拶し椅子を勧めた。芝崎に全員分のコーヒーを頼んだ。もちろん初対面ではないが、仕事上の繋がりがないため、一樹は宮辺と親しく話したことはなかった。

「もっと早く好並室長とお話したかったのですが、我々の部門では協力できることがなかったものですから。でもこのたび、新甘味料も開発できそうですね。アロマチンやシュークラミンを製造するために必要な色々な化学薬品を手がけさせて頂けないものかと考え、好並さんに相談に来たんですが」

宮辺は背筋を伸ばし丁寧に説明した。

一樹は加藤が連れてきたことから、宮辺の申し出を断るわけにはいかないと思った。

「工業薬品部門は収益ではこの会社にあまり貢献しておりません。何分にも単価が安く、利益率が低いですから。アロマチンやシュークラミンを合成するのに必要な化学薬品を我社で製造すれば、よそから購入するよりかなり安くなりますが」

宮辺は一樹に真剣に説明した。一樹は姿勢を正し宮辺に質問した。

「そのために新しい合成設備を建設する必要はないのですか。もし新しく設備を建設するとなると、必ずしも安くなるとは限らないでしょう」

宮辺は一樹のほうを向き落ち着いてしかし自信に溢れた口調で答えた。

「アロマチンやシュークラミンの合成に必要な化学薬品の大半は、現在の設備で対応出来ます。少し改良する必要はありますが。他社から購入するよりは必ず安くなります」

「そうですか、知りませんでした」

一樹は自分よりかなり年上の宮辺に気を使い丁重に応対している。

加藤はしきりに宮辺をメンバーに加えるように勧めた。

「当社の化学薬品の合成技術は非常に優れていますから、品質的にも安心できます。それに宮辺さんの部門は化学工学の専門家が集まっています。アロマチンやシュークラミンの製造設備の設計には、宮辺さんの協力が必要です。宮辺さんは中川さんとも懇意です。宮辺さんは岡島部門長や秋葉部門長とは違いますから安心して下さい」

化学工学というのは化学合成する設備や装置（プラントという）の設計、建設などに関する分野のことである。合成化学の知識も必要である。

一樹は宮辺と加藤の説明に納得し、宮辺に握手を求めた。

「ぜひ一緒にやりましょう。良い製品を少しでも安く製造出来るように力を貸して下さい。お願いします」

一樹は丁重に頭を下げて頼んだ。そんな一樹の態度に二人は非常に好感を持った。

「宮辺さんが入ってくれれば鬼に金棒です。助かりました。宮辺さんは工場長の秋山さんとは釣り仲間ですから」

加藤は宮辺と秋山は仲が良くお互いに協力してアロマチンやシュークラミンの製造設備、装置を建設してくれることを説明し、一樹を安心させようとしたのである。

一樹はそんな加藤の心遣いが嬉しかった。


一樹は大学院四回生になっていた。

山本研究室で難解な研究に取り組んでいた。医薬品としての抗菌物質の研究である。抗菌物質は現在、非常にたくさんの種類があるが、頻繁に使用するために耐性菌が蔓延し、いざという時に効かないことがあり医療の現場で大問題になっている。

この問題は世界中の製薬会社の研究員、大学の研究員が取り組んでいる極めて競争の激しい分野である。あらゆる研究がやり尽くされているとも言われている。一樹は博士論文の目処がついているので、研究成果があがらなくても困ることはないのである。だからこの極めて困難にして難解なテーマに挑戦しようと考えたのである。

一樹がこのテーマを選んだのは、合成した物質の抗菌力を出口に依頼して調べてもらうことができることも一つの要因であった。


四月の終わりの、いわゆるゴールデンウィークにかかる頃、一樹は社長から招待され北野邸を訪ねていた。葉子は四回生になっていた。食事の後、応接間で一樹は社長、芳子と向かい合っている。いつもみんなの会話に参加したがる葉子は席をはずしていた。

「好並君が来てからうちの会社は雰囲気がすっかり変わった。《チーム好並》は我社の最強のプロジェクトチームだ。君は人をまとめて使いこなす能力にも優れているなあ。優れたリーダーシップを発揮しているじゃあないか。部長連中も感心している」

社長はしきりに一樹を褒めた。

「たまたま、上司と上手くいっていなかった人たちが集まってきただけではないですか」

「そういう面もあるが、そんな連中をまとめて強力な戦力に変えたのは好並君の能力だ。話は別だが、今日は折り入って相談したいことがあるんだ」

社長は座り直して背筋を正し、一樹から視線をそらしながら話しにくそうに口を開いた。

「あと二年で大学院も終わる。どうだね、うちの会社に入社してみないか」

一樹はドキリとしたが下を向いて、どのような返事をしたらよいものか考えていた。

「これは私だけではなく、会社の中にもぜひ好並君を説得してくれんかという意見があってのことなんだが。君は実社会で活躍する適性が十分あると思う。会社でも立派にやっていける人物だ。君の将来の進路の一つとして、考えてもらえないだろうか」

北野製薬に入社することは葉子との結婚もセットとなることは想像できた。一樹は重大なことなので返事に窮し、しばらく沈黙していた。会話が途切れ、場の雰囲気が暗くなった。その雰囲気を破るように芳子が、

「うちの葉子も来年は卒業でしょう。そろそろ考えなくてはいけないの。好並さんは葉子のことをどう思っていらっしゃるのかしら。一度お聞きしたいと思っていたものですから」

と慈悲深い菩薩が人々を導くような表情と口調で一樹に訊ねた。

一樹はそんな芳子の言葉に、あいまいな返事でごまかすことは許されないと思い葉子に対する率直な気持ちを述べた。

「葉子さんは、明るくて、とても素敵な女性だと思います。ぼくにもとても気を遣って接してくれます。一緒にお話していますととても楽しいです。ですがあまりにも家庭環境が違いすぎて、ぼくには分不相応に感じます。それにぼくの家庭の事情も考えなくてはなりません。一応跡取り息子ですから」

社長は上体を前かがみに乗りだし諭《さと》すように、ゆっくりした口調で説得し始めた。

「葉子と将来を共にするということは、北野製薬と北野の家を背負うことになる。君が重荷に感じる気持ちはよく分かる。家庭環境が違うこともよく分かっているが、私達夫婦や葉子はそんなことは全く気にしていない。それは君にも分かってもらえていると思うんだが」

「みなさんがぼくにとても親切にして下さっていることには、とても感謝しております」

「分不相応ということはないぞ。確かに経済力では君の家と、うちでは勝負にならんだろう。君は確かに家とか預金とか目に見える財産は持っていない。しかし好並一樹という男は頭脳明晰で人を引っ張っていく能力がある。良い発明を二つもしてくれた。君の頭脳は北野製薬に何百億円もの利益をもたらしてくれる。君自身が莫大な財産だ。こんな人物はめったにいない。私の財産なんて高々二百億ほどだ。財産という点では私より君のほうが多いのではないか。だから決して分不相応ということはない。一番の問題は君が好並家の跡取り息子だという点ではないかね」

社長なりに問題点を整理して言った。

一樹は智子のことを除けば社長の指摘は的を射たものであると思った。

「君が研究に未練を持っていることは十分理解している。君は実用化できるような研究に価値観を持っているはずだ。君の目指す研究は大学より企業のほうがやりやすいと思うが、間違っているだろうか。君が葉子との結婚を承諾してくれるのであれば、研究所を増設して研究環境を充実させてもよいと考えている」

一樹は前から大学院を出た後も大学に残り研究を続けることに必ずしも拘《こだわ》ってはいなかった。以前から両親を楽にするためにお金が入る仕事に就かねばならないと考えていた。

社長夫妻の打診は、自分の人生で二度とないチャンスだと思った。葉子と結婚すれば両親に楽な生活をさせることなど簡単なことである。

一樹が一番気にかかっているのは智子のことだけである。しかしそんなことは口にするわけにはいかない。しばらく考えて神妙な顔で口を開いた。

「ぼくにとっては、もったいないお話です。急なことなので今は頭の中が整理できません。しばらく考えさせて頂いてよろしいでしょうか。両親とも少し相談してみたいと思いますから」

「いやあ、返事がすぐに出来ないことは分かっている。よく考えてくれたらいい。もし君が承諾してくれるなら、君のご両親にはこちらから出向いて挨拶させてもらうつもりだ。君のご両親が先々生活に困らない方策も考えさせてもらうつもりだよ。ご両親に快適な生活を送ってもらうために岡山の家は新築させてもらいたい。結婚してもこの家に同居してくれなんてことは言わないつもりだ。ここからあまり遠くない所に住居を用意させてもらう予定だ。うちのような研究開発型の企業のトップは研究のことが分からんとダメだ」

一樹は社長の言葉を一言たりとも聞き逃さないようにしんみりとした様子で聞いている。

「好並さん少し葉子と話をして頂けませんか」

そう言って芳子は葉子を呼んだ。

花模様のワンピース姿で葉子が入ってきた。いつものお茶面な顔ではなく面接試験を受けるかのように真剣な表情である。葉子は下を向いてポツリポツリと話した。

「先生、お話は済みました？　先生、ずっと私をリードして頂きたいの。先生に毎日安全で美味しいものを食べて頂くために料理のほうも頑張ってるの」

一樹は視線を葉子の目に向けた。葉子の目に何か哀愁を帯びた物悲しさを感じた。

「葉子さんは料理が大変上手になられました。葉子さんとおしゃべりしていると、とても楽しいですよ。その時だけは嫌なことも忘れてしまいます」

「先生、この話断らないでね。私には先生以外に代わりの人はいないのよ」

葉子は顔を上げ一樹の目をしっかりと見つめながら必死に訴えた。葉子の表情が少し緩んだ。葉子は下を向いて言葉を続けた。

「私、先生のご両親の面倒を見させて頂く覚悟は出来ていますから」

一樹は葉子の意外な言葉に驚いた。そこまで考えてくれている葉子がいじらしく思えた。こんな立派な家のお嬢さんに、そんなことが出来るのかとも思ったが、葉子が軽い気持ちでいい加減なことを言っているとは思えなかった。

葉子のこの一言は一樹の胸を強烈に揺さぶった。両親の面倒を見るという葉子の言葉は一樹の心に溜まっていた大きな重い塊りを決定的に溶解させた。葉子と結婚すれば長い間、胸の奥深くに巣を作っていた両親についての心配は解決する、そんな思いが一樹の頭をよぎった。

一樹は前から、葉子の気持ちが痛いほど分かっていた。

葉子にとって一樹は初恋の人である。おそらく今までの葉子の人生で好きになった男性は自分以外にはいなかったであろうと思った。もし自分がこの話を断れば、葉子の悲しみ、嘆きはいくばかりであろうか。葉子の嘆き悲しむ姿は想像すらしたくないことであった。

「葉子さんのように、明るい素敵な方と将来を共に出来れば幸せだと思います。休日には葉子さんのお琴など聴きながら、のんびりコーヒーでも飲んでいるような生活が出来れば幸せでしょうね。急なお話でしたから、しばらく考えさせてもらえませんか。両親にも相談しなくてはなりませんから」

一樹は一歩踏み出した答えを返した。

智子には今までに一度もここまで踏み出して言ったことはなかった。

「私は今までどおり、これからも先生のことを信じていますから」

葉子は一樹が大学の卒業式の日、喫茶店で若い女性と親しそうに話しているのを目撃し、それ以来一樹に別に好きな女性がいるのではないか、という不安が常に心の何処かにあった。

しかし葉子はそんなことを口に出すような、はしたない女性ではなかった。

二人の会話を静かに聞いていた社長と婦人は、一樹が葉子に良い感情を抱いていることが分かり安堵したようであった。

一樹は葉子との交際が深まるにつれ、常に心の奥に葛藤があった。それは非常に激しいものではなかったが、時々痛む頭痛のように一樹を苦しめていた。一樹の優れた知性と理性によってもコントロール不可能なものであった。変化する現実を少しずつずらしながら智子との交際を続けてきたのであるが、それが許容されないところに達していることをはっきり認識した。

一樹は具体的現実から遊離した、観念論的思考では結論に到達することは出来ないと考えた。自分の置かれている状況、自分の将来、両親のことを現実的、客観的に分析した。

葉子は性格も明るく頭脳明晰で美人であり、一樹は智子のことを除けば葉子と結婚することに抵抗感はなかった。いや智子の存在がなければ積極的に自分のほうから社長に頼んだかもしれない。

智子と結婚してもたいした生活は出来ない。その上、両親の面倒を見るとなると経済的にも大変であることはよく分かっていた。

お金があれば両親の生活の面倒はみることができる。社長は両親のために家を新築してくれると言ってくれている。それに葉子は両親の世話をしてくれるとまで言っている。両親に経済的支援をしながらでは智子との暮しは楽ではない。まして両親の家の新築などとてもではない。

色々考えた末、両親にとって一番良いのは葉子と結婚することであるとの結論に達した。とはいえ、智子を自分の力で幸せにすることができなかったことは、強烈な自己嫌悪となって生涯苦しむことになるであろうと思った。

ここまで葉子との話が進んだ以上、一樹は智子に話さないわけにはいかないと思った。

一樹は日曜日に、いつも智子との逢瀬に利用している和風喫茶に智子を誘った。智子は薄っすらではあるが化粧をしていた。学生時代の智子の面影は少なくなっていたが、大人の女性として知性的美貌は一段と練磨されていた。優れた知性と高い教養を備えた智子の見目麗しい美しさは一樹を悩ませた。

テーブルを挟んで二人は向かい合っているが、いつもとなく堅苦しい雰囲気が漂っている。それを智子は敏感に感じとっている。

「河原さんは将来ずうっと今の仕事を続けるおつもりですか」

一樹は智子を見つめながら心を鬼にして切り出した。

「出来ればそうしたいと考えていますの。今のお仕事が結構面白くなってきましたし」

「もし結婚されてもですか」

一樹は全身の勇気を搾り出して聞いた。智子は結婚という言葉を聞いて自分と一樹のことであると感じた。智子は一樹が結婚しても自分が仕事を続けることを望んでいるのか、その反対なのか判断しかねた。

今までの一樹との交際の中で、一樹がその点に触れたことは一度もなかったからである。智子は自分に正直に答えようと思った。

「もし結婚したとしても今のお仕事は続けたいの。社会部の記者として、もっと色々な勉強や経験を積みたいの。好並君は結婚したら奥さんが専業主婦であること望んでいるの。京都で暮らすには、お金もかかるでしょ。共稼ぎでなくてはやっていけないでしょ。現実は現実として考えなくてはならないと思うの」

優しい姉が弟を諭すように言った。

「そうなんですが。別の現実もぼくにはあるんです。いずれ両親の面倒を見なくてはならなくなると思うんです。介護も必要になるかもしれません。こんな話は河原さんとはしたくなかったのですが。ぼくも年を取りました。いつまでも学生気分ではいられません。逃れられない現実は、現実として考えなければなりませんから。河原さんとの交際にも一応の結論を出す頃だと思っています。そうしないと河原さんに対して無責任なことになりますから」

一樹は思い詰めていた。そんな一樹の堅い悲しそうな表情を智子は初めて見た。

智子は一樹の意外な言葉に驚いた。しかし平静を装って自分の気持ちを伝えた。

「何かあったの。いつもの好並君とは違うみたい。私の気持ちは分かっているでしょ」

「河原さんとは永遠にお付き合いしたいと思っています。河原さんと生涯を共に出来たらどんなに素晴しいことかと思います。しかし現実は現実として考えなければならない頃になってきました。河原さんも同じではないですか」

智子はしだいに一樹が言わんとしていることが分かってきた。鋭い刃で心臓を切り裂かれるような思いがした。智子は一樹が大学院を終えたら結婚することを疑ったことはなかった。智子は激しく動揺した。智子は下を向いて呟くように声を絞り出した。

「悲しいことをおっしゃるのね」

智子の目には涙が溢れていた。一樹は智子の顔を直視することが出来ず下を向いて小声で話した。

「ぼくも河原さんに、このようなことを言うのは身が八つ裂きにされる思いです。しかし、いつまでもずるずると交際を続けることは河原さんの将来によくないでしょう」

一樹は涙がとめどなく止まらなくなっていた。智子は声を詰まらせた。

「私がお仕事を辞めても・・・」

「ぼくの給料だけで両親も抱えたら生活に窮することは目に見えています。そんな惨めな生活にあなたを巻き込むことは出来ません。またそんな河原さんを見たくも想像もしたくありません。あなたには経済的にも恵まれた幸せな人生を送って欲しいんです」

一樹は心を鬼にして智子に止《とど》めを刺した。

「好並さんはどうされるおつもり。いずれ結婚されるんでしょ」

「いずれはそうするでしょう」

智子は一樹に別の女性の影を感じた。智子は一樹の決心が固く翻意させることは不可能であることを悟った。

和風喫茶を出ると外は暗かった。智子は振り返ることなく京都の街の暗闇に消えていった。

その後ろ姿は悄然《しょうぜん》とし哀愁を帯び悲しそうであった。一樹はいつまでも智子が去って行った方向を見つめ《幸せになってくれ》と祈っていた。

一樹は今すぐ駆け出し智子を後ろから抱きしめ、今話したことを撤回したい衝動に駆られていた。


数日後、一樹は岡山に帰省し両親に大学院修了と同時に北野製薬に入社すること、葉子と結婚することについて話した。

両親は盆と正月には帰省し先祖の墓を守ることを条件に、入社のことと結婚について快諾した。

一樹はそのことを社長に伝えた。社長夫妻は大変喜んだ。

「私　良い奥さんになりますから。ご両親のことは任せて下さい」

葉子はハッキリした言葉で一樹に誓った。こうして一樹と葉子の婚約は成立した。

一樹は山本教授に葉子と婚約したことを報告した。

教授は自分の妹の芳子の娘である葉子と一樹が結婚することを大変喜んだ。ただ一樹に山本研究室を継がせることが出来なくなったことを寂しがっていた。一樹が退室しようとした時、教授はそれまでの温和な表情から真顔になった。

「好並君、薬理学教室の市川教授に挨拶に行っておいたほうがいい。サルモネラの件でお世話になったことや、北野製薬の研究所に内定したことなどを話すぐらいでいいんだ。私のほうから君が行くことを連絡しておくから」

一樹はなぜ市川教授に挨拶に行かなければならないのか理解できなかったが、山本教授の言葉に従うしかなかった。一樹は姿勢を正してから市川教授室のドアをノックした。

「山本研の好並ですが」

教授は自らドアを開け一樹を招き入れた。

「今、山本先生から電話があった。まあ、どうぞ」

一樹は直立のままで丁重に挨拶してからソファーに腰を下ろした。

「先生にはサルモネラ菌の件では大変お世話になりました。このたび縁あって北野製薬の研究所に内定いたしました。今後ともよろしくお願い致します」

教授は非常に丁重に応対している。

「そうか、山本教授も複雑な心境だろうな。北野製薬なら反対は出来んしな。彼は君を山本研の後継者に考えていたから。しかし君は北野製薬に随分貢献しているじゃないか。君は案外実業界が向いているのかも知れんな。そろそろ、北野社長が挨拶に来る頃だと思っていたら、君が社長の名代で来たか。ということは、まんざらただの新入社員で入社するわけではないんだろう。あの美貌の社長令嬢と婚約でもしたか。それもあって、山本教授は君が北野製薬に入ることを反対しなかったのか？」

一樹はなぜ社長が、そろそろ市川教授に挨拶に来るのか、さっぱり分からなかった。

一樹は葉子とのことを話すべきかどうか迷った。しかし、友達にならいざ知らず市川教授に嘘をつくわけにもいかないだろうと思った。

「ええまあそれもあるんですが。そのことはしばらく内密にお願いしたいのですが。ぼくは前から実際に売れるようなものを研究したいと考えていましたから。自分が研究開発したものが社会に出回るのを見てみたいと思ってました」

一樹は市川教授から智子のことを知っている柏木に、葉子とのことが知れるのは不味《まず》いと考え教授に口止めしたのである。

「私は北野製薬とはこれからも良い関係を続けていくつもりだ。私で役に立つことがあったらいつでも相談に来てくれたらいいんだよ。君の親友の柏木君もいるしな。社長に会ったらよろしく伝えてくれ」

そう言って一樹の肩を親しみを込めて軽くポンと叩いた。

「分かりました。そのように伝えます」

一樹は《社長に会ったらよろしく伝えてくれ》という市川教授の言葉を単なる儀礼的なものとしか考えていなかった。

それから数ヵ月後。北野製薬の研究室に行くと芝崎が加藤に電話した。

「加藤さん、室長がお見えになりました」

すぐ加藤が少し腰をかがめて足早にやって来た。

「好並さんアロマチンの安全性試験を委託していた近畿中央研究所からデータが届きました。内容は出口と精査しましたが全く問題はありません。いよいよ厚生労働省へ申請です。好並さん七億二千万円かけて作成したデータを見ますか」

「え!!　そんなにかかったんですか。ぜひ、拝ませた頂きたいものですね」

加藤は一樹を研究所の会議室に案内した。

「これです」

加藤が誇らしそうに指差したのは、うずたかく積まれた資料の山であった。

山はいくつもあった。一樹はあまりの多さに仰天した。

「これを厚生労働省に提出するのですか?」

「いいえ、厚生労働省にはこれらを何部もコピーして提出しなければなりません。ですからこの何倍もの資料を運び込むことになります」

「そうなんですか。そうしたら資料の山なんてもんじゃあなく、資料の山脈が出来ますね」

膨大な費用がかかった資料の山を目にして一樹は興奮気味であった。

一樹は加藤が資料をカバンに入れて厚生労働省に提出に行くぐらいにしか考えていなかったのである。

「とても軽自動車で運べるような量ではありませんね」

一樹はデータの多さに改めて驚くと同時に、自分が大学で得るデータなんてこれに比べればチリぐらいに過ぎないと思った。会社での研究のスケールの大きさを実感した。

「申請してから添加物としての指定が得られるまでに、どれくらい期間がかかるんですか」

「お役所と審査にかかわる先生方の都合によりますから一概には言えませんが二年ぐらいでしょうか。三年かかるかもしれません」

添加物としての指定とは、添加物として食品に使用してもよいという許可のことである。一樹は審査にかかる期間の長さに驚いた。

「そんなにかかるんですか」

一樹は少し不満そうに言った。

「社長が頑張ってくれるかもしれませんが」加藤は小さな声で独り言を言うように呟いた。一樹は加藤が呟いた言葉の意味が分からなかったが深く考えなかった。

加藤は一樹にその意味を説明したくなさそうな素振りであった。

八　疑惑

社長は机に座ったまま一樹を見上げ机上の菓子箱を二つ示し淡々とした口調で告げた。

「これを持って山本教授と市川教授に挨拶に行ってくれんか。私の名代として」

一樹はなぜ二人の教授に菓子箱を届けなければならないのか不思議に思ったが、理由は聞かなかった。

「分かりました。明日挨拶に伺います」

菓子箱に札束が入っていることなど一樹は想像できなかった。

社長は厚生労働省におけるアロマチンの審査に関し、山本教授と市川教授の力を借りようとしていたのである。社長は自分が今の時期に山本教授や市川教授を大学に訪ねて、もし誰かに見られると申請した企業と審査関係者の癒着問題になることを恐れて一樹に頼んだのである。一樹が山本教授や市川教授に会うことは全く自然であり、誰も疑わないであろうと考えたのである。

あくる日、一樹は山本教授を訪ね、菓子箱を渡した。

「ありがとう。社長には君のほうからよく礼を言っておいてくれ。君が研究したアロマチンの審査が厚生労働省で始まる。この研究には私も関係しているから、私は審査委員には入れない。しかし私も陰から出来うる限りの協力させてもらうから。市川教授には必ず挨拶しておいてくれ。君も大人になるんだ。これは指導教官としてではなく、芳子の兄として言っているんだ。世の中は綺麗ごとだけでは渡れない。日本の社会では根回しをしておくと、ことが順調に運ぶ。君はいずれ北野製薬のトップになる男だ。その辺のことは社長から学んでおいたほうがいいよ」

一樹は市川教授を訪ね机に座っている教授に菓子箱を渡した。

「社長の名代で来たのか。これを社長に渡して欲しい」

教授は机の引き出しから白い封筒を取り出し一樹を見上げながら渡した。次の日、一樹は社長の机の前に立ったまま市川教授から預かって来た封筒を渡した。

封筒には一枚のコピーが入っていた。社長は一通り目を通し、そのコピーを一樹に渡した。

厚生労働省　食品安全部食品添加物審査課長　中村陽一
このたび北野製薬から指定要請があったアロマチン の審査委員の氏名は次のとおりである。

記

審査委員長　京都総合大学薬学部教授　市川大二郎
○審査委員　京都総合大学農学部教授　山中和夫
△審査委員　東京大学医学部教授　森本真一
○審査委員　帝都薬科大学薬学部教授　安部信三
×審査委員　独立行政法人食品科学研究所主幹　尾崎麻衣子
○審査委員　横浜工業大学工学部教授　高槻幸太

一樹は興味深そうに見てから社長に訊ねた。

「この先生方で審査されるんですか。市川先生が委員長とは知りませんでした。この名簿が何か役に立つのですか?」

社長は父親が息子に優しく丁寧に教えるように説明した。

「添加物としての指定を申請してから審査が通るまでに二、三年かかる。その間にも特許の有効期間は過ぎていく。君も知ってのとおり特許の有効期間は特許出願の時から二十年だ。もし厚生労働省での審査に三年かかれば、それだけ特許権を使ってアロマチンを売る期間が短くなってしまう。

一年で数十億の損失になる。それにソルボン酸の特許切れが迫っている。だから厚生労働省での審査は急いでもらわなくては困る。市川教授は添加物の審査委員を度々務められている。だから山本教授に紹介してもらい懇意にしているんだ」

「そうでしたか。なぜ社長が市川先生と懇意にしておられるのか、やっと分かりました」

一樹は社長が言っていることはもっともだと思った。社長は一樹の顔を見上げながら訊いた。

「もし君が社長ならどうする？」

「まず市川先生に頼むでしょうね。審査を急ぐように」

「君もそう思うか。君も社長学が少し分かってきたな。幸い今回は市川教授が審査委員長だ。誠に都合がいい」

「遠慮なしに、お聞きしてもいいですか」

「遠慮なんか要らんぞ。二人だけの時はな。親子なんだから」

「この間、市川教授に渡した菓子箱には、お礼が入っていたんですか」

「そうだよ。当たり前だ。二百万入れておいた。人に物を頼むのにタダというわけにはいかんだろう」

一樹は大体の相場を知っておきたかったのである。

「名簿の上のほうについている○、×、△はなにか意味があるのですか？」

「○は交渉すれば北野製薬に協力してくれることが確実な人、×は交渉してはいけない人、△はどちらとも判断できない人のことだ。市川教授による判断だが」

「○の人でも、お礼は要るでしょう」

「礼は要る。二百万ぐらいが妥当だろう」

「でも賄賂になるんではありませんか。もし公になったら問題になりませんか」

一樹は心配そうに訊ねた。

「別にデータの黒を白にしてくれと頼むわけではない。しかし確かに賄賂には該当する。開発した企業のことを考えてさっさと審査してくれればこんなことはしなくても済むのだが、現実はそうはいかない」

「もしバレたら社長も罪に問われることになりますね」

一樹はこの点が一番心配であった。

「いや、先生方との交渉は営業部長が当たる。もしバレたとしても、私が捕まったりはしない。私が捕まるとこの会社は危機に直面する。部長もそれぐらいはよく分かっている。部長は百戦練磨の交渉上手だからまず大丈夫だ。もし部長に何かあったら、会社で家族の面倒はみる。そんなに心配することはない」

一樹は社長の説明を聞いても不安を完全に払拭することは出来なかった。

二人は賄賂が悪であるという感覚が麻痺していた。バレるかどうかだけが心配であった。

「でも、もしうちの会社の人と先生が接触しているのを誰かに見られたら・・・」

「その点は大丈夫だ。先生方と、うちの会社の人間が会うことは問題にはならない。資料の内容に関しては、先生方よりうちの会社のほうがよく分かっている。先生方にうちの社員が会って資料の説明をするのは別に違法ではない。金を渡したかどうかが問題になるだけだ。金の受け渡しがあったかどうかは本人がしゃべらなければ絶対にバレることはない。金は裏金だ。社長業も大変だぞ」

「大変勉強になりました。こんなことは顧問弁護士にも相談できないし、自分で法律を勉強しておくしかないですね」

「そういうことだ。君が社長になるまでにはまだ時間がある。勉強しておいたほうがいい」

社長は工場長を呼び三人で北野製薬に隣接する新工場の建設現場を見学に行った。

三人とも作業着にヘルメット姿である。

「ここがアロマチンとシュークラミンの製造工場になります」

工場長の秋山は一樹に広大な敷地を指しながら得意そうに説明した。そこではヘルメットを被った多くの作業員達が忙しそうに働いている。ブルトーザーなどの重機がうなりをあげている。

「幸運にも、ちょうどうちの工場の隣が倒産して売りに出ていた。でもな、うちがこの土地を買うと言うと足元を見て高く売りつけようとしてな。値段交渉は大変だった。工場長や宮辺、中川が絶対にここを買ってくれというもんだから。結局よそに売られては困るんで、高値で買わされてしまった」

社長はボヤキながらも満足そうに大きな声で笑った。

「今の工場のボイラーで作る蒸気、高純度の水などはパイプラインで結ばれます。有機溶媒や溶液もそうです。固体の薬品はベルトコンベアで結ばれます。結局、よそに工場を作るよりは建設コストは安くなります。利便性も抜群によくなります。そうでしょう」

秋山は一樹に同意を求めた。

「現場を預かる人から見れば喉から手が出るくらい欲しい土地でしょうね」

「そういえば、秋山君や宮辺君の口から両手が覗いていたっけ」

社長は大きく口を開けて笑いながら冗談を飛ばした。

一樹と秋山は顔を見合わせて大笑いであった。

一樹は広大な新工場の建設現場を見渡し、自分が小さなフラスコで合成した、ほんの一、二グラムのアモルファスが非常に大きな事態に発展しているのを実感し感無量であった。

実際に社会で役に立つ物質を創製する夢を抱いて薬学部に入ったのであるが、その夢はあくまでも観念的な概念であるに過ぎなかった。実際の現場を知らず、望見的であったのである。

一樹は今、自分の目の前で、今まで抱いていた観念的概念が夢、幻でなく莫大な資金を投入して具象化しつつある現実をはっきり認識した。それと同時に自分に課された責任の重さを思い知らされた。いずれこの工場も、またそこで働く人たちの運命も全て自分が背負うことになる。いまさら逃げ出すわけにはいかない。これが自分のこれから進むべき道であると自分自身に言い聞かせていた。

大学院を終え正式に北野製薬に入社すると、再び大学には戻れないことに一抹の寂しさを感じていた。


数日後、営業部長の森山は大きな体を黒のスーツで固め動き出した。京都祇園の高級割烹料亭の座敷に森山は席を設けた。市川教授はノーネクタイでベージュのブレザーを着込んでいる。穏やかな表情を浮かべて牡丹の絵付けがなされた京焼きの壺と梅の掛け軸が飾られている床の間を背にして座っている。

一樹は教授に挨拶してから森山を紹介した。

「市川先生、こちらは営業部長の森山です。社長の信頼が厚く、対外的な交渉のベテランです。安心できる人です」

「先生のことは、社長から伺っております。お近づきに」

そう言いながら森山は教授にお酌をしている。

教授は盃を口に運びながらゆっくり口を開いた。

「審査委員は忙しいとか何とか言ってなかなか資料を読まないし会合にも出てこない。ぼくのほうからハッパを掛けて出来るだけ速く申請が通るようにする。審査委員には私の教え子を厚生労働省に推薦しておいた。半数は必ず私に従ってくれる。そうなれば残りの委員は自分の都合など言い難くなる」

「ありがとうございます。何とお礼を申し上げていいのやら。これはほんのお口汚しにそこらで買って来たものですが」

森山は市川教授の横に紫の風呂敷包みをそっと置いた。

話が終わった頃、森山は仲居の女性に伝えた。

「ここは割り勘にしますから、こちらの方と別々に、領収書をお願いします」

森山は仲居が持ってきた領収書の一枚を教授に渡した。

「先生あくまでも、念のためですから」

「よく気がつくね。君は。今日はありがとう」

教授は領収書をポケットにしまい込んだ。教授が乗ったタクシーを見送った後で一樹は森山に訊ねた。

「市川教授の勘定を、うちの会社で支払わなくてもいいんですか？　失礼になりませんか」

「教授の分もうちの会社が支払う。領収書を別々にしただけですよ。万が一私たちがここで教授に会っていたことがバレたとしても、割り勘なら問題にはならないでしょう。領収書はその証拠になりますからね」

「なるほど、良い勉強になりました。参考までにお聞きしたいんですが、今日の勘定はいくらぐらいですか」

森山は領収書を一樹に見せた。金一万円と書かれていた。

「安いですね」

「そんなに安いわけはありません。三人で六万円です」

森山は少し自慢そうに話した。

「さすがは百戦練磨の森山さんですね」

「交渉ごとは必ず私に相談して下さい。この方面では年季を積んでいますから」

森山は自信に満ちた態度で一樹の肩を軽く叩いた。

この場面を河原智子が生垣の角から見ていることに一樹たちは気がつかなかった。

智子は、この高級割烹料亭で行われている建設業者の談合を調査に来ていたのである。

智子は一樹の姿を見て驚き思わずカメラのシャッターを切った。

智子はタクシーに乗ったのが誰であるのか興味を持ち、自分の車に戻りタクシーの後を追った。

タクシーは郊外の住宅地にある市川教授の自宅前で止まった。

智子は市川という門札を確認してから、現在地をカーナビに登録した。

次の日の朝、智子は自宅から車で出てきた市川教授の後をつけ京都総合大学薬学部に入るのを確認した。智子はインターネットで《市川、京都総合大学薬学部》というキーワードで検索し、市川が薬学部薬理学の教授であることを知ったのである。智子は市川が一樹の教授でないことに疑問を抱いた。

一樹と一緒にいたもう一人は北野製薬の人間であろうと推測した。なぜ薬理学の教授を接待する必要があるのか興味を持った智子は、インターネットで北野製薬について調べた。

智子は北野製薬が画期的な合成保存料の開発に成功し、現在厚生労働省に申請中であるとの記事が気になった。そういえば、そんな研究をしていて、成功したと一樹が話していたことを思い出した。

智子は《これだ》と思った。

ミーティングブースで小さなガラスのテーブルを挟んで智子は上司である社会部長と相談している。社会部長は四十を少し超えた小太りのいかにも仕事が出来そうな男である。

「北野製薬が食品添加物の許可申請に関して、審査委員と料亭で会食していました。おそらく、お金も渡していたと思われます。汚職事件に発展するかもしれません。スクープになると思いますが。取材をさせて頂けませんか」

「面白そうだな。やってみるか」

三日後、市川教授と蜜談した同じ割烹料亭で、一樹と森山は京都総合大学農学部食糧化学科食品衛生学教室の山中教授と向かい合っている。

教授は四十過ぎであるが額が頭の中腹まで広がっている面長で唇の薄い男である。森山と一樹は教授に丁重に挨拶した。森山は正座して教授にお酌をしている。

「お忙しいところお呼び立てして、大変恐縮でございます。先生、お一つどうぞ」

教授はハスキーな声で旧知の間柄のように気軽にしゃべっている。

「山本教授や市川教授から頼まれては断れんからな。君が好並君か。えらい手柄を立てたもんだな。北野社長のご令嬢がうちの学科に在籍しておられる。なかなかの才媛だ。成績もトップクラスだ」

森山は肯定するように軽く頷き教授の盃に酒を注いでいる。

「恐れ入ります。私どもが言うのもなんですが、素直な良いお嬢さんだと思います」

「それで、用件というのは私に速く申請書類を読めということだろう。何とか希望に沿えるように頑張ってみる。分らん時には好並君に聞いたらいいんだよね」

「申請資料について分らない場合には、ぼくのほうに問い合わせて頂ければ、お答えさせて頂きます。どうかよろしくお願い致します」

一樹は両手を畳について丁重に頭を下げた。

森山は市川教授の場合と同じように仲居に領収書を二枚用意させ、そのうちの一枚を教授に渡した。教授がタクシーに乗ろうとしていた時、森山は菓子箱が入っている紙袋を手渡した。紙袋には紺の袱紗《ふくさ》に包まれた札束が入っている。

「先生これはほんのお口汚しですが」

森山が紙袋を教授に手渡している所を智子のカメラは、はっきりと捕らえていた。

智子は取材のために市川教授室を訪ねソファーで向かい合っている。智子の名刺を見た市川教授は智子の来訪目的を察しいやな予感がした。

「ほう、新聞記者さんですか。何かぼくの研究について取材でもしたいのですか。最近、新聞に載るような立派な研究成果は挙げていないが」

教授はとぼけている。智子は能面のような表情でいきなり核心に迫った。

「先生は先日、北野製薬の方と料亭で密談をされていましたね。そのことでお話を伺いたくて参りました」

教授は面白くなさそうに鷹揚《おうよう》に受け流してる。

「密談とは恐れ入ったたな。たまたま、街で知り合いに会ったので立ち話もなんだからと料亭に誘われただけのことだ。知り合いの連れに北野製薬の幹部がいただけだが」

だが智子は必死で食い下がった。

「先生は、北野製薬が厚生労働省に新規添加物を申請している件の審査委員長をなされていますね」

「そうですが、それが何か？」

「審査に関して何か依頼を受けたのではありませんか？　そう取られても仕方がないでしょう」

智子の質問を聞いて教授は安堵した。

「君はまだ新米だね。よく調べてからものを言ってもらいたい。北野製薬から提出されている資料のデータか何かをぼくが改竄《かいざん》したり、北野製薬に有利なように取り計らったりするように依頼されたとでも言うのかね」

「そうではないのですか?」

北野製薬から頼まれた具体的な内容を智子が掴んでいないことを確信した教授は高圧的な態度で威嚇した。

「失礼なことを言うな! 資料は既に他の審査委員の先生方に配布されている。〈て・に・を・は〉程度なら訂正できても、それ以上は無理だ。それに提出された資料は完璧だった。例え、一億円積まれて頼まれてもどうしようもない。それとも何か証拠でもあるのかね」

智子は必死に食い下がったが市川教授の主張を覆すことはできなかった。市川教授は智子が来て色々嗅ぎ回っていることを森山に電話で伝えた。

智子は市川教授を訪ねた足で農学部の山中教授を訪ねた。二人は番茶を前にしてソファーで対面している。

教授は市川教授からの電話で智子が北野製薬から頼まれた具体的な内容を全く把握していないことを知っていたので余裕であった。

「なかなか美人の記者さんですね。何か食品のことでも取材されているんですか。何でも質問して下さい」

智子は静かに一枚の写真をテーブルに置き教授の反応をさぐった。

「夜なのに良く撮れていますね。カメラマンが撮ったのですか?」

「先生は北野製薬が添加物としての指定を厚生労働省に申請している件の審査委員をしておられ

ますね。その先生が料亭で北野製薬の方と会合を持っていたということは問題ではありませんか」

智子は無表情でいきなり本論に入った。教授は背を反らせ脚を組み直し、その風貌とはおよそに つかぬハスキーな声を発しながら薄笑いを浮かべている。

「可愛い顔をして結構きついことをおっしゃる。で何を聞きたいのですか。遠慮なく具体的におっしゃって下さい」

「あの夜、料亭で添加物の申請に関して、何か北野製薬から頼まれたのではありませんか」

教授は智子が決定的な証拠は掴んでいないことを確信した。

「添加物について少し話はしましたよ。《何か》では分かりません。具体的おっしゃって下さい。そうすれば、お答えしやすいのですが」

「審査について便宜を図るように、北野製薬から頼まれたのではありませんか?」

「審査についてどんな便宜を図るのですか。申請書類の数値を北野製薬に有利になるように変えるとかですか。他の先生も同じ資料を持っているんですよ。そんなことは絶対に出来ません。すぐバレますよ。もちろん資料で分からないことがあれば北野製薬に聞くことはあります。それは、よその会社が申請した場合でもよくあることで、別に問題はありません」

「では、あの夜料亭で何を話されたのですか?」

「何を話そうが勝手でしょう。プライバシーに触れますよ。北野製薬の社長のご令嬢が、私の学科に在籍しておられます。なかなかの才媛でね。しかも美人で。才色兼備の見本みたいなお嬢さんですよ。また品があって性格がいい。社長といっても人の親。大学でどんな暮らしをしているのか心配しておられるようです。まあ、あれだけの美貌の持ち主ですから、変な虫がついていないか心配になりますよ。不思議と誰とも付き合っていないようですが。ついでに添加物の話も出ましたが、最初に誰が合成したのかを聞いたぐらいですよ。お互いに、審査のことについては気を遣って、あえて話さないようにしたんですよ」

「タクシーに乗られる時に北野製薬の方から紙袋を受け取っておられますね。お金が入っていたんではありませんか？」

智子は写真を指しながら聞いた。教授は写真をチラッと見て軽く受け流した。

「ああ、これね。駄菓子ですよ。ぼくが、うちのかみさんに買ったものですよ。座敷に忘れていたんですが、あの部長が気がついて持ってきてくれたんですよ。この写真には札束なんか写っていないじゃありませんか。あなたの考え過ぎですよ。あなたは、そうして話を作り新聞に記事を書くんですか？」

智子はこれ以上聞いても何も出てこないと感じた。智子は北野製薬が審査委員に何を依頼したのか具体的に知る必要性を強く感じた。

「仕事柄とはいえ大変失礼なことばかりお聞きしました」

智子は両手を腹部に当て丁寧にお辞儀をしてその場を辞した。

次の日、智子は一大決心をして北野製薬を訪ねた。青色のパーティションで仕切られた商談スペースの四人掛けテーブルで森山と対面している。黒のスーツにくっきりと浮かびあがるような智子の美しい白い顔とうなじに森山は一目で魅了された。

森山は市川教授からの連絡で智子の来訪目的はよく把握していた。

森山は一樹と智子の関係は全く知らなかった。

「あなたのような美人の記者さんは初めてです。で今日は何の取材ですか？」

森山は軽くあしらっている。智子は森山の顔をしっかりと見ながら澄んだ声でいきなり核心に迫った。

「この会社と食品添加物に関する審査委員の先生方との癒着について、お伺いしに参りました」

「いきなりそんな喧嘩腰の切り口では誰も何も話したがらないでしょう。交渉ごとがヘタですね。まあ、お若いから仕方がないでしょうけど。男はみんな美人に弱いですから、もっとソフトに話を切り出せば企業の秘密でも聞き出せると思いますよ」

森山は若い智子を侮って平然としている。

「先日料亭で京都総合大学の市川教授とお会いしていましたね。あの先生はこの会社が申請している添加物の審査委員長でしょ。そんな先生と料亭で会われること事態が癒着ではありませんか」

森山に自分の能力のなさ、未熟さを指摘され、智子は少し向きになっていた。

智子は自分より優秀な一樹には見せなかったが、プライドの高い女性である。そのプライドが森山によって著しく傷つけられたことが我慢できなかったのである。

「私の知り合いと晩メシでも食べようかと街を歩いている時に偶然、私の知り合いが市川教授と出会っただけですよ。その知り合いが市川教授と懇意にしていたから、一緒に晩メシを食べに行っただけですよ。癒着だなんて、あなたの思い過ごしですよ」

「その知り合いというのは好並一樹さんのことでしょう。彼が森山さんと市川教授の間を取り持ったのではありませんか？」

森山は智子が一樹のことまで知っていたのは予想外であった。

しかし、百戦錬磨の営業部長の森山はそんなことでは動揺しなかった。

「ああ、好並さんね。そうですよ。彼と一緒でした。彼はうちの会社のためにとても良い仕事をしてくれました。だから社長から彼を晩メシに連れて行くように頼まれていたんです」

「では、農学部の山中教授との件はいかがですか？」

そう言って写真をテーブルに置いた。さすがの森山も、その写真を見て少し動揺したが、あくまでも冷静に軽く受け流した。

「ああ、山中先生とのことですか。うちの社長のお嬢さんが農学部で、お世話になっている先生です。社長のお嬢さんは、あなたと同じぐらい美人でね。性格も明るく良いお嬢さんです。社長が、変な男と付き合っていないか、心配されておられましてね」

「何で好並さんが、その席にいたのですか。彼がお嬢さんと関係があり、お嬢さんの動向を知りたがっていたからではありませんか？」

智子は少し冷静さを失い、前後の脈絡を考えずに質問をした。

「それは少し質問がおかしいではありませんか。あなたは、お嬢さんのスキャンダルを取材に来たんですか？」

話の本筋からずれた質問したことを指摘され智子は慌ててその場を繕った。

「ついでにお聞きしただけです」

智子は自分が嫉妬していることに気がつき、冷静さを取りもどすように努めた。

「好並さんが　お嬢さんとどうかなんて知りませんよ。まあ、好並さんがお嬢さんと結婚して、うちの会社を継いでくれたらいいなあと囁いている雀たちはいますがね。ちょっと口が滑りました」

森山の言葉を聞いて智子は激しく動揺した。

「北野製薬が厚生労働省に新規添加物の申請をしている時に、二人の審査委員の先生と、たまたま料亭で会食したと言うのは通りませんよ。私の記事を読んで読者はどう思うでしょうかねえ」

森山は記事になると言うことを聞いて慌てた。

「あの時の勘定は割り勘ですよ。それにそんなに高い食事をしたわけではありませんよ」

すかさず智子は森山に迫った。

「それが証明できますか?」

森山はしばらく考えた振りをして、

「そうそう、領収書があったっけ。ちょっと待て下さいね」

森山は領収書を持ってきてテーブルに並べた。智子は二枚の領収書を素早くカメラに収めた。

「森山さん、おかしいではありませんか。山中教授には社長のお嬢さんのことを聞くために、お会いしたんでしょ。それなのになぜ勘定が割り勘なのですか。山中教授に失礼ではありませんか?」

森山は智子の鋭い指摘に内心《しまった》と思った。

森山は考え込みながら苦しい弁解をした。

「それはそうですが山中教授は我社が申請している添加物の審査委員をしていらっしゃる。痛くもない腹を探られてもと思っただけですよ」

森山が少し動揺したのを見て智子はすかさず森山を追及した。

「申請時期とタイミングよく、社長はお嬢さんのことが心配になったんですね。その弁明が通るとお思いですか」

森山は智子が言うように、山中教授の場合の領収書は別々にすることはなかったと後悔した。が後の祭りである。森山の顔色が蒼ざめていくのを見て、智子は強気になりここぞとばかりに矢継ぎ早に質問した。そこに居るのは一樹が今までに見たことも想像したこともない新聞記者としての智子であった。智子は、タクシーに乗ろうとしている市川教授を、森山と一樹が見送っている写真をハンドバッグから取り出しテーブルに置きながら森山の表情を観察した。

「まだ、おかしい点がありますよ。市川教授の場合と山中教授の場合と領収書の金額が同じ、というのはどう考えても不自然ですね。二人の教授が共に審査委員であること、料亭で会っていたこの写真、それにこの不自然な領収書の写真があれば北野製薬と審査委員の先生との癒着は明かです。一応森山さんの弁明もインタビュー記事として書いておきます」

そう言って智子は森山との会話を録音した小さなボイスレコーダーをハンドバッグから取り出し森山に見せた。

森山は智子が録音していることには、全く気がついていなかったのである。

これ以上話しても無駄だと思い、椅子から立ち上がり智子は丁重に礼を述べた。

「貴重なお時間を割いて下さりありがとうございました。お陰で良い記事が書けそうです」

森山は慌てた。このまま智子を返し、記事にでもされたら大変なことになる。

「少しお待ち頂けませんか。社長と相談してきますから」

森山は智子に、金を渡し口封じするしかないと考えたのである。

「社長さんと何を相談されるのですか。お金で私の口を塞ごうとお考えなら無駄ですよ。若い女性だからといって馬鹿にしないほうがいいですよ」

ボイスレコーダーをハンドバックに放り込み捨て台詞を残して智子はその場を後にした。

森山は智子の鋭さに舌を巻いたが、後の祭りであった。智子に完敗した自分が情けなかった。ことの重大さを十分過ぎるほど分かっていた。

森山の頭の中はアロマチンの申請が却下されないだろうか、二人の教授に迷惑が及ぶことはないか、自分を信頼してくれている社長にどう申し開きすればよいか、自分の会社での立場はどうなるのか、辞表を書かなければならないのか、などの心配でいっぱいになっていた。

ことここに到っては社長に正直に報告するしかないと思った。

森山は辞表を懐に社長室に向かった。その足取りは、両足が鉛の桎梏《しっこく》で拘束されているように重かった。森山は社長秘書に席をはずすように頼み、全てを社長に話した。

それから静かに辞表を社長の机の上に置いた。

「自分の不注意で社長やみなさんにご迷惑をかけることになり、本当に申し訳ありません」

そう言いながら深々と頭を下げた。その姿は余命一ヵ月の宣告を受けたガン患者のようであった。

社長もことの重大さをよく理解した。社長は辞表をチラリと見ながらしばらく腕を組んで考え込んだ。数分沈黙の時間が流れた。

「いや森山君、いい手があるぞ。まだ諦めるな」

静かに受話器を取り、総務部長の原田を呼んだ。三人はしばらく話し込んでいた。

原田は社長の提案に賛成した。

「社長それは良い手だと思います。それで行きましょう。私に任せて下さい」

「森山君、こうさせてもらう」

社長は辞表を破り、ゴミ箱に捨てた。


智子は書き上げた原稿を社会部部長に見せながら、北野製薬のことを話している。

「その件だがボツにしてくれ」

部長は厳しい表情で顔を下に向けたまま、元気のなさそうな声で智子に頼んだ。

智子は、この記事が新聞に出ると、一樹も大きなダメージを受けることは容易に想像できた。北野製薬での取材後、智子は一樹のことが気にかかり、激しく葛藤していた。その葛藤を乗り越えて書いた記事をボツにしろという部長の言葉に激しく反発した。

「この取材は部長の了承を得ていたではありませんか！」

部長は智子をなだめるようにしてミーティングブースに連れて行った。そこには頭が半分輝き、ワイシャツの腹部がはじけそうな五十過ぎの広告部長が静かに座っている。

広告部長は不服そうな智子をチラッと見てからおもむろに口を開き威圧するように大きな声で智子を問い詰めた。

「北野製薬の総務部長から猛烈な抗議があった。添加物の申請に関して何も審査委員に頼むことなどない。仮に頼んでも申請書類の改竄など出来るわけがない。二人の教授がたまたま審査委員だったということだ、と主張しているが。君は北野製薬が審査委員の先生に何を頼んだのか、具体的なことを掴んでいるのか!!」

智子は、北野製薬が審査を速く進めるように教授に依頼したことは、想像すらしていなかった。智子が黙っていると今度は、穏やかな口調で説得し始めた。

「北野製薬は、わが新聞に出している広告を全て取り止めると言ってきている。それだけではない、北野製薬と取引がある大手食品会社数社にも広告を取りやめるように働きかけると息巻いている。新聞だけではなく、近畿新聞の関連会社である近畿テレビのコマーシャルについても、北野製薬はもとより取引がある食品会社についても、取り止めるように働きかけると言っている」

膝の上で固く握りしめている智子の手は怒りで震えている。

「それって、言論の封殺ではありませんか!! そんな圧力に屈していては報道の自由はどうなるのですか!」

智子は激しく抗議した。

「君は飢え死にか、言論の自由かの選択を迫られた場合、飢え死にを選択できるのか。しかも多くの仲間を巻き添えにしてまで」

智子は返答に困り黙っていた。広告部長はさらに言葉を続けた。

「ここは大学の法学部のゼミではない!! 青臭いことを言ってもらっては困る。新聞社は税金で成り立っているわけではない。新聞社は広告収入がなければやっていけない。テレビ局はコマーシャル収入で経営が成り立っているんだ。それぐらいは分かるだろう。インターネットに広告を奪われ、我々が広告を集めるのにいかに苦労しているか少しは分かって欲しい。新聞社があっての言論の自由、報道の自由だ」

広告部長に続いて社会部長は智子を諭すように言った。

「北野製薬側は昨日、君の首を差し出すか、山陰地方の支局に転勤させろ、と言ってきた。今朝になって記事を取りやめるのなら穏便に済ませてもよいと連絡してきた。北野製薬の好並という若いのが、君の処分に猛烈に反対したらしい。そんな若いもんの意見をなぜ北野製薬が受け入れたのかは不思議だが、君にとっては、助け船になったんじゃないか。どうだ、今回はこの助け舟に乗ってくれないか」

智子は一樹が自分を庇《かば》ってくれたことが嬉しかった。

「よく分かりました。色々ご心配をおかけしました」

智子は下を向いたままポツリと言ってその場から離れた。自分の記事がボツになったことが悔しかったが、その反面、一樹が決定的な窮地に立たずに済んだことに内心安堵していた。

一樹の自分に対する思いやりが嬉しく思えた。

クリスマスイブに一樹は葉子を誘って四条河原町界隈の繁華街を歩いている。

街には寒風が吹いている。葉子はベージュのバーバリーのコートを羽織っている。

コートの裾は寒風に激しく弄ばれている。

夕方の街には方々からジングルベルのメロディーが流れ、各店先はクリスマスツリーを模《かたど》ったイルミネーションでキラキラと輝き明るかった。葉子は一樹のコートのポケットに手を突っ込み楽しそうである。一樹は店の前で立ち止まり、真っ赤なサンタクロースの帽子を買い葉子に被せた。

「はい、クリスマスプレゼント。とてもよく似合いますよ。一段と可愛くなりました」

その五百円の帽子は葉子にとてもよく似合っていた。葉子はまるでおとぎの国からやって来たお姫様のように可愛らしかった。キラキラ光るイルミネーションに葉子の美貌と可愛らしさが輝いている。そんな葉子を見て一樹は大変幸せな気分である。葉子はショーウィンドーに映っている自分の姿を見ながらとても喜んではしゃいでいる。

「男性の方からプレゼントを頂くのは生まれて初めてだわ」

「今日は母から特別にお小遣いを頂いたの。二人でクリスマスを楽しんできなさいって」

葉子は一樹をホテルのディナーショーに誘った。

ディナーショーではフランス料理のフルコースが出された。

一樹はクリスマスを祝うのも、豪華なディナーショーも生まれて初めてである。

葉子は場慣れしている。

「うちの父も母も、好並さんのことを自分の子供のように思ってるみたい。兄の生まれ変わりと勘違いしてるみたいよ」

葉子はやや不満そうであった。

「ぼくも前から葉子さんのことを妹みたいに感じていたところがありますから」

「困りますよ、妹では。好並さんは私の大事な恋人でしょ。女性として見て頂かないと」

葉子はせがんだ。

「実はね、両親は私たちの婚約を発表したいらしいの。いつ頃がいいか決めてきなさいって」

「それは葉子さんとご両親で決めて下さって構いませんよ。出来ればぼくが研究したアロマチンの申請が通った後がよいのですが。ぼくには何もありませんから新製品の誕生を花道にさせてもらえれば嬉しいですね」

「それは良い考えだわ。実は両親も私も悩んでいたの。気を悪くしないで聞いて下さいね。このままでは婚約発表の席で主役が私になってしまう。どうすれば好並さんを盛り上げて主役に出来るか随分悩んでいたの。そのお祝いパーティーの席で婚約を発表すればいいんだわ。そうすれば好並さんが主役で当然ですもの。これで両親の悩みも解決」

葉子は安心したのか肩の力を抜いた。

「別にぼくが主役でなくてもいいんですけど」

「妻は夫を陰で支えるものです。夫より目立ってはいけませんのよ」

九　危機を救った変わった担保

年が明け一月の初め頃、一樹の研究室に加藤がニコニコしながらやって来た。

「好並さん。おめでとう。アロマチンが厚生労働省から正式に食品添加物に指定されました。近々工場からアロマチンが出荷されますよ」

「早かったですね」

一樹は加藤の反応を探るために問いかけた。

「誰かがいろいろ頑張ったんでしょうね」

一樹は加藤の言葉から、加藤は審査を早めるように工作したことには感づいていても具体的なことは知らないと思った。

申請してから一年以内に審査が通るのは異例の速さである。一樹は市川教授が、他の審査委員に審査を早くするように働きかけてくれた結果であると思った。改めて市川教授の力の大きさに感心した。社長室には生産部長、研究所長、工場長、営業部長、総務部長、経理部長、チーム好並のメンバーなどが席に着き一樹を待っている。

一樹が入っていくと全員が立ち上がり大きな拍手で迎えた。

「好並君、連中の顔を見てくれ」

社長は両手をメンバーのほうに向かって広げ上機嫌である。

「好並さんのおかげで営業は楽になりました。特許がありますから殿様商売が出来ますよ。アロマチンを武器に他の添加物も抱き合わせで売れますから。美味しい商売ができます」

営業部長の森山はご機嫌であった。

《なるほど、アロマチン以外の添加物の売り上げも増えるのか。そこまでは知らなかった》一樹は内心思ったが口には出さなかった。

「森山さんも頑張ったじゃありませんか」

「その話はしないことにしましょう。今でもこの辺から冷や汗が出ます」

森山は苦笑しながら首筋をなでた。

「経理部も助かります。我社の経営は更に安定します。資金繰りに頭を悩ますことも銀行にペコペコ頭を下げることもなくなります」

「工場長さんは大変ですね。新しいプラントを運転していると予測できないトラブルも発生するでしょうから」

一樹は工場長の秋山を気遣った。

「今は中川さんや宮辺さんという強い味方がおりますから。中川さんが更に効率の良い合成方法を研究されますので、それに対応して宮辺さんたちと工場のプラントは改修するようになるでしょう。しかし、それはそれで楽しいものですよ」

みんなの話が途切れたころを見計らって一樹は全員に向かって感謝の意を表した。

「みなさんのご協力でいい日が迎えられました。土壇場では総務部長さんが素晴しい智恵を発揮されました。世の中はいつ何が起こるか分からないということを勉強させてもらいました。それでも、みんなが知恵を出し合い、一つの方向で協力すればいかなる難局でも乗り超えられるということがよく分かりました。これはぼくにとって非常に大きな収穫でした」

居合わせたほとんどの人間は土壇場で総務部長がどんな働きをしたのか知る由もなかったが、そのことを気にする者もいなかった。営業部長の森山が社長の意向を訊ねた。

「社長、アロマチンの注文が相当入っています。初出荷はいつにしましょうか？」

「二月十三日の月曜日にしてくれ」

社長は前もって初出荷の日を決めていたのか即座に答えた。

「実はな、二月十二日の日曜日にアロマチンが添加物として認められた件で祝賀会を開きたい。我社の社員だけでなく、取引先の関係者も呼んで盛大にやろうと思っている。二月十二日は好並君の誕生日なんだ。京都国際ホテルを予定している。好並君にはアロマチンについて講演を頼みたい。祝賀会ではサプライズがあるかもしれんぞ」

一樹はいよいよ葉子との婚約が発表されるんだと思った。

「ぼくは自分の誕生日をすっかり忘れていました」

一樹は笑いながら頭をかいた。

「君の誕生日を忘れていない人が他にもいるじゃないか」

社長はニヤニヤしながら微妙なことを言った。一樹は冷や汗をかきながら、

「そうでした」

とまた頭をかいていた。一樹が研究し、発明した合成保存料アロマチンは工業的に製造され、一ヶ月後には食品に添加されることになったのである。一樹はソルボン酸の特許切れの問題を見事に解決し、北野製薬の経営を安定軌道に乗せたのであった。

この時アロマチンをめぐって悲劇が起ることなど一樹はもとより、誰も予想していなかった。


二月十二日がやって来た。一樹の研究の成功を祝うかのように京都の空は雲ひとつない晴天であった。京都国際ホテルではアロマチンの指定（認可）を祝う盛大なパーティーが立食形式で催されている。招待されたのは、北野製薬では係長級以上の社員、研究所の研究員全員、北野製薬の代理店の社長クラス、食品会社の社長や幹部、それに山本教授夫妻である。

社長の挨拶の後、濃紺のスーツで身を固めた一樹はスクリーンに映し出された図、表をレーザーポインターで指しながらアロマチンの開発経過、安全性、食品への応用などについて講演した。

その態度は堂々としたものであった。

一樹は学会発表などで多数の人前で講演することには慣れていた。

一樹は講演の終わりのほうで次のように述べた。

「以上述べましたようにアロマチンは全く安全な添加物であります。ソルボン酸と違い水溶性で

あり、あらゆるＰＨ（ペーハーまたはピーエイチ）での使用が可能であります。無味無臭でありますから、清涼飲料水、ジュース、カマボコなどの水産練り製品、ハム、ソーセージからパン類、お菓子類、生うどん、各種のお惣菜にいたるまで、幅広く使用していただけます。食中毒の防止という観点からも、ぜひご検討いただければと思います。またお惣菜の消費期限が今までより延長できます。二日ほどしか日持ちしなかったお惣菜を十日以上日持ちさせることが可能になりました。加工食品では従来より数ヶ月賞味期限を延長することが可能になりました。これらのことからアロマチンを使用して頂きますと、お惣菜関係では廃棄率が低下し、加工食品では賞味期限切れによる返品率が低下します。このようにアロマチンは必ず皆様の利益向上に、ひいては皆様の会社の発展に貢献できるものと確信しております。最後に、既にたくさんのご注文を頂いておりますことに対し、開発者として厚く御礼申し上げます。北野製薬はこれからも皆様の信頼に応えるべく高品質の製品を提供してまいります。今まで以上にお引き立て頂きますようお願い致します。また、北野製薬では現在画期的な新しい甘味料の開発を進めております。砂糖と全く同じような甘味の甘味料です。どうぞ、ご期待下さい」

一樹の講演が終わると会場には割れんばかりの拍手が起こった。演壇にいるのはいつも葉子に遠慮ぎみで葉子の言うことは何でも聞いてくれる少し頼りなさそうな一樹ではなかった。

葉子は全く別の一樹を初めて見た。葉子は堂々と、しかも凛とした態度で講演している一樹を非常に頼もしく思った。社長も芳子も同じ想いであった。

「さすがだな」

社長は葉子と芳子に話しかけた。

「いつもの好並さんとは思えないわ。立派な講演だわ。好並さんは人前で話が出来るのかしらと心配だったの。葉子どう」

「いつもの好並さんとは全く違う。あんな立派な方だなんて。いつも私の言うことは、なんでも聞いてくれる、何だか頼りなさそうな人と思っていましたから。私、改めて好並さんが好きになりました」

「よかったね、葉子。好並さんを大事にしなくちゃダメよ」

一樹の講演の後、しばらくの間、出席者同士がバイキング方式の料理を食べながら歓談している。森山はしきりに取引関係者の席を回り、大きな体をペコペコさせて名刺を切りながら挨拶し営業活動をしている。

しばらくして司会者が告げた。

「北野社長様から皆様にご報告があります」

談笑が止み会場は水を打ったように静かになった。社長は演壇に登りマイクを手にした。

「この場をお借りいたしまして皆様にご報告したいことがあります。皆様もご存知のとおり長男隆彦は私たちをおいて、遠い所に行ってしまいました。私は後継者を失い途方にくれていましたが、先ほど講演した好並君がいつも私の力になってくれました。私たち夫婦は好並君が隆彦の生まれ変わりのように思えてきました。そのうち好並君と葉子が交際するようになり二人の意志を確認したところ二人とも将来を共にしたいとの決心を固めていました。好並君のご両親の了解も得られました。そういうわけで、先ほど講演した好並君と私の娘、葉子がこの度、婚約いたしました。彼は私と違い研究のことや技術に明るい人間です。今まで私に賜りましたご厚情を好並君にも賜りますよう伏してお願い致します」

一樹と葉子も壇上に上がり、三人が深々と頭を下げると祝福の大きな拍手が起こった。

次の日、新聞の京都版にこの記事が小さく載っていた。智子は近畿新聞京都支社で新聞を読んでいて、この記事が目に留まった。記事と共に一樹と葉子の写真が掲載されていた。

智子は死刑判決を受けた被告人のような強い衝撃を受けた。

一樹との別れが決定的になったことを悟った。

《もうあの人と逢うことはない》という寂しさに全身が包まれた。智子は静かに新聞を畳んで机に置き、目をつむった。瞼の裏には一樹との楽しい思い出の場面が前後の脈絡なく浮かんできた。

一樹が前から葉子と交際していたことを知り、智子の中では複雑な感情が循環していた。


アロマチンは飲料水を嚆矢《こうし》として水産練り製品、ハム、ソーセージ、ケーキ、和菓子、味噌、チーズ、お惣菜から漬物にいたるまで幅広く食品業界に順次出荷されていった。しばらくしてからであるが化粧品や歯磨きの防腐剤としても出荷されていった。

いずれ海外へ輸出も始まる。アロマチンはソルボン酸より十倍効果が強いこともあり、原価の二十倍の値段で販売され、北野製薬の大ヒット商品となったのである。

三月に葉子は京都総合大学を優秀な成績で卒業した。

葉子は家事の手伝いや家庭菜園の手入れをしながら暮らしていた。四月に一樹は大学院の五回生になった。

五月の連休に岡山に帰省し家の建て替えのことを両親に話した。

社長は一樹が親孝行をしたいと思っていることはよく知っていた。そこでアロマチンを発明した謝礼の意味もあって一樹に岡山の家を建て替えるように強く提案していたのである。

初めは遠慮していた両親も、一樹が大きな発明をして莫大な利益を会社にもたらしたことを説明すると家の建て替えを了承した。両親は非常に喜んでくれた。

一樹は長年の念願がかない肩の荷が一つ下りたように感じた。葉子と結婚せず大学で研究者になる道を進んだら両親のために家を新築することなど不可能であっただろうと思った。


五月の終わり頃。一樹は北野製薬の研究室でアロマチンの工業的合成方法の改良について中川たちと円形のテーブルを囲んで和やかな雰囲気で勉強会を開いている。

テーブルにはコーヒーやケーキが置かれている。

その頃、工場の一角でプラントの改修工事が行われていた。一人のヘルメット姿の作業員が一生懸命、溶接機でパイプの切断作業をしている。

その作業員の数メートル後にある銀色の塗装がなされているタンクの底にあるバルブから、ノルマルヘキサンが流出していた。ノルマルヘキサンというのは、ガソリンの成分の一種で揮発性の高い引火性の液体である。そこに溶接の火花が飛んだ。周辺は一気に火の海と化した。作業員は驚いて溶接機を放り投げ、走って逃げ出した。熱でノルマルヘキサンのタンクのバルブが破損し大量のノルマルヘキサンが流出した。

タンクはずっしりと腹の底に響く大音量を発して爆発炎上した。ノルマルヘキサンの周辺に配置されていたエチルアルコールや、燃料の重油のタンクが次々と誘爆した。その火は工場の建物に及び古い工場は火に包まれていった。

工場の中から工員たちが悲鳴を上げながら、煤《すす》けた姿で次々と飛び出してきた。

直ちに工場の消防隊が出動した。一樹たちは大きな爆発音に驚き工場に駆けつけたが、なすすべもなく放心状態でただ成り行きを見つめている。

一樹の顔から血の気が引き足は恐怖でがくがく震えている。

しばらくして到着した消防署の消防車が慌しくしていたが、一樹にはそれが別の遠い所のことに思えていた。消火が終わり立ち込めていた煙や水蒸気が晴れるにつれ、少しずつ工場の無残な姿が現れてきた。

工場の屋根はなくなり黒く煤《すす》けた鉄骨だけが無残な姿をさらしている。工場にはそれまでの爆発音が嘘のような静けさが漂っている。顔や作業服が煤けた従業員はただ黙して、茫然と立ちつくしている。

幸い死者は出なかった。北野製薬の周辺への延焼は食い止められていた。

社長は東京支店に出張中であった。誰かが一樹の傍で呟いた。

「社長に連絡しなければ」

その声を聞いて一樹は我に返った。総務部長が社長に連絡した。一樹は化学工場の怖さ、危険性を実感した。宮辺が一樹の傍に寄ってきて、一樹の肩を強く叩きながら話しかけた。

「室長！　しっかりして下さい！　起きてしまったことは仕方がないでしょう。再建策を立てることが急務です。社長が帰られるまでに、今後のことをみんなで相談しておきましょう」

工場長、生産部長、総務部長は消防署や警察の対応に追われていた。会議室に一樹、宮辺、中川、森山、加藤、出口、藤田、吉富が集まった。

宮辺は極めて冷静であった。

「いかにして早急に工場を再建するかを考えなければなりません。一番の問題はアロマチンの製造がストップすることです。幸いアロマチンを製造している新工場は無事でした。しかし、この火災でアロマチンの原料を製造しているプラントは壊滅しました。この原料の調達が出来ればアロマチンは製造できます。アロマチンの原料の調達については購買部に当たってもらいます。工場やプラントの再建には、私たちの部門と中川さんのグループが総力を挙げて当たります。今日から会社に泊まり込み大急ぎで設計図を描きます。工場長には建設現場の指揮を執って貰います。建設会社やプラント建設の専門会社と早急に交渉する必要があります。納品が出来なくなった食品会社には、営業部に交渉してもらいましょう。総指揮は社長に執ってもらいますが実質的には好並さんにお願いします。当面この案でどうでしょうか」

宮辺は全員に同意を求めた。中川が一樹の意向を聞いた。

「ぼくは宮辺さんの案で良いと思いますが。室長はどうですか？」

一樹は冷静さを取り戻していた。

「このような時に冷静に、しかも的確な再建策を考えられた宮辺さんに敬意を表したいと思います。やるしかないじゃありませんか。みんなで力と知恵を出し合ってこの難局を乗り越えましょう。社長にはぼくのほうから報告しておきます。全ての責任はぼくが負います。思い切りやって下さい。

それにしても宮辺さんには感心しますよ」

宮辺は頭を掻きながら照れていた。

「いや、火事場のバカ力というか」

中川が沈みがちな場を盛り上げた。

「それも言うなら火事場のバカ知恵でしょう」

一瞬緊張がほぐれ笑い声が響いた。

「ぼくは後一年でこの会社に入社します。ぼくが入社を決心したのはみなさんといつまでも一緒に仕事がしたかったからです。みなさんと出会えてなかったら、大学で研究者の道を歩むことになったでしょう。みなさんのご協力には必ず報いるつもりです。今後ともよろしくお願いします」

一樹は礼を述べ非常に丁重に三回も頭を下げた。

一樹が丁重に三回も頭を下げた意味は大きかった。次期社長の地位が確定しているのに、決して威張らない一樹に全員が非常に好感と安心感を持ったからである。

一樹は幼少の折から自分に擦り寄ってくる人間は大事にする傾向が強かった。

その反面、自分を避ける人間、自分に反対する人間には積極的に心を開き話し合うということはなかった。それは現在でも変わっていない。

一樹たちが打ち合わせを終え、解散しようとしていた時ドアが強くノックされた。

藤田がドアを開けると外にはヘルメットを小脇に抱え、首に汗と油で汚れたタオルを巻いた三十名ほどの作業員が整然と並んで立っていた。

一番前のリーダーと思われる四十ぐらいで目つきが鋭い浅黒いがっしりした体格の男が、

「好並さんという若いのに話があってきた」

とぶっきらぼうに言った。どう見ても人相はあまりよくなかった。

一樹は緊張したが、冷静を装いながら応対した。

「好並は私ですが」

「あんたが好並さんか。わしは高原というもんや。あんた今、工場の人間がどんな状態か知っているか。この会社は、もうだめだと言って辞めようとしている連中がかなりいることを」

「いや全然知りません。この工場を早急に再建するには、どうしたらよいか話し合っていたところです。大体まとまりましたので、社長が帰られましたら、すぐ報告するつもりです。社長の承認が得られ次第、再建案を直ちに公表する予定です」

「そうか、早く再建案を打ち出したほうがええ。そうすればみんなの動揺は抑えられるかもしれん」

一樹は作業員達が会社の責任を追及しに来たのではなさそうな雰囲気を感じ安心した。

「ここにいる連中は全員、今新工場が建っている元の潰れた会社に勤めていた連中だ。わしらが路頭に迷っていた時、北野製薬がわしらを拾ってくれた。わしらは、この会社では外様だ。そんなわしらを生え抜きの連中と差別せず、同じように扱ってくれた北野社長に対する恩義は決して忘れてはおらん。再建にわしらも協力させてくれんか。わしらは会社の一大事の時に逃げ出したりはせえへん。火事の後片付けでも工場建設の作業でも、ペンキ塗りでも何でもやる。溶接の出来る者だっている。配管工事が出来るのもいる。わしら大学は出とらんし学もないが身体だけは丈夫や。徹夜の突貫工事でも、へこたれへん。会社が再建できるまで給料は食えるだけ貰えたらええ。好並さんから社長に頼んでくれんか。何でもするから、わしらの首を切らんといてくれ」

高原は首に巻いていたタオルを取り一樹に深々と頭を下げて頼んだ。他の作業員も首のタオルを取り彼に続いて一斉に頭を下げた。一樹は彼らの申し出を聞いて涙が出るほど嬉しかった。一樹は、北野製薬が人員整理に入るのではないか、その場合、彼ら外様が最初に首切りに遭うのではないかと彼らが心配していることに気がついた。

一樹は大変感激し、反射的に高原のほうに歩み寄り、両手で油で汚れた手を握って言った。

「ここにいるみんなは気分が沈んでいたところです。あなたの申し出には大変感激しました。あなた方に力と勇気を貰いました。ぜひ我々に力を貸して下さい。一緒に頑張りましょう。会社を辞めるという人たちを引き止めは致しません。給料は再建が軌道に乗るまでは下がるかもしれません。だけど、それはあなた方だけではありません。しかし再建が早くできれば損失も少なくて済みます。もし会社が再建できれば、必ず穴埋めはさせてもらいます」

「次期社長の好並ゆうのは頭は良いが、青二才だと思っていた。が結構度胸がすわっとる。やっぱり会って話をしてみんと分からんもんや。わしらあんたの言うことは何でも聞くで。遠慮せんと命令してや」

そう言って連中は一礼をし部屋から出ていった。

社長は工場再建に必要な資金を融資してもらうために阪神銀行京都支店を訪れていた。

応接室のソファーに座って待っていると支店長の木田が入ってきた。社長は席から腰を上げ木田に挨拶をした。木田は社長の来訪目的がよく分かっている。

「この度は大変だったですね」

「そのことで相談に来たんです。新工場にかなりつぎ込んでいるし。六十億ほど融資してもらえないだろうか」

木田はいつも北野製薬には好意的に対応してくれることから、社長は今回も問題なく融資が受けられると安易に考えていた。

しかし木田はいつもと違って厳しい表情をしている。

社長は木田の表情がいつもと違うことに気がつき不安に襲われた。

「六十億となると私の一存ではどうにもなりません。一応、本店に相談してみます。しかし厳しいかもしれませんよ」

社長は木田の返事に困惑した。もし阪神銀行から融資が受けられないとなると、会社は資金繰りに窮してしまう。社長の脳裏に《倒産》という二文字が浮かんだ。

「もし融資が受けられなければ会社はピンチに陥ります。木田さん何とかお願いしますよ」

社長は必死である。しばらく重苦しい沈黙が続いた。

木田は天井を見上げながら気の毒そうに言った。

「私としては北野製薬さんに協力したいのですが。しかし時期がよくなかったかも」

社長は新工場建設で多額の融資を受けたばかりのうえに、事故を起こしたことが融資を難しくしているものと考えていた。

しかし木田は全く別のことを心配していたのである。

社長は阪神銀行本店の応接室でソファーに座って待っている。

「よ！　北野、久しぶりだな」

そう言いながら大きな目をギョロつかせ、社長を見下しながら入ってきたのはあの大石である。

大石を見て社長の顔から血の気が引いていった。

大石は脚を組みソファーにふんぞり返り高圧的である。

「先月、頭取が体調を崩して辞めた。新しい頭取が松江から呼び戻してくれたんだ。融資部長でな。松江の冬は随分堪《こた》えた」と皮肉を言った。

社長は、まずいことになったと思った。案の定、大石は、

「工場の火事で金がいるんだろう。新工場の件で融資したばかりではないか。化学工場はいつ爆発事故を起こすか分かったもんじゃない。追加融資なんてとんでもない話だ。それより君の会社は危なくなってきた。新工場に融資した分の返済をしてもらわなければならん。幸いなことに工場が焼けて後片付けをしているところらしいな。そのまま更地にすればよいではないか。工場が建っているより更地のほうが売りやすい。火事の跡地に工場の建設なんかしないでくれ。これが融資部長としての返事だ」

と社長を冷たく突き放した。

社長は大石から引導を渡されたのである。

学生時代からの大石との確執を考えれば、いくら頼んでも融資は無理であることを悟った。

「時間を取らせたな」

社長は礼も言わずに立ち去った。その後ろ姿は悄然《しょうぜん》としていた。

あくる日、社長は森山、総務部長、経理部長、生産部長、一樹を呼んで善後策を練っている。社長は憔悴しきっている。

「阪神銀行からの融資は絶望的だ。このままでは資金繰りがつかなくなり倒産してしまう。《銀行というのは天気の良い日には傘を貸すが、雨が降り出すと傘を取り上げる》ところだ。今回それが身に滲みて分かった」

社長は大石との確執については語らなかった。大石との確執が原因で融資が受けられなくなったことが知られると、社長の責任は免れないからである。

倒産という言葉を聞いて全員下を向いて黙してしまった。全員、極めて深刻な局面に立たされていることを初めて知ったのである。一樹が沈黙を破るように経理部長に訊ねた。

「阪神銀行以外からは融資してもらえないのですか？」

「難しいでしょうね。新工場でかなり借金していますから。それにもう担保がありません。工場の土地などは全て阪神銀行の抵当に入っていますから。今のうちの状況では・・・」

経理部長は力のない声で言って、下を向いてしまった。

暗い落ち込んだ雰囲気を破るように一樹は意識的に明るい声で言った。

「土地だけが担保ではないでしょう！　知的財産権も担保になるでしょう」

一樹の提案を聞いて、総務部長の原田が急に目を輝かせ声をはずませた。

「それは良い考えかもしれません。気がつきませんでした。アロマチンとシュークラミンの特許権を担保にするわけですね。アロマチンとシュークラミンの利益を綿密に予測し、何年で借入金が返済できるか計画を立てます。二年あれば、何とかなると思います。何と言ってもアロマチンとシュークラミンは特許がありますから、絶対に他社はうちのシェアに切り込んでくることは出来ません。アロマチンとシュークラミンの特許権を担保とし、返済計画を提示することで何処かの銀行から融資を受けることは出来ないでしょうか」

社長はしばらく考えてから口を開いた。

「良い案かもしれんな。前田先生に頼んで東京中央銀行を紹介してもらってみるか。その計画書を大至急作ってくれんか。今日はここまでにし、直ちに計画書の作成に全力で当たってくれ」

社長は一樹を伴って前田衆議院議員の私邸を訪問した。

一樹は政治家に会うのは初めてで緊張している。和室の応接間で座卓に座り静かに雪見障子の窓越しに庭をぼんやりと眺めながら前田議員を待っている。

しばらくすると灰色を帯びた紺色の羽織姿の前田議員が笑顔で入ってきた。

社長は挨拶をしてから一樹を紹介した。

前田議員は軽い笑みを浮かべながら社長を気遣っている。

「北野さん、大変な目に遭いましたね。今日はそのことで来られたのですね」

「そうなんです。ぜひ先生のお力をお借りしたいと思い参りました」

社長は火事の原因を話した後、再建計画、利益の見込み、借入金の返済計画、特許権を担保にすることを説明した。

「先生は銀行に絶大な影響力を持っておられる。何処か銀行をご紹介頂けないでしょうか」両手を畳みに付いて頼んだ。一樹は黙って社長と同じようにした。

「化学や添加物のことは詳しくないが、北野さんという人物は信用している。この計画書は信用しよう。で、具体的に、どこの銀行か言ってもらえないですかね」

「東京中央銀行さんがよいのではないかと考えているんですが、いかがでしょうか？　京都に支店もありますから」

前田議員は大きく二回頷いた。

「あそこですか。いいかもしれませんよ。あそこの頭取は大学の同期ですから」

前田はすぐに受話器を取り、東京中央銀行の頭取に電話をかけ北野製薬のことを話した。

「いかがでしたか」

社長は恐る恐る前田に聞いた。前田は親指と人差し指で丸を作った。社長と一樹は胸をなでおろした。社長と一樹は畳に頭をこすり付けながら礼を言った。

一時間ほどお茶を飲みながら前田と政治や経済の話をした。二人は紺の風呂敷包みを渡して前田邸を後にした。

前田邸を出た所で社長は一樹に話しかけた。

「前田先生は利用価値のある人だ。いずれ財務大臣になるかもしれない。上手に付き合ってくれ。阪神銀行から融資を断られた時には《倒産》の二文字が浮かんだ。しかし特許権を持っていたので助かった。君は正に北野製薬とわが家の守護神だ。君には心からお礼を言いたい」

社長は一樹の肩を軽く叩いた。

「運命協同体じゃありませんか。ぼくのような貧しい人間を引き立ててくれた社長や奥様には大変感謝しています。その上、葉子さんとの結婚まで勧めて頂いて」

「なあに、二年もすれば借りた金は返せる。海外への輸出が始まれば、その利益はそっくり会社の内部留保となる。君には海外出張して販売促進のため講演をしてもらう」

東京中央銀行京都支店の支店長菅井は京都総合大学農学部食糧化学科の食品衛生学教室に山中教授を訪ねている。山中教授は食品添加物に詳しいからである。

教授の机やテーブルには学術雑誌、論文のコピー、専門書がいつ崩れてもおかしくない状態で積み上げられている。

菅井は痩せて、頬がこけている中年を過ぎた男で、特別山中教授と面識があるわけではなかった。

教授はあまり上等ではない緑茶を菅井の前に置いた。

菅井は名刺交換すると早速用件を告げた。

「先生は食品添加物に詳しいということを聞きまして、お伺いした次第であります。北野製薬のアロマチンという保存料のことにつきまして教えていただければと思って参りました。非常に失礼ですが銀行に報告しなければならないので録音させて頂きたいのですが」

教授は菅井がアロマチンの有害性など負の情報を聞きに来たのではないかと思い、嫌な気分になった。

「ほう、銀行さんが添加物の勉強ですか。色んな方が来られますが、銀行さんは初めてです。どうぞ録音して下さい。アロマチンに何か問題でもありますか」

「アロマチンの価値についてお伺いしたいのです。実は内密に、お願いしたいのですが、北野製薬とうちの銀行が取引を始めたいと考えておりまして」

山中教授は菅井の用件が添加物の危険性のような内容ではないことで安心したのか表情がゆるみ舌も滑らかになった。ソファーでゆっくり脚を組み直しながら説明を始めた。

「あれは超優れもんですよ。うちの大学の薬学部の大学院生が発明したんですがね。今までの保存料と違って、使い勝手が非常に良い。その上抗菌力、微生物の増殖を抑える力みたいなもんだがね、それが非常に強い。安全性も非常に高い。今までにない優れた保存料だと言っていい。世界的にもアロマチンより優れた保存料は存在しない。価値は分からない。国内だけでなく、海外にも十分輸出できるからどれ位売れるか見当もつかない。北野製薬が、このたびの火災であの特許を何処かに売るとすれば、おそらく一千億以上だろう。あれだけのものは今後十年や二十年では出てこないだろうし」

山中教授の答えを聞いて菅井は大変驚いた。

《そんな価値があったのか。話半分でも大変な価値だ》

「よく分かりました。もう一つお伺いしたいのですが、北野製薬は甘味料であるシュークラミンを開発中だという情報があるんですが？」

「噂は聞いています。発明したのは同じ人物だ。好並という男だ。好並という男はこの大学でも滅多に出ない天才的な男だ。シュークラミンについては聞いているが、まだ開発段階だ。企業秘密に触れるので詳しいことは北野製薬の了承がないと話すわけにはいかない。甘味料の質としては砂糖に近いものが良い。シュークラミンはその点では優れている。今、長期毒性試験が終わったところだろう。これは噂だが、毒性の面では問題はないらしい。保存料というのは腐りやすい食品にしか使わない。レトルト食品やビスケットなどには使わない。しかし甘味料はレトルト食品やビスケットにも使う。つまりあらゆる食品に使われる。だから商品的価値はアロマチン以上に高い。もちろん海外にも輸出できる。シュークラミンの販売価格が分からないので正確な経済的価値は推測できないがアロマチンよりは価値があるだろう。そろそろ厚生労働省に申請するのではないか。参考になりましたか。何なら薬学部の山本教授を紹介しようか。彼なら私より詳しいかもしれん」

菅井は慌てて右手を左右に二回振った。

「いいえ、今の説明だけで十分です。銀行員というのは法学部や経済学部の出身者が多くて。化学とか物理と聞いただけで頭痛を催すような連中ばかりでして。これからは銀行も土地を担保に金を貸すだけでなく、知的財産権、特に特許権の価値に融資する時代に突入します。技術が分からないと・・・先生これからもよろしくお願いします」

菅井は生八ツ橋が入った紙袋を教授に渡し、足取りも軽く教授室を後にした。

菅井はなぜメインバンクの阪神銀行が融資しないのだろうと不思議であった。

録音すると断わってのことである。録音が証拠として残るのに山中教授が虚偽、偽りを言うことは考えられなかった。

菅井は教授の言葉を信用してもよいと判断した。

北野製薬の案件は、京都支店の支店長として取引先の拡大に苦戦していた菅井にとって天から降ってきたような良い話であった。

支店に帰った菅井は直ちに本店に報告した。アロマチンとシュークラミンの担保価値の鑑定として山中教授との会話をそのまま本店に送った。

本店では頭取以下が集まり会議がもたれた。本店の対応は早かった。

経済的価値の高い特許が二つもあるのになぜ、阪神銀行に融資を頼まないのかという点が問題になったが、山中教授の証言が決め手となり北野製薬への融資が決定された。

本店での決定がなされた次の日、菅井は北野製薬の社長室を訪ねた。何と、菅井には桜井頭取が同行していたのである。社長室では社長、総務部長、経理部長が待機している。

「私は京都支店の菅井でございます。こちらは桜井頭取でございます」

菅井は社長に頭がピカピカでデップリとした頭取を紹介した。

名刺交換が終わり全員席に着いた。

「頭取にまでお越し頂き誠に恐縮であります」

社長は大変緊張していた。

「いや、久しく京都に来たことがなかったもんで。京都見物が目的で来たようなもんですから。気になさらないで下さい」

桜井は気さくな人物であった。菅井が融資の件について説明を始めた。

「北野製薬さんへの融資の件は本店の了解が得られました。どうでしょう、これを機会にうちの銀行をメインにして頂けませんか」

社長は阪神銀行から、今までの借入金を全て返済するように迫られていたので、異存はなかった。しばらく考える振りをして、総務部長、経理部長の意見を聞いた。二人とも頷いた。

「分かりました。そのようにさせて頂きます。その代わり我社が阪神銀行から借り入れている全額についても融資して頂けますか?」

菅井は社長達の不安を吹き飛ばすようにあっさりとした口調で言った。

「九百億までなら融資は可能ですが」

社長、総務部長、経理部長は内心驚いた。

特許の担保価値が予想をはるかに上回る金額であったからである。

「ただし条件があります。工場などの土地に設定されている阪神銀行の抵当権をはずしてうちの銀行が一番抵当権を設定すること、もう一つはアロマチンとシュークラミンの特許権に抵当権を設定させてもらうこと。この二つが条件です。いかがですか。無理な条件ではないと思いますが」

確かに無理のない条件であった。

「しばらく時間を頂けませんか」

社長と二人の部長は隣の会議室に入っていった。何も相談することはなかった。二人の部長が反対するわけがなかった。

しばらくして、三人は社長室に戻り社長は丁寧に頭を下げ頼んだ。

「条件は全て了承いたします。融資のほう、出来るだけ早くお願い致します」

頭取は落ち着いた口調で告げた。

「北野さんとだけお話したい」

それを聞いた二人の部長は頭取と菅井に丁重に礼を述べて退席した。

「本店でも、なぜ北野さんは長い付き合いがある阪神銀行に融資を頼まなかったのか不思議がっています。菅井も同じ気持ちです。ある大学の先生に鑑定してもらったら、二つの特許だけで二千億以上の価値があると言われました。よろしければ理由を話して頂けませんか」

阪神銀行とは比較にならない大銀行の頭取である。社長は正直に話すしかないと思った。

阪神銀行の大石との学生時代からの長い確執について正直に話した。

頭取と菅井は納得した。

菅井は早速、営業関係の話をし始めた。

「北野さん、これからは東京中央銀行が力になります。いつでも相談して下さい。社員の方の預金や住宅ローンもぜひうちの銀行にお願いします」

頭取達が帰った後、社長は一樹や主要なメンバーを集め東京中央銀行からの融資が決定したことを伝え再建を急ぐように指示した。

みんなが退席した後、一樹は社長と久しぶりに美味しいコーヒーを飲んでいる。

「ホッとしたな。コーヒーはゆったりした気分で飲みたいものだ。頭取がやって来るとは思わなんだ。緊張したなあ」

社長はわざわざ頭取が来た目的が分かり安堵している。

しかしその点について一樹には話さなかった。

「社長はよく言われますね。銀行は《天気の良い日には傘を貸すが、雨の日には傘を返せ》と言うと。うちの会社は今暴風雨の状態なのに東京中央銀行はよく傘を貸してくれましたね。しかも大きな傘を」

社長は上機嫌である。

「おいおい、うちはもう暴風雨ではないぞ。東京中央銀行は、うちの会社に融資という風を送れば、雨雲が消え去り大きな朝日が昇ると判断したんだ。それにしてもうちの特許の価値を鑑定したのは誰だろうな。大学の先生だと言っていたが。特許に抵当権を設定し融資するというのは珍しいケースだと言っていた。今後は増えるだろうとも言っていた。どうだ、良い勉強になっただろ」

「ヒヤヒヤの連続でしたが、とても良い勉強になりました。勉強は楽しくやりたいですね。工場長、宮辺さんたちとよく相談し工場全体の安全性を見直してみます」

「私ではよく分からん。しっかり頼むぞ。再び火事を出さんようにな」


数日後、社長は阪神銀行京都支店の木田を会社に呼んだ。

木田は溌剌とした社長を見て意外に思った。

「阪神銀行からの借入金は、全て返済する。抵当権をはずしてくれ」

木田は驚いている。

「うちとの取引を止めるということですか」

「ああそうだ、東京中央銀行に乗り換える。以前、君が教えてくれた銀行だ。君には本当に感謝している。君が今まで私に示してくれた好意は忘れない。もし君が銀行を辞職するような時には必ず私に相談してくれ。大石が阪神銀行にいる限り阪神銀行とは取引をしない」

「しかし、よくこの土地を担保にしてそこまで融資してくれましたね」

木田は怪訝そうに訊ねた。

「木田君、そんなことを言っていると時代に取り残されてしまうぞ。北野製薬には土地以外に二千億の財産があるんだ。東京中央銀行はそれを担保に九百億までなら融資すると言ってくれた」

木田は何が担保になったのか理解できない様子であった。あくる日、社長は阪神銀行本店の応接室で頭取と対面している。頭取は金縁メガネから温かい眼差しで社長を見つめている。

「長い間面倒を見て頂きありがとうございました。阪神銀行さんから融資して頂いている分は全額返済いたします。今日は今までのお礼を述べに参りました」

阪神銀行にとって、北野製薬は大口の取引先である。

「よく融資してくれる銀行がありましたね。大石の報告では、今のままでも担保割れしているとのことです。どこの銀行でも工場再建のための追加融資などとても無理だと思いましたが」

「ある大手の銀行が融資してくれることになりました。その銀行はうちの会社の土地以外の財産を二千億と評価してくれました」

頭取は不思議そうに訊ねた。

「不思議な銀行があるもんですね。参考までに何を担保にされたのか教えて頂けませんか」

社長は得意になっている。

「特許権ですよ。うちには非常に優れた特許が二つもあります。東京中央銀行さんはこの特許を担保に融資してくれたんです。九百億ぐらいなら融資すると言ってくれました。もちろんそんなにたくさんは必要ないんですが。特許のことは大石さんにも十分説明してお願いしたんですがダメでした。もう少しで阪神銀行さんの〝貸し剥がし〟によって倒産するところでした」

社長は平然と嘘の説明をした。

社長は大石に特許権のことは話していなかった。

社長は決して人を騙したり落とし入れたりするような腹の黒い人間ではなかったが、昔のことを根に持って自分の会社を二回も潰そうとした大石だけはどうしても許せなかったのである。

頭取は社長の説明を信じたようであった。

「大石は北野製薬さんがそんな素晴しい特許権を持っていることを報告しなかった。本当に済まんことをした」

頭取はテーブルに両手をついて謝まった。すぐに大石を呼んだ。大石は社長を見て驚いた。

大石はてっきり社長が頭取に融資のことで泣きついてきたものと勘違いしている。

「北野さん、とうとう工場の土地を明け渡す決心がつきましたか」

大石は社長の前に立ち、ソファーに座っている社長を見下ろしながら勝ち誇ったように言った。

「バカもんが!!」頭取は大石の顔を睨みながら怒鳴りつけた。

社長はニヤニヤしながら大石を見上げた。大石の表情は一変した。

「君は北野製薬さんが素晴しい特許を二つも持っていることを、なぜ私たちに報告しなかったんだ。担保物件は不動産だけではないだろう。北野製薬さんのような研究開発型の企業では特許は土地以上に立派な担保になるではないか。君はそんなことも知らないのか。君のせいで、長い付き合いの北野製薬さんをライバルの東京中央銀行に奪われてしまったではないか。うちの銀行は大損害だ!!」

社長から特許のことは聞いていなかったので大石は慌てた。

「そんな特許があることは知りませんでした。知っていれば対応は変わっていたのですが」

下を向いて苦しそうに答えた。社長は平然と頭取に嘘の説明をした。

「大石さんには、アロマチンとシュークラミンの特許について詳しく説明しました。しかし耳を貸して頂けませんでした」

社長は頭取が自分の言っていることを信じると確信していた。

頭取は大石を見据え語気を強めた。

「大石！　君は私に嘘を言って責任を逃れようとするのか。北野さんは、工場が火事に遭い操業できなくて非常に困っていたはずだ。土地は既にうちの銀行の担保に入っている。そんな状態で追加融資を必死に頼みに来られたんだろう。特許の話をしないわけがない。東京中央銀行は北野さんの特許に、九百億以上の担保価値をつけたそうだ。君に特許などの知的財産権の知識がないのか。北野さんから得ていた利益は大きい。当然責任を取ってもらう。君は特許など関係ない何処か田舎の支店が向いていそうだな」

大石は下を向いたまま何もしゃべらなかった。

「北野さん、大石は近々、九州の端のほうに転出する。うちとの取引を再開する方向で検討してもらえないだろうか」

「今回は、東京中央さんと話が決まってしまいましたが、次回からはまたお世話になるかもしれません。京都支店の木田さんとはまたお付き合いしたいですし、その折にはよろしくお願い致します」

そう言って社長は頭取に丁重に頭を下げた。

木田が苦しい立場に立たされないように配慮することを忘れなかった。

応接室を出た所で社長は立ったまま大石をしっかりと見つめて言った。

「おれの勝ちだな。ビジネスに私情を挟んではいかんな。まあ、九州の端のほうで元気でやってくれ。もう君に会うこともあるまい」

大石は悔しさと怒りで握り締めていた手が震えていたが何も言葉は発しなかった。

こうして学生時代から続いていた社長と大石の長い確執は社長の勝利で結着したのである。

大石は定年を九州の端の地で迎えることになるだろう。

十　二〇一一年夏　北野製薬研究所

年の瀬も迫った頃、一樹は新しい真っ赤なベンツのハンドルを握り中国縦貫自動車道を走っていた。葉子と泊りがけで出かけるのは初めてである。

葉子がぜひ金倉へ行ってみたいと希望したのである。社長夫妻は快く許可した。

北房《ほくぼう》ジャンクションから岡山道に入ると有漢インターはすぐである。

有漢インターで降りる車は一樹のベンツだけであった。インターから金倉は車で約十分である。

一樹は途中で車から降りた。二人は並んで遠方の山々を見た。

車外の空気は冷たかったが、都会と違ってスモッグはなく空気は無色透明で限りなく澄み切っている。そこには凛烈たる広大な空間が広がっている。

葉を落とした木々は風に吹かれて寒そうに震えている。そこから北を望むと雄大な中国山脈が一望できた。はるか彼方に大山が見えた。

一樹は指差しながら葉子に説明した。

「あれが大山だよ」

葉子はその景色が大変気に入った様子である。

「大山って鳥取県よね。こんな素敵な景色を見るのは初めてよ。冬の山って何か物悲しいような、侘しさ持った独特の風情があるのね」

そう言いながら葉子は一樹に身体をあずけた。

「この雄大な景色を見ていると色んな悩みは忘れてしまうんだ。そして体の芯から闘志が湧き上がってくるんだ」

一樹は自分に言い聞かせるように呟いた。

「ぼくは葉子さんを必ず幸せにします。どんな時でも葉子さんと会社を必ず守りますから」

葉子の耳元で囁くと嬉しそうに静かに頷いた。

金倉の家に着くと庭先で両親が丁重に出迎えてくれた。

一樹は葉子を簡単に両親に紹介してから珍しそうに新築の家を眺めた。

新築の家の外壁は金倉では珍しいセラミックのサイディングが施されている。

「なかなかいいじゃないの」

一樹は両親に言った。葉子はいたわるように優しい口調で両親に話しかけた。

「素敵なおうちが出来ましたね。住み心地はいかがですか?」

「おかげさんで大変気持ちよく住まわせて貰っています。隙間風が入らないので冬は助かります」

母は葉子に頭を下げながら話した。葉子は家に入り、改めて両親に挨拶すると京都から持参した普段着に着替えた。

「お母さん、何でもおっしゃって下さい。お手伝いしますから」

母は驚いた。

「立派な家のお嬢さんにこんな田舎の家の仕事をさせてはご両親に申し訳がありません。ゆっくり休んでいて下さい」

「両親も早く金倉の風習や好並家の生活に慣れなさいと言ってました。私は好並家の嫁のつもりですから色々お父さんやお母さんに教えて頂きたいの」

父は喜んでいた。

「もったいないことです。一樹は良い人とめぐり合って幸せもんだ」

傍の母は頷き葉子を褒めた。

「よく出来たお人だね〜」

葉子は部屋や風呂場の掃除をかいがいしく手伝っている。

そんな様子を見て一樹は〝葉子って不思議な生き物だ〟と思った。

これがあの大豪邸に住んでいる京都総合大学出の秀才のお嬢さんかと不思議な気持ちであった。そこで掃除機をかけているのは高い教養を身につけた大富豪の令嬢ではなく、ごく普通の女性である。葉子の知性と高い教養はどこに行ったのだろうと不思議に思った。

一樹は必死で好並の家に溶け込もうとしている葉子が可哀そうにも、愛おしくも思えた。母は葉子を家の裏にある畑に案内した。畑には金時人参や大根、白菜が冷たそうに座っていた。

「お母さん、私、畑仕事には慣れていますから」

葉子は慣れた手つきで金時人参を引き抜いて軍手をはめた手で土を払った。

「葉子さん、手慣れていらっしゃる」

二人は顔を見合わせて笑った。そこには世の常である嫁と姑の確執の問題など全く存在していなかった。それは葉子と母の双方に自然と身についている人間性、人格によるものであろう。こうして、葉子は母や父と素直に心が通うようになっていったのである。

葉子はぜひお節料理を作りたいと両親に頼んだ。

葉子が京都から持って来た食材と、金倉にある食材を使って作ったお節料理は本格的京料理で、内容、味付け、盛り付けに洗練されたセンスが見事に発揮されていた。

一流大学出の金持ちのお嬢さんに料理など出来るはずがないと思っていた両親は、葉子の料理の腕前の素晴しさに舌を巻いた。

そんな両親を横目で見ながら葉子は一樹にそっといたずらっぽく囁いた。

「私、好並家のお嫁さんとして合格?」

「百点満点だよ」

そう言いながら一樹は大きく二回頷いた。一樹は葉子が両親によく気配りしてくれるので安心した。またとても嬉しく思った。葉子は両親の背丈、家の中で不足しているものなどを小まめにメモして京都に帰った。そのメモを参考に両親の普段着や、毛布、食器などを時折、宅急便で金倉に送るようになった。荷物の中に五万円程度の封筒を入れることも忘れなかった。


一樹と葉子は二月末に豪華な結婚式をあげ社長宅近くの新築マンションに新居を構えた。

その年の三月、一樹は五年間の大学院生活を終えた。

一樹は学位授与式に臨んだ。一人ずつ学位記が手渡された。一樹は薬学博士となったのである。

農学博士号は九月に取得できることになっていた。


二〇一一年四月一日、一樹は正式に北野製薬に主任研究員として入社した。

一樹は入社式の後、各部署を回り挨拶した。工場長の秋山は一樹の両手を取り大変喜んだ。

「とうとう入社してくれましたね。首が長くなりました。もう少しで轆轤首になるところでした。今はシュークラミンの製造工場を建設中でてんてこ舞です」

「これからも一緒に楽しくやりましょう。よろしくお願いします」

一樹は工場長と別れ、高原の現場に行った。

一樹の姿を見つけると高原が近づいてきた。高原は工場の係長に昇進していた。

「正式に入社されたんですね。博士さんになられたようで。おめでとうございます。あんたのお陰で今月から係長を勤めさせてもらっています。もうびっくりしました。班長で十分ですと言ったんですが。秋山さんが是非引き受けろと言って聞かないもんで。あんたの恩は墓に入るまで決して忘れへん」

高原は油で汚れたごつごつした両手で一樹の手をしっかり握りながら感謝の言葉を述べた。その手は温かくまた力強かった。

「高原さんは猛烈なやる気と愛社精神で会社がピンチの時でも逃げ出さず、積極的に再建に貢献されました。昇進は当然でしょう。これからもよろしく頼みます」

佐賀県唐津市にある景勝地〝七ツ釜〟の海に中年男性の死体が浮かんでいるのを観光船の客が見つけた。七ツ釜は玄武岩で出来ており二十メートルほどの断崖がある。断崖の上には黒い革靴がきちんとそろえて置かれている。現場にやって来た警察官は状況から自殺と推定した。

少し前のことである。佐賀市の自動車販売会社に勤めている稲谷の家庭に変化が起きていた。稲谷は四十五歳で、十年前にローンを組んで買った小さな一戸建てに、四十三歳の妻と高校生の息子と住んでいる。

ある日、稲谷は小さな食卓でご飯、焼き魚、味噌汁の朝食を食べながら妻に訴えた。

「最近、足がピリピリする。痺れているというか、そんな感じがする。だんだんひどくなってきているように思う。この頃は足に力が入らなくなってきた」

味噌汁に使っている味噌には保存料（アロマチン）という原材料表示がある。

妻と息子の朝食はトーストと牛乳、サラダである。妻は脳梗塞ではないかと心配した。

「痺れるというのは怖い場合もあるようよ。一度、病院で診てもらったら」

「よかよか、病院なんて。今まで病気になんかなったことはない。そのうち治るさ」

稲谷は内心不安であったが、妻と息子に心配をかけたくなかったのである。

二人の会話を聞いた息子も心配になり、

「親父も、もう若くはないんだから一度病院で診てもらったほうがええんとちがう」

と病院へ行くことを勧めた。

その日の夕方仕事帰りに稲谷は近所の総合病院に足を運んだ。

ＣＴによる検査では脳に異常はなかった。血糖値が高いと痺れが出る場合があることから血糖値を測定したが異常はなかった。診察した若い医師は次のような説明をした。

「検査の結果では何も問題はありません。神経かもしれません。老化が進むと痺れることがあるようです。しばらく様子を見ましょう」

稲谷は検査の結果、悪い所が見つからなかったことで安心した。その若い医師は稲谷の痺れの原因が気にかかり、出身大学である九州医科大学の医局にいる先輩医師に電話で問い合わせた。

「最近、そんな患者が増えているような気がする。高齢者ばかりではなく、小学生も来る。男性が多い。水俣病に似ている点があるので有機水銀について調べてみたが有機水銀は問題ではなかった。よう分からんが、何か分かったら知らせてくれ」

そう言って先輩の医師は電話を切った。

不純物を含むアロマチンをネズミに投与すると、足が痺れ歩行困難になることは加藤の実験で判明している。足の痺れは男性によく現れていたようであるが、詳しい調査がなされていない。もしかしたら何千人いや何十万人もの被害者が出ていたのかもしれない。

不純物を多く含むアロマチンを人間が長期間摂取した場合の健康被害については研究されていないので何も分からない。足が痺れ一生歩行できなくなってしまった人もいたかもしれない。

このような健康被害は日本中で発生していたが、その原因がアロマチンの不純物であることに気が付いた医師はいなかったのである。細菌性食中毒であれば食べてから数時間から三日以内に集中して発症する。したがって原因が判明しやすい。

しかし添加物による健康被害は長期間の摂取で起こり、しかも被害者が方々に分散していることから発覚し難いのである。

稲谷の症状は次第に悪化し歩行困難となっていった。方々の病院で診察を受けたが、原因も治療法も分からなかった。階段の昇り降りができなくなった稲谷は会社を辞めざるを得なくなった。多額の家のローンの支払いに窮し絶望の淵に立たされた。万策尽きた稲谷は佐賀県の景勝〝七ツ釜〟

の断崖から海に身を投じたのである。家には生命保険金を家のローンの支払いと生活費に当てるように妻に託した遺書が残されていた。

同じ頃、東京のあるサラリーマンの家庭で主婦が困っていた。小学二年生の息子がしきりに足が痛いと言うのである。主婦は、

「足がどんな風に痛いの？」

とテレビゲームに夢中になっている息子に聞いた。息子はどう答えてよいのか分からず困った表情であった。息子はテレビゲームの手を休め、

「畳の上で、きちんと座ってる時になるような」

と訴えた。主婦は痺《しび》れる感じがしているんだと判断した。

「変な格好して座っているからじゃないの」

息子に注意しただけで、あまり気にかけなかった。

その息子はペットボトルに入っている天然果汁のジュースをしょっちゅう飲んでいた。そのペットボトルの原材料表示の最後のほうに保存料（アロマチン）と書かれていたが、主婦は別に気にしてはいなかった。しかし息子は毎日、足の異常を訴えた。その主婦は心配になり病院に息子を連れて行った。小児科の若い医師は診察した後、その主婦に告げた。

「しばらく様子を見ましょう」

原因は分からなかったのである。主婦はスーパーで息子がいつも飲んでいる天然果汁入りのジュースに似た、別のものが安売りされているのが目に付き、四本買い込んだ。

主婦は原材料表示を見た。

「あら、保存料が入ってないわ。封を切ったらすぐ飲まないと腐ってしまわないかしら。まあいいか。どうせすぐ飲んでしまうわ」

そのジュースを飲みだしてしばらくすると息子の足の痺れは消失した。もしこの小学生の息子がアロマチン入りのジュースを飲み続けていたら回復不可能な体になったかもしれないのである。

北野製薬研究所の松本主席研究員は自分の研究室でアロマチンを入れたビーカーにエチルアルコールとノルマルヘキサンを加えマグネチックスターラーで攪拌している。

松本主席研究員は四十過ぎの痩身で神経質そうな雰囲気を漂わせている男である。社内で松本研究室と呼ばれている二十畳ほどの独立した研究室を与えられ、一人で自由に研究をしている。

しばらくして、松本は大きなろ紙でろ過した。ろ紙には白色の粉末が残った。

この粉末は高純度のアロマチンである。

松本は三角フラスコの無色透明な、ろ液を濃縮用のフラスコに入れ、ロータリーエバポレーターにセットしゆっくり回転させながら減圧濃縮を始めた。しばらくすると濃縮用のフラスコの中に白い粉が見えた。松本は濃縮用のフラスコから薬サジでその白い粉を正方形の薬包紙上に掻き出した。

「インピュリティー(不純物)もアモルファス」

独り静かに呟いた。松本は工場で製造しているアロマチンの不純物を調べていたのである。

松本は得られた不純物を化学天秤に載せて驚いた。

「不純物が五％も含まれているんか」

化学天秤というのは化学系の研究に使用する精密な秤のことである。松本は色々な植物からエーテルなどの有機溶剤で食品添加物になりそうな物質の抽出する研究をしている。

松本はソルボン酸事件でソルボン酸に含まれている不純物の分析をして以来、食品添加物の不純物に興味を抱いていたのである。松本はソルボン酸の事件の時、一樹が中心となり会社ぐるみでソルボン酸の不純物の件を隠蔽したことに内心義憤を感じている。

そのせいもあって、一樹に対して良い感情を持っていない。

松本はその不純物を褐色のサンプル瓶に入れ加藤の研究室に向かった。

サンプルがアロマチンに含まれている不純物であることを明かせば、加藤が動物実験を引き受けてくれないことは容易に想像できた。加藤は顕微鏡から目を松本のほうに向けた。

「加藤さん、この粉をラットに飲ませてみてくれませんか？」

加藤は時折、松本が植物から抽出した得体の知れないものをラットに飲ませてみてくれと頼みに来るので、またその類《たぐい》のものを持ってきたと思った。

「何です？　この白い粉は」

「ある植物からエーテルで抽出したものです。安全性が気になって」

松本は加藤に事実を隠してラットに飲ますように頼んだのである。松本は加藤を騙すことに後ろめたさを感じ、不安であった。加藤は松本の言葉に何ら疑いを持たなかった。

「暇な時にやっておくから」

加藤がめんどくさそうに告げると松本は褐色の小さな瓶を顕微鏡のそばに置き。

「よろしくお願いします」

と言って一礼し立ち去った。二週間後、加藤は試験結果を伝えるために松本を呼んだ。

加藤はスチール製の事務机に座ったまま迷惑そうな顔を傍に立っている松本に向けた。

「依頼があったサンプルをラットに毎日、経口投与したところ、二週間ぐらいするとラットの足に麻痺が起こってきました。おそらく何らかの神経症状だと思います。かなり毒性は強いですよ。体重六十キログラムの人間なら三ミリグラム（一ミリグラムは千分の一グラム）ぐらい食べると、症状が出る可能性がある。かなりきつい毒ですよ。とてもではないが、食品添加物にはなりませんよ」

突き放すように説明した。松本はがっかりした表情である。

「そうですか。毒性が強いんですか。残念です」

自分が苦労して植物から抽出したサンプルが添加物として開発に値しないことが分かり、落胆した。たかのように装った。

不純物が五％含まれるアロマチンを一キログラム当たり三百ミリグラム添加した食品であれば、その食品を二百グラム食べると三ミリグラムの不純物を摂取することになるのである。

食品を二百グラムぐらいは食べることは珍しいことではない。

アロマチンは色々な食品に添加されているから毎日アロマチンを摂取する人間もいるのである。

松本は人でも足が麻痺するような神経症状が出る可能性は否定できないと思った。

北野製薬は以前ソルボン酸の不純物で問題を起こしたのであるが、そのことは全員の頭から消去されていた。

今では添加物に含まれている不純物について考える者はいないのである。

添加物については法令上、例えば目的物質を八十%以上含有することというような規制がなされているのが普通である。この場合二十%の不純物を含んでいてもよいのである。この規制値は添加物ごとに異なっている。

このように、法令で決められた規制値の範囲内であれば不純物が含まれていても何ら法令上は問題ではないのである。

どのような不純物が、いくら含まれているか、などどうでもよいのである。まして、その不純物が無害なのか有害なのかについては、ほとんど検討されていないのが実情である。

アロマチンは法令上《含量：本品は、アロマチン九十三・〇%以上を含む》と定められていた。したがって、五%の不純物が含まれていても法令上何ら問題はないのである。

一樹が研究室のミーティングテーブルで一人ゆったりとコーヒーを飲みながら学会誌を読んでいると、松本が暗い顔をして入ってきた。松本は秀才であったが寡黙でコミュニケーション能力に欠けている。一樹は松本がテーブルに着くと黙ってお茶を目の前に置いた。松本は出されたお茶に手をつけず、思いつめた表情で目線を落とし黙ったままである。

一樹は松本が来た目的を推測しかねている。

「何かぼくに用事があって来られたんですね」

松本は話しにくそうに目線を落としたままゆっくり口を開いた。

「アロマチンにかなり不純物が含まれています。ご存知ですか？」

不純物と聞いて一樹はドキリとしたが、平静を装って松本に訊ねた。

「いいえ知りません。不純物はどれ位含まれているんですか?」

「五%ぐらいです。不純物が含まれていない製品もありますが」

「アロマチンについて食品衛生法上の規格基準は九十三%以上のはずでしょう。何ら法令上問題ありませんが」

一樹は以前行ったアロマチンの毒性試験から、純度の悪いアロマチンをラットに食べさせると足が麻痺するような神経症状が起こることについて十分承知している。

それで純度の高いアロマチンに切り替えて毒性試験をやり直したいきさつがある。したがってアロマチンの分析をする場合、その点について注意する必要があった。

しかし一樹はその点について工場の品質管理部に伝えることを失念していたのである。

一樹は不純物の件については知らない振りをして、松本の出方を探ろうと考えた。

松本は穏やかな口調で一樹に返した。

「不純物が有害であってもそういえるんですか?」

一樹は松本が不純物の有害性について知っていることに驚き、なぜ知ったのか知りたかった。一樹は松本の顔をしっかりと見すえた。

「不純物は有害なのですか。動物に飲ませてみたのですか?」

松本はまさか加藤を騙してラットに飲ませたとは言えなかった。

「食用色素などは法令上八十五%以上と定められているではありませんか。十五%までなら不純物が含まれていても構わないということですよね。この場合その不純物が全く無害だという証明はあるんですか。ありませんよね。それに比べたらアロマチンの九十三%以上というのはかなり厳しい基準だと思いますが、どうでしょう?」

松本は一樹が食品衛生法や関連法令をよく勉強していることに感心した。

一樹が予想以上に手ごわい相手だと思った。

松本はアロマチンを含む食品を継続的に食べた消費者に足が痺れたりする症状が既に出てはいないか心配であった。それは松本の研究者としての良心である。松本には家庭があり小学生の息子が二人いる。松本はしばらく押し黙っていたが意を決した。

「アロマチンの不純物をラットに毎日飲ませると二週間ぐらいで足が麻痺するんです。神経症状です。たとえ、不純物の量が法令の基準内であっても害があれば別問題でしょう。食品衛生法第六条で有害な、もしくは有害な物質が含まれ、または疑いがある食品や添加物は製造、販売してはならない、と定められているではありませんか。アロマチンは少なくともこの規定の《有害な、もしくは有害な物質が含まれ、または疑いがある》添加物に該当するではありませんか。ですから販売はおろか製造してもだめでしょう」

一樹は書棚から分厚い食品衛生小六法を取り出し、食品衛生法第六条を示しながら答えた。

「これですね」

松本は一樹が食品衛生小六法を読んで勉強していたことに驚いた。と同時に一樹を論破できるだろうかという不安がよぎった。

「そうですが」

松本は強気を装って答えた。

「松本さん、例えばマーガリンやバターに含まれているトランス脂肪酸は動脈硬化などを起こし有害ですね。〝悲しき国産食品〟という本を読んでいたらトランス脂肪酸のことを〝悪魔の死亡酸〟と書いていました。ジャガイモをフライにすると発ガン性が疑われるアクリルアミドが出来ますね。海産の魚には有害な水銀が、海草にはヒ素化合物が含まれています。食塩だって摂りすぎると高血圧になるでしょう。砂糖だって取りすぎると有害です。お酒は飲みすぎると死ぬことがあるんですよ。マーガリンやバター、食塩、砂糖、お酒、魚、海草は食品衛生法六条の有害な食品に該当しますか。これらの食品は禁止になっていないじゃありませんか。食品衛生法六条を厳格に食品に適用したら、この世からたくさんの食品がなくなりますよ。アロマチンは食塩、砂糖、お酒などと違って、法令で使用基準が厳格に決められているんですよ」

一樹は強い口調で反論した。

一樹は自分の言っていることに大きな論理的に矛盾があることは分かっていた。しかし、決して松本に屈するわけにはいかなかった。

松本は一樹の言うことを黙って聞いている。

「松本さん、ラットの足が麻痺するような神経症状を起こすことを裏付けるデータがあるんですか。あるのなら見せていただけませんか」

一樹は、なぜ松本が不純物の毒性について知っているのか、不思議でならなかった。

「レポートになったものはありません。加藤さんに調べてもらったのですが」

松本は相当の覚悟を決めていたのか、とうとう加藤の名前を出したのである。

一樹は驚いて加藤に電話した。加藤はすぐやって来た。一樹は穏やかに訊ねた。

「松本さんから、アロマチンの不純物について動物実験を頼まれたのですか？」

加藤は怪訝な表情で答えた。

「そんなことを頼まれたことはありませんが」

気の弱い松本は加藤から視線をはずし下向きかげんで小声で言った。

「以前頼んだではありませんか。そうしたらラットの足が麻痺したと言ったではありませんか」

加藤は慌てた。

「あのサンプルは植物から抽出したものだと言っていたでしょう。松本君、あんたはぼくを騙したんですか！」

温厚な性格の加藤が怒気《どき》を帯びた声で松本を怒鳴りつけた。

一樹と松本は赫怒《かくど》している加藤を見るのは初めてであった。

「ぼくは加藤さんがそんなことをなさるとは思っていません。それで実験についてレポートを書いたのですか」

「いいえ、レポートを書くほどのものではありませんでした。口頭で結果を伝えただけです」

一樹は書面での証拠が残っていないことで安心した。

松本は加藤の勢いに押されてか弱々しい声で反論した。

「証拠はあります」

松本は白衣のポケットから小型のボイスレコーダーを取り出した。ボイスレコーダーにはラットの足が麻痺することを話している加藤と松本の会話が鮮明に録音されていた。

「こっそり録音していたんか！　失敬な奴だ」

加藤は松本を怒鳴りつけた。一樹はかなり動揺していたが、冷静さを装っている。

「陰険なやり方ですね。でも動物実験をしたサンプルがアロマチンの不純物だということは録音されていないじゃありませんか。そんなもの証拠になりませんよ」

「そうでしょうか。サンプルがアロマチンの不純物だという説明をつけて、この録音内容をマスコミに流したらどうでしょう。新聞記事になったら、読者はぼくの言っていることを信じると思いますが」

マスコミに情報を流すという松本の言葉に一樹は困惑した。一樹は松本の決心が固いことを知り説得はもはや不可能であることを悟った。加藤と松本が出ていった後、一樹は中川と宮辺を呼んだ。工場にいたのか二人はヘルメットに作業着姿で入ってきた。

二人はミーティングテーブルに着きヘルメットをテーブルに置いて神妙な顔をしている。

「アロマチンに若干の不純物が含まれている場合があるようです。もちろん法令に違反するような量ではありません。しかし品質の北野製薬です。高純度の製品を作りましょう。問題の不純物はノルマルヘキサンとアルコールを混ぜた溶剤で洗えば除去できます。コストは少しかかりますが、高品質が売りの北野製薬です。大急ぎでお願いします」

一樹は不純物が有害であること、松本がそれを問題にしていることは二人には話さなかった。

一樹は悩んでいた。アロマチンに含まれている不純物がラットの足を麻痺させることは疑いようのない事実である。

新聞に載れば大変な騒ぎになることは容易に想像できた。また消費者団体の添加物反対運動に油を注ぐ事態になりかねない。松本が会社を辞める覚悟であることは想像できた。

〝窮鼠猫を噛む〟という諺のように、捨て身の覚悟を決めて攻撃されるとなかなか手ごわいものである。色々懐柔策を考えたが良い案は浮かばなかった。

しかし何としてもアロマチンと会社は守らなければならない。

松本がいつマスコミに情報を流すか分からない。明日かもしれないと思うと一樹は焦った。一樹の頭には、アロマチンの不純物が原因で健康被害に遭って苦しんでいる多くの消費者のことなど全くなかった。

その日、一樹は夜遅くまで残業していた。夜十一時頃になると研究所には誰もいなかった。北野製薬の研究所では個々の研究室に施錠していない。残業している研究員が他の研究室に学術雑誌や試薬類を取りに行ったり、他の部署の機器類を使用したりするからである。

研究所の出入り口にだけ施錠することになっていた。施錠は全員が退社した後で、守衛が研究所内を見て回り施錠するのが慣例であった。一樹は研究室で常備しているブルーのうすいゴム製の使い捨て手袋を両手にはめて松本の研究室に入った。

松本は色々な植物から有効な物質を抽出する研究をしている関係で、エーテルなどの引火性のある有機溶剤を多量に研究室に置いている。

試薬は戸がある棚に保管しておくのが普通である。この棚を試薬棚と呼んでいる。

スチール製の書棚のようなものを試薬棚として使用していることが多い。

火がつくと爆発するような有機溶剤は試薬棚の一番下に保管するのが普通である。地震が起きた時、棚の上のほうに保管してあると揺れて落下し試薬瓶が壊れ火災の原因になるからである。

一樹は試薬棚を開けてみた。

松本は几帳面な性格で試薬類は整然と整理して保管されている。

試薬棚の一番下にはエーテルの入った褐色のガロン瓶（三・八リットル入っている瓶のこと）や五百ミリリットルのベンゼンが入っている瓶などが並んでいる。エーテルやベンゼンの瓶はステンレス製のバットに置かれている。

万一何かの原因で中のエーテルなどがこぼれた場合、試薬棚から外に流れ出るのを防止するためである。エーテルは室温で容易に気体となる。一樹は少しためらったが、思い切ってエーテルが入っているガロン瓶のフタを開け多量のエーテルをステンレス製のバットに注いだ。そしてエーテルの瓶のフタを開けたままにして試薬棚の戸を閉めて松本の研究室を出た。

しばらくして一樹は守衛に「帰ります」と言って日産マーチを運転して帰った。守衛は一樹の車をいつものように敬礼して見送った。ネズミに噛まれた猫が反撃に出たのである。

一樹は松本の研究室からボヤ程度の火災が起これば松本の出火責任を追及し、アロマチンの不純物の件から手を引かす交渉手段にしようと思っていたのである。一樹は自分のしたことが犯罪の構成要件に該当することは認識していた。

しかし、自分に嫌疑がかかることはないという自信があった。

自宅マンションに帰った一樹は葉子と遅い夕食を食べていたが落ち着かなかった。フリルのついた白いエプロン姿の葉子はナイフとフォークを皿に置いて、心配そうに訊ねた。

「会社で何かあったの？」

「別に何もないよ。色々仕事のことを考えているだけだよ」

声に元気はなかった。葉子は世間でいう世話女房である。常に一樹を立て、こまごまと身の回りの世話をしている。葉子はとにかく一樹の世話をするのが好きなのである。

次の日の朝、一樹はいつものように研究室で坪井たちとコーヒーを飲んでいる。

松本は実験用の白衣を着て試薬棚の傍にある流し台で、瞬間湯沸かし器からお湯を流しながら昨日使った実験器具を洗っていた。洗いものが済むと実験に使用するエーテルを取り出そうと腰を落とし、床に片膝をついて、試薬棚の戸を開けた。

試薬棚の中には夜のうちに蒸発し気体となったエーテルの蒸気が充満している。

松本はエーテルの臭いに驚き、慌てて瞬間湯沸かし器の種火を消そうと立ち上がった。

その時である。気化したエーテルの蒸気に瞬間湯沸かし器の種火が引火した。

ボーンという鈍い大音響音と共に火炎が走った。すぐさま試薬棚にこもっていたエーテルの蒸気に火が移り、試薬棚は大音響を発して爆破されてしまった。

この爆発の衝撃で瞬く間に試薬棚に保管してあった引火性のアルコール、ベンゼン、酢酸エチルなどの瓶が破損し、次々にボーン、ボーンと鈍い大きな爆発音を発しながら炎が上がった。最初の爆発で研究室のドアが吹き飛んだ。松本も吹き飛ばされ床に倒れたまま動かなくなっていた。すぐに、けたたましい火災報知機の音が研究所内に響き亘った。

一樹は坪井たちに直ちに避難するように指示した後、自分の研究室に備えていた化学消火器を小脇に抱えて松本の研究室に向かった。

一樹が松本の研究室に入ろうとした時、宮辺が一樹を制した。

「ダメです。今、入っては！　まだ有機溶媒があるかもしれません。有害なガスが発生している可能性があります！」

宮辺は防毒マスクをつけてから、消火器で消火を始めた。

一樹は意外と冷静であった。方々の窓を開けるように叫んだ。有害なガスを逃がすためである。

研究所の各部署から化学消火器を持った研究員が集合し、懸命に消火した。

研究室の天井、壁は耐火性のある石膏ボードが張られていたため、他の部署への延焼はなかった。工場の消防隊が駆けつけたころには火災は収まっていた。

一樹は単にエーテルをこぼしたのではない。

試薬棚内を引火性のあるエーテルの蒸気で充満させておけば、瞬間湯沸かし器などの火がエーテルの蒸気に引火して爆発が起こり、火災が発生すると考えていたのである。

しかし松本を殺害する意志は全くなかった。

一樹の行為は刑法一〇八条の現住建造物放火に該当する可能性がある。

この罪は人の住居のみならず、人がいる建物であれば住居でなくても成立する。エーテルを爆発させていることから、一〇八条ではなく刑法一一七条の激発物破裂罪が成立するかも知れない。一〇八条であれ、一一七条であれ法定刑は死刑又は無期もしくは五年以上の懲役刑である。人が死亡するような人的被害が発生しなくてもよい。

これは殺人罪よりも重いのである。一樹は、自分が犯した行為が殺人罪よりも重い犯罪の構成要件に該当することは全く認識していない。

火災現場から煙や蒸気がなくなり、現場の悲惨な状況が次第に明らかになってきた。

床、壁、実験台にいたるまで全て真っ白い化学消火剤の粉末で覆われている。実験台は破壊されビーカーやフラスコは粉々に破損し原型を留めていない。化学消火剤で覆われた真っ白い床にはロータリーエバポレーターが空しく転がっている。くの字形に曲がった松本の身体は全身を真っ白い化学消火剤で覆われ微動だにせず横たわったままである。

その体からは蛇が通った軌跡を描くように二筋の真っ赤な血が流れ出している。

一樹は予想外の展開に怯え、ただ呆然と松本の姿を眺めている。

恐怖による足の震えは止まらなかった。

松本を乗せた救急車が出発した後、警察と消防による現場検証が始まった。

一樹は松本の悲惨な姿、現場の状態を見て自分が犯したことの重大さに怯えていたが、冷静さは保っている。全ての状況を冷静に分析していた。

証拠は全て消失していることから、自分の犯行が発覚することはないと考えていた。

警察は研究所長室で清原から事情聴取している。

「所長さんは何が原因だとお考えですか。思い当たる節があれば言って下さい」

清原は緊張した面持ちで応対している。

「試薬棚が激しく破損していることから推察して、試薬棚のエーテルか何か揮発性の有機溶剤の瓶のフタがキチンと閉まってなかったのが原因ではないでしょうか。エーテルの入った試薬瓶のフタを閉め忘れていたか、フタの閉めかたがゆるかったのかもしれません。そのために、一晩の間にエーテルが試薬棚の中に充満したのではないかと考えられます。充満していた溶剤の蒸気に例えば電気乾燥器や瞬間湯沸かし器の種火が引火したのではないかと推測しています。乾燥器のニクロム線はむき出しですから、乾燥機の扉を開ければ引火する可能性があります。松本はタバコを吸いません」

現場検証をしていた消防署の火災調査員の一人は、しきりに割れた試薬瓶を集めている。有機溶剤は光による変質を避けるために、全て褐色の試薬瓶に入れられている。

調査員は破損した褐色の試薬瓶の口の部分を見つけた。それにはフタはなかった。

火災調査員は破損した褐色の試薬ビンの破片を集めフタのない口部分と合わせた。

その結果、フタのない口部分はエーテルが入っていたガロン瓶であることが判明した。

試薬瓶のフタはネジになっており落下や爆発などで破損してもフタが外れることはない。火災調査員は研究所長室に行き簡単な報告をしている。

「エーテルが入っていた一本のガロン瓶にフタがしてありませんでした。他の試薬瓶にはフタがしてありました。おそらくエーテルの瓶のフタをするのを忘れて試薬棚にしまってしまったのでしょう。これが火災の原因である可能性が高いと考えられます。最終的な結論は署に帰ってよく検討してからになりますが」

その報告に警察も清原も納得した。その報告に対し清原は釈明した。

「警察や消防署の方にはあまり話したくないんですが、化学系の研究室では色々な有機溶剤を使用する関係上、火災が発生することはあります。注意するようにしてはいるんですが。化学用の消火器は必ず各部署に備えてあります。定期的に消火訓練もしています。今後につきましては消防のご指導を仰ぎながら、更に改善するつもりであります。今日は本当に申し訳ありませんでした」

警察も消防も誰かが工作したなどの疑いは持たなかった。

後日この件については松本の過失であるとの結論が下された。松本は刑法一一七条の二の業務上失火の罪に問われることになった。おそらく十万円程度の罰金で済むと思われる。

一樹は自分に疑いの目が向けられることがなかったので安堵した。しかし、松本が助かったとはいえ傷害を与えたことで、激しい悔恨の苦しみを重ねる日々を送ることとなった。

松本の怪我は幸い重大なものではなかった。松本は二週間の入院で済んだ。

三週間後、松本が出社してきた。

松本は自分の研究室に入ってみた。そこはきれいに片付けられていたが、入口のドアはなく内部は実験台、試薬棚などは撤去されガランとしていた。松本が座る椅子や机もなくなっている。

松本はしばらく空漠とした研究室を呆然とながめていたが、気を取り直し清原と岡島に挨拶に行った。岡島から一樹の所へ挨拶に行くように勧められた。

研究室で一樹はガラス製のミーティングテーブルで松本と対面している。

一樹は穏やかな口調で問いかけた。

「怪我のほうは良くなりましたか?」

「何とか仕事に復帰できるところまで回復しました。研究室の修理がまだ出来ていないじゃないですか。あれでは研究が始められません」

松本は不満を訴えた。一樹は丁重に応対した。

「以前のような松本さん専用の研究室は廃止になりました。植物から抽出するという研究テーマは北野製薬にはありません。それより火を出した責任問題についてはどう考えているんですか」

松本は不機嫌そうな表情であった。

「会社を辞めろということですか？」

「松本さんは火災とは関係なく、そのつもりだったんじゃないですか。会社を辞める覚悟なしに、アロマチンの不純物のことをマスコミに流すとは言わないでしょう。他の部門にも一応打診してみましたが、松本さんを受け入れてくれそうな部署はありませんでした。この研究所にあんたの居場所はないようです」

松本は憮然とした態度で礼もせずに一樹の研究室から出ていった。

松本は一樹がアロマチンの不純物の件をマスコミに流さないように懇願してくるものと思っていたのである。しかし意外にも一樹は強気だったのである。

マスコミに情報を流されたら、北野製薬も一樹も窮地に立たされることは分かっているはずなのに、なぜ一樹が強気に出たのか松本は一樹の考えを量りかねていた。

二日後、松本がすっきりした表情で一樹の研究室にやって来た。

松本は開き直った態度で一樹を脅した。

「この会社でぼくの居場所をなくしたいんでしょう。それで結構。会社を辞めますから。ですが、アロマチンには有害な不純物が多く含まれていることを新聞社か週刊誌に流します。飛びつくと思いますよ。それでいいんですね」

一樹は冷静であった。

「それで構いません。どうぞお好きなように。その前に社長か研究所長宛に辞表を出して下さい。松本さん、もう引き返せませんよ」

松本は一樹が慰留しないことに一抹の不安を覚えた。

一樹は松本の顔を見ながら穏やかな口調で話を続けた。

「松本さん、火事の件がありますから辞表は受理されないかもしれませんよ。多分、懲戒解雇処分となるでしょうね。そうなれば退職金は出ません。次に就職する場合、履歴書に北野製薬を辞めた理由として自己都合ではなく「懲戒解雇」と書かなければなりませんね。その上、会社に不利な情報をマスコミに売りつけたとなると、あんたを雇う会社なんてありませんよ。あんたには特別優れた研究業績もありませんしね」

一樹の言葉を聞いて松本の顔色は次第に蒼ざめていった。懲戒解雇ということは考えていなかったのである。一樹はそんな松本に追い討ちをかけた。

「あんたが再就職に困ろうが、困るまいが、そんなことはどうでもいいんです。それより火災の責任を取って下さい」

「会社を辞めるのに、それ以上どんな責任を取れというんですか！」

松本が怒りのあまり声を荒立てたので、一樹も少し大きな声で応戦した。

「火災の責任ですよ！　火災で会社が被った損害を償って欲しいんです。これは民法で認められていることです。約四千万円ほどです。研究室の壁、床、天井、実験台、多くの試薬、実験器具類、分析装置、それに研究所内部が煤で汚れてしまいましたから、その修理費、その他もろもろ。四千万を超えるかもしれません。今、総務部で全損害額を計算しているでしょう。もし、あんたが払わないというなら裁判に訴えることになりますよ。あんたは必ず裁判で負けます。退職金は支払われませんから大変なことになりますね」

松本は四千万円という莫大な金額に驚いた。もちろん松本に支払える金額ではない。

一樹は平静さを取り戻し淡々とした口調でさらに松本を追い込んだ。

「今住んでいるマンションを売ったとしても無理でしょうね。まだかなりのローンが残っているようですし、大変ですね」

松本は蒼ざめた顔で開き直った。

「そんな金はありませんよ。ないものはない。例え裁判で支払えということになっても、ないものはないですから」

言葉には力がなかった。一樹はさらに松本を追い詰めとどめを刺した。

「松本さんがこの会社に就職する時、あなたのお父さんが身元保証人になっていますね。身元保証は五年で切れるんですが、更新できるんですよ。研究所員については業務の性格上、一部の人については更新しているんです。あんたの場合更新していますね。つまり身元保証は今でも有効ですよ。あんたが支払わなければ、あんたのお父さんに払ってもらうことになる。お父さんが預金を下ろしても支払えなければ、お父さんが今住んでいる家は競売にかけられるでしょうね。近々、顧問弁護士から正式に請求されるでしょう」

松本は、自分の父が身元保証をしていることを完全に忘れていた。自分の両親まで損害賠償の請求が及ぶことを知り愕然とした。松本は完全に打ちのめされ、返す言葉が出なかった。

一樹は松本の足が微かに震えているのを見ながら席を立ちコーヒーを入れ、そして余裕の態度で松本の前に置いた。

「まあ、どうぞ。大変なことになりましたね」

他人ごとのように言った。コーヒーカップを持つ松本の手は激しく震えていた。

黙っている松本を見て一樹は穏やかな言葉で話を続けた。

「ぼくのことを鬼だと思っているでしょう。しかし、これはどこの会社でも同じですよ。アロマチンの件ですが、中川さんたちが不純物を効率よく除去する方法を考えてくれました。現在は不純物を含まない高純度のアロマチンが製造されていますよ。松本さんが何処かの新聞社に例の録音を流しても、うちの会社は困りません。新聞社は裏づけを取るために必ずうちの会社に取材に来ます。うちの会社には既に不純物を含んだアロマチンはありません。一グラムたりとも残さず処分しましたから。北野製薬はサンプルを積極的に新聞社に提出して取材には協力します。分析しても不純物は検出されませんから。また松本さんの録音の内容を援護する人間は社内にはおりませんから」

松本は憂色を漂わせながら無意味にコーヒーカップを眺めている。

松本の胸中には、今後の就職のこと、ローンのこと、妻の悲しげな顔、子供の教育費、嘆き悲しんでいる両親のことが入れ替わり立ち替わり去来している。

そんな松本を見て、一樹はそろそろ本論に入る頃合いだと思った。

「ぼくは以前、松本さんに借りがあるんです。ソルボン酸の件では助けてもらいました。そのことは忘れていません。ぼくのほうで会社と掛け合って見ましょうか。懲戒免職ではなく、依願退職にしてもらうよう交渉してみましょうか。そうすれば、退職金は出ます。損害賠償と退職金を相殺するということでどうですか。もちろん総務部長と社長の了解が要りますが。社長は人情家ですよ。その代わりに、例の録音テープを渡してくれませんか。もはや大して価値のあるテープではありませんよ」

松本はしばらく考え込んでいる。

松本は一樹が出した助け舟に乗るしかないと考えた。松本は下を向いたまま小声で一樹に頼んだ。

「よろしくお願いします」

「分かりました。その線で総務部長と社長に掛け合ってみましょう。録音テープは提出してもらいますが、コピーを取っているかも知れませんね。念書を出してもらいます」

一樹は松本にＡ４のコピー用紙とボールペンを渡した。

《私、松本正は北野製薬の在職中に知った会社の秘密を絶対に漏らしません。もし会社の秘密を漏らした場合、私の不注意で起こした火災の損害賠償として北野製薬に金四千万円を支払います。松本正》　書き終えた念書を松本は一樹に渡した。

「署名のところに右手と左手の母印を願いします」

松本は丁重に礼を述べて退室した。これが松本を見た最後であった。

一樹は後味の悪さは残ったが、何はともあれアロマチンの件が一件落着してホッとした。

一樹は社長に報告に行った。アロマチンの件は報告しなかった。社長はソファーで何回も脚を組み直し、左手で顎をなでながら一樹と接している。

「そうか、松本は辞めるか。火を出したんだから仕方ないだろう。今までたいした仕事はしていなかったしなあ。タダ飯を食っていた。君には嫌な仕事を押し付けてしまった。だがまだ火災の件は片付いていないな。これを機会にどうだ」

一樹は社長が言っていることが理解できず怪訝《けげん》そうな面持ちで訊ねた。

「まだ何か処理が残っていますか？」

「松本が責任を取って辞めるんだ。当然、松本の上司も責任を取らにゃならんだろう。いい機会だと思わんか」

一樹は社長が清原と岡島に何らかの責任を取らせようとしていることに気がついた。

しかし口頭での注意、減給、降格、自主退社などが考えられたが、どれが適正か判断がつきかねていた。

「どの程度の責任を取らすのがよいか分からんのだろう。私も分からん。清原と岡島に会って話してみたらどうだ。話の成り行きで決めたらいいのではないか。もめるようだったら総務部長に相談したらいい。これも社長学の勉強だ。社長見習いも大変だろう」

一樹はまず所長室に足を運んだ。そんなことは露知らず、白いカバーの椅子に腰を下ろし脚を組んで清原はのんびりと業界新聞を読んでいた。

一樹は椅子に座るとすぐに切り出した。

「少しお話があるんですが」

「松本の件ですか?」

「ええ、まあ。松本さんは責任を取って退社することになりました。言いにくいんですが、清原さんには研究所長としての指導、監督責任があると思いますが」

一樹の言葉に清原は急に不機嫌な表情になった。清原は自分より二十歳以上若い一樹に命令されたり、指図されたりするのが以前から不愉快でならなかった。

「どんな責任を取れというんですか!　私はあんたの上司ですよ。上司に命令するんですか」

清原は腹の虫がおさまらなくなり一樹を睨み付けている。一樹は清原がすんなりと責任を認めるとは考えていなかったが予想外の強気の反論にたじろいだ。

しかし、清原を追放する良いチャンスを逃したくなかった。

「上司といわれますが、この研究所では長年、新製品の開発に結びつく研究成果がないではありませんか。研究所長として指導力がないといわれても仕方ないでしょう。全研究員の上司としての務めを果たしていないではありませんか」

一樹は新製品の開発に直結する特許を二つも取っている。

清原は一樹の反論に対して返す言葉はなかった。プイとふてくされた顔を横に向けた。

「どうせもう私の処分は決まっているんでしょう。はっきり言って下さい」

「ご自分で判断されるべきでしょうが。松本さんが退社という形で責任を取ったことを参考にされてはどうでしょうか。降格処分は免れないでしょうね。主席研究員への降格は無理でしょうね。主席研究員はバリバリ研究してもらう研究員でないと認められません。研究所以外への配置換えになると思いますよ」

清原は一樹の腹案が非常に厳しいものであることに驚き、次第に不安になった。

「工場へ行けということですか?」

「それは工場のほうで清原さんを引き受けてくれることが前提条件になりますね。生産部長と工場長に相談してみなければ何とも言えません。二人ともあなたを全く評価していませんから多分無理でしょうね」

一樹は清原を追い詰めていった。

「それでは私に退職願いを書けというのですか」

「そうは言いませんが、退職願いを提出されるのであれば、すんなり受理されるでしょうね」

一樹の言葉を聞いて、清原の心の中では怒りの炎が激しく燃え上がっていた。

清原はかねてよりいずれ社長の息子である隆彦が研究所長に就任しその後、次期社長に就くと思っていた。隆彦が一樹に代わっただけある。

いずれ自分より若い人間に使われることになることは分かっていた。

それは多くの人間がそうであるように清原にとって我慢ならないことであった。

清原は会社の役に立たないが、研究論文だけは学術誌に出していた。いずれ何処かの大学に転出しようと考えていたからである。大学に転出するためには研究論文が必要なのである。

数日後、清原は辞表を出した。その後、清原は大学時代の同級生が学部長を務めている九州地方にある有名でない私立大学の教授に就任した。

合成化学部門の部門長である岡島は松本、清原の処分をいち早く察知し、自分から一樹に処分を申し出た。岡島は一樹に会社のために精神誠意尽くすことを誓った。

一樹は岡島を工場長代理として配置換えした。研究所長の後任に一樹は加藤を推薦したが、加藤は定年まで動物たちと過ごしたいと固辞した。加藤と中川の勧めもあり宮辺が研究所長に就任した。中川は岡島の後任として合成化学部門長に昇進した。

吉富と藤田は食品に関する科学的知識と共に、色々な食品を試作し添加物の効果を確認する技量の面でも優れていた。

一樹は二人が身を固め落ち着いて仕事に打ち込むことを望んでいた。

また自分に忠実な坪井と芝崎が結婚適齢期に達していることが気にかかっていた。

吉富や藤田が一樹の研究室にやって来た時、坪井や芝崎が何かと彼らの世話を焼いていること、また、たいした用件もないのに、彼らが一樹の研究室にくるのは彼女達が目当てであることを一樹は知っている。

一樹は四人を誘って琵琶湖畔でバーベキューをした。一樹はそこで愛のキューピットをかってでたのである。一樹の粋な計らいで藤田と坪井、吉富と芝崎はめでたく結婚した。

一樹はかねてより工場の品質管理部に気心が知れたメンバーがいないことが気にかかっていた。

製品の品質を保証する品質管理の仕事は、北野製薬にとって極めて重要である。

坪井と芝崎は化学分析や機器分析にも、精通しており能力の面では問題なかった。

一樹は坪井と芝崎を品質管理部食品添加物課に係長として配置転換した。

二人は同期の女子ではトップを切って係長に昇進したことを非常に喜んだ。

こうして、一樹は工場の品質管理部に気心が知れた忠実な部下を送り込み、自分の支配下に収めていったのである。

藤田はアロマチンを売り込むために新設されたニューヨーク支店に単身赴任した。

一樹は自分に反発している秋葉部門長の更迭を考えている。しかし秋葉は火災に関して全く無関係である。今処分するには名目がなかった。一樹は社長や新しい研究所長である宮辺に根回しをした後、吉富を食品添加物部門の部門長代理に昇進させた。

一樹の研究室には部下がいなくなった。

ある日、一樹は坪井たちの様子を見に工場の品質管理部食品添加物課に足を運んだ。

芝崎はＨＰＬＣ（高速液体クロマト）を操作して調味料のアミノ酸を分析していた。坪井は原子吸光分析装置で重金属の定量分析を行っていた。二人は一樹の姿を見て分析の手を休めた。

「少しご相談があるんですが」

坪井は、芝崎のほうをチラッと目で合図し芝崎が軽く頷くのを確認してから、一樹に話し始めた。

一樹は二人の素振りから不吉な予感がした。二人が話しやすいように水を向けた。

「何でも話して下さい。あまり楽しい話ではなさそうですね」

「実はそうなんです。他社から仕入れている添加物については、うちの会社で分析していないんです。ひどい例があるんです。十年ほど前に一度、分析証明書が提出されただけ、という例もあるんです。うちの会社でも念のために分析したほうがよいと思うんですが」

「課長に相談してみたのですか？」

一樹は坪井に訊ねた。

「ええ、相談はしました。課長は購入先が分析証明書にデータを記載しているのだから、わざわざうちで分析することはない。無駄なことだと言うんです」

「気にかかる添加物がありますか」

「ええ、まあ。タンパク質加水分解物です。塩酸で分解したものです。タンパク質加水分解物は法令上は添加物ではなく食品として扱われているんですが。これをうちの会社に納入しているのは協和化学という小規模の会社です。実はこの間、課長に内緒で分析してみましたら、ヒ素がかなり検出されたんです。もちろんタンパク質加水分解物は添加物ではありませんから、ヒ素が検出されても法令上はなんら問題ありません。しかし多量に含まれていますと問題ではありませんか・・」

ヒ素という言葉を聞いて一樹は大変驚いた。

「ヒ素はどれくらい含まれているんですか?」

一樹はガン検診の検査結果を聞くような、不安な気持ちで坪井に訊ねた。

「数百ｐｐｍは含まれていると思いますが、これから正確な量を測定する予定です。結果が出次第、報告します」

一樹は坪井の説明を聞いて身が凍る思いがした。

タンパク質加水分解物とは、大豆や肉などのタンパク質を加水分解したものである。加水分解の方法として塩酸などの酸を加えて加熱する方法と酵素で分解する方法がある。

タンパク質を塩酸で加水分解すると、アミノ酸やペプチドができる。ペプチドとはアミノ酸がいくつか結合したものである。

タンパク質を塩酸で加水分解した場合、カセイソーダーや炭酸ソーダーで中和しておく必要がある。タンパク質加水分解物は、旨味を与える調味料として、加工食品やお惣菜のみならず、家庭用の調味料としても広く使われている。現在、なぜか法令上は添加物ではなく、食品として扱われているが、早急に添加物として扱うようにすべきしろものである。

ヒ素は毒性が極めて強く昔から毒殺など犯罪に使用されてきた。

また鉱山などで、ヒ素を含む粉塵にさらされている労働者に皮膚ガンや肺ガンが多発することが知られている。

ヒ素による食中毒事件として、森永乳業のヒ素ミルク事件が有名である。

一九五五年頃、森永乳業が製造した粉ミルクに多量のヒ素が混入していた。

この粉ミルクを飲んだ乳幼児が発熱、皮膚の黒変、貧血、肝臓の肥大などの症状を示した。被害は発症児一万二千余名、死亡児百三十一名に上った。たくさんの人がその後遺症に苦しんだ。

大変悲惨な事件である。原因は森永乳業徳島工場（当時）が、粉ミルク製造時に添加した第二リン酸ソーダーの不純物であった。

この第二リン酸ソーダーは極めて粗悪で、不純物として多量のヒ素を含んでいたのである。


一樹は、動物や植物のタンパク質にはヒ素がほとんど含まれていないことから、加水分解に使用する塩酸か、もしくは、塩酸を中和するために使用するカセイソーダーまたは、炭酸ソーダーが原因であろうと推測した。おそらく安く作るために粗悪なものを使用したのであろうと思った。

夕方、坪井から社内メールでヒ素の分析結果が一樹に送られてきた。

その結果によると、タンパク質加水分解物に含まれているヒ素は平均五百ｐｐｍであった。

一樹は異常な高濃度に驚いた。森永ヒ素ミルク事件の文献を読んで、被害児がヒ素ミルクから摂取したヒ素は一日あたり三～四ミリグラムぐらいであることを知った。

ヒ素を五百ｐｐｍ含むタンパク質加水分解物を、調味料として四％添加したお惣菜を百五十グラム食べると、三ミリグラムのヒ素を摂取することになる。

このような、お惣菜を何日か食べれば恐ろしいヒ素中毒が発生する可能性は極めて高い。いやすでに発生していたのである。

北野製薬はタンパク質加水分解物を惣菜用の調味料として売っている。

それらはデパートやスーパーのお惣菜から一般家庭用まで、広く使用されているのである。被害者は数万人か数十万人か、いやそれ以上かもしれない。

一樹はことの重大さに激しく動揺した。これが公になれば北野製薬は被害者に損害賠償しなければならない。一人当たり一千万円として十万人なら賠償金は一兆円になる。

一樹の頭には、被害者の悲惨な苦しみなど考える余裕はなかった。何としても会社を守らなければならない。一樹は慌てて坪井の所へ走って行った。

一樹は社内でヒ素の件が広がるのを恐れたのである。

社内の連絡メールでタンパク質加水分解物に五百ｐｐｍものヒ素が含まれていることを知った不届きな社員が、マスコミに情報を流出させるのを警戒しているのである。

「坪井さん、ヒ素の報告を社内連絡メールから今すぐに削除して下さい。このことは絶対に誰にも話さないで下さい。部長や課長にもです」

「迂闊でした。すぐ削除します」

一樹は坪井と芝崎には厚い信頼を寄せている。

彼女達を研究補助員から異例の速さで研究員に昇格させたこと、同期入社の女子社員としてはトップで係長に抜擢したことに対して、彼女達は一樹に心から感謝している。

その上、一樹がそれぞれの結婚について愛のキューピットをつとめたこと、配偶者が北野製薬の社員であることなどから、彼女達は絶対に会社の不利になるようなことをしないと確信していた。

秋葉は部門長室でパソコンの社内連絡メールを見ている。

タンパク質加水分解物の分析データが秋葉の目に留まった。秋葉は自分の目を疑った。慌てて、パソコンの印刷ボタンをクリックした。

プリンターから打ち出されてきたデータを見て再び秋葉は驚いた。

しばらくしてパソコンに目をやると、そのデータは画面から消えていた。

「やばいデータだから誰かの命令で消したな」

と秋葉は推測した。

そのデータを無意識にカバンの中にしまい、しばらく考え込んでいる。

一樹は生産部長の岡田を部長室に訪ねた。

かねてより一樹は岡田に全幅の信頼を寄せていた。岡田は一樹の表情から、ただならぬ事態が発生したことを察知した。

一樹は部長の机の横に立ったまま蒼ざめた顔で報告した。

「岡田さん、大変な事態です」

一樹はタンパク質加水分解物に多量のヒ素が含まれている事実を話した。

岡田は一樹の話を聞いて眉間にしわをよせ厳しい表情になっている。

「部長の責任を云々と言うことではないんです。どのように対処するかです」

「一樹さん、全てが片づくまで社長には絶対に話してはなりません。社長に責任が及びますから。私とあなただけで対策を考えましょう」

「分かりました。しかし、既にヒ素の被害がかなり出ていると考えられますが」

一樹はことの重大さから、いつもの冷静さを失ってうろたえていた。部長は冷静であった。

「落ち着いて下さい。あなたはいずれ社長になるんですよ。うろたえてはいけません。社長たる人は常に冷静に的確な情勢分析と判断が出来なくてはなりません。ヒ素の量から判断して被害は出ているかもしれません。いやおそらくかなりの被害者が出ていると考えるべきでしょう。しかし、まだどこからもクレームや被害の報告はないでしょう」

一樹は、岡田がこの件を何とか秘密裏に解決しようとしていると感じ少し安心した。

「細菌性食中毒のように、食べてすぐ症状は現れるというようなことはありませんから、被害者は何らかの体調不良が起きても、なかなかヒ素が原因だとは気がつかないでしょうね。ですが、ヒ素を含んでいるタンパク質加水分解物を売るのは至急止めねばなりません」

岡田はしばらく考えてから一樹に提案した。

「現在、我社が在庫として持っているタンパク質加水分解物は協和化学に引き取らせましょう。協和化学の社長にだけ、ヒ素のことを話すようにしましょう。そうしないと、協和化学から外部に漏れても困りますから。代わりのタンパク質加水分解物を至急手配する必要があります。うちのお得意さんに迷惑はかけられませんから」

「代わりのタンパク質加水分解物は手に入るんですか？」

一樹は心配そうに訊ねた。

「多分、大丈夫だと思います。中国産のものなら丸岡商事が、かなり在庫として持っているハズです。先日も安く売り込みに来ていましたから。少しの間だけお得意さんに待ってもらうことにしましょう。その辺は森山部長に任せておけば大丈夫です。もちろん、工場長や森山さんにはヒ素の件は隠しておきます。彼らはしつこく理由を問いただしたりはしません」

「分かりました。あの二人はぼくも信頼しています。坪井と芝崎は大丈夫です」

「玉《ぎょく》（ここではタンパク質加水分解物のこと）の手配、その他は私に任せて下さい。協和化学との交渉には一樹さんがあたって下さい。これも社長学の勉強だと思って下さい。くれぐれも協和化学の線から外部に漏れないように注意して下さい。一番怖いのは協和化学の誰かが内部告発することですよ。ただ、うちとの取り引きが打ち切られるので、協和化学は倒産する可能性があります。その点も頭に入れて交渉して下さい」

岡田は自分の息子に言って聞かせるように一樹に注意を与えた。

一樹は岡田の温かみある助言が嬉しかった。

「よく分かりました。久しぶりに岡山の親父に教えてもらってるような気分になりました。少し気が楽になりました」

二人の頭にはヒ素により発症した人の苦しみなど全くなかった。いかにしてヒ素の件を完全に隠蔽するかに必死であった。

二人とも会社を離れれば人の悲しみ、痛みがよく分かる普通の人間なのである。人は嘘をつき、騙す動物である。それをコントロールするのが理性なのである。会社という組織が理性を狂わすのであろうか。それとも自衛本能に基づく利己的思考が狂わすのであろうか。

北野製薬との取引を切られた協和化学は倒産した。

一樹は、協和化学が滋賀県ではあるが北野製薬とは車で三十分ぐらいで地理的に近いこと、新甘味料の許可が厚生労働省から下りると、現在の工場では狭すぎることなどから協和化学を買収し、工場を拡大するチャンスだと考えた。

社長室で岡田生産部長に同席を頼み一樹は自分の考えを社長に説明している。

「協和化学は滋賀県ですがうちとは近いです。協和化学の敷地はかなり広いんです。うちの工場の製剤部門をそっくり協和化学の工場に移転し、北野製薬滋賀工場としたらどうか、と考えているんです。合成関係は工場の各部がパイプラインで繫がっていますから、一部だけを移転することはできません。製剤部門なら移転は可能です。生産効率も変わりません」

説明を聞いて社長はテーブルに手をついて考え込んだ。

しばらくして社長は結論を出したようであったが岡田に意見を求めた。

「岡田君、生産部長としてこの買収をどう思うかね」

「うちの会社は今まで他社を買収したことはありません。しかし、これは良い話だと思いますが。渡りに船といいますか」

「分かった。私も良い考えだと思う。ここでは、もう工場を拡大できない。協和化学ならここから近いし便利だ。それに安く買えるしな。で、協和化学の社長はどうするつもりだ。切腹か」

社長は一樹のほうを見やり手を腹に当て腹を切る真似をした。

「あの社長はそのつもりです。住んでいる家も売り払い、生命保険も解約して少しでもうちの会社に償いたいと言ってました。本心だと思います。ただ、従業員の生活のことが心残りだと」

「それで、腹を切れと言ってきたか」

社長の考えが分からず、どう答えてよいか迷ったが、正直に自分の気持ちを話そうと思った。

「とても言えませんでした。あの社長は誠実な方です。あの社長一人が切腹しても、うちの会社には何の利益もありません。それよりはうちの会社のために働いてもらったほうがよいと考えていますが」

社長はニコニコしながら満足そうに岡田に話しかけた。

「どうだ、岡田君、次期社長の考えは」

「ご立派だと思います。何でもビジネスライクに処理すればよいというものではありません。一樹さんはビジネスと、人の情とのバランス感覚が大変優れていると思います」

「で、あの社長はどう処遇するつもりなんだね」

「岡田生産部長のもとで滋賀工場長として処遇したいと考えています。従業員もうちが引き取りたいんです。うちの会社から工場の技術者、品質管理担当者を送り込みます。岡田さんには担当範囲が増えて申し訳ないんですが」

そう言いながら岡田のほうを向いて頭を下げた。

「それでいいんじゃないか。岡田君どうだ」

「それで良いと思います」

社長も岡田も一樹の考えに満足であった。


ヒ素の被害は現実に起きていた。

北野製薬のタンパク質加水分解物は惣菜用の調味料として、主に関東から西の地域で広く使用されていた。

広島市の一DKマンションに住んでいる三十歳の独身OLは仕事で帰宅が遅くなるため毎日、デパートの地下で惣菜を買って帰り夕食のおかずにしている。

忙しい彼女にとってデパ地下で夕食の惣菜を選ぶのはささやかな楽しみである。

彼女がよく利用するお惣菜屋はコロッケのような揚げ物から煮物にいたるまで、味付けに北野製薬製のタンパク質加水分解物を頻繁に使用している。そのせいか旨味とコクがあり、なかなか評判がよく繁盛している。

そのOLはある朝、軽い嘔吐の後、下痢を起こした。ストレスか疲労のためであろうと気にかけなかった。しかしその日以後しばしば嘔吐や下痢を起こすようになった。体もだるくなることが多くなった。そこで近所の内科医院を訪ねた。

彼女を診察した初老の医師は笑顔で説明した。

「ストレスが原因でしょう。しばらく様子を見ましょう」

彼女は納得して帰った。しかし彼女の症状は一向に改善しなかったが、仕事のストレスによるものとして我慢を続けた。

身体に入ったヒ素は時間が経つと髪の毛に蓄積されてくる。これがヒ素中毒の診断の決め手になるのである。もし、この医院の医師が彼女の髪の毛を検査に出していたら、ヒ素中毒であるとの診断を下したであろう。

しかし、医師がヒ素中毒患者に接することは、まずあり得ないことから、この医師がヒ素中毒であることを疑わなかったといって責められるべきではない。

彼女を診察してヒ素中毒を疑う医師はまずいないであろう。医師は万能の神様ではないのだから。

彼女の体調は一向に改善しなかった。ある日、風呂上りにふと脇の下に目をやると皮膚が黒ずんでいた。脇の下の黒ずみは日にちがたっても消えることはなかった。脇の下を見るたびに彼女は絶望の淵に落ちていった。

彼女はスタミナをつけるために度々焼肉を食べるようにした。ニンニクをたっぷりタレに入れて。そのためにデパートの地下の惣菜屋でお惣菜を買ってくることはなくなった。

しばらくすると、彼女の症状は次第に改善していった。彼女の症状が改善したのはデパートのお惣菜を食べるのを止めたことと、ニンニクを頻繁に食べたからである。

ニンニクに含まれている硫黄化合物はヒ素を体外に排泄するのである。

そのうち、北野製薬はヒ素入りのタンパク質加水分解物から、ヒ素を含まない中国産に切り替えたので、再び彼女がヒ素中毒で苦しむことはなくなった。

ただ脇の下の皮膚は黒ずんだままであった。

彼女は医師が言ったとおり疲労かストレスが原因であったものと思った。

もし彼女がそのデパートのお惣菜を食べ続けニンニクを食べなかったら・・・

彼女のような患者は北野製薬のタンパク質加水分解物が使用されていた関東から西の地域でかなり発生していた。しかし被害が方々に散らばって発生していたこと、医師がヒ素中毒に詳しくないことからうやむやになってしまったのである。

そのうち北野製薬がヒ素入りのタンパク質加水分解物を売るのを止めたので、それ以降は新たな患者の発生はなくなった。

しかし、広島の彼女の症状に加えて無尿、手や足の裏の角化、わきの下の皮膚の黒色化などに苦しんだ人は何千、いや何万人いたか見当がつかない。死者が出ていたとしても数万人に達することはなかったものと推測される。

このような事態が発生していることなど一樹や北野製薬、協和化学の人間は誰も気がついていなかったのである。

十一　密告

ある日曜日、秋葉は書斎で研究所から持ち帰ったタンパク質加水分解物のデータを見ながら考え込んでいる。しばらくして吹っ切れたようにパソコンに向かってキーを叩き始めた。

秋葉はヒ素のデータに手紙をつけて、近畿新聞京都支社に送った。もちろん匿名である。

近畿新聞京都支社のガラス張りで陽当りがよいミーティングブース。丸いガラス製のテーブルを挟んで智子と社会部長は話し込んでいる。

「河原君は以前、北野製薬に首を突っ込んで苦い思いをしただろう。どう、リベンジする気はないか」

社会部長は秋葉の手紙とタンパク質加水分解物のデータを渡した。

「まんざらガセネタとは思えんが」

智子は黙ってデータと手紙を手に取り真剣な眼差しで興味深そうに読んだ。

「そうですね、何か必死に訴えているような感じを受けます。でもまた、北野製薬の圧力に屈して原稿がボツになったりしませんか」

「これが本当なら大変なことだ。以前とは重さが違う上に具体的なデータもある。多数の人命に係わることだ。化学的な問題だ。相当勉強してかからんとだめだぞ。私も今度は頑張るから。とにかく確かな証拠をつかむことだ」

「分かりました。是非やらせて下さい」

智子は森山の顔を思い出している。

「今度は勝ってみせる」

智子は闘志が湧いてきた。社内には智子を食事に誘う男性もいたが、智子は相手にしなかった。どの男性にも一樹ほどの魅力を感じなかったからである。

智子はヒ素についての基礎知識を得ようと化学の本を読み漁った。支社長宛に送られてきたデータと手紙だけでは北野製薬を追求するには不十分だと考えた。

もっと客観的なデータを入手する必要があると思った。智子は京都市内のスーパーやデパートのお惣菜売り場を訪ね歩いた。そして、お惣菜売り場の責任者に頼んで調味料を見せてもらい、北野製薬のタンパク質加水分解物を探した。

味付けは企業秘密だと断られることもあったが、二ヶ所から北野製薬製のタンパク質加水分解物を入手することができた。智子は手に入れたタンパク質加水分解物についてヒ素の分析を民間の検査機関である京都食品分析センターに依頼した。

一週間が過ぎた。分析センターから報告書が送られてきた。

ドキドキしながらハサミで丁寧に封を切った。分析結果は検体の一つが五百二十ｐｐｍ、もう一つが四百八十ｐｐｍのヒ素を含むというもので投書の数値とよく一致している。

智子は森山に電話し新京極の和風喫茶で会うことにした。そこは智子が一樹と度々逢瀬を重ねた場所である。以前と同じように赤いじゅうたんが敷かれ琴の音が流れている。

煎茶と高級感がある濃紺の皿に載せられた抹茶ようかんを前に二人は向かい合っている。黒のスーツで身を固めた森山はテーブルに肘を置き鷹揚に構えている。

「お嬢さんお久しぶりです。今日はまた何かうちの会社のよからぬことでも聞き出そうと思っているんでしょう」

森山とは初対面でないから緊張感はない。

「ええ、まあそうですが。北野製薬はヒ素がたくさん入っている調味料を売っているらしいですね。そこまでして儲けたいですか。良心はないんですか、北野製薬には」

智子はいきなり核心に迫り森山の表情を注意深く観察している。森山は不思議そうな顔をした。

「お嬢さん、そんな冗談を言うために私を呼び出したんですか。仕事にかこつけて実は私に会いたかったんじゃないんですか」

森山は本当にヒ素のことは知らなかったので、智子の真意を測りかねている。智子は左手を湯呑みの底に添えて煎茶を一口飲み、ゆっくり湯呑みをテーブルに置いた。

「営業部長の森山さんが知らないわけがないじゃありませんか。とぼけたってダメですよ」

智子は森山を追及しつつも表情や話しぶりから、もしかして森山は何も知らないのではないかと思った。しかし、そんなことがあるのだろうかと迷っている。

「知らないものは知らないとしか答えようがないじゃないですか。ヒ素？　何ですかそれ。安物のサスペンスドラマに出てくる毒のことですか。そんなもんが調味料に入っているわけがないでしょう。何を言っているんですか」

森山は憮然としていた。智子は本当に森山は何も知らないのだと判断した。

森山はハッとした。そういえば、調味料のタンパク質加水分解物について、会社で変な動きがあったことを思い出した。森山は智子がでたらめを言っているとは思えなくなった。

もし智子が言っていることが事実なら大変なことになると心配になった。

それまで智子をナメていた森山は急に真顔になり姿勢を正した。

「私は本当に知らないんです。もし何か掴んでいるんでしたら教えてくれませんか」

智子は森山に手の内を見せてもよいものかどうか、しばらく考えている。

智子は森山に悪い感情は持っていなかった。むしろ親しみを覚えていた。

「分かりました。これを見て下さい」

智子は垂れ込みのあったデータと京都食品分析センターで分析したデータを森山に見せた。

「ヒ素が五百ppmというのは大変な数字ですよ。既にヒ素による被害者がたくさん発生していると考えるべきです」

森山は非常に驚きデータを持っている両手が小刻みに震え言葉を失っている。

しばらく腕組みをして天井を眺めている。

「よく教えてくれました。こんな有害なものを私は一生懸命売っていたんですね。教えてくれた代わりに一つ教えてあげましょう。北野製薬からヒ素の件を漏らしたのは研究所の人間です。社内でこんなデータは食品添加物部門長ぐらいにしか送れません。食品添加物部門の秋葉部門長でしょう。あの人は次期社長と肌が合わないから嫌がらせでやったんでしょうね。彼は研究所における添加物の責任者ですから知っていても不思議ではありません」

森山はかねてより秋葉のことを快く思っていなかったので、意識的に固有名詞を出したのである。

「もう一つ教えてあげましょう。今気がついたんですが、会社で変な動きがありましたよ。ある日突然、それまで売っていたタンパク質加水分解物が理由もなしに安い中国産に切り替わったんです。私は安い中国産に切り替えて利益を増そうとしたんではないかと考えていたんですが。それまで売っていたものに高濃度のヒ素が混入していたことが分かったから急に切り替えたんでしょう。ですから今売っているものはヒ素を含んでいないはずですよ。その点は注意しておいたほうがいいですよ。参考になりました？」

「ええ、大変参考になりましたわ。でも今日はなぜそんなに教えてくれるんですか」

「河原さんが私にヒ素のことを教えてくれたお礼ですよ。それに私は河原さんには感心しているんです。こんな美人のお嬢さんなのに、なかなか鋭い。それなのに憎めないんです。全身から気品が匂い立つような、そんな雰囲気が漂っていて・・・私がもっと若ければ交際を申し込むのに・・・早く生まれ過ぎたようで」

森山は少年のような純情さで下を向いて言った。

「記事を書く時には、森山さんから情報を得たことは絶対に分からないように配慮します」

智子は深々と頭を下げその場を辞した。

智子は京都食品分析センターのデータと北野製薬筋からの情報という材料だけでも記事は書ける

と思った。今回は客観的なデータが証拠となる。

一樹はこの件についてどこまで知っているのか、隠蔽工作は一樹の指揮下で行われたのか知りたかった。

智子は一樹が会社の中で泥沼に足を取られもがき苦しんでいるのではないかと心配であった。

次の日、智子は北野製薬の代表電話に電話して秋葉に繋いでもらった。

傍聴されている可能性があるため話す言葉に細心の注意を払った。

「もしもし、河原といいます。先日、教えて頂いた件で少しお話したいのですが」

秋葉は驚いたが、すぐに近畿新聞の関係者だと分かった。電話は交換で傍聴されている可能性があることを秋葉は知っていたから詳しいことは話せないと思った。

秋葉はなぜ密告したのが自分だとバレたのか当惑の情を浮かべた。

「分かりました。いつでもいいですが」

あっさり智子の申し出を受諾したのである。

智子は森山の情報は確かなものであったと確信した。

秋葉は絶対にバレないように注意したはずなのに、なぜヒ素の情報を流したのが自分だと分かったんだろうと不思議でならなかった。自分が情報を新聞社に流したことが会社にバレはしないか不安が募っていた。いや、新聞社は情報源を明かさないはずだ。そんな心配が頭の中で交錯していた。

その日の夜、智子と秋葉はホテルのロビーで対面した。智子は名刺を渡しながら自己紹介した。

「近畿新聞の河原と申します」

「秋葉です」

秋葉は緊張した面持ちで席に着いた。名刺は渡さなかった。智子と面談した物的証拠とされるのを警戒したからである。

しかし対面している相手が若い美人のせいか、いつもの不機嫌そうな表情ではない。顔には不安感が漂っている。

智子は秋葉のおどおどした様子から、秋葉の不安感を除くことが先決だと思った。

「このたびは貴重な情報を提供して頂きありがとうございました。情報提供者を明かすことは絶対にありませんから、どうぞご安心下さい」

秋葉は智子の言葉で、いくらか緊張感と不安感が和らいだ。それに優しそうな美人の女性であることが秋葉の緊張感を和らげるのに役立ったのかもしれない。

「どうして情報をお宅の新聞社に提供したのが、私だと分かったんですか?」

秋葉は疑問を率直に智子にぶつけた。智子は一瞬答えに困った。

まさか森山の示唆だとは言えない。

「それは言えません。情報源の秘匿は新聞社が守らなければならない最低ラインですから」

智子は京都食品分析センターのデータをテーブルに広げ秋葉に見せた。

「秋葉さんから頂いた情報の裏づけを取りました。秋葉さんの情報と分析センターのデータは非常によく一致しています。ヒ素をこんなにたくさん含むタンパク質加水分解物をいつ頃から売っていたんですか?」

「それは分かりません。私の推測ですが半年ぐらい前からだと思います。問題のタンパク質加水分解物は協和化学という所から仕入れていたんですが、そこの社長と半年ほど前に会った時、何かコストダウンしたようなことを言っていました。おそらく、その時に品質の悪い薬品を使うようにしたんでしょう。それが原因ではないかと考えているんです」

「ヒ素がたくさん含まれていることが分かった時点で、なぜ出回っているタンパク質加水分解物を回収しようとはしなかったんですか?」

「信用の失墜を恐れたんでしょう。品質管理が杜撰《ずさん》だったことが公になりますから。それに損害賠償の問題も出るでしょうし」

智子は大体の事情は把握できたと思った。最後に一番気にかかっていることを質問した。

「ヒ素の件をこっそり処理するように指示したのは誰ですか。社長ですか?」

話が一樹のことにおよぶと秋葉の舌は滑らかになり勢いよく言葉が飛び出した。

「あくまでも推測ですが。おそらく北野一樹という社長の娘婿でしょうね。次に社長になる奴です。腹の中が真っ黒な嫌な奴です。バレなければどんな悪いことでも平気でする奴です。最近、彼の腹心の部下二人を工場の品質管理部に配属しましてね。おそらく、その連中がヒ素のことに気がついたんでしょう。それで次期社長に報告したんでしょうね。次期社長と工場の幹部あたりで密かに処理したんでしょう。問題のタンパク質加水分解物は安い中国産に切り替えたようです。協和化学はうちとの取引が切られて潰れましたが、北野製薬が買収したんですよ。社長以下、全従業員をうちが引き受けたんです。かなり安く買収できてよかったんじゃないかな。転んでも、ただでは起きない会社ですよ」

「そうですか。で、その次期社長や工場の幹部の方はヒ素入りの食品を食べた人たちがヒ素中毒を発症して苦しんでいるとは考えなかったんですか?」

智子は一樹はそんな冷酷な人間ではないと思いたかった。

秋葉の舌鋒は鋭さを増していた。

「そんなことを考えるような連中ではありませんよ。会社のためと言いながら要は自分の保身に汲々としている連中ですよ。まあ、サラリーマンは大体誰でもそうなんでしょうがね。ヒ素中毒が発生していてもバレないと判断したんでしょう。この種の食中毒は症状が出ても原因がなかなか分かりませんから。現にまだ誰もヒ素中毒にかかったとは言ってきていません。少なくとも数万人の被害者が出ていると思うんですが。ぼくはあの次期社長が大嫌いなんです。彼だけは絶対に許せない。良心のかけらもない、氷のように冷徹な人間です」

一樹に対する敵対心と憎しみに満ちた秋葉の話を、智子は半ば呆れ顔で聞いている。

智子は秋葉の話を聞いて寂しい思いがした。

《一樹さんはそんな人ではないはずだが。優しい心を持った人だったのに・・・・》

「大変参考になりました。客観的なデータもありますし、十分記事が書けると思います。秋葉さんにご迷惑をかけることは絶対にありません。安心して下さい。また分からないことがあったら教えて頂くかもしれませんが」

智子は、秋葉がヒ素の件を内部告発したのは一樹に対する敵対心からであろうと思った。どんな職場でもドロドロとした人間関係の確執があるものである。

あれだけの秀才が道を誤ったのではないか、化学者への夢を追求すべきであったのではないか、智子はそんなことを考えながら一樹が哀れに思えた。

次の日の夕方、一樹と智子はは新京極の和風喫茶で向かい合っている。

智子は黒のコートに黒のスーツ姿で凛とした雰囲気を漂わせている。

「今日はお呼びだてして・・・」

智子は丁重に挨拶した。一樹は濃紺のスーツで背すじを伸ばし両手を膝に置いて座っている。

「久しぶりです。ここの雰囲気は全く変わっていませんね。懐かしいです。忙しいですか。でもお元気そうでなによりです。安心しました」

二人はお互いに少し下を向いて話し合っていた。

それぞれ理由は異なるが少し後ろめたさを感じていたからである。

「ヒ素の件で少し、お聞きしたいと思いまして」

智子は遠慮気味ではあるが、はっきりとした声で一樹に訊ねた。

一樹は大変驚き顔を上げて智子の目を見た。

「なぜヒ素のことを河原さんが知ったのか教えてくれませんか。会社内でも極秘にしていたんですが」

「情報源を話すわけにはいきません。そのことは理解して下さい」

「それはよく分かっています。会社の誰かが内部告発したぐらいのことは容易に想像できます。工場からですか、研究所からですか」

その時智子は軽く頷いた。

「研究所からですか」

また智子は軽く頷いた。

「ありがとう。それ以上はお聞きしません」

一樹は内心、研究所の誰か聞きたかったのであるが、これ以上智子を苦しめたくなかったのである。智子はそれ以上しゃべらないだろうと思った。

研究所の人間でこんなことをするのは誰であろうか考えた。自分に反発している秋葉ではなかろうか、いや秋葉しかいないではないかと一樹は思った。

「それで何か確たる証拠を掴んでいるんですか?」

智子は静かに京都食品分析センターのデータを一樹の前に置いた。

「確かにこのデータのヒ素の量は会社内での分析値と非常によく一致しています。分析されたタンパク質加水分解物は、どこから入手したんですか。うちの会社からですか」

「入手先は言えませんが、確かな所からです。それよりなぜ出回っているタンパク質加水分解物を早急に回収しなかったのですか。相当の被害者が出ていると思いますが」

智子は率直な気持ちを一樹にぶつけた。

「そうできれば、ぼくも随分気が楽だったでしょう。どうしても自衛本能が優先的に働きます。食品衛生法ではタンパク質加水分解物は食品添加物ではなく、食品として扱われているんです。食品添加物でしたらヒ素は四ppm以下という規制がありますが、食品については何も規制がないんです。ですから何ら法令に反したことをしていたわけではないんです」

一樹の言っていることはそのとおりである。智子は穏やかに反論した。

「そうでしょうか。食品衛生法六条に明らかに違反しているんじゃありませんか。六条には有毒な、もしくは、有害な物質が含まれ、又はその恐れがある添加物や食品は製造してはならないと規定していますが。ヒ素が多量に含まれているタンパク質加水分解物は明らかに六条の有害な食品に該当すると思いますが」

一樹は智子がよく勉強していることに感心した。

「さすがに河原さんですね、よく勉強していらっしゃる。しかし、六条は本当に機能していますか。厳格に運用されていますか。そうではないでしょう。例えば、トランス脂肪酸、これはマーガリンやお菓子に含まれているんですが、動脈硬化を引き起こし、心筋梗塞などで死亡する場合がありますね。それでも何ら規制はされていません。外国では規制されているようですが。こんな例はいくらでもあるんじゃないですか。ヒ素にしても昆布には五十から六十ppm、ワカメには二十から四十ppm含まれているじゃありませんか。うちのタンパク質加水分解物にヒ素が五百ppm含まれていても、食品には約四％以下しか添加しませんから、食品に含まれるヒ素は、せいぜい二十ppmほどですよ。これが問題になるんでしたら昆布やワカメのほうがもっと問題でしょう。そう思いませんか？」

一樹は教師が生徒に教えるように優しい口調で智子に説明した。

智子はそこまでは勉強していなかった。さすがだなあと内心感心している。

「そう言われてみればそうですが・・・」

科学論争に持ち込まれたら一樹には絶対に勝てないことはよく分かっている。一樹は智子が食品化学に疎いことを知っていたので、虚言を吐いたのである。

ヒ素は大きく分けて無機のヒ素と有機のヒ素がある。無機のヒ素は極めて有害であるが有機のヒ素は害が少ないといわれている。昆布やワカメに含まれているのは有機のヒ素である。一方、タンパク質加水分解物に含まれているのは猛毒の無機のヒ素なのである。

しかし智子は穏やかに反論した。

「化学のことはあまり分かりませんから、この件について専門家に相談したんです。その人の話では既に相当の被害が発生しているかもしれないとのことでした。データもありますし、北野製薬からの情報、専門家の意見などで記事にはできます」

一樹は慌てた。

「記事にされては困るんですよ。何か妥協点はありませんか」

一樹は暗にお金で解決できないか智子の反応を試した。

智子はそんな一樹の気持ちを全く理解しなかった。

「妥協点はありません。書くか書かないかだけですから。私は、貴方がこれ以上泥にまみれて欲しくないの」

「河原さんの気持ちは嬉しい。この頃、後悔することがある。あのまま大学に残って研究者の道を歩めばよかったと。でも、もう絶対に後戻りできないんです。ヒ素を含むタンパク質加水分解物はもう売っていません。被害が拡大することはありません。ですから記事にするのをもう少し待ってくれませんか」

「分かりました。私のほうも勉強する必要があります。それにもう少し専門家の意見を聞いてみたいですから」

智子は昆布やワカメに多量のヒ素が含まれている点についてもう少し勉強する必要があると思った。一樹は思い切って智子に聞いた。

「非常に聞きにくいんですが、河原さんは結婚しないんですか?」

智子は驚いた様子であったが意外と素直に応えた。

「結婚はしたいと思っています。私も普通の女性ですから。でも縁のものですし」

下を向いて口ごもった。

一樹は智子にはまだ決まった男性がいないと確信した。

一樹は単に興味本位で訊ねたわけではなかった。ある考えがあったからである。

「もうすぐ正月ですね。岡山に帰るんですか。ぼくは帰ろうと思っているんです」

智子はなにも答えなかった。二人は気まずい思いのまま別れた。

一樹はネオンが輝く繁華街の雑踏の中に、黒いコートの裾を揺らしながら遠ざかっていく智子を後ろ姿が見えなくなるまで見送った。

一樹は今でも智子に申しわけない気持ちでいっぱいであった。


その頃、高梁市にある河原商店に三人の人相の悪い中年の男が訪れていた。河原商店は智子の実家であり、店は智子の兄が経営している。男たちは岡山市からやって来た暴力団の取り立て屋である。

河原商店は大きくはなかったが経営状態はよかった。建築用の金物などの注文を受けては、建築現場まで配達し喜ばれていた。

智子の兄は地元の建売業者から四千万円の借金の連帯保証人を頼まれていた。その建売業者は河原商店と長年取引があるお得意さんであったから断れなかったのである。ところがその建売業者が経営不振で突然、夜逃げしてしまった。

連帯保証人である智子の兄は建売業者に代わって債務を弁済する義務がある。民法上、智子の兄はこの弁済義務を免れることはできない。店の改築で多額のローンを抱えていた。

「期限は一月三十一日や。払ってもらえるんやろうな。払えんようやったらこの店を貰うで。覚悟しときや」

彼らは店先でえらい剣幕で兄を脅している。智子の兄は、ひたすら頭を下げるだけであった。四千万円はとても払える金額ではなかった。


智子は京都支社の机で食品化学の専門書を読みふけっている。その時携帯が鳴った。

「どうしたの？　お兄さん」

「智子、お前には心配かけたくなかったんだが。お金を貸してもらえないか」

智子はびっくりした。智子は結婚資金としていくらかの預金があった。

智子は兄を問い詰め、足りないお金は三千万円であることを知った。

とても用意できる金額ではない。法学部出の智子には期限までに用意できなければ、店が他人の手に渡ることはよく分かっている。

兄と両親は路頭に迷うことになるだろう。智子は心配で心臓が張り裂けそうであった。

一樹は正月を金倉で迎えるために葉子と一緒に帰省した。葉子はヒ素のことなど全く知らない。

葉子は真っ赤なベンツのハンドルを両手でしっかり握り久しぶりの長距離ドライブを楽しんでい

る。

「私またお節を作ってあげる。去年は、お父さんもお母さんも喜んでくれたでしょ。今年は京焼のお皿を用意してきたの」

とご機嫌で屈託がなかった。

「ああ、また頼むわ。親父もお袋もきっと喜ぶよ」

「このベンツそろそろ乗り換えない。最近、新しいのが出たのよ」

一樹はそんな贅沢が許されるだろうかと思った。まだ新車同然なのである。

「葉子の好きなようにしたら。今度は白色がいいな。このベンツ少し派手だから」

一樹は贅沢なお嬢さんだと思ったが、葉子には琴の他には楽しみがないことに気付いた。最近はヒ素の件、協和化学買収の件、研究計画などで忙しく、葉子に構ってやる時間がなかった。それでも、葉子は不平を全く言わなかった。一樹はそんな葉子がいとおしく思えた。

一樹は有漢中学の同窓会から案内を受けていた。

一月三日に一樹は真っ赤なベンツを運転して、同窓会の会場である有漢中学に隣接している福祉会館に向かった。福祉会館は町民の健康維持のために建設されたものであるが、大浴場と共に大きな宴会場を備えている。

有漢町で宴会ができる唯一の施設でもある。一樹が福祉会館に着くとスーツやコート、ジャケットなどを着込んだ旧友たちがベンツの周りに集まってきた。

「ええのに、乗っとるのう」

珍しそうにベンツの外回りを眺めたり、運転席周りを覗き込んでいる。

同窓会に出席したのは三十名であった。折り畳みの長テーブルには折り詰めの料理とビール瓶が並べられている。幹事の挨拶の後、宴会が始まった。一樹は、乾杯のビールを少し飲んだだけで、それ以上酒は口にしなかった。飲酒運転を避けるためもあるが、元来アルコール類は一樹の体質に合っていなかった。宴会もたけなわとなったころ、アルコールで真っ赤になった顔をした高校でも同級であった男がグラスを片手に話しかけてきた。

「好並、河原智子と別れたんだってな。お前ら二人が別れるなんて誰も想像してなかった。お前、河原の所がぼっけえこと（大変なこと）になっているのを知っとんか？」

「ぼくは何にも知りませんが。何かあったんですか？」

一樹は驚いて箸を置き彼の顔を見る。彼は一樹に、河原商店が他人の借金の連帯保証をしたばっかりに、店をヤクザに取られそうになっていることを話した。

「河原智子は、わしらのマドンナじゃろうが。何とかしてやりてえが、三千万もの金となると、わしらではどうにもならん。好並、何とかならんのか」

次第に一樹の回りに級友たちがたくさん集まりしきりに三千万円工面するように懇請した。一樹はみんなの話を聞いて、智子は今この時間にも非常に困っているだろうと思った。お金のことで苦しんでいる智子の姿、それは一樹が最も想像したくなかった智子の姿である。しかし、三千万もの金は一樹ではどうしようもなかった。ことがことだけに葉子に相談するわけにもいかない。

苦境に立たされている智子を助けられない自分の無力さが歯がゆかった。

しかし智子が苦境に立たされ、もがいていることは一樹には耐え難い苦痛であった。

暗い気持ちのまま一樹は京都に帰った。

北野製薬では社内放送で社長の新年の挨拶があった。その後で一樹は社長室に足を運んだ。十分ほど二人はソファーで向かい合い会社の今後について話した。

社長は一樹が暗い表情をしているのを見て心配そうに訊ねた。

「何か心配ごとでもあるんじゃないか。岡山で何かあったのか?」

一樹は社長に話そうかどうか、まだ迷っていたが社長の言葉に意を決した。

「実は折り入ってご相談したいことがあるんですが」

一樹は下を向いてポツリとしゃべった。

「親子じゃないか、一人で悩まんと何でも相談してくれんか。実家のことか、それとも葉子とのことか?」

社長は葉子と一樹の間に何かあったのではないかと心配している。

「いいえ、家庭のほうは結構楽しくやっています。安心して下さい。実は、お金が必要なんです」

社長は内心驚いたが平然としている。

「金か、なんぼ要るんや?」

一樹は少し間をおいて、下を向いたまま言い難そうに口を開いた。

「三千万ほどです」

社長は金額を聞いて驚いた。しかしそれを表情には出さなかった。

「女かどうかだけ正直に答えてくれんか。葉子や家内には絶対に言わないから」

「そんなんではありません。岡山にいる昔からの知り合いが連帯保証をして苦しんでいるものですから、何とか助けてあげたくて。それで」

社長は一樹の女性問題ではないことを知り安心した。

「分かった。君の頭脳で稼いだ金だ。なんぼでも使ったらええがな。連帯保証をするということがどんなことか分かっただろう。授業料と思えば安いもんだ」

社長は金庫から小切手帳を取り出し、《参千万円也》と記入し一樹に渡した。一樹は社長があっさりと金を出してくれたのでやや拍子抜けした。しかし、内心ホッとした。

「ありがとうございます。彼も大変喜びます」

一樹は丁重に礼を言って頭を下げた。

「このことを葉子は知っているか」

「いいえ心配するといけないので言っておりません」

「そうか、二人だけの秘密にしておこうか。無用な心配をさせたくないからな。これからも何かあったら必ず相談してくれ。親子なんだから」

そう言いながら一樹の肩を軽くたたいた。社長は金の本当の使い道をもう少し詳しく聞きたかったが、敢えて詮索しなかったのである。そのことは一樹にも分かっていた。

二人は思い出が詰まっている和風喫茶で向かい合っている。

一樹は穏やかな表情で智子と話している。

「例の記事はどうなりました。原稿は完成しましたか?」

智子は大変憔悴していた。一樹はそんな智子を見て痛ましくまた非常に可哀そうに思った。

「他にも忙しいことがあって大変なの。記事の原稿はもう少しというところよ」

智子の声には張りがなかった。智子の苦衷は十分察している。

一樹はスーツの内側から小切手を取り出し静かにテーブルに置いた。

「これを使ってくれませんか」

智子は小切手を見て一瞬驚いた。

「私の実家のことをご存知だったんですか。でもこれは受け取れませんわ。好並さんに、ご迷惑をかけるわけにはいきません」

智子は小切手を一樹のほうに押し返した。

「気にしなくてもいいんですよ。何の見返りも期待していませんから。ぼくは河原さんが苦しんでいるのが耐えられないんです。早く、重苦から解放され、もとの元気溌剌とした河原さんに戻って欲しい。それだけですから。河原さんには大変申しわけないことをしました。いくら謝っても許してもらえるとは思いません。ですが僕の気持ちを汲んで下さい。河原さんが苦境をさまよっている間は、ぼくも苦しみから解放されません。お互いに早く楽になりましょう。今のぼくにとって、これぐらいなお金は何でもありません。ぜひ役立てて下さい」

一樹は立ち上がり、小切手を取って智子のスーツのポケットに押し込んだ。

「ありがとう。本当にありがとう。助かります。私を見捨てないでいてくれたのね」

智子の目は真っ赤で涙で溢れていた。

一樹はそっと真っ白なハンカチを差し出した。一樹も涙を禁じえなかった。

一樹は葉子と結婚したことを後悔はしていなかった。しかし、自分をただ一人の男性として、純粋に深く愛し信頼してくれていた智子を捨てたことが、いかに罪深いことであったか、自責の念に耐えられなかった。智子の将来のことも考えてあげなければと以前から思っていた。

一樹はふっくらと盛り上がっている智子の胸の付近を見ながら話した。

「実家のほうはこれで何とかなるでしょう。落着いたら、もう一度だけぼくと会って頂けませんか？」

「私はいいですが。奥さんのほうは大丈夫なの？」

「大丈夫です。実家のほうを早く解決して元気を取り戻して下さい」

二人はお互いに、後ろ髪を引かれる想いで別々の帰路についた。

一樹の小切手で河原商店は店を失うことなく平穏を取り戻した。

近畿新聞に北野製薬のヒ素のことが載ることはなかった。

こうして、多くの被害者を出した北野製薬のヒ素入りタンパク質加水分解物事件は完全に闇に葬られたのである。

十二　隠れていた危険

一樹は会社の研究室の机に肘をついて柏木と携帯で話している。

「柏木、ところで誰かいい人が見つかったか？」

「いや、研究が忙しくてな。分かっているだろう、大学で上を目指すには論文の数が必要だ。なかなか彼女を見つける暇がなくて」

「どうだ。今度食事をしないか。京都国際ホテルでどうかな。超一流ホテルだから、ネクタイぐらいは締めて来てほしいんだが」

その週の土曜日、一樹が京都国際ホテルの中にあるレストランでベージュのクロスが掛けられたテーブルで智子と話していると、柏木がグレーのスーツにネクタイを締めてやって来た。一樹は柏木のスーツ姿を初めて見た。おそらく柏木が持っている唯一のスーツであろう。

柏木は一樹と智子を見て冷やかした。

「あれ、お邪魔じゃないの？」

智子は柏木が偶然やって来たものと思った。テーブルにはフランス料理が並び始めた。

三人分の予約がしてあることを知り、柏木と智子は一樹が二人を招待したことを知った。

「久しぶりだなあ。助教になったんだってな。河原さん、こちらは、親友の柏木君です。柏木、名刺ぐらいは持っているだろう」

柏木は慌てて札入れから名刺を取り出し、ぎこちない手つきで智子に渡した。

「薬学部の先生ですか」

「ええ、まあそうですが、まだ一番下端のぺーぺーですよ。北野とは学部、大学院と九年も一緒だったんですよ。そういえば、大学でお見かけしたような気がするんですが」

「私も京都総合大学にいましたから。法学部ですが。北野さんとは高校が同じでしたから時折お会いしていました。その時に見かけられたんでしょうね」

「河原さんはとても聡明な方です。性格も穏やかですばらしい女性です。今は近畿新聞の京都支社に勤務しておられます」

柏木は智子の美貌と品のある穏やかな口調が気に入ったようであった。

智子は薬学博士の肩書きを持ち京都総合大学薬学部の教員であること、また容姿も悪くないことから、柏木に興味を持ち始めている。

「見たとおり、柏木はがさつな男ですが、これでも大変な秀才なんです。実家は京都の丹波で、お父さんは開業医をしています。日常生活は大雑把なんですが、非常に緻密な思考回路を持っている男です。ぼくとは正反対の性格ですが冗談も分かる思いやりのある男ですよ」

一樹は柏木をしきりに持ち上げた。

「遅れましたが」と言いながら智子は名刺を取り出し、軽く挨拶しながら柏木に渡した。

一樹はそれを見て智子が柏木に好感を持ったと感じた。

「柏木には、もったいないような女性だろう」

一樹はさりげなく柏木の反応を探った。

「確かに。お前に言われなくてもそれぐらいは自分でも分かる。もしこんな素晴しい女性がぼくのような人間とでもお付き合いしてくれるんだったら、研究にも生活にも張りが出るだろうな」

柏木は正直な気持ちを吐露した。

一樹は柏木としては、一大決心で発した言葉であろうと思った。智子は両脚をきちんと揃え姿勢を正し、柏木の顔を見ながら話しかけた。

「柏木先生、私を買い被りすぎではありませんか。大学の研究者というのは素晴しいお仕事だと思います」

頃合いを見計らって一樹は二人を交互に見ながら、

「どうですか。真剣に交際する方向で考えてみては」

二人とも一樹の言葉を否定しなかった。

「フォアグラのステーキが出てきました。ここのは、格別美味しいですよ」

食事をしながら話は弾んでる。

「北野、あと四年でうちの教授が定年になる。多分、今の准教授が教授に昇格する。オレがその後釜の准教授になれるかどうか。でも准教授になるには発表論文の数が足らんように思う。もし、他の者が准教授になったら今の大学にはおられんしなあ」

「柏木にも悩みがあったのか。新発見だ。分かった。研究費のほうで応援させてもらう。柏木には大分借りがあるからな。今度、大学に行くからその時に具体的に相談しよう。やってもらいたい研究もあるし」

「ああ助かるわ。研究といっても金がないとなあ。実験に使うラットも結構高いんだ」

一樹は、かねてよりある物質について薬理学的研究を柏木に頼もうと考えていた。

「でも、お前はいいなあ、金がいくらでも自由になるし」

柏木は両手をテーブルに置いて一樹を見ながら羨ましそうに言った。

一樹は暗い表情で索漠とした心情を親友に吐露した。

「そうでもないよ。色々ごたごたもあるし。最近は研究よりも、よろずもめごと解決係だ。嫌になることがあるよ。大学で研究に没頭している柏木が羨ましいよ。今さらどうしようもないんだが。

どうしてこんなことになったのか・・・」

柏木に語りながらも一樹の心には智子に自分の悩みを聞いて欲しいとの思いがあった。

「ぼくは、ちょっと用事があるから先に失礼するよ」

一樹は二人を残してホテルを出た。二人は並んで一樹を見送った。

一樹は別に用事があったわけではなかった。

残った二人は食後のコーヒーを飲んでいる。柏木は猛勇を奮い起こし智子に交際を申し込んだ。

「ぼくは今日、あなたのような素敵な方にお会いできるなんて全く知りませんでした。あいつは何も話してくれませんでしたから。でも今はあいつの気遣いに大変感謝しているんです。河原さん、ぼくと付き合って頂けませんか。もし嫌になったらその時は遠慮なく断ってくれたらいいんです」

「私もなぜ北野さんが食事に誘ってくれたのか不思議でなりませんでした。柏木さん、初対面の私をそんなに信用してもいいの？」

「あなたとは初対面でも北野は信用できる奴だ。あいつが、ぼくにいい加減な人を紹介するわけがないでしょう」

「北野さんは、とても真面目で責任感のある方だと思います。どうぞよろしくお願いします。大学での研究って大変なのね」

「ええまあそうです。ぼくらのような研究にはお金がかかるんです。機器や薬品代などで。ぼくの場合更に実験動物にも結構費用がかかるんですよ。北野製薬が研究費を出してくれそうなことを言ってたが・・・助かるんですよ。どうです、明日は日曜日でしょう。琵琶湖方面にドライブにでも行きませんか」

「そうですね。そうしましょうか」

秀才が智子の好みである。智子は気取らない柏木に好感を持ち始めていた。

柏木は智子の美貌と容姿、気品に一目ぼれしたというのが正直なところであろう。

智子は一樹がこの上ない最高の幸福をプレゼントしてくれたことが嬉しかった。

次の年の春頃までに新甘味料であるシュークラミンが厚生労働省から添加物として指定される見込みであった。現在食品会社がよく使用されている甘味料は、ライバルである奥田フードケミカルが発売しているアイスイートである。

一樹は市川教授を訪ねた。教授は一樹を丁重な態度で迎えてくれた。一樹は立ったまま、

「先生、大変ご無沙汰いたしております。これはほんのご挨拶代わりにと思いまして」

そう言いながら五十万円が入っている菓子箱を教授の机に置いた。

「すまんな」

教授は菓子箱に現金が入っていることは承知している。

「どうだね、社長見習いも大変だろう。何か研究の依頼があるそうですが。北野さんの依頼でしたら何でもやりますよ。そうだ、柏木君を呼ぼうか」

すぐに薬品で薄汚れた白衣姿の柏木が教授室に入ってきた。三人はソファーに腰を下ろした。教授と柏木は依頼される研究テーマを知りたそうに目で催促している。

一樹は二人の視線を感じ間を置くほど切り出しにくくなると思いすぐに本題に入った。

「アイスイートの副作用について研究して頂きたいのです」

教授と柏木は顔を見合わせた。

「それって、北野製薬のライバル社の甘味料だろう。ライバルを蹴落とす目的の研究ではないのか?」

柏木は一樹の依頼に対して疑問を呈した。

一樹はいくら教授と社長が長い付き合いであっても、内容が内容だけに、研究の依頼を断られるかもしれないと心配しながら教授が口を開くのを待った。

ところが教授の口からは意外な言葉が出た。

「面白そうですな。社会的価値ある研究ではないですか。結果によっては、新聞社を呼んで発表すればいい。社会的に注目されるかもしれん。柏木君も有名になるかもしれない。柏木君の准教授へ昇進の援護射撃を新聞社がしてくれることになるかも。どうだ、親友のために一肌脱いでみては」

一樹は教授の言葉に胸をなでおろした。

「北野とは古い付き合いだ。やってみるか。結果がどうなるか保証はできんぞ。最近はネズミ代もバカにならんし」

柏木は早速研究費のことを切り出してきた。

「市川先生、研究費のことですが」

「こちらからは言い難いが、二百万ぐらい出してもらえれば助かる。北野さんも知っているだろう。研究にはお金がかかることを。いつも山本教授と研究費のことで愚痴をこぼしているんだ。何とか、お願いできるかね」

教授は申し訳なさそうに一樹の顔を見ながら言った。

「一応、一千万ほど用意させて頂きます。ぼくも山本先生が研究費を集めるのに苦労されているのをよく知っております。この中からいくらか柏木の研究に回してやって頂ければ・・・」

教授と柏木は予想していた額をはるかに上回る金額を聞いて大変驚いた。

「ありがとう大変助かる。柏木も助教になってから研究費の工面に追われているんですよ」

研究費は薬学部の会計に納めることになっている。もちろん市川教授の研究室だけが使えるのである。別に違法なことではない。それから一樹と柏木は薬学部の喫茶店に行った。

「色々すまんな。一千万とは驚いた。でも正直なところ大変助かるよ。俺の顔を立てるために無理したんじゃないか。でもおかげで教授にもいい顔ができる」

「変な研究を頼んですまん。それより注目されるような論文をたくさん書いて、必ず准教授になってくれよ。チャンスを逃すな。研究費のことだったらいくらでも援助するから。ところで彼女とはどうなっている?」

「ああ、上手くいっている。日曜日に二人で琵琶湖へドライブに行った。非常に気立てがよくて優しい女性だ。俺とちがって気品がある。お前には大変感謝している。俺のどこがいいのか知らんが、彼女のほうも嫌がっている気配はないようだ」

「きっと上手くいくよ。お前はネズミの扱いは上手いが、女性の扱いは不器用だからな。少しは優しくしてやれよ」

一樹は伝票を持ってカウンターに行き支払いを済ませた。

喫茶店を出た所で一樹は柏木のポケットに茶封筒をねじ込んだ。

「何かの足しにしてくれ」

五十万入っていた。

「すまんな。研究のほうで返すわ。ちょっと閃きがあってな」

一樹は〝閃き〟という柏木の言葉を気にすることなく軽く聞き流した。


日曜日。一樹は朝食を食べながら葉子と話している。

「ぼくの親友で柏木というのが京都総合大学にいるんだが、このあいだ結婚が決まったらしい。彼にはうちの会社では出来ない研究を頼んでいるんだ」

一樹はこの件についてあまり葉子には話したくなかった。

「そうなの。私たち結婚式に呼ばれるの？　私、何を着て行こうかしら。高島屋へ行ってこなくちゃ」

葉子の関心は結婚式の披露宴に着ていく洋服であった。

「葉子、少し相談があるんだが」

「何よ？　改まって」

「今乗っているベンツを買い替えるだろう。今のベンツ柏木にあげたいんだ。柏木には学生のころから色々世話になっているから」

一樹は自分が貧しい学生生活を送っていた頃、ご飯をおごってくれたり、何かと心配してくれた柏木の友情を決して忘れてはいなかった。柏木はかなり年数が経った車に乗っていることを知っていた。それに智子には少しでも質の高い生活をして欲しかった。

「いいんじゃない。お友達は大事にしなくちゃ。そんなこと私に遠慮しなくていいのよ。あなたが主人なのよ」

桜の花びらが風で小枝から引き離され、空中に舞いだした頃、待望のシュークラミンが厚生労働省から正式に添加物に指定された。

シュークラミンを製造する工場の門には紅白の飾りつけがなされていた。社長と一樹は満面の笑みを浮かべながら、新工場の入口に設けられた紅白のテープに、黄金色に輝く鋏を入れた。同時に周囲から大きな拍手が起こった。

みんなは一樹の功績を称えるかのように大きな拍手を送った。

予め販売促進活動をしていたため、かなりの受注があった。シュークラミンを満載した配送用のトラックが軽くクラクションを鳴らして、静かに門から出ていった。一樹たちは頭を下げながらトラックを見送った。こうして、一樹が発明した新甘味料は遂に世に出ていったのである。

一樹は社長室に足を向けた。社長はソファーで総務部長の原田と平和そうな表情で雑談している。一樹の姿を見ると原田は立ち上がり一樹の業績を称えた。

「おめでとう。一樹さんの素晴しい二つ目の発明がやっと初出荷を迎えました。これで我社は益々発展するでしょう。今、社長と注文に生産が間に合うかどうか話していたんですよ」

一樹は軽口を叩いた。

「狸を獲ってから皮を数えましょうか」

「森山によるとシュークラミンの受注状況は快調だそうだ。嬉しいではないか。研究室で爆発があったり、工場の火災があったり、銀行からは貸し剥がしにあったり大変だったが。他社の甘味料が全部シュークラミンに置き換えられればなあ。まあ夢みたいな話だが」

社長は天井を見上げながら感慨深そうに言った。

一樹はポツリと言った。

「夢かどうかは分かりませんよ」

社長は少し驚いた様子で一樹を見た。

「何か考えがあるのか?」

「ええ、まあ。まだ分かりませんが、既に手は打ってあります。上手くいくかどうか分かりませんが」

一樹は具体的なことは話さなかった。

「研究所の人事についてご相談したいことがあります」

一樹はヒ素の件を内部告発したのは、秋葉であろうと確信していた。

秋葉の会社に対する背信行為は許しがたく、一樹の我慢の限界を超えていたのである。

「吉富さんを食品添加物部門長代理から、部門長に昇格させたいんです。彼はアロマチンやシュークラミンの食品への応用について、素晴しい業績を上げました。人物、能力共に優れています。秋葉さんは何もしませんでした。吉富さんは営業からも信頼されています」

社長はしばらく考えている。

「研究所のほうは、君の思うようにやったらいい。秋葉は君に反発しているそうじゃないか。で、秋葉はどうするつもりだ。首にはできんだろう」

社長は秋葉の処遇を考えて、ものを言っているのかという口ぶりであった。

「あまり変なことをすると、会社に反感持って会社の秘密を漏らしたり、内部告発したりされると困るからな。その点は気をつけんとならん」

一樹は社長の憂慮が杞憂ではないことは分かっていた。まさに秋葉がそうなのである。

「部長、秋葉の処遇どうしたらいいかね。何か案はないかね」

相談を持ちかけられた原田は数分思案した末提案した。

「東京支店でどうでしょうか。一応部長待遇ということで。あそこの支店長と秋葉さんは肌が合いそうですから」

「秋葉みたいなのが行って、東京支店の売り上げが落ちたりしないか」

社長は心配した。

「その心配はゼロではありません。ですが、支店長がしっかりしていますから、大丈夫でしょう。もし秋葉さんの担当するお得意さんの売り上げが落ちるようでしたら、それを口実にして、さらに降格し函館へ飛ばせばいいですから」

原田の案に社長と一樹は同意した。数日後、原田は総務部の自分の席に秋葉を呼んで淡々と告げた。秋葉はいつものように仏頂面をしている。

「急な話で申しわけないんだが、来月から東京支店へ行ってくれないか。営業活動を強化するためだ。新甘味料のシュークラミンも発売されたし、東京支店も人手が足りない。君なら即戦力になる」

秋葉は原田の言葉に耳を疑った。

「ぼくが営業に行くんですか」

「ええそうです。これは既に決定したことです。会社の発展のために、ぜひ大きなマーケットである関東での売り上げを増やして下さい。期待していますよ」

原田の言葉には《支店長として》がなかった。左遷であることは明白であった。まさか自分が営業に飛ばされるとは。しかも降格されて。

秋葉の足と手は怒りで震えていた。秋葉はゆくゆく研究所長のポストを狙っていた。

秋葉はその時初めて、自分が会社に必要とされていないことに気がついた。しかし、ここで怒りを爆発させれば退職に追い込まれかねないと思った。

一樹が合成の実験をしていると秋葉が訪ねてきた。秋葉が訪ねてくることは滅多になかったので一樹は少し驚いた。一樹は秋葉の用件が転勤のことであると察した。

一樹は丁重に椅子を勧めた。秋葉は憮然とした態度で椅子に座った。

「来月から東京支店に転勤することになった。あんたの差し金だろう。うっとうしいので、研究所から追い出したいんだろう」

秋葉の声は気色ばんでいた。

一樹はやはりそのことかと思った。一樹は冷静であった。

「そうですか。ぼくは関係ありませんよ。東京支店のほうで、秋葉さんの知識や技術を必要としたんではないですか。東京支店は国内での売り上げの三割を占める重要な営業拠点ですから頑張って下さい。最近、我社の機密を、ある新聞社に流した人がいるようです。幸い記事にはなりませんでしたが。東京支店でも、そんなことがないように厳しく監督して下さい」

一樹の言葉を聞いて、秋葉の表情がさっと変わったのを一樹は見逃さなかった。

やはりヒ素の件を近畿新聞に流したのは秋葉であったか。

一樹はそう確信した。秋葉はヒ素の件が新聞記事にならなかったのに、なぜ一樹は内部告発があったことを知っているのか、不思議に思った。

もしかして、一樹は内部告発者が自分であることに感づいているのではないか、この男が新聞記事を潰したのではないかと勘ぐった。

秋葉は一樹に不気味な力があることを感じ、おとなしく引き下がるしかなかった。

これ以上、一樹の不興を買うと会社にいられなくなるかもしれないという恐怖感が湧いていた。

「まあ、頑張ってみます」

秋葉は肩を落として静かに出ていった。

一樹は秋葉を見送ることなくブルーの液体が入っている三角フラスコを手で振り始めた。


奥田フードケミカルは食品添加物専門の会社で北野製薬の強力なライバルである。この会社は甘味料アイスイートの特許を持っている。アイスイートは大きな収益源である。

奥田フードケミカルの本社は大阪市にあり、本社には総務部、営業部、経理部だけがある。工場と研究所は兵庫県三田市の工業団地、テクノパークの一角にある。このテクノパークは三田市の丘陵地帯に位置している。舞鶴自動車道の三田インターからすぐで、製品の出荷には便利である。

本社会議室には奥田社長、研究所長、営業部長、販売促進課長が集まって会議が開かれている。

四十過ぎの営業部長、難波が最近の売り上げを報告している。

営業部長は研究所長に不満をぶつけた。

「北野製薬のシュークラミンが売り出されてから、うちのアイスイートの売り上げは徐々に落ちています。北野製薬のアロマチンのおかげで、うちの保存料の売り上げがガタ落ちになっているところへ、シュークラミンが追い討ちをかけているという構図です。営業努力だけではどうにもなりません。研究所のほうで画期的な新製品を開発してもらわないことには打開策はありません」

社長は営業部長と同じ考えである。

「研究所で何か新製品になりそうなものはないのかね」

五十ぐらいで小柄な社長は面倒くさそうに研究所長に問いただした。少しイラだっている。

「そう言われましても」

研究所長は口ごもった。難波は日頃から抱いている研究所に対する不満を爆発させた。

「研究所には相当な研究費がつぎ込まれているじゃありませんか!!　それなのにこの数年何にも新製品を開発していない。北野製薬の研究所と、うちの研究所は同じ規模でしょう。それなのに、北野製薬はアロマチンとシュークラミンを開発しているじゃありませんか。この二つは画期的な新製品ですよ。北野製薬は保存料のソルボン酸の特許切れ対策としてアロマチンを出してきた。会社の将来を考えて研究開発を進めてきたんでしょうね。それに引き換え、うちの研究陣は何をしてきたんですか!!　なんという体たらく!!」

社長は慌てて二人の間を取りなした。

「まあまあ、今は、いがみ合っている場合じゃないだろう。今後どうするかといった打開策が必要なんだ。何か良い案はあるか?」

社長の言葉にみんな下を向いてしまった。

奥田社長は典型的な二代目の坊ちゃん社長で、平素から社業に熱心とはいえなかった。会社のことは幹部に任せ、ゴルフや趣味の陶器の収集に明け暮れていた。

テクノパークから車で二十分ぐらいの所に、丹波焼きの集落があり、奥田社長は頻繁に窯元に足を向けていた。

研究や技術のことは全く分からず、全て研究所長の言いなりであった。

会議は具体的な打開策を立案することなく終了した。営業部に戻った難波は部下を自分の席に集め会議の内容を説明した後で、販売促進課長にため息混じりにぼやいた。

「うちの会社はダメだ。研究所にはまるで危機感がない。それに、社長があれではどうしようもない」

課長は不安そうに答えた。

「私もそう思います。社長は何か考えているんでしょうか」

「何も対策は考えておらんだろう。困ったもんだ」

「座して死を待つだけですか」

「そういうことだ。そのうち北野製薬にやられる。課長はまだ若い。何処かいい所を探したら」

難波は課長に冗談半分に言ったが、本心であった。

九月初め頃、一樹はアイスイートの実験結果について報告を受けるため市川教授を訪ねた。応接セットのテーブルを挟んで教授と柏木が並んで座り一樹と向かい合っている。

まず市川教授が満面の笑みを浮かべながら説明を始めた。

「ご存じのとおり、アイスイートについては、厚労省に申請するに際し十分安全性が検討されています。ですから普通の動物実験では問題になるような副作用を見つけることは不可能でしょう。そこで柏木君が知恵を絞ったようですよ。秀才柏木くんの面目躍如というところです」

一樹に説明している市川教授の顔は誇らしげで自信に溢れている。

一樹は教授の話しぶりから、アイスイートについて重大な欠陥が見つかったことを確信した。柏木は数枚のデータを一樹と教授に渡し自信満々の表情で説明を始めた。

「今、教授がおっしゃられたように、普通のラットを使用した実験では、おそらく何も悪い作用は見つからない。そこで、自然発生高血圧ラットを用いて実験してみたんだ」

＊自然発生高血圧ラットというのは、日本で一九六〇年代に作りだされたラットである。このラットは高血圧、それに伴う脳卒中の発生や、食品の成分と高血圧との関係、血圧降下剤の研究などに現在でもよく使用されている。人類に対する貢献は極めて大きい。

「ええ、そのラットのことは知っています。市川先生が書かれた薬理学の本で少し読んだだけですが」

一樹は相槌を打った。《自然発生高血圧ラットに目をつけるとは、さすが柏木だ》

一樹は内心感心している。柏木は実験データを見ながら説明を続けている。

一樹は感性を研ぎ澄まし真剣に柏木の説明を聞いている。

「アイスイート、シュークラミンをそれぞれ百ppm含む水を自然発生高血圧ラットに毎日飲ませた。別に砂糖を含む水、何も加えない水をそれぞれ飲ませ比較した。その結果、驚くべき事実が判明した。アイスイートを含む水を飲ませたラットは三週間目頃から次々と死んでいった。死因は血圧の異常上昇による脳内出血だ。シュークラミンや砂糖を含む水を飲ませたラットは水だけを飲ませたラットと同じで、何も異常は認められなかった」

柏木は自慢そうに話した。市川教授は柏木の研究成果に満足し、ニコニコしながら柏木の説明を聞いている。

一樹はアイスイートに予想を超えたネガティブな作用があることが分かり、興奮を禁じ得なかった。その一方でシュークラミンに悪い作用が認められずホッと胸をなでおろした。

「北野さん、少し休憩をしませんか」

教授はそう言いながら自らコーヒーを入れに席を立った。市川教授は一樹のことを「北野君」とは言わなかった。市川教授は自分の研究室のメンバー以外の人に対しては必ず「さん」をつけていた。

慌てて柏木が「先生ぼくがやりますから」と席を立ったが教授は「まあ、まあ」と柏木を制した。

市川教授といえば薬理学の分野では国内で一、二を争う権威である。一樹は市川教授のそんな偉ぶらない物腰の低さが人望を集めているんだろうと思った。市川教授はコーヒーを丁重に一樹と柏木の前に置いた。

一樹は恐縮して座ったまま笑顔で頭を下げた。

「市川先生のような大先生に入れて頂いて大変恐縮です。もったいなくて、喉が腫れそうです」

柏木は説明の続きを始めた。

「念のため普通のラットについても実験はした。アイスイートは少し血圧を上げる作用が認められたが、問題になるようなレベルではなかった」

「すると高血圧の場合にアイスイートを含む食品を食べると危険ということですか」

一樹は念を押した。

「そういうことになる」

教授は自信に満ちた口調で断言した。一樹は更に質問した。

「この実験は人に当てはまりますか？」

「あくまでもラットでの結果だが、しかし、自然発生高血圧ラットの実験結果は割りとよく人に当てはまるんだ。だから、製薬会社では降圧剤（血圧を下げる薬）の研究にこのラットを使用している。自然発生高血圧ラットで血圧を下げる薬は人の血圧を下げると考えていい」

「そうですか。久しぶりに市川先生の講義をお聞きしている感じがしました。自分の不勉強を恥じ入るばかりです。食品添加物として指定を受けるために必要なデータには、自然発生高血圧ラットに対する影響までは要求されていません。これからは、このような試験もするべきでしょうね。高血圧の人は非常に多いですから」

教授はソファーから身を乗り出し一樹の顔をしっかりと見ながら話した。

「北野さん、ここまでの研究結果を十一月の薬学会で発表したいんですが、どうでしょう」

むろん一樹に異存があるはずはない。

「ぜひそうして頂きたいと思います」

「市川先生、お礼の意味であと一千万研究費を寄付させて頂きたいのですが」

一樹は予想を超えたアイスイートの欠陥が明らかになりワクワクしている。これでアイスイートは食品業界から締め出され、シュークラミンの売り上げは増えるであろうと一樹は考えている。

一千万ぐらい安いもんだと思った。一樹が更に研究費を出そうと思ったのは、柏木の研究結果が予想以上に北野製薬に有利であったこともあるが、柏木の研究に友人として援助したかったからである。それは親友への思いやりであった。

「そんなに貰わなくても。このあいだ頂いた研究費がまだ相当残っていますから」

市川教授は遠慮はしたが、断りはしなかった。

柏木も心配そうに、

「そんなに貰わなくてもいいんだよ。大丈夫か？」

「それぐらいは大丈夫だ。それより、良い論文をたくさん書いて必ず准教授になれよ」

柏木は大きく頷いた。一樹は心の底から、柏木が良い論文をたくさん出して准教授になることを願っている。

次の日、一樹は営業部長の森山、生産部長の岡田、工場長の秋山を自分の研究室に集めてミーティングをしている。一樹は森山に訊ねた。

「森山さん、もし、奥田フードケミカルのアイスイートがなくなれば、シュークラミンの売り上げはどうなりますか？」

森山は一樹の言葉を訝《いぶか》り腕を組んでしばらく考え込んだ。

「今の倍は間違いないでしょうね。アイスイートは味がいいですから結構売れているんですよ。今、切り崩しにかかっているんですが、なかなか手ごわい相手です。ですけど、まだアイスイートの特許が十年ほど残っているはずですが」

森山は怪訝そうに答えた。続いて、一樹は岡田に訊ねた
「今の生産量を倍にすることは出来ますか」

岡田は一樹の意図を量りかねていたが秋山と相談して答えた。

「土、日曜、休日返上で三交代制を敷き、二十四時間工場を稼動させれば何とかなりますが・・・」

「それでは、従業員が疲れて長くは続かないでしょうね。宮辺さん、中川さんたちとも相談してシュークラミンの製造能力を二倍にするように大至急検討して下さい」

全員怪訝な表情であった。岡田が聞いた。

「いつ頃までに準備ができればいいんですか?」

「十一月半ばには増産できるようにして下さい」

それまでみんな一樹の言葉を絵空事のように聞いていた。しかし具体的な月日を告げられ全員に緊張感が高まった。一樹はアイスイートの件が十一月の薬学会で発表されると大反響を呼び、アイスイートからシュークラミンに乗り換える食品会社が続出すると考えている。

あと二ケ月しかないのである。

「無理は十分承知しています。設備が増設できるまでは休日出勤と三交代で頑張りましょう」

一樹は助け舟を出した。

森山が遠慮そうに一樹に訊ねた。

「アイスイートはなくなるんですか?」

「それは分かりません。設備の増強にはかなりの資金が必要です。何の根拠もなく言っているわけではありません」


土曜日の夜、一樹は葉子と一緒に社長宅で夕食を共にしている。

社長も芳子も二人が来るのを楽しみにしていた。葉子が結婚して出ていった後、大邸宅で社長夫妻が二人きりになり寂しがっていることを一樹も葉子もよく分かっていた。

一樹はアイスイートに関する実験について社長に説明した。

「そうか、そうすると、アイスイートは消え去るか。アイスイートのシェアが全部うちのものになるな。よくやった。さすがだ。研究者でなければ思いつかないことだ。営業の連中が、こつこつ足を運んで売り歩くだけが売り上げを伸ばす手段ではないな。やはり頭脳だ。しかし、そうなるとシュークラミンの生産が注文に追いつかなくなるんじゃないか」

葉子はしきりに二人の会話に入りたがっている。

「注文に生産が追いつかなくなるぐらい売れるんですか。景気がいい話ですね。ねえ、お母さん」

「そうですね、結構なことですね」

二人ともニコニコ顔であったが社長は違った。社長は一樹に問いかけた。

「いや喜んでばかりはおられんだろう。そうだな」

「実はそうなんです。注文があれば、必ず納品しなければなりませんから。大至急増産体制を整える必要があるんです。先日、幹部と打ち合わせをしておきました。後は社長のお力をお願いするだけです」

社長の全身は高揚感であふれ大層ご機嫌である。

「要するに、設備増強の金の工面をしろということだろう」

「まあ端的に言えばそういうことになりますが」

一樹は社長のほうを向いて笑った。

「分かった、分かった。こうやって私をこき使うんだ。親不孝な息子だ」

社長は愉快そうに笑いながら芳子と葉子のほうを見やった。

「それで柏木さんにあのベンツをプレゼントしたのね。今ようやく分かったわ。それなら新車を買ってあげればよかったんじゃない?」

「彼にベンツをプレゼントしたのは友情が九割ですよ。もし、新車のベンツでしたらきっと受け取らなかったでしょうね」

「アイスイートを叩くだけなのか。まだ私に話していないことがあるんじゃないか。家庭内で隠しごとはダメだぞ」

「まあそうですが。奥田フードケミカルは北野製薬にとって最大のライバルです。あの会社がある限り、北野製薬が大きく発展することは極めて難しいのではないでしょうか。あの会社の社長は典型的なお坊ちゃんですね。会社の経営にもあまり熱心ではないらしいのです。ゴルフに明け暮れ、それも愛人を連れて。焼き物に凝って、陶芸博物館を建てた上に、有名な陶芸家と飲み歩き・・・ですから、あの会社は隙だらけなんです。社員もそんな社長と会社に嫌気がさしているようです。これは森山部長から聞き出したことですが。そこが狙い目です。あの会社はアイスイートの特許を持ってはいるんですが、その特許に、あぐらをかいているんです。アイスイートを叩けば、あの会社は簡単に空中分解して壊れますよ」

「そこまで考えていたのか。これは驚きだ。なかなかの戦略家だ」

社長はしきりに感心していた。

「あなたは天才的な化学者だとは知っていましたが。そんなことまで考える能力も持ってたんですね。これは私にとって新しい発見だわ」

葉子は驚嘆の目を一樹に向けた。

「いや私にとっても新しい発見だ。なあ、芳子」

「三田の研究所と工場はまだ新しいんです。それに敷地は広大です。きっと銀行からかなり借りているでしょう。三田の研究所と工場には大変魅力があります。少し手直しすれば十分使えます。うちの会社は既に手狭になっています。これ以上、工場の新設や生産設備の拡大は無理です。これがぼくの描いている北野製薬の将来図です。そのためには資金が必要です。要所要所では社長の経営判断と資金調達力がどうしても必要なんです」

一樹は言葉に力を込め熱く語った。三人は一樹の説明を真剣に聞いている。

「面白そう。聞いているだけでもワクワクするわ。お父さんも当分、社長を辞めさせてもらえませんね」

「いや、素晴しい、実に素晴しい計画だ。私では決して思いつくことはない。ワクワクするようなスリルがある。こんな高揚感はわが人生で初めてだ。二人三脚でやり遂げよう。当分社長は辞めんぞ」

社長は興奮気味であった。芳子が一樹に頼んだ。

「明日は日曜日だし、今夜は泊まっていって下さらない」

二人は久しぶりに社長宅に泊まることにした。

一樹と葉子は自分達が帰ってしまうと、この家の中は急に火が消えたようになり、悄然とした空間と化すことが分かっていた。


十一月のはじめ、薬学会が東京の中央薬科大学を会場として開催されていた。薬学関係では最大の学会である。日本の各地から大学、製薬会社、病院、化学会社、食品会社から数千人が参加している。参加者の中には外人の姿もかなり見られる。

一樹は宮辺、中川、吉富、森山たちと参加している。森山は、

「学会に行っても、講演内容が理解できないから」

と参加を渋っていたが、一樹が、

「東京見物の気分で」

と誘ったのである。

学会の二日目に柏木の講演があった。一樹たちは全員柏木の講演が行われる会場に入った。五百名が入れる階段状の会場はプロジェクターを使用するため薄暗い。

学会発表の内容はあらかじめ講演要旨集にまとめられ薬学会員に配布されている。

一樹は薬学会員であるが、森山達は会員ではなかった。

講演要旨集を見て柏木の講演に関心を持った人間で会場は満員である。通路にも人が溢れてい

る。

暗い会場はムンムンした熱気に包まれている。

柏木は演壇に上がり座長と聴衆に一礼し、すぐに講演を始めた。

柏木はうすいベージュの綿パンに黒のカラーシャツでノーネクタイのラフな服装である。《おいおい、スーツでネクタイぐらいして来いよ》一樹は小さな声で独り言を言った。

データがプロジェクターから次々に映し出された。

柏木はよく通る声でデータをレーザーポインターで指しながら、淡々と説明している。会場の中ではあちこちで、ひそひそ話が始まっている。

「甘味料であるアイスイートを含む食品を高血圧の人が食べると脳内出血を起こす危険性が極めて高いと考えるべきであります。今後は食品添加物の安全性試験に、自然発生高血圧ラットによる試験を加えるべきではないでしょうか」

柏木はそう言って講演を終えた。会場内にはざわめきと、大きな拍手が起こっている。

柏木の講演は一樹が予想していたとおり、会場内で大きな反響を呼んでいる。

ある大学病院で管理栄養士をしているという小太りの中年女性が質問に立った。

「高血圧の患者さんに出す食事には、アイスイートが添加されている食品を度々使っていました。私が出した病院食で高血圧の患者さんが亡くなったかもしれません。ですが柏木先生の研究により、今後は多くの人が救われることになるでしょう。非常に意義のある研究だと思います。高血圧でない患者さんの食事についても、アイスイートが添加されていないものに切り替えていきます。ありがとうございました」

次にある食品会社の研究所長が質問に立った。

「柏木先生の講演を聞いて、大変驚いているところです。食品業界にとって大きな衝撃です。ずばりお聞きしますが、アイスイートは食品添加物としてふさわしくない、使用禁止にすべきだとお考えですか？」

「わが国には、高血圧の人が四千万人います。国民の三人に一人は高血圧です。つまり、高血圧は極少数の特別な疾患というわけではありません。自然発生高血圧ラットを使用した実験結果は臨床試験つまり人体実験の結果とよく一致します。私はこの実験結果から、アイスイートの使用は一日でも早く、いや今すぐにでもやめたほうがよいと考えています。しかし、アイスイートを使用禁止にすべきか否かは厚生労働省が判断すべきことです」

柏木は極めて冷静に答弁した。一樹は柏木の答弁は客観的見地から判断しても妥当だと考えた。

柏木の講演が終わった後、一樹は柏木宛にメールを打った。

《ありがとう。今日は会わないようにしよう。また日を改めて》

一樹は会場周辺にマスコミ関係者、業界関係者などがたくさんいるので、柏木と会っている所を見られるのはマズイと考えたのである。

柏木が会場から出るのをマスコミ関係者が待ち受けていた。柏木は彼らから質問攻めにされている。

「アイスイートはどんな食品に使われているんですか？」

「コーヒーや紅茶に砂糖の代わりに使われています。加工食品では漬物、あらゆる菓子類、ケーキ、清涼飲料水、ハム、ソーセージ、竹輪、かまぼこ、お惣菜類、果実酒その他色々な食品に使われていると思います」

柏木は一つ一つの質問に丁寧に答えている。

「アイスイートが使われているかどうか、我々素人でも簡単に分かるんですか？」

「包装されている場合には、原材料表示の所に《甘味料（アイスイート）》と表示されていますから、誰でも簡単に分かります。デパ地下などで売っている、お惣菜やレストラン、食堂などで食べる食事については、なにも表示していませんから分かりません」

「甘味料が添加されている食品は食べないほうがよいのですか？」

「ほとんどの人は甘さを求めるのではないでしょうか。そうであれば一概に甘味料が悪いとも言えないでしょうね。砂糖はカロリーがありますが、甘味料はカロリーがありません。ダイエットには向いています。肥満、メタボ、糖尿病、虫歯対策という観点から、甘味料は良い面も持っていると考えるべきでしょうね。ぼくはそう思いますが」

「甘味料としたらシュークラミンを使うようにすべきですか？」

「それはみなさんで考えて下さい。ぼくはシュークラミンを売っている北野製薬のセールスマンではありませんから」

周囲から「それはそうだ」という笑い声が起こった。

一樹は会場の近くにある大学の喫茶店で、コーヒーを飲みながら森山たちと話している。吉富が一樹に訊ねた。

「柏木先生が、あのような研究発表をされるのを知っておられたんですか？」

「いいえ、全然」

と一樹はとぼけた。森山は興奮状態であるが納品できるか心配していた。

「これでアイスイートは終わりだ。うちのシュークラミンはどんどん売れる。注文がいっぱい入ってくる。生産のほうは大丈夫かな」

森山は一樹の耳元で他の連中に聞こえないように囁いた。

「前にシュークラミンの増産体制を急げ、とおっしゃっていたのはこのことですか？」

一樹は軽く頷き、森山は納得した。森山は早速携帯を取り出し工場長の秋山に電話した。

「秋山さん。えらいことです。シュークラミンの製造設備の増設は進んでいますか。とにかく大急ぎでお願いします。注文がどんどん増えますから」

次の日の新聞の一面のトップ記事でアイスイートの件が大きく報じられていた。

薬学会で重大発表。高血圧の人は、ご注意!!

甘味料アイスイートを摂取すると脳内出血で死亡する。アイスイートが添加されている食品は食べるな!!　京都総合大学の柏木助教によると・・・・・

テレビでも同様の報道がなされた。

柏木の名前は一躍全国的に有名になった。

柏木は智子と結婚し大学に近いマンションに新居を構えている。

智子は結婚と同時に新聞社をやめ、法曹の道を歩むべく京都総合大学法科大学院の入試を受け合格していた。来春の入学まで専業主婦をしている。

柏木は自宅マンションのダイニングで智子とお茶を飲みながら学会でのことを話している。智子は自分の主人の研究が全国紙の一面トップに載ったことで興奮している。

「全国紙に記事が大きく載るなんて。あなたは一躍有名になりましたね。でも北野製薬から研究費を頂いていたんでしょう。あなたと北野製薬が癒着していることが問題にならないか心配だわ」

「それは大丈夫だ。大学は企業から積極的に研究費を集めなければ研究できない時代だから。産学協同を文科省も勧めている。それに、科学的には間違ってはいないし、北野製薬に有利なようにデータを改竄したりはしていない。あくまでも、科学的事実を発表しただけだから」

柏木の説明に智子は安心した。

「実際にどれ位の人がアイスイートで脳内出血を起こしたのかしら？」

「それは分からない。日本に高血圧の人間は約四千万人いる。アイスイートは、ほとんどの食品に入っている。高血圧の人で降圧剤を飲んでいる人は、アイスイートを含む食品を食べても大丈夫かもしれない。そうでないかもしれない。しかし高血圧の人で降圧剤が効かない人も約半数はいる。それに降圧剤を飲んでいない人も相当いる。だからアイスイートで脳内出血を起こした人の数は推定できない。一万人や二万人ではないだろう。何十万いや何百万人かもしれない」

智子は被害者の数の多さに驚いた。

「脳内出血って怖いんでしょ。くも膜下出血も脳内出血ですよね。死亡率が高いんでしょ。運よく助かっても、半身不随になったりして・・・」

智子は真剣であった。

「そのとおりだよ。サルモネラ菌などの食中毒とは、比較にならないくらい恐ろしい。おいおい、新聞記者みたいな口調になってきたぞ」

「ごめんなさい。まだ記者を辞めて間がないから」

二人は互いに顔を見合わせ笑った。智子は穏やかな口調に改めて聞いた。

「厚生労働省はアイスイートの被害について調査しないのかしら？」

「絶対にしない。ほったらかしにする。以前、食品用の殺菌剤として使われていたＡＦ-２の発ガン性が明らかになり、禁止になったことがある。最近ではハムやソーセージに使われていたアカネ色素の発ガン性が問題になり禁止になった。両者とも、発ガン性があるので禁止する、ということだけで終わった。何ら追跡調査は行われなかった。発ガン性が明らかになった場合でも、これだよ。そのことから考えると、アイスイートについて厚生労働省が被害について調査すると思うか？」

柏木は智子のほうを見やった。

「思わないわ。でもそれでは被害者は救われないわ。これでは法治国家ではなく、まさに国民をほったらかしにする《放置国家》ね」

「法学部出の才媛は上手いこと言うな。まさか、また新聞記者に復帰してこの問題を取り上げたいなんて考えているんじゃないだろうな」

柏木は冗談ぽく言った。

「今までの被害者は救われなくても、今後発生する何百万人の被害は、あなたの研究で防止できたのね。これって、ものすごいことじゃないの」

智子はずっと興奮気味であった。

柏木は智子を見つめて軽く頷き飲みかけのお茶を飲み干した。

北野製薬の応接室で一樹、森山、智子はテーブルを挟んで話し込んでいる。

テーブルには智子に配慮してお茶とケーキが置かれている。

一樹は法的面の助言を智子に求めている。

「アイスイートを使用した食品は売れなくなりますから、食品会社はスーパーやコンビニ、デパートなどから回収しなければならないでしょうね。奥田フードケミカルは、これらの食品についても責任を負うことになるんでしょうか？」

智子はしばらく考えてから答えた。

「微妙な問題ですね。法律論以前の問題として、奥田フードケミカルは、今後の食品会社との取引を考えると、アイスイートが添加されている食品についても回収費用などを負担すべきでしょうね」

「商売上はそうですが法律的にはどうなりますか？　アイスイートは厚生労働省が定めた方法で安全性試験を行って、安全だということで厚生労働省から添加物に指定（使用許可のこと）されているんです。奥田フードケミカルは何も法律に反することはしていないと思うんですが？」

一樹が智子に最も聞きたかったのは、この点であった。

森山も頷きながらも真剣な顔で訊ねた。

「奥田フードケミカルには、そこまでの責任はないんじゃないですか」

「そこなんですが、民法第五百六十六条と第五百七十条の問題になると思うんです。いわゆる、瑕疵《かし》担保責任の問題です。瑕疵というのは欠陥という意味です。民法第五百七十条には、売買の目的物に隠れた瑕疵がある時には、買主は損害賠償を請求することができる、と書いてあるんです。本件にこの条文が当てはまるかどうかですが。アイスイートは確かに厚生労働省が定めている方法で安全性試験を行って何ら問題はなかったのでしょう。しかし、うちの主人の実験で危険性が立証されました。アイスイートは高血圧の人には極めて危険であるといわざるを得ません。これは食品添加物としては致命的欠陥、致命的瑕疵です。高血圧の人に対する危険性は今まで分からなかったことです。これは隠れていた危険性、つまり隠れた瑕疵に該当すると考えるべきでしょう。奥田フードケミカルが知っていなかったことは関係ありません」

「では、奥田フードケミカルは民法の規定から逃れることはできないというわけですね？」

「実はそこが問題なのです。別に、製造物責任法という法律があるんです。この法律では、その時の最高水準の科学的判断でしても予見できなかった場合には免責されることになっているんです。色々な安全試験を行い、厚労省から添加物としての指定を受けていることから、この法律の適用が受けられると思います。ですから奥田フードケミカル側がこの法律を持ち出して抗弁するようであれば、食品会社は損害賠償が取れません。またアイスイートが添加されている食品を食べて被害を被った消費者も損害賠償が取れません。食品会社や被害者は泣き寝入りになるでしょうね」

「ややこしいなあ。でも大変参考になりました。アイスイートが売れなくなったので、奥田は多分潰れます。ですから、結局食品会社も被害者も損害賠償を取れないでしょうね。奥田の社員に対しては気の毒に思っているんですが」

それは一樹の本心でもあった。

一樹は奥田フードケミカルを買収する時、社員は引き取るつもりであった。

「確かに社員、従業員の方はお気の毒ですね。ですが一番お気の毒なのはアイスイートのせいで脳内出血を起こし死亡したり後遺症で苦しんでいる消費者でしょうね。ですが北野製薬がシュークラミンを開発したお陰で、結果として多くの命が救われたと主人が申しておりました。もしシュークラミンがなかったら主人の研究もなく、この先もアイスイートが使われ続け、さらに何十万いや何百万人もの犠牲が出るでしょう。そういう意味で、北野製薬は素晴らしいことをしたんではないですか」

智子は暗に一樹の功績を称えた。智子の言葉を聞いて一樹は気分が晴々とした。

「そう言ってもらえれば嬉しいです」

法律の話が終わったところで一樹がショートケーキを智子にすすめた。

森山はケーキを口に運びながら遠慮そうに聞いた。

「お二人は以前からお知り合いだったんですか?」

智子はどう答えるべきか困り、助けを求めるように視線を一樹のほうに向けた。

「ああ、この人は高校の同級生ですよ。大学も同じでした。大変な才媛ですよ。柏木に、この人を紹介したのはぼくですよ」

一樹は森山に色々詮索されることがないように、また智子のプライドを傷つけないように配慮して答えた。森山は納得したようであった。森山は二人だけで話したいこともあろうと思い退席した。

「お得意さんとの約束がありますので失礼します」

二人だけになると智子は一樹の膝付近に視線を落とし、しみじみとした口調で話し始めた。

「あなたも大変なようですね。厳しい競争のなかで勝ち抜くって大変ね。私は今まで薄っぺらな表面的な正義感だけでやって来たことに気がついたの」

「河原さんには実社会のドロドロした面を見て欲しくはなかったんですが・・・　今日はありがとう。大変参考になりました。これは今日の相談料です」

一樹は三十万円が入っている白い封筒を渡した。

三十万円には智子の生活が少しでも楽になればという一樹の気持が込められていた。

「そんなのいいのよ」と智子は遠慮した。

「会社のお金ですから遠慮しないで受け取って下さい」

「ありがとう」

智子は封筒を黒いハンドバックにしまった。


大阪市内のマンションに住んでいる初老の主婦、島田はダイニングのテーブルに新聞のスクラップを広げ読み返している。全てアイスイートと脳内出血に関する記事である。

島田の主人はサラリーマンであったが、半年ほど前に脳内出血で死亡していた。島田の主人は血圧が高く時折、家庭用の血圧計で測定していた。

かかりつけの医院の医師から降圧剤であるカルシウム拮抗剤の服用を勧められていた。しかし、生来の薬嫌いであったため、医師の勧めに従わなかった。減塩やウォーキングで何とか血圧を下げようと努力していた。メタボぎみであったため、砂糖の摂取を控え甘味料アイスイートが入っているジュース、清涼飲料水などをよく飲んでいた。

毎朝飲むコーヒーにもアイスイートを入れていた。たくあん漬け、お惣菜もアイスイートが添加されているものを買ってくるように妻に伝えていた。

島田は新聞記事で柏木の研究を知り、自分の主人が脳内出血を起こしたのはアイスイートのせいではないかと強く疑うようになっていたのである。

アイスイートを含む飲料や食品を積極的に買ってきて、飲ませたり、食べさせたことを悔やんでいる。

毎日、主人の位牌の前で線香を供えながら激しい追悔《ついかい》の念に駆られている。

島田は大阪市中ノ島のビルにある稲谷法律事務所を訪ねた。

稲谷弁護士は医療問題で有名である。二人はブルーのパーティションで仕切られた面談ブースで対面している。

稲谷弁護士は四十ぐらいの細身で、銀縁のメガネをかけた、いかにもインテリ風の紳士である。銀縁のメガネの奥から冷たい眼光を島田に浴びせている。

島田は新聞のスクラップ記事を見せながら稲谷弁護士に必死に訴えている。

「血圧が高い人が甘味料のアイスイートを摂取すると、脳内出血で死亡するとこの記事に書いてあります。うちの主人は血圧が高かったんです。そのことについては、かかりつけの医院で血圧を測った記録があります。主人はメタボ気味でしたから、砂糖を控えアイスイートが入っている飲料水や食品をしょっちゅう口にしていました。うちの主人が脳内出血で亡くなったのは、この記事から判断して甘味料のアイスイートが原因だと思うんです」

稲谷弁護士は島田の話を聞いて、金になる依頼者ではないと判断した。

「それで私に何を依頼したいとお考えですか?」

稲谷は穏やかではあるが冷たい口調で島田に訊ねた。

「主人の無念を晴らしたいんです。こんな危険な添加物を加えた食品を販売した会社、アイスイートを製造した会社に責任を取ってもらいたいんです。うちの主人が死んだのに、何の謝罪もなく、のうのうと営業している食品会社や添加物メーカーが許せないんです」

島田は興奮気味の口調で稲谷に必死で訴えている。

「要するに食品会社やアイスイートを製造した会社に謝罪させ、あなたのご主人が死んだことに対する慰謝料と損害賠償を取りたいわけですね」

島田とは対照的に稲谷は事務的で冷たい口調である。

「法律的なことはよく分かりませんが、そういうことになるんでしょうか」

「結論からお話しますと、この訴訟はお引き受けできません。勝てる見込みがないからです」

稲谷はそっけなく突き放した。

「先生は医療問題が専門の弁護士さんでしょう。何とかならないのですか？」

島田はすがる思いで必死に稲谷に頼んだ。

「確かに私は医療問題の訴訟をよく引き受けています。ですが、明らかに負ける訴訟はお引き受けしません。裁判で負けると、結果的に負けたほうは、金銭的にも精神的にも大きなダメージを受けます。医療訴訟といっても、何でも病院や医師を訴えればよいというわけではありません。医師の治療を受けていたのに死亡したからといって、訴えを起こすことができるわけではありません。病院に入院して治療を受けていても人は死にます。それを医師や病院の責任だとはいえないでしょう。医師は万能の神様ではないのです。治せない病気は、たくさんあるんですよ。今回のご依頼は、医師は万能の神様ではないということと同じ内容です。食品会社、添加物メーカーも万能の神様ではないということです。争って勝つ秘訣は、負けそうな争いはしない、ということです。用事があってそろそろ出かけますので・・・」

島田は力なく軽く礼をして法律事務所を後にした。

数日後、島田は人権派として知られている渥美《あつみ》弁護士の事務所を訪ねている。渥美弁護士は、角ばった顔をした五十過ぎの重厚感のある紳士である。

頭髪には白いものがかなり目立っている。

黒褐色のダブルのスーツに身を包み、いかにもベテラン弁護士という風情である。

島田にはスリガラスのパーティションで区切られた面談スペースで丁寧に応対している。

島田はことの概要を話した。渥美弁護士は時折頷きながら真剣に島田の話を聞いている。

「事件の概要は分かりました。ご主人を亡くされて大変でしょう。伺ったお話と新聞記事から、ご主人が甘味料アイスイートの犠牲になられたことは容易に推測できます。しかし、実際に訴訟を起こすとなると、かなり難しいですね。まず食品会社を相手に訴訟を起こすのは無理です」

「なぜ食品会社を相手として訴えることは無理なんですか?」

「食品会社に故意も過失もないからです。この事件では、民法七百九条に基づく不法行為による損害賠償請求の裁判を起こすことになります。そのためには相手の食品会社に故意、または過失がなければなりません。食品会社は厚生労働省が安全と認めている添加物であるアイスイートを正しく使用しているわけですから、故意も過失も認められません。それに、相手が不明です。どこの会社の食品が原因でご主人が亡くなられたのか特定できません。つまりどこの食品会社を相手として訴えればよいのか分からないのです」

渥美弁護士はゆっくりとした口調で丁寧に説明した。

説明を聞くにつれて島田は不安になってきた。島田は納得がいかなかった。

「現に主人が亡くなっていてもですか?」

「お金を奪うために、人を殺したり、恨みを晴らすために人を殺せば、故意による殺人です。誤って人を殺せば過失致死です。いずれの場合も、被害者は不法行為にもとづく損害賠償が取れます。島田さんの場合、現にご主人がお亡くなりになっておられる。おそらく、アイスイートで亡くなった方は他にもたくさんいらっしゃるでしょうね。どれ位の被害者、死亡者が出ているのか想像もできませんが、一万や二万人ではないでしょうね。何十万人かもしれません。しかし、故意も過失もない不思議な大量死亡事件です。私の長い弁護士人生で初めての事件です。しかし、現在の法律では故意も過失もないので刑法上も民法上も責任を追及することはできません」

渥美弁護士は残念そうにため息をついた。

「食品衛生法関係で責任は追及できませんか」

「しばらくお待ち下さい」

渥美弁護士は別室に入っていった。しばらくすると食品衛生法のコピーを持ってきた。

「お待たせ致しました」

「食品衛生法という法律は読んだことがなかったもんで。食品衛生法第十条では厚生労働省が人の健康を損なう恐れがないものとして定めた添加物は、製造したり使用したりすることが許される、と規定していますね。この条文から判断して食品衛生法で責任を追及するのは困難です。別に、製造物責任法というのがあるんですが、厚生労働省が、安全性試験の結果に基づいて使用を認めているわけですから、この法律による責任追及も無理でしょうね」

「何か方法はないんですか？」

島田は諦めきれなかった。

「お気持ちは十分分かるんですが。訴えるとすれば、アイスイートを製造した奥田フードケミカルですね。しかし、奥田フードケミカルについても故意、過失はありません。アイスイートの品質が悪く、何か有害物が不純物として含まれていて、その不純物が原因でご主人が亡くなったというのであれば、立派に損害賠償が取れるんですが。唯一の方法として、ご主人が亡くなったのは、アイスイートが原因であることを証明して直接、奥田フードケミカルと交渉するといったことが考えられます。裁判外で交渉するんです。奥田フードケミカルが良心的な会社であれば交渉に応じ慰謝料を払うでしょう。しかし、ご主人の死がアイスイートによるということ、因果関係を立証するのは極めて困難でしょう。しかしやるだけはやってみたらどうでしょう。まず、ご主人の死亡を確認した医師の意見を聞いてみることです」

島田は少し希望が見えたように思えた。

早速次の日、島田は渥美弁護士のアドバイスに従って自分の主人が救急車で運ばれた総合病院を訪ねた。担当したのは温厚な中年のデップリとした脳神経外科医長であった。

「大変お気の毒でした。この病院に運ばれてきた時には既に心肺停止状態で手の施しようがありませんでした。もう少し早く運ばれていれば、何とか助けてあげられたのですが」

その医長は申し訳なさそうに言った。

医長は内心、島田が死亡について懐疑の念を抱いているのではないかと心配している。

「この病院の先生方の責任をどうの、こうの言うつもりはありません。どんな名医でも助けることはできなかったと思います。それより主人の死の原因について教えて頂きたいのです」

そう言って島田は新聞の切り抜き記事を見せた。医師は切り抜きを慎重に読んだ。

「島田さんはご主人の死の原因がアイスイートだと疑っているんですね」

「そうなんです。その点について先生の考えをお伺いしたいのですが」

医長は机のパソコンを操作して画像を出し島田に見せながら丁寧に説明している。

島田は食い入るようにその画像に目を近づけた。

「一応エックス線CTを取っておきました。これがその画像です。この画像で見る限り、中大脳動脈の枝である動脈が破れ出血したものと考えられます。これが死因ですね。高血圧が続いていますと、動脈壁に壊死が起こり動脈の壁がもろくなり、破れやすくなるんです。動脈の中でも、ここが一番破れやすいんです。よくあるケースですよ」

「その何とかという動脈が破れたのは、アイスイートをよく摂取していたからではないんですか？」

「今説明したように、ご主人の脳内出血は特別なものではありません。よくあるケースです。典型的な脳内出血です。かかりつけのお医者さんの忠告どおり、降圧剤を服用していたら、こんなことにはならなかったかもしれません。アイスイートのせいで急に血圧が上がって、血管が破れたのかもしれませんが、それはあくまでも推測です。証明のしようがありませんよ。私もこの分野では経験を積んでいるつもりです。ご不審なら、この画像を渡しますから、他の脳外科医の意見を聞いて見られたらどうでしょうか。例えば、関西中央医大あたりで相談してみてはどうですか。あそこには優秀な脳外科医がたくさんいますから。なんなら紹介状を書きますよ」

そう言いながら医長は島田を見やった。

その時、医長の院内専用の携帯が鳴った。

「脳内出血の患者さんが救急車で搬送されてきます。おそらく緊急オペになります。オペの準備がありますので」

医長は暗に島田の退室を促した。島田は仕方なく席を立ち寂しい気持ちで病院を後にした。

木枯らしが御堂筋の銀杏並木の黄葉をすっかり振り落としていた。島田は心の底まで冷え切っていた。どうしようもない悔しさと、絶望感に襲われたままオーバーの襟を立て身をすぼめて寒そうに帰途についた。

奥田フードケミカルはヒット商品のアイスイートがなくなったことに加え三田工場新設の負債があり、更に長年の粉飾決算も発覚しあっけなく倒産した。北野製薬は奥田フードケミカルの三田工場と研究所を破格の安値で買収した。

北野製薬は活況を呈している。工場はフル操業である。色々な食品会社が奥田フードケミカルのアイスイートから、次々と北野製薬のシュークラミンに切り替えているからである。

シュークラミンが砂糖と同じような甘さを持つこと、加熱に対して安定であること、水によく溶けることも食品会社にとって魅力であった。

北野製薬ではシュークラミンは生産が追いつかず、常に品薄状態であった。

森山は営業部の朝礼で営業部員に檄をとばしている。

その間にもシュークラミンの問い合わせや商談の電話やＦＡＸ、メールがひっきりなしに入り営業部員達はその対応に追われている。

「取引先に、調味料や酸化防止剤、乳化剤などとシュークラミンを抱き合わせて売れ！」

シュークラミンは北野製薬が特許を持っているから、他社が製造し販売することはできない。森山の指示を受けた若い営業部員は早速電話でかまぼこメーカーと商談している。

「現在、シュークラミンは品薄状態です。いつ納入させて頂けるか分かりません。どうですか、この際、調味料、品質改良剤、乳化剤もうちの製品に切り替えて頂けませんか。それであれば玉（ここではシュークラミンのこと）のほうは私の責任で何とかさせてもらいます。いかがでしょうか？」

かまぼこメーカーにとって、不利益なことは何もない話である。

「価格が同じにしてもらえるんでしたら・・・」

このかまぼこメーカーは北野製薬の提案を呑んだ。いや呑まざるを得なかったのである。

別の営業部員は清涼飲料水メーカーと電話で交渉している。

「うちのシュークラミンは、工場が残業に継ぐ残業で生産していますが、玉が不足気味です。お宅のような新規の取引の方にはいつ納入できるか、納期のお約束はいたしかねます。どうです、この際、酸味料や香料も、うちの製品に切り替えて頂けないでしょうか。工場の衛生管理に使う殺菌洗浄剤、消毒剤などもうちには良い製品がありますよ。そうして頂けるのでしたら、玉のほうは私の責任で何とかさせて頂きますが」

清涼飲料水メーカーの担当者は、

「上司と相談しますからしばらくお待ち下さい」と言って数分後に、

「分かりました。それでお願いします。できるだけ早い納入をお願いします。百キロだけでもすぐお願いできますか」

と早速注文した。営業部員は受話器を置くと、森山や他の営業部員のほうを向いて誇らしげに右手と左手で大きな円を作った。それを見て森山たちは彼に一斉に拍手を送った。

こうして北野製薬はライバルである奥田フードケミカルの広大な敷地、工場、研究所ばかりかアイスイート、乳化剤、調味料、消毒剤、香料などのシェアも手に入れ、大発展することになったのである。

十三　故意による大量殺人か

牛乳のような真っ白い濁流が大きな岩にぶつかりながら流れている。

一樹はその濁流から逃れようと必死でもがいている。早く岸に泳ぎ着かなければ、この添加物で白く濁った水を飲んでしまう。

自分の周りを見ると頭の髪の毛が全て抜け頬が落ち込んだ男や女が、

「助けてくれ!!」

と叫びながら、ものすごい形相で一樹のほうに迫っている。一樹は阿鼻叫喚地獄の真っただ中で必死にもがき苦しんでいる。

「うお！　助けてー!!」

一樹は大声で叫んだ。傍で寝ていた葉子はその叫び声で目が覚めた。

「あなた、どうしたの」

葉子は心配そうに布団の上から一樹の体をゆすった。

「夢か」

一樹はホッした。


一樹は研究室で一人腕を組んで静かに考え込んでいる。

昨夜の強烈な夢の残像がまだ一部残っていた。

一樹は食品添加物と関わるにつれ添加物には色々な問題があることに気付いた。

今までは、何とか誤魔化したり隠蔽したりして切り抜けてきたが、思えば冷や汗の連続であった。

アイスイートのように、予期せぬ欠陥が見つかれば、会社は経営危機に陥るのである。

北野製薬で、あまりにも多くの、しかも重大な欠陥を経験し、いつまでも添加物に頼っていたのでは北野製薬の将来はないかもしれないとの思いを次第に強くしていたのである。

いつ爆発するか分からない爆弾を抱えて、毎日を送っているようにすら思うようになっていた。

しかし、そんなことは口が裂けても社長や葉子には言えない。食品用保存料の研究をするようになってから、一樹は抗菌剤の研究に強い興味を持つようになっていた。

だから保存料アロマチンを発明した後、大学院の頃から医薬品となる抗菌剤の研究をしていた。

しかし、研究以外の仕事に忙殺され抗菌剤の研究はほとんど進んでいない。

一樹は買収した奥田フードケミカルの研究員のうち選りすぐりの数名で医薬品用の抗菌剤の研究

を始めていた。

それ以外の研究員はほとんど北野製薬に採用しなかった。

一樹はこの研究所の所長を兼任している。この研究を成功させる自信を持っているわけではない。しかしこの研究に賭けるしか逃げ道はないと考えている。


一樹は少し前に吉富からシュークラミンをハムに添加すると、シュークラミンがかなり減少するとの報告を受けていた。

一樹はその原因がアミン類であるシュークラミンと発色剤としてハムに添加されている亜硝酸とが反応してニトロソシュークラミンに変わるためであることを突き止めていた。

一般にニトロソ化合物は強い変異原性を示し、発ガン物質であることが多いのである。

ニトロソシュークラミンについて物質名を伏せて加藤に依頼し変異原性を調べてもらった。結果は一樹が恐れていたように非常に強い変異原性陽性であった。

ニトロソシュークラミンは極めて強い発ガン物質と考えられる。

厚生労働省に添加物としての指定（許可）を受けるために提出する安全性試験のデータには食品中での化学変化に関するデータは必要ないのである。このまま放置、黙認すれば予想がつかないほどの人間がガンに犯され、筆舌では表せない苦しみを味わうことになる。

苦しみはガン患者のみならずその家族にも及ぶことになる。

一樹は冷めたコーヒーを不味そうに一口飲んでから、再び静かに腕を組み目を閉じて考え込んでいる。診察室で白衣を着て聴診器をぶらさげている医師と、中年男性が向かい合って座っている姿が目に浮かんだ。中年男性の傍には妻が不安そうに座っている。

その中年男性は右上腹部に痛みがあり、体重が減少していたので検査を受けていたのである。医師はCTや超音波の画像を中年男性に見せながら静かにガンの告知を行っている。

「肝臓にガンが認められますね。両手を広げてみて下さい。黄色になっているでしょう。黄疸です。これは肝臓ガンが進行して、胆管を詰まらせているからなんですよ」

中年男性は非常に驚いて絶句している。

「え！　ガンですって。肝臓ガンということですか？」

その中年男性の足はガクガク震え顔面に血の気は全くなかった。

「残念ながら肝細胞ガンですね。それもかなり進行しています。肝細胞ガンはウイルスの感染による場合が多いんですが、検査の結果ウイルスは検出されていません。ウイルス以外の何かによるものでしょうね」

その医師は事務的な口調で冷たく言った。夫婦は突然絶望の淵に突き落とされた。傍で聞いていた妻は血の気が引き幽霊のような形相ですがるように医師に訊ねた。

「手術すれば治るんでしょう？」

「お気の毒ですがここまで進行していますと・・・それに既に肺に転移していますから」

医師は冷たく突き放した。

その夫婦は呆然自失の状態で、大粒の涙を流して泣き始めた。

「お父さん、どうしよう」

中年の男性は溢れる涙を手で拭いながら声を絞り出した。

「放射線や抗がん剤で何とかならないんですか？」

「残念ですが手の施しようがないんです」

「助からないということですか？」

「お気の毒ですが余命二ヶ月ほどです」

「家のローンは残っているし、子供二人はまだ中学生。私が死ぬと子供や妻は生きていけません。残された三人は住む所を失ってなって路頭に迷う。私はまだ死ぬわけにはいかないんです」

傍でうんざりした様子で聞いていた医師は診察室から出ていくように促した。

「そんなことは知りませんよ。家に帰ってみなさんで相談して下さい。次の患者が待っていますから」

その夫婦はうなだれて肩を抱き合いながら診察室から出ていった。

この家族はこの後どうなるんだろう。一樹は涙が止まらなかった。

今後このようなことが方々で起こるかもしれない。そのことに対して責任の取りようもない。

しかし、今までに発ガン性が明らかになった添加物について使用が禁止されただけで、それらの添加物を売った会社が責任を問われたことはないではないか。

一樹の頭の中ではそのようなこともチラッと浮かんでいた。人のためになる物質を作りたいという高い志を持って化学を勉強し、研究に打ち込んできたのであるが結果はこのありさまである。

会社のため、葉子との生活のため、両親のために色々な不条理を現実に合わせるように強いられ、やむなく現実と協調してきた。そのために何十万人の犠牲者が出たのであろうか。今後更に、何十万人の人間がガンで苦しむことになるのであろうか。

良心の苦しみに満ちた時間が流れた。全てがむなしく思えた。

一樹は全てが夢であってくれたらと思っていた。発ガン性物質を含む食品はいくらでもある。それらを国民は毎日食べている。食品ではないが、タバコのように明らかに発ガン性があるものだって堂々と売られているではないか。そんなことも考えてみたがなんの慰めにもならなかった。

一樹は底知れぬ深い悲しみに満ちた暗黒の湖に沈んでいた。

この苦しみから逃れる方法は結局、全てを忘却の彼方へ追いやるしかないのであろうか。しかしそのようなことは現実には不可能である。この底知れぬ深い悲しみに充ちた闇から、明るく希望に満ちた生きる意欲へ転換するには、それがいかに厳しく困難な道であっても、心の内部から燃え上がる炎に意識的に油を注ぐしかないと思った。《夢があれば生きていけるではないか》北野製薬から脱出することが出来ない以上、北野製薬の中で他の道を模索するしかないと考えていた。

今研究している医薬用の抗菌物質の研究に、自分の能力の限界まで挑戦してみよう。

そうすれば別の道が開ける可能性がある。抗菌物質の研究が成功すれば人類に大きく貢献でき、会社も大きな利益を手にすることができるであろう。

そうすれば添加物から脱却することができるかもしれない。そんなことを考えていた。

北野製薬の株式は非公開である。株式のほとんどは社長と芳子、それにペーパーカンパニーの北野興産が持っている。

経営と所有が分離していない、いわゆる同族会社である。

形ばかりの臨時株主総会で一樹は取締役に選出された。

株主総会に続いて開かれた取締役会で一樹は全員の賛成を得て副社長に就任した。

北野製薬が奥田フードケミカルを買い取り大きく発展したこと、一樹が副社長に就任したことを祝う記念パーティーが京都交際ホテルで開催されている。

記念パーティーに出席するために両親が岡山から京都に来ていた。父はスーツでネクタイをしていたが、全身から田舎者の雰囲気が漂っている。母は地味な着物を着ていたが外見的には田舎者の雰囲気はなかった。一樹は両親共に頭に白いものが増えているのを見て、年月の流れを感じた。

記念パーティーには北野製薬の中堅以上の社員、取引関係者、大学関係者ら五百名が招待され盛大であった。

パーティーはバイキング方式である。

会場内は料理を品定めしている者、グラス片手に立ち話をしている者などで賑やかである。女性の美しい声によるナレーションと共に大型スクリーンに北野製薬の本社、工場、研究所、三田工場、主力商品などが次々に映し出されている。

ステージでは葉子の後輩である京都総合大学邦楽部員による箏曲の演奏がパーティーに華を添えている。

柏木と智子も招待されていた。柏木はめずらしくスーツでネクタイを締めている。

一樹の両親の傍には常に、葉子と芳子がついてこまごまと面倒を見ている。

一樹は大きなパーティーなど初めての両親が心配であったが、二人は意外と何ら臆することなく、時折り料理を口に運びながら堂々としていた。一樹はそのような両親を見て少し安心した。

パーティーが佳境に入った頃、箏曲の演奏が止み、社長と一樹がステージに立った。

一樹は社長の傍に立ち一緒に深々と頭を下げた。

「今、ここにおりますのが私の娘、葉子の夫である北野一樹であります。形は娘婿でありますが、私も家内も長男隆彦が天国から少しだけ姿を変えて戻ってきてくれたのだと思っています。彼は大学に残り、研究者の道を歩むことを望んでいたことは十分承知していました。しかし、彼は研究者としての能力をいかんなく発揮してくれました。保存料のアロマチン、甘味料のシュークラミンと次々に素晴しい業績を上げてくれました。彼の業績、働きに対し社内から副社長にとの声が上がっておりました。私も彼に副社長就任を幾度も打診しましたが、承諾してもらえませんでした。しかしこのたび、やっと私の説得に応じてくれました。先般の取締役会において全員の賛成で彼は正式に北野製薬副社長に選任されました。当面は技術面を担当します。副社長になっても自分の研究はしたいようです。おそらく社長になっても研究はやめないことでしょう。近い将来、私の後継者にと考えております。この北野一樹を今までにも増してお引き立てのほど伏してお願い致します」

一樹の副社長就任を祝して大きな拍手が沸いた。

しかし、誰もが一樹の副社長就任は既定の事実であったから驚かなかった。

続いて一樹が挨拶した。

「今、社長からご報告がありましたように、このたび北野製薬の副社長に就任することになりました。今までどおり研究室長、といっても私一人だけの研究室ですが、それと三田の研究所長は兼任いたします。更に良い研究をして、世の中のために貢献したいと考えております。若輩者でありますが、今後とも皆様のお引き立て、ご指導のほどよろしくお願い申し上げます」

一樹の両親はそんな息子の晴れ姿を控えめではあるが誇らしげに見上げている。

父は傍らの母を見やりながら話している。

両親は一樹の苦しみなど推測すらしていなかった。

「母さん一樹は立派になったね。あの年で大きな会社の副社長だ。よく頑張った。北野家の家族はいい人ばかりだし一樹は幸せもんだ」

「そうですね。一樹は立派になった。北野家の方は私たちによくして下さるし。一樹は私たちに幸せをくれたねぇ。最高の親孝行をしてくれたね」

社長の話を聞いて、智子は一樹と北野家との関わりが理解できた。

智子はしきりに料理をパクついている柏木に話しかけた。

「北野一樹さんは今まで随分汚れた仕事もやって来たようね。以前は心のきれいな純粋な人でしたのに。副社長になられて幸せなんでしょうか？」

智子は一樹が自分と別れた大きな理由は、岡山の両親の面倒を見るためのお金であると理解している。

一樹が北野家に入り副社長になったことで、両親の面倒を見るお金のことは全て解決したはずである。しかし、心の底から幸せを感じているのだろうか。

智子はそんなことを考えている。

柏木は食べる手を休め、智子を見やりながらしみじみと話した。

「あいつは幸せではないと思う。あいつの本当の姿はよく知っている。好並一樹は本当に純白なピュアな心を持った男だ。それは北野一樹になっても変わっていないと思う。だから今でもキラキラ輝くクリスタルな心は失っていないはずだ。それがあいつを苦しめていると思う。俺はかなりいい加減な男だが、あいつは違う。あいつに俺みたいな、いい加減さがあれば、あいつの苦しみは軽減されるだろうと思う。俺があいつの立場だったら、やはり同じことをしただろう。だからあいつのことを批判はしないし、これからも親友として付き合っていくつもりだ」

柏木の指摘はそのとおりだと智子は思った。

智子は一樹の苦労、つらさを今さらのように感じ、もの悲しい気分に浸っている。

「あの人は自己の良心を犠牲にしてまで現実と協調してこられたのね。ですからお金と地位、名声は得られても精神的幸福は得られていないんでしょうね。あの人は高梁川を流れる水のように清冽な心を持っておられたのに、いつの間にか濁流に流されもがき苦しんでいるのね。可哀そうだわ」

智子はしんみりと言った。

一樹は壇上から降りて自分の席に戻り、山本教授、市川教授、その他取引関係者などに挨拶をして回った。

山本教授は一樹に問いかけた。

「幸せか？」

一樹は恩師の思わぬ言葉に戸惑った。思わず本音が出た。

「どうでしょうか」

そう言って内心〝しまった〟と思った。恩師とはいえ、山本教授は芳子の兄なのである。一樹は慌てて言葉を継ぎ足した。

「でも社長はとてもよい人です。葉子はぼくにはもったいないような女性です。葉子と結婚したこと自体はとても幸せです」

山本教授は一樹が仕事の関係で苦労していることは知っていた。

「でもな、どんなことがあっても、いつも前を向いて進むんだ。たまには研究室に愚痴をこぼしに来いよ」

そう言って一樹の肩をポンと叩いて元気づけた。

「ありがとうございます。近々お伺い致します」

一樹は恩師の言葉が嬉しかった。山本教授は添加物関係の仕事をしていると色々面倒なことが起きることをよく知っていた。

一樹は両親の傍に座り静かに目を閉じている。一樹の頭の中では、今まで歩んできた人生の色々な場面が駆け巡っている。

智子との楽しかった思い出と悲しい別れ、隆彦のこと、大学生だった頃の葉子のこと、松本に大やけどを負わせたこと、添加物をめぐる様々な事件のことなどが次々に思い出されていた。

お金はなく質素ではあったが、智子に胸をときめかせていた頃が一番幸せであったと思った。そんな再来なき過去を懐かしく感じている。

良心をかなぐり捨て、必死で北野家と葉子、会社を守ってきたことは誤りであったのだろうか。どうすればよかったのであろうか。

しかし決して逃げる道などはない。山本教授が言ったように、

「前を向いてこのまま突っ走るしかない」

と思った。

昔に戻り、無性に智子と語り合いたかった。

あの清流高梁川の川原で、山頂の松山城を眺めながら、夕陽が夕焼け雲の向こうに沈むまで。

パーティーの最後に一樹は複雑な思いを抱きながら、壇上で社長と手を取り合って万歳を三唱している。

完

小薮浩二郎（こやぶ・こうじろう）

岡山県生まれ。岡山県立烏城高校（夜間定時制）から香川大学農学部農芸化学科。九州大学大学院農学研究科修士課程農芸化学専攻（栄養化学講座）。

京都大学薬学部研究生、静岡薬科大学薬学部研究生。製薬会社研究所研究員、医薬品、食品添加物の研究開発に携わる。医薬品、食品添加物等の安全性研究所主席研究員、遺伝毒性など担当。食品会社研究室室長、新製品の研究開発、品質管理などを兼任。現在、食品関係のコンサルタント、食品評論活動、講演会、勉強会の講師、食品メーカー顧問、食品関系会社特別顧問（品質管理等）等。

著書に『検証「食品」の闇』（二見書房）、『悲しき国産食品』（三五館）、『食品業界は今日もやりたい放題』（三五館）、『コンビニ＆スーパーの食品添加物は死も招く』、『食品添加物用語の基礎知識　第二版』（マガジンランド）他。

新装版　白い濁流

2021年8月16日　第1刷発行

著　　者　小藪浩二郎
発 行 人　伊藤邦子
発 行 所　笑がお書房
〒168-0082 東京都杉並区久我山3-27-7-101
TEL03-5941-3126
http://egao-shobo.amebaownd.com
発 売 所　株式会社メディアパル（共同出版者・流通責任者）
〒162-8710 東京都新宿区東五軒町6-24
TEL03-5261-1171

デザイン　長久雅行　市川事務所
カバー絵　宇野信哉
印刷・製本　シナノ書籍印刷株式会社

ISBN978-4-8021-3271-8　C0093

＊本書は『白い濁流』（マガジンランド、2019年9月刊）を復刊したものです。